Otto A. Böhmer

Frei nach Schopenhauer

Philosophischer Roman

Otto A. Böhmer

Frei nach Schopenhauer

Verlag Karl Alber Freiburg/München

MIX
Papier aus verantwortungsvollen Quellen
FSC® C083411
www.fsc.org

Originalausgabe

www.verlag-alber.de

Satz: SatzWeise GmbH, Trier
Herstellung: CPI books GmbH, Leck

Printed in Germany

ISBN (Buch) 978-3-495-49000-6
ISBN (E-Book) 978-3-495-81501-4

Für Christel und Mareike

Inhalt

Erster Teil
Schöne Aussicht

Zweiter Teil
Nicht lustig

Dritter Teil
Das Lied von der Heimkehr

Erster Teil
Schöne Aussicht

»Erst sehr weit hinaus ist alles, was einem begegnet und auffällt, das Selbe.«

Ernst Bloch

Unglaublich sesshaft

Als Prof. Dr. Egidius Fitzroy häufiger von dunklen, wenngleich wohl eher unbehaglichen als unerträglichen Gedankenbildern heimgesucht wurde, machte er sich Sorgen. Er tat dies, seiner Physiognomie und seinen sonstigen Verrichtungen entsprechend, gemessenen Schrittes, wenn man das so sagen darf. Auch in seinen Überlegungen nämlich, die zum Pflichtprogramm des über ihn verhängten Lebens gehörten, bewegte sich Fitzroy am liebsten langsam, er verweilte gern hier und dort, ließ ganz einfach kommen, was kommen sollte. Der Mensch, war seine Überzeugung, ist ein Empfänger, kein Sendbote, er hat im Rahmen insgesamt bescheidener Möglichkeiten hellhörig zu sein, weil ihm sonst etwas entgehen könnte, das wichtig für ihn ist. Entgeht ihm dann aber tatsächlich etwas, weil er z.B. ein Tagesschläfchen zu viel hält oder sich anderweitig ablenken lässt – auch nicht schlimm; in seiner persönlichen Vorratshaltung, die er bis zum Ende mit durchzuschleppen hat, wird von geheimer Hand für Ausgleich und Ordnung gesorgt. Tatsächlich hatten Fitzroys private Visionen aber mit seinem Ende zu tun, an das er zuvor kaum einen Gedanken verschwendet hatte. Warum auch; schließlich gibt es ja kein unergiebigeres Thema als den Tod, der sich auch deshalb auf keine Diskussionen einlassen kann, weil er gar nicht so viele Lebenslichter ausblasen kann, wie anderswo angesteckt werden. Auch der Tod steht unter Rationalisierungsdruck, er muss liefern, stößt dabei als Kleinunternehmer aber immer mehr an seine Grenzen. Um das Bevölkerungswachstum einigermaßen in Grenzen zu halten, sind ergänzende, großflächig aufgezogene Maßnahmen gefragt wie Kriege, Klimakatastrophen oder Seuchen. Fitzroy, der bei solchen Überlegungen immer ein wenig in sich zusammensackte und ein schiefes Lächeln aufsetzte, war allein, er durfte so etwas denken, politische Korrektheit war in seiner Praxis nicht gefragt, zumal sie auch seinem philosophischen Hauptsponsor Dr. Arthur Schopenhauer, nach dessen Lehre sich die Beratungsgespräche in diesen Räumlichkeiten richteten, nicht in den Sinn gekommen wäre.

Prof. Dr. Egidius Fitzroy verspürte vage Beklemmungen, wenn er an sein Ende dachte, sein massiger Körper sandte vorsichtige Warnsignale aus, kleine Übelkeitswellen etwa, die von unten nach oben rollten und sich bevorzugt in der Brustmitte festsetzten, unweit jenes Bereichs, in dem der unermüdlichste aller Dienstleister, das Herz, seinen Pflichten nachkam. Vor vielen Jahren, als er, für seine Verhältnisse, noch deutlich lebensfroher gewesen war, hatte er sich für die zweite Hälfte seines Lebens eine fast einfältig zu nennende Privatvision zurechtgelegt: Er war unglaublich sesshaft geworden, hatte eine Familie gegründet, die Tage vergingen in stiller Hurtigkeit, in den Nächten schlief er den Schlaf des Gerechten. So verging die Zeit – was sollte sie auch anderes tun. Er wurde alt und älter, seine Frau, die ihm ein oder zwei anmutige Töchter geschenkt hatte, alterte mit ihm, was sich, in zusätzlich beruhigender Weise, auf ihr eheliches Geschlechtsleben auswirkte, dem die Leidenschaftlichkeit abhandenkam. Die gemeinsame Existenzführung wird dadurch jedoch nicht eingeschränkt, sondern kann noch geordneter ablaufen; Überraschungen sind immer noch möglich. Keine Überraschung war, dass Fitzroy dabei zusehends dicker wurde, er hatte dazu schon immer Talent gehabt, dem er in jüngeren Jahren noch Beschränkungen auferlegt hatte, die nun nicht mehr nötig waren, er durfte sich gehen lassen, was seine Frau, die insgesamt merkwürdig drahtig blieb, zunächst noch mit unfreundlichen Bemerkungen kommentierte, in der Folge aber nur noch gleichgültig zur Kenntnis nahm – auch ein dicker Philosoph ist ein Philosoph, sagte sie, damit war dieses Thema für sie durch. Man kann nicht sagen, dass Fitzroy gerne dick war; glücklich fühlte er sich nicht dabei, aber wann hatte einer wie er sich schon glücklich gefühlt. Letztlich ging es nur darum, das Leben, dieses »Pensum zum Abarbeiten«, wie es sein philosophischer Einflüsterer Schopenhauer nannte, einigermaßen unbeschadet zu durchstehen, also gesund zu bleiben, was man auch mit beträchtlicher Leibesfülle konnte. Daraus wiederum ließ sich, bei wohlwollendem Bedenken, eine Art Hausmacher-Frömmigkeit beziehen, für die man keinen Gott benötigte, sondern nur ein Gefühl wohliger Sicherheit, das einem sagte: Es ist alles in Ordnung, du bekommst, was du verdienst, und danach sehen wir weiter, was dich aber dann nicht mehr interessieren muss. Er hatte sozusagen immer ein Licht am Ende des Tunnels vor Augen, durch den zu zwängen allerdings zunehmend mühsamer wurde; wäre er selbst nicht so zunehmend gewesen, hätte er es vermutlich leichter gehabt. Aber wer weiß.

So in etwa hatte sich Prof. Dr. Egidius Fitzroy die zweite Hälfte seines Lebens vorgestellt, die auch in etwa so eintraf, wie er sie sich ausgemalt hatte; zwar war ihm nicht vergönnt gewesen, eine Familie zu gründen, er hatte keine drahtige Frau, auch nicht ein oder zwei anmutige Töchter, aber sonst stimmte fast alles: Er wurde älter und dicker, die Leidenschaftlichkeit kam ihm abhanden, und er sah das tröstliche Licht am Ende des Tunnels. Nein. Er sah es eben nicht mehr, da war auf einmal nur noch das Dunkel am Ende des Tunnels. Obwohl dieser Umstand an sich kein Anlass zur Beängstigung sein konnte, schließlich ist alles, fast alles eine Frage der Wahrnehmung, und manche sehen, je nach Getränkezufuhr, nicht nur ein Licht und einen Tunnel, sondern deren vier oder fünf, fing Fitzroy, wie gesagt, an, sich Sorgen zu machen. Nicht um Gott, um den schon gar nicht, nicht um die Welt, um die es bekanntlich nicht gut steht, sondern um sich selbst; so viel Eigennutz muss sein. Ein Verdacht war in ihm aufgekommen und wurde zur Gewissheit: Er war eben doch nicht gesund, sondern krank, der Druck in seiner Brust deutete auf ein geheimes Leiden hin, dem vermutlich nicht mehr beizukommen war. Fitzroy erhob sich schnaufend von seiner Tagesliegestatt, absolvierte ein paar wacklige Schritte in seinen Praxisräumen, von denen es am Ende der Wohntrasse in seine Privatgemächer überging; eigentlich kein Unterschied, er war hier wie dort zu Haus und unbehaust. Zugegeben, es war ein Privileg, auf so komfortable Weise wie er unglücklich zu sein, so luxuriös und abgeschirmt, aber gerade das erhöhte auch den in ihm aufgestauten Leidensdruck. Er seufzte, wischte sich zwei, drei dekorative Tränchen aus den Augen, die mit den Jahren kleine Sichtkrater um sich versammelt hatten. Nochmal die Praxisräume abgeschritten, keine Kunden, am Montag hatte er, nach dem Vorbild anständiger Friseure, Ruhetag. Gutes Stichwort, Ruhe, man soll es, gerade als denkender Mensch, mit der Bewegung nicht übertreiben, das untergräbt die Gesundheit, auch wenn die, wie in seinem Fall, ohnehin schon untergraben, ja womöglich längst in ihr bedrohliches Gegenteil umgeschlagen war. Er setzte sich an seinen Schreibtisch; der Bürostuhl mit flexibler Rückenlehne und variabler Sitzfläche war, musste man zugeben, für ihn inzwischen zu klein und zu eng geworden. Wieder holte er tief Luft, rasselte sein Atem nicht schon, wurde sein Herz nicht gerade von inwendig angreifenden Feinstichattacken heimgesucht? »Nein«, sagte er, »keine Panik.« Mit zunehmendem Alter gönnte er sich inzwischen auch eine Gepflogenheit, die ansonsten im Repertoire seines philosophischen Ratgeberprogramms unter der Rubrik *Beginnende Demenz, Warnzeichen* geführt wurde: er sprach mit sich selbst, besonders montags, wenn er Ruhetag hatte. »Nein«, wiederholte er. »Seien wir doch ehrlich. Es geht uns gut. Und besonders, dass ich diese Praxis führen darf, habe ich gefälligst als Geschenk anzunehmen. Man kennt mich, man kommt zu mir, man hört auf mich. Kann man nicht sogar sagen, dass man mich schätzt und liebt?« Nein, konnte man nicht sagen, denn an dieser Stelle hatte er einen Frosch im Hals und krächzte nur noch. »Also, sagen wir so: Ich werde mehr geschätzt als geliebt, und dabei ist man gar nicht mal auf Praxisbesuche bei mir angewiesen, die im Übrigen leider immer noch nicht von der Kasse bezahlt werden, sondern kann sich schriftlich Rat von mir einholen, denn ich betreibe, wie Sie alle wissen (?), die Kolumne *Fragen Sie Fitzroy,* die bevorzugt Antwort auf Fragen gibt, die gar nicht gestellt wurden.«

Tatsächlich war Prof. Dr. Egidius Fitzroy vor Jahren zum philosophischen Lebensberater befördert worden, ohne dass er sich gegen diese, wie er fand, immer noch zweifelhafte Ehre länger als unbedingt nötig gewehrt hätte. Ihm war es damals geglückt, ein halbwegs erfolgreiches kleines Buch zu schreiben, dessen Titel *Praxis Dr. Schopenhauer – Was wirklich zählt im Leben,* ausgeheckt in der Marketingabteilung des Verlages, sich als so eingängig erwies, dass der Autor Fitzroy mit einem Mal bekannter wurde, als er sich fühlte, und mit Leuten in Kontakt kam, denen er bislang erfolgreich aus dem Weg gegangen war. So trat denn auch ein Beauftragter der Internationalen Schopenhauer Gesellschaft an ihn heran, der nach der Lektüre von Fitzroys Buch der naheliegenden Meinung war, dass es sich bei dem Verfasser um einen eingefleischten Schopenhauerianer handeln müsse, was aber nicht ganz stimmte, denn Fitzroy hatte sein

Philosophiestudium absolviert, ohne sich dezidiert zu einem einzelnen Philosophen zu bekennen oder gar die Mitgliedschaft in einer der dazugehörigen Verwertungs- und Bekennergesellschaften anzustreben. Dass er dann sozusagen bei Schopenhauer hängengeblieben war, verdankte sich bei nüchterner Prüfung der Materiallage; von allen Philosophen, die er gelesen hatte, was, musste er zugeben, dann letztlich doch nicht so ganz viele waren, wirkte der Frankfurter Einzelgänger am überzeugendsten: Schopenhauer, im persönlichen Umgang wohl eher ein Unsympath, wie Fitzroy fand, blieb nahe dran an den Dingen des Lebens, mit denen sich auch Nichtphilosophen auseinanderzusetzen haben. Die Weltsicht, die daraus zu beziehen ist, bleibt alltagstauglich, hält sich von Illusionen weitgehend frei und setzt stattdessen auf das Menschenmögliche, dem dabei allerdings etwas die Begeisterungsfähigkeit abhandenkommt. So oder ähnlich hatte Fitzroy in seinem Buch *Praxis Dr. Schopenhauer* argumentiert; es reichte, um die Aufmerksamkeit der Internationalen Schopenhauer Gesellschaft auf sich zu ziehen, die nicht nur über die Lehre des Meisters wacht, sondern auch an gesteigerter, über die Fachkreise hinausreichender Verbreitung interessiert ist. Man unterbreitete ihm ein Angebot, das, trotz der in den Satzungen festgehaltenen Verpflichtung zum sparsamen Umgang mit den Geldern der Gesellschaft, für die sich Schopenhauers eigene, gelegentlich etwas knauserig anmutende Haushaltsführung als Vorbild benennen ließ, auf die diskrete Finanzierung einer philosophischen Praxis hinauslief, die Prof. Dr. Egidius Fitzroy im Namen der Gesellschaft betreiben sollte. Gesagt, getan. Das Angebot kam Fitzroy gerade recht. Er, der von Haus aus ein kleines Erbteil sein eigen nannte, mit dem er pfleglich umgegangen war, so dass er nicht auf die Zwänge hektischer Erwerbstätigkeit angewiesen war, wollte sich ohnehin als

Privatgelehrter und freier Autor niederlassen; dass ihm dafür nun eine Art Anschubfinanzierung nebst Unterhaltsbeihilfe zuteilwurde, konnte nur begrüßt werden.

»Schopenhauers später Ruhm setzte, zögerlich zunächst, aber dann doch nahezu gradlinig verlaufend, mit der Veröffentlichung seines Buches *Parerga und Paralipomena* im Jahre 1851 ein. Dieses Werk, dessen Titel (in deutscher Übersetzung: Nebenarbeiten und Nachgebliebenes) eher auf eine komische Oper als auf ein philosophisches Erfolgsbuch, das auch ein größeres Lesepublikum ansprechen konnte, schließen läßt, berichtet aus dem Garten des Menschlichen im Stile eines großartigen Reiseschriftstellers. ›Ja, das ist es‹, befand schon Leo Tolstoi, ›das ist die Welt in einer unglaublich schönen und hellen Spiegelung!‹ Gespiegelt wurden in der Tat alle Bereiche des Lebens, die von jeher Menschengedanken in Beschlag genommen haben. Das Inhaltsverzeichnis der *Parerga und Paralipomena* liest sich denn auch wie eine poetische Phänomenologie des Daseins: *Über die anscheinende Absichtlichkeit im Schicksale des einzelnen; Über Urteil, Kritik, Beifall und Ruhm; Über Selbstdenken; Über Sprache und Worte; Über die Weiber; Über die Erziehung; Über Lärm und Geräusch; Von dem, was einer ist; Von dem, was einer hat; Von dem, was einer vorstellt* und anderes mehr.

Die *Parerga und Paralipomena* wurden als wahrhaftige *Aphorismen zur Lebensweisheit* aufgenommen (so auch der Titel des Hauptstücks der Sammlung, das – mit ungezählten Nachdrucken und Separateditionen – als Schopenhauers erfolgreichstes Buch in die Literaturgeschichte der Philosophie eingehen sollte). Das Publikum fand sich darin tatsächlich mit Einsichten belohnt, die den unverrückbaren Kern menschlichen Existierens betrafen.«

»Schopenhauer hatte nun seine Leser, und die ›Komödie‹ seines ›Ruhmes‹, wie er die Aufmerksamkeit, die ihm noch zuteil wurde, selber nannte, beglänzte ihm – er nahm es gelassen und mit wachsender Genugtuung zur Kenntnis – die letzten Jahre seines Lebens. Schon zuvor war er, auch das erfreute ihn, zu einem Original, ja zu einer Art lebenden Legende geworden, die man später in diversen Karikaturen verewigte: In Frankfurt am Main, wo er sich 1833 niedergelassen hatte und bis zu seinem Tod (1860) in der *Schönen Aussicht* lebte, unternahm er mit seinem Pudel regelmäßige Spaziergänge. Sein Schüler Gwinner berichtet: ›Nach Tisch … hielt er eine Stunde Siesta. Den ersten Teil des Nachmittags füllte dann leichtere Lektüre aus. Gegen Abend ging er, von seinem Pudel begleitet, ins Freie … Sein Schritt war bis ins letzte Jahr seines Lebens voll jugendlicher Spannkraft und Geschwindigkeit. Dabei war sein Körper in beständiger Aktion, und er pflegte mit seinem Stock, einem kurzen dicken Bambusrohr, von Zeit zu Zeit heftig auf den Boden zu stoßen. Vor der Stadt zündete er sich eine leichte Zigarre an, die er aber nur zur Hälfte rauchte, da er den feuchten Rest für schädlich hielt. Zuweilen blieb er stehen, sah sich um und eilte dann wieder, einige unartikulierte Laute ausstoßend, weiter. Diese seine Gewohnheit, sein überaus sanguinisches Temperament dann und wann laut werden zu lassen, … brachte ihn wohl bei Vorübergehenden in Verdacht, als mokierte er sich über sie …‹«

»Schopenhauer wußte, wie nichtssagend und bedeutungsleer, von außen gesehn, und wie dumpf und besinnungslos, von innen empfunden, das Leben der allermeisten Menschen dahinfließt. ›Es ist ein mattes Sehnen und Quälen, ein träumerisches Taumeln durch die vier Lebensalter hindurch zum Tode, unter Begleitung einer Reihe trivialer

Gedanken. Sie gleichen Uhrwerken, welche aufgezogen werden und gehen, ohne zu wissen, warum; und jedes Mal, daß ein Mensch gezeugt und geboren worden, ist die Uhr des Menschenlebens aufs neue aufgezogen, um jetzt ihr schon zahlreiche Male abgespieltes Leierstück abermals zu wiederholen, Satz vor Satz und Takt vor Takt, mit unbedeutenden Variationen.‹ Schopenhauer aber wußte auch: ›Solange der Ausgang einer gefährlichen Sache nur noch zweifelhaft ist, solange nur noch die Möglichkeit, daß er ein glücklicher werde, vorhanden ist, darf an kein Zagen gedacht werden, sondern bloß an Widerstand – wie man am Wetter nicht verzweifeln darf, solange noch ein blauer Fleck am Himmel ist.‹ Wobei es, nicht zu vergessen, eine Sache gibt, die wichtiger ist als jede Philosophie und jedes Wetter: ›Überhaupt aber beruhen neun Zehntel unseres Glücks allein auf der Gesundheit.‹«

»Arthur Schopenhauer steht nahezu unverrückbar im Strom philosophischer Meinungsbildung. Er hat seine Anhänger, und es werden immer mehr. Schopenhauer ist ein Mann für alle Fälle, von ihm lassen sich Einsichten beziehen, die nicht unbedingt glücklich(er) machen, wohl aber das herbeireden können, was der heutige Mensch, in ungemütlichen Zeiten und von Vergreisung bedroht, anscheinend am nötigsten braucht: Gelassenheit.«

»Schopenhauer hat sein gut bewachtes Weltanschauungsgebäude immer mal wieder gern verlassen, um sich ins Freie zu begeben. Dort befiel ihn, wenn er sich nicht zur Ordnung rief und seine Philosophie unbeaufsichtigt ließ, eine Stimmung, die wenig von sich hermacht, dafür jedoch um so wertvoller ist: ›Der Heiterkeit, wann immer sie sich einstellt, sollen wir Tür und Tor öffnen: denn sie kommt nie zur unrechten Zeit, weil nur sie unmittelbar in der

Gegenwart beglückt; weshalb sie das höchste Gut ist für Wesen, deren Wirklichkeit die Form einer unteilbaren Gegenwart zwischen zwei unendlichen Zeiten hat ...‹« **

*(** Zitate, auch im Folgenden, aus: Fitzroy, Praxis Dr. Schopenhauer – Was wirklich zählt im Leben. 4. Aufl., München 2009)*

Wenn man auch noch so alt wird

Sehr geehrter, lieber Herr Professor,
nach wie vor fühle ich mich von Ihren Kolumnen erheitert und belehrt. Allerdings habe ich den Eindruck, dass Sie zuletzt den Pfad der reinen Lehre etwas verlassen haben, um sich auch anderweitig umzuschauen. Das ist nicht verboten und kann, wie die Erfahrung lehrt, gelegentlich sogar gewinnbringend sein. Auch *unser* Philosoph hat sich ja ab und zu in einem Umfeld orientiert, das nicht das seine war, weswegen er denn auch immer wieder zügig in den Wohnbunker zurückgekehrt ist, der seine Heimat war. Kurzum, ich möchte Sie frank und frei fragen: Sind Sie von Schopenhauer, dem Welterklärer und Menschenversteher, abgerückt? Wenn ja, würde es mir leidtun. An meiner Wertschätzung für Sie muss sich dadurch aber nichts ändern ...

Mit besten Grüßen
Ihr Carsten S.

Lieber Carsten S., – ich danke für Ihre Zuschrift, die mich ein klein wenig ratlos gemacht hat. Zum einen, weil Ihr Eindruck nicht ganz täuscht: Ich rechne mich tatsächlich nicht (mehr) zu den unmittelbaren Gefolgsleuten *unseres* Philosophen, weil ich – dies zum andern – eine solche Gefolgschaft noch nie eingegangen bin; ich dachte, mich darüber an dieser Stelle schon einige Male verständlich gemacht zu haben. Wenn Sie so wollen, liegt einer solchen Einschätzung eine Lesart der Schriften zugrunde, die sich als eigenständig, ja bei Gelegenheit sogar als in Maßen widerborstig versteht. Ich glaube zudem, dass ich dafür eine Tageszulassung des

Weisen aus der *Schönen Aussicht* erhalten hätte, gibt es doch einen Satz von ihm, der, da er etwas zu derb geraten ist und deswegen wohl zu Recht nicht im offiziellen Werkekanon Aufnahme fand, so vielseitig verwendbar ist, dass er sich, nicht zuletzt, auch gegen seinen Urheber verwenden lässt: *Nur die eigenen Gedanken zählen*, schrieb Schopenhauer, *fremde Gedanken sind geschissene Scheiße*. In diesem Sinne empfehle ich uns Prinzipientreue, die sich ruhig auch mal ablenken lassen darf.

Mit herzlichem Gruß Ihr: Fitzroy

Sehr geehrter Fitz,

warum ist es nur so, dass ich, der ich vor Urzeiten sogar mal einen kleinen Orden für Zivilcourage bekommen habe, deren angebliches Verschwinden heutzutage ja gern beklagt wird, seit kurzem Angst habe: Angst vor dem, was ich nicht kenne, was aber, in anderer, für mich nicht zugänglicher Wissenskonstellation, längst feststeht und, wenn's denn sein soll, über mich kommen wird? Ist diese ungeschlachte Angst nur mein persönliches Problem und tut eigentlich nichts zur Sache? Bin ich womöglich ein nervöses Weichei geworden, das zu viel Zeit hat und sich dabei in gänzlich unergiebigen Gedankengängen verrennt? Und müsste ich deshalb nicht vielleicht sogar eher psychologischen statt lebensphilosophischen Beistand einholen?

Schöne Grüße, auch an Herrn Roy,
W.B.

Sehr geehrter Herr W. B., – zunächst einmal eine kleine unerhebliche Korrektur: den Kollegen Roy gibt's nicht, er ist Teil von mir, wir beide sind Fitzroy. Leider. Nun aber zu Ihrer Frage. Ich verstehe Sie so, dass Ihnen mit einem Mal, vielleicht sogar aus dem vielzitierten heiteren Himmel, bedrohlich erscheint, was bei anderen nicht auffällig wird, ja zur Tages- und Nachtroutine gehört: Sie haben Angst vor dem Unausweichlichen, einem Schicksalsschlag etwa, Krankheit, Unfall, die Gefahren lauern bekanntlich an allen Ecken und Enden, so dass eine Erkenntnis, die *nicht* von Schopenhauer stammt, unangefochten Gültigkeit hat: Leben ist immer lebensgefährlich. Eine solche Angst aber ist unergiebig und wird gerade deshalb vom evolutionären Programm nur in Ausnahmefällen bedient. Trotzdem komme ich mir ein wenig einfältig vor, wenn ich Ihnen zurufe: Lassen Sie die Angst nicht mehr zu, werden Sie wieder guten Mutes. Ich weiß, das ist leichter gesagt als getan, aber einen anderen Weg sehe ich nicht, schon gar keinen psychologisch ausgeschilderten, denn bei den Psychologen kommen Sie vom Regen in die Traufe, das war schon immer so. Man wird vonseiten der Seelenkundler noch ganz andere Ängste bei Ihnen entdecken, die allesamt im frühkindlichen Schädigungsraum geortet werden, der für den wachsamen Psychologen die eigentliche Heimwerkstatt ist, in der er gern herumschraubt und bastelt. (Sie merken, ich bin diesbezüglich nicht sehr objektiv gestimmt, was womöglich daran liegt, dass ich mich selbst mal im psychoanalytischen Klammer- und Würgegriff befand, wovon an dieser Stelle aber ansonsten keine Rede sein soll – dankenswerterweise.)

Über unserem Leben liegt ein Geheimnis, ein *Mysterium*, wie es der spanische Dichter Miguel de Unamuno (1864–1936) nannte, der einst Deutsch lernte, um Schopenhauer im Original lesen zu können; dieses Geheimnis ist unser eigentliches Geschenk, denn es enthält uns u. a. auch vor, was uns alles noch so blüht und, dies vor allem, wann es uns blüht. Gut so. Im Übrigen müssen wir damit leben, dass alles, fast alles – zumal wenn wir erst kein Glück haben und dann auch noch Pech dazukommt – auf uns zurückfallen kann, ähnlich etwa dem Fall des unbegabten Terroristen, der eine nicht ausreichend frankierte Paketbombe zur Post gab, die prompt an den Absender retourniert wurde. Beim Öffnen des Pakets –, nun ja, Sie wissen schon: ein Terrorist weniger, für den inzwischen aber irrwitzig viele, und leider auch geschicktere, nachgerückt sind ...

Ich empfehle also Gelassenheit und aufmerksamen Umgang mit der Hauspost! Mit herzlichem Gruß: Fitzroy

Werter Herr Fitzroy!

Ich habe Ihnen oft und gern geschrieben, und Sie haben mir freundlicherweise genauso oft, möglicherweise aber nicht immer genau so gern geantwortet, was allemal zu verstehen ist, denn von Ihnen will ja ständig jemand was; vergnügungssteuerpflichtig ist das nicht, manchmal wohl eher eine Zumutung.

Heute wende ich mich noch einmal an Sie, es könnte u. U. mein letztes Mal sein. Wie Sie vielleicht noch wissen, bin ich nicht mehr ganz jung, Ende 70, demnächst drohen Feierlichkeiten zu meinem 80. Geburtstag, den ich aber, nach dem Stand heutiger Stimmungslage, nicht unbedingt mehr erleben möchte. Ich bin inzwischen, und zwar sehr abrupt und ohne vorwarnende Anzeichen, altersdepressiv geworden. Das Jahr besteht aus einer einzigen Jahreszeit, und die ist grau. Jede Bewegung macht mir Mühe, auch die der Gedanken, denen nichts, aber auch gar nichts Frohsinniges mehr innewohnt. Wenn mir nicht alles so unendlich mühsam und lähmend erscheinen würde, hätte ich auch schon an Selbstmord gedacht, aber was soll das bringen, wenn man sich vom grauen Grau ins dunkle Nichts befördert; ganz abgesehen von dem Umstand, dass Selbstmorde ja auch kolossal schiefgehen können, dann hat man endgültig nichts Halbes und nichts Ganzes, ist ein Krüppel und vegetiert, missmutig betreut von überfordertem und schlecht entlohntem Pflegepersonal, in einer Anstalt auf das Ende seiner Tage zu.

Langer Klagerede kurzer Sinn: Haben Sie nicht vielleicht doch noch einen kleinen Trost für mich, eine unwiderstehliche Durchhalteparole oder einen philosophischen Witz, der nachhaltig und altentauglich ist??

In bewährter Verbundenheit: Ihr Carlos Z.

Lieber Carlos Z., – muss ich mir Sorgen machen?? Ja, das muss ich wohl, aber ich möchte – übrigens auch an einem Tag, wie er grauer und fader kaum sein kann – meinen kleinen Beitrag dazu leisten, dass diese Sorgen nicht über das zulässige Maß hinausgehen. Wie kann ich Ihnen helfen? Ich bin ein paar Tage jünger als Sie, aber auch ich komme *an Tagen wie diesen* nur mit Durchhalteparolen nach Hausmacherart über die Runden. Wenn ich morgens ins Bad schlurfe, bekomme ich im Breitwandspiegel schon mal ein erstes Bild des Grauens vorgeführt, und das Grauen hat einen Namen: Fitzroy. (Kommen Sie mich bei Gelegenheit mal besuchen, morgens, wenn die Nacht noch nicht abgezogen ist und der Tag sich mürrisch herrichtet; dann treten wir beide, Seit an Seit, vor besagten Spiegel, um vorurteilsfrei festzustellen, wer von uns beiden älter aussieht – wollen wir wetten, dass ich es bin?) So viel zum Stichwort *Selbstbewusstsein*, dem in der gesamten Psychobranche ja mächtig Bedeutung zugemessen wird, weil ohne ein stabiles Selbstbewusstsein angeblich nichts läuft, vor allem keine Abwehrkräfte gegen die allüberall lauernden Depressionsviren mobilisiert werden können. Sie merken aber, lieber Carlos, dass ich daran, wie auch an anderes, nicht so recht glaube …

Zurück zu *Ihrer* Sache, die auch meine ist: Auf dem Marsch ins Alter nämlich sind wir nicht allein, was einerseits verstörend ist – man schaue sich nur um unter den Heerscharen der ein- und ausgelagerten Alten, von denen viele so leer und traurig gucken, obwohl die ständig steigende Lebenserwartung doch gern als Segen und Geschenk gepriesen wird –; andererseits aber auch eine listige Solidarität hervorruft, die es auszukosten gilt, steht sie doch sehr nahe an der *Heiterkeit*, die der Philosoph so sehr zu schätzen wusste, dass er selbst manchmal vergaß, ihr nachzukommen. Krampfhafte Heiterkeit aber ist ohnehin nicht angesagt, sondern viel eher eine Einsicht, die – wenn man bereit ist, an sie zu glauben, was manchen, vor allem: arg wissenschaftsgläubigen Zeitgenossen widerstrebt – eine zeitübergreifend beruhigende Wirkung hat: *Wenn man auch noch so alt wird,* befand Schopenhauer, *so fühlt man doch im Innern sich ganz und gar als denselben, der man war, als man jung, ja, als man noch ein Kind war.* Für mich, lieber Carlos, ist das eine Gewissheit, an die man sich halten kann. Was auch immer an äußeren (in der Regel: eher unguten) Veränderungen über uns kommt, sie tun, mit Blick in unseren geheiligten inneren Bezirk, nichts zur Sache. Und noch eine Botschaft lässt sich dem Alter ablauschen: *Nur wer alt wird, erhält eine vollständige und angemessene Vorstellung vom Leben, indem er es in seiner Ganzheit und seinem natürlichen Verlauf, besonders aber nicht bloß ... von der Eingangs-, sondern auch von der Ausgangsseite übersieht, (...) während die übrigen stets noch in dem Wahn befangen sind, das Rechte werde erst noch kommen.*

Ich hoffe, lieber Carlos, dass ich Ihnen ein wenig weiterhelfen konnte und Sie beim Lesen dieser Zeilen nicht ganz entschlummert sind. Wenn aber doch, wäre das auch nicht schlecht, gilt der Schlummer doch, quer durch alle philosophischen Schulen, als heilsam und, bei günstigem Ausgang, dann auch als inspirationsfördernd …

Herzliche Grüße Ihres Fitzroy

Sehr geehrter Herr Fitzroy!

Ich schreibe Ihnen und rede Sie dabei nicht mit Ihren Titeln an, was nicht ungehörig ist, sondern auf einer begründeten Vermutung beruht, die ich demnächst zur Gewissheit machen werde. Sie sind nämlich, lassen Sie mich das frank und frei sagen, weder Dr. phil. noch Professor, das entnehme ich gut recherchierten Unterlagen, die mir vorliegen.

Sie werden schon von mir gehört und gelesen haben: Mein Name ist Dr. Melanie Stahlknecht, ich war Drogen- und Suchtbeauftragte in der Landesregierung eines an Hessen angrenzenden Bundeslandes. Inzwischen bin ich im Ruhestand, der für mich allerdings ein Unruhestand ist, da ich noch viel vorhabe. Mein Interesse gilt mittlerweile nicht mehr nur der Suchtprävention und dem Kampf gegen eine allmächtige Alkohollobby, sondern ich bin auch – angeregt durch die Fälle eines eitlen fränkischen Landbarons und einer ehemaligen Bildungsministerin – akademischen Betrugsmanövern auf der Spur, von denen es viel mehr gibt, als der normale rechtschaffene Bürger meint. Der Universitäts- und Wissenschaftsbetrieb ist von Grund auf verrottet; ehrliche Leistung zählt nicht mehr, es herrschen, wie in anderen Marktsegmenten auch, pure Käuflichkeit und freches Betrugsdenken vor. Wie gesagt: Im Zuge meiner Ermittlungen sind auch Sie in mein Visier geraten und werden demnächst wieder von mir hören.

Einstweilen freundliche Grüße
Dr. Melanie Stahlknecht

Geehrte Frau Stahlknecht, – (was für ein Name; der passt!) ... Ich danke für unfreundliche Zeilen. Nein, ich kannte Sie bisher nicht, habe auch, erfreulicherweise, noch nie etwas von Ihnen gehört. Das soll so bleiben. Beim Lesen Ihres Briefes habe ich mir, ohne es zu wollen, vorzustellen versucht, wie Sie wohl sein könnten, und bin dabei im Bild einer alten, säuerlich dreinblickenden Dame hängengeblieben. Dass Sie Ihren Ruhestand durch diverse Denunziationen aufzumöbeln versuchen, dient vermutlich Ihrem seelischen Gleichgewicht; möge es erhalten bleiben, solange es noch betrugswillige und kaufkräftige Akademiker gibt. Sie sollten nur aufpassen, gnädige Frau, dass Sie bei einer Ihrer Treibjagden nicht selbst aus dem Hinterhalt erlegt werden; bekanntlich werden Jäger, gar nicht mal so selten, für Freiwild gehalten und unfreiwillig zur Strecke gebracht. Das wünsche ich Ihnen nicht, wäre aber durchaus in der Lage, mich darüber zu freuen.

Mit akademischem Gruß: Prof. Dr. Egidius Fitzroy

Lieber Fitzroy, ich finde dich süß, obwohl oder vielleicht gerade weil es keine Fotos von dir gibt. Oder bin ich da falsch informiert?

Deine Franzi aus der Wetterau

Liebe Franzi, – Sie sind richtig informiert. Tatsächlich gibt es, außer ein paar alten Fahndungsfotos, keine Bildnisse von mir, und das kann man nur begrüßen. Wenn Sie mich nämlich in meiner ganzen umfänglichen Leibhaftigkeit sehen würden, fänden Sie mich nicht mehr süß. Versprochen. (Bleiben Sie mir aber bitte trotzdem gewogen.)

Schöne Grüße in die Wetterau – Ihr Fitzroy, der um sich selbst gern einen großen Bogen macht ...

Einmarschieren!

Am Dienstag begaben sich die Friseure seufzend an ihre Arbeit, und auch Prof. Dr. Fitzroy musste seine Praxis wieder aufsperren. Er tat es nicht gern, er tat es nicht ungern. Scheißegal, sagte er sich, ein Kommentar, seiner unwürdig, aber absolut passend. Auf jeden Fall fühlte er sich dienstags immer besser als montags; neue Tatkraft, vorsichtig, sehr vorsichtig dosiert, setzte ihm zu. Ich werde gebraucht, sagte er sich. Von den andern werde ich gebraucht, nicht unbedingt von mir selbst. Beim wie so oft zu reich bestückten Frühstück hatte er noch das Wort an zwei, drei andere Gäste gerichtet, die nicht erschienen waren, er sprach also mal wieder mit sich selbst. Macht nichts, sagte Fitzroy, es schadet nichts, es ist nicht verboten, und solange man die Rede in eigener Sache auf die eigene Wohnung beschränkt, gerät man nicht in Verdacht, wunderlich zu sein. Oder gar dement, was ja angeblich immer früher vonstattengeht; schon kleine Kinder geben Anzeichen von Demenz zu erkennen, die man allerdings, aus pädagogischen Gründen, lieber übersieht und stattdessen den Symptomen normaler Verhaltensgestörtheit zurechnet, von denen es inzwischen so viele gibt, dass Kinderpsychologen, Jugendversteher und Adoleszenzberater in den nächsten Jahrzehnten noch mehr als genug zu tun haben werden. Ich mag keine Kinder! sagte Fitzroy vor Zeugen, er hatte es schon öfter gesagt, und genau besehen war es auch immer nur ein Zeuge gewesen, vor dem er dieses Bekenntnis abgab, das kein Schwein interessierte. Wenn er sich dabei hätte sehen können, womöglich sogar in die Augen geschaut hätte, wäre ihm vielleicht aufgefallen, dass er die Lippen bewegte und den Blick gesenkt hielt; da wollte sich einer, übers konspirativ Bekennerhafte hinaus, nicht erklären; Nachfragen waren nicht erwünscht. Er schniefte; ächzend erhob er sich vom Küchengestühl. Der frühe Dienstagsmorgenelan kam ihm bereits wieder abhanden. Jaja, sagte er, wir haben es nicht leicht, und deswegen bin ich auch mit der Zeit, die ihr eigentliches Geheimnis niemals preisgeben wird, so schwer geworden. Nicht unbedingt gedankenschwer, sondern schwerlastend nach Art normaler Übergewichtiger. Ich werde abnehmen, sagte er, sagte es vorsichtshalber aber nicht zu laut, irgendwann werde ich abnehmen müssen. Aber wie macht man das, ohne Diät, Entsagung, Selbstquälerei. Also lieber erstmal weitermachen wie bisher. Noch passte er ja in seine Hosen, von denen jede einzelne, musste man zugeben, den Umfang eines Zeltes hatte. Na na na, rief Fitzroy, nicht übertreiben, so schlimm ist es ja nun auch wieder nicht. Er stand auf, begann damit, den Frühstückstisch abzuräumen. Durch eines der Fenster fiel ein Sonnenstrahl, der sich nicht beruhigen ließ; statt sich als kleine Lichtschneise festzusetzen, glitt er über den Boden, huschte an einer Wand hoch, streifte sogar, wie aus Versehen, Fitzroys rechte Gesichtshälfte, um dann wohl doch genug gesehen zu haben. Alles nicht so ergiebig, der Lichtstrahl verschwand, blieb aber in Erinnerung, da es vor dem Fenster dauerhaft hell wurde. Ein schöner Tag, sagte Fitzroy, vielleicht sollte ich nach Abwicklung meiner dienstäglichen Sprechstunde ein wenig spazieren gehen. Am Main entlang, zum Beispiel, aber dort war es, anders als zu Dr. Schopenhauers Zeiten, fast immer unangenehm belebt und menschenvoll. Nichts für einen wie Fitzroy, der nicht gerne spazieren ging; darin unterschied er sich von seinem Philosophen, der angeblich mit schnellem Schritt und unter Beigabe brabbelnd vorgetragener Selbstgespräche regelmäßig seine Verdauungs- und Gesunderhaltungsgänge in

Mainnähe absolviert hatte. Wenn's denn so war. Wir sind nicht dabeigewesen, rief Fitzroy fröhlich, aber brabbelnd vorgetragene Selbstgespräche hab' ich auch im Programm. Ansonsten jedoch ließ sich eine zunehmende Distanz zu Dr. Schopenhauer beobachten, fand er. Nichts Großes, eher Kleinteiliges, das sich zu gegebener Zeit in der Summe verselbständigen konnte. Und dann? Dann war er endgültig kein Mann mehr für die Internationale Schopenhauer Gesellschaft, die man zum jetzigen Zeitpunkt aber nicht aufschrecken musste, zumal sie pünktlich zahlte und ihn weitgehend in Ruhe ließ. Dennoch hatte Fitzroy, alberner Gedanke, schon zwei-, dreimal gedacht, dass er abgehört wurde, was, mit Blick auf seine Selbstgespräche, dann vielleicht doch gar nicht so abwegig war.

Was Sie sicher schon länger wissen wollten, aber nicht zu fragen wagten, rief er, das sollte jetzt auch der philosophische Abhördienst mitbekommen: Wie kommt man zu einem solch bescheuerten Namen, wie ich ihn zu ertragen habe. Fitzroy, das an sich ist ja schon einigermaßen daneben, aber dann noch Egidius. Mit einer solchen Namenskombination verabschiedet man sich entweder, vorsichtshalber und möglichst früh, aus dem Leben. Oder man entwickelt eine Gegenstrategie, die, in Anlehnung an Rilke, darauf hinausläuft, dass man sich, alle objektiven Gegebenheiten munter ausblendend, *so leicht wie ohne Namen* fühlt. Letzteres habe ich versucht, mir zu eigen zu machen; ich fühle mich tatsächlich, zumindest theoretisch, so leicht wie ohne Namen; in der Praxis sieht das etwas anders aus, was aber nur an einem Körperbau liegt, der vieles sein mag, aber nicht leicht. Mein Vater war Engländer, müssen Sie wissen bzw. müssen es eigentlich nicht wissen, er arbeitete im britischen Konsulat, sofern man das, was er tat, überhaupt als arbeiten bezeichnen kann. Mit anderen Worten: Er war eine faule Sau, dem schon das vorsichtige Verschieben der Akten auf seinem Schreibtisch in körperliche Erschöpfungszustände versetzte. Kein Wunder, dass er bei seinem nicht ausgeprägten Bewegungsdrang dick wurde, ein Zustand – Fitzroy räusperte sich –, den er im genetischen Handstreich an seinen ersten und einzigen Sohn weitergab. Da half es auch nicht, dass er sich mit meiner Mutter paarte, einer wendigen, merkwürdig unfrohen Person, die sich als Sachbearbeiterin für Sachen, die keinen, zumindest keinen Kontinentaleuropäer interessierten, im gleichen Konsulat zu schaffen machte. Einmal kamen sie übereinander, und dabei kam ich heraus. Mit einiger Verspätung zwar, und in einen Geburtsvorgang gezwängt, der sich elend lange zog, weil meine unfrohe Mutter, wie mir gesagt wurde, mittendrin den Pressvorgang abbrechen wollte; zu anstrengend das Ganze, zu schmerzhaft, zudem war ihr eingefallen, dass sie ja gar nicht wusste, was sie sich da einhandelte. Mein Vater verfolgte die Geschichte seines Sohnes, die gerade erst begonnen hatte, aus gleichgültiger Distanz; er saß zu Hause in seinem Stammsessel, ein Möbelstück beeindruckenden Ausmaßes, und trank Whisky. Überhaupt war Whisky sein Grundnahrungsmittel; sooft er sein Glas zum Schlund führte, und das war sehr oft, erlitt er einen lustvollen Energieschock, der so gar nichts mit den beruflichen Anstrengungen des Tagesbetriebs zu tun hatte. Erfreulicherweise.

Es kann insgesamt nicht verwundern, dass wir nicht glücklich wurden miteinander, sagte Fitzroy zu seinen unbekannten Zuhörern. Meine Eltern zogen mich auf, mehr schlecht als recht, meine Mitschüler zogen mich auch auf, da ihnen meine Physiognomie missfiel und ich überhaupt etwas Sperriges hatte, das quer zu ihrem Weltbild stand. Kurzum, ich hatte das, was später, in einem stehenden Terminus der psychologischen Klugscheißer, als unglückliche Kindheit bezeichnet wurde. Ich ließ mich davon allerdings nur unwesentlich beeindrucken; schon damals hatte ich das Gefühl, dass ich, fast so, als sei das ein verkapptes Geschenk, in mir selbst ruhte. Zudem nahm mein Schicksal noch eine günstige Wendung: Mein fauler, familienuntüchtiger Vater erbte, und zwar nicht gerade wenig. Er gab mich auf ein Internat, das damals in gutem Ruf stand, später jedoch als umstrittenes Etablissement galt, in dem die Lehrer sich etwas zu sehr um ihre Schüler kümmerten, wovon ich aber nichts mitbekam; wahrscheinlich war ich für keinen der Lehrer attraktiv genug. Danach siedelten meine Eltern nach Schottland über, wo sie, wenn sie nicht gestorben sind, auch heute noch hausen. Ein-, zweimal hab' ich sie besucht, sie begrüßten mich mit eingefrorener Miene, wiesen mir eines der vierundsechzig Gästezimmer zu, die es in ihrem Schloss gab, das allerdings insgesamt sehr eindrucksvoll war, was sogar ich zugeben musste. Auf einer Anhöhe gelegen, bot es den Blick auf karge, schwarzbraune Berge und einen langgestreckten See, in dem es, wie in jedem zweiten schottischen Loch, ein Seeungeheuer gab, das es vorzieht, sich nicht blicken zu lassen. Auch ich zog es vor, mich tagsüber nicht blicken zu lassen; meine Eltern nahmen es, hatte ich den Eindruck, wohlwollend zur Kenntnis. Die Mahlzeiten, die den Vorstellungen von schottischer Sparsamkeit und britischem Kochunvermögen entsprachen, nahmen wir gemeinsam ein, meistens schweigend, versteht sich, nur mein Vater sagte ab und zu etwas, da er vom exzessiven Whiskyverzehr einen nervösen Reizmagen hatte und öfter Laut geben musste. Er rülpste, ein an sich bekanntes, in diesen Hallen aber höchst eigenartiges Geräusch, da es Hall und Geschwindigkeit aufnahm und sich anschließend weiterrollend zu vervielfältigen schien. Apropos Whiskyverzehr: Erwähnte ich, dass mein Vater mich eigentlich Johnny Walker nennen wollte, eine Referenz an seine Hausmarke, der er, auch als er reich geworden war und sich viel teurere Single Malts leisten konnte, unbeirrt die Treue hielt, er bekam auch, wenn ich mich recht erinnere, Dankes- und Anerkennungsschreiben aus dem Hauptsitz der Destillerie sowie einige kleinere Geschenke. Die Namensbehörde, die über den Antrag meines Vaters, seinen Sohn Johnny Walker nennen zu dürfen, beriet, lehnte ab; sie war damit, aus heutiger Sicht, durchaus fortschrittlich, denn kürzlich sind, soweit ich weiß, auch Namen wie Nutella, Beefy, Ouzo oder GehtaufsHaus abschlägig beschieden worden. Was die eigentlichen Vorgänge rund um meine Geburt und die anschließende, insgesamt eher unglücklich verlaufende Namensgebung angeht, bin ich natürlich auf Mutmaßungen angewiesen, ich war ja nicht wirklich dabei. Auf jeden Fall wäre Johnny Walker Fitzroy, nach Ansicht meines Vaters, ein schöner Name gewesen, damit hätte sogar ich, den er für eine absolute Fehlbesetzung hielt, Karriere machen können. Meine Mutter setzte sich dann durch und nannte mich Egidius, auch das eigentlich ein Straftatbestand und Verstoß gegen die Menschenwürde, gegen den es aber keine Einspruchsmöglichkeit gab. Der Name Fitzroy als solcher ist aber gar nicht so schlecht, denke ich heute, ein Name zudem mit Tradition. Es gab einige britische Militaristen, die so hießen, auch der Kapitän des Forschungsschiffs HMS *Beagle*, auf der Charles Darwin seine legendäre Weltreise absolvierte (1831–1836), die ihn anschließend, wie man herausgefunden haben will, zur Theorie der natürlichen Auslese führte, hieß Fitzroy, schrieb sich aber wohl FitzRoy, und hatte mit schwankenden Gemütszuständen zu kämpfen, die an Bord eines kleinen schwankenden Schiffes nicht besser wurden, im Gegenteil. Zurück an Land wurde er dienstunfähig geschrieben, dachte darüber einige Zeit nach und erhängte oder erschoss sich, vielleicht auch beides. Fitz Roy, ein Mann nach Schopenhauers

Geschmack, wenn man so will. Der sympathischste aller Fitzroys ist nach meiner Meinung aber der *Cerro Fitzroy*, ein scharfzackiger, 3406 m hoher Berg im Niemandsland zwischen Argentinien und Chile, der so abweisend und unzugänglich aussieht wie ich, wenn keine Kundschaft da ist oder wenn ich, des trüben Morgens, zu lange in meinen Badezimmerbreitwandspiegel geschaut habe. Heute aber. Heute aber bin ich nicht abweisend, auch nicht abwesend, leider, denn es ist, wie mir meine alte, hoch oben im Kücheneck angebrachte Bahnhofsuhr verrät, zehn Uhr vier. Prof. Dr. Egidius Fitzroy beendet hiermit seine Rede an das diensthabende Lauschangriffspersonal, denn nun hat er selber Dienst, Weisheitsheitsdienst, aus dem, sagt er sich immer öfter, er gern in den Vorruhestand wechseln würde.

Aber da war auch schon der erste Kunde einmarschiert, und tatsächlich betrat Dr. Damian Wurm Fitzroys Praxis immer mit dem viel zu lauten Gruß *Einmarschieren!*. Es war dies eine seiner Marotten, von denen er noch mehr hatte, die sich inzwischen aber eher unauffällig oder gar nicht mehr äußerten. Dr. Wurm, Militärhistoriker a. D., hatte sich vor einer Ewigkeit in Fitzroys Behandlung begeben; warum das geschah, wusste keiner mehr. Fest stand, dass er an der Weltlage laborierte, die er aber nicht vom globalen Gesichtspunkt ins Visier nahm, sondern einzelstaatlich sezierte. Ungeachtet nämlich aller Bekenntnisse zu den Segnungen globaler Vernetzung und Nachbarschaftshilfe, die in fortschrittlichen Kreisen, mittlerweile allerdings deutlich gedämpfter, zu vernehmen sind, ist die Erde ein von nationalen Interessen dominierter, geschundener Planet, dessen ungünstiger Gesamtsituation man durch vorausschauende, vor allem auch vorbeugende Maßnahmen hätte begegnen können. Zum Beispiel eben durch rechtzeitiges Einmarschieren in die von Dr. Wurm ausgemachten Krisen- und

Gefährdungsstaaten, von denen es so bestürzend viele gab, dass aus der einen Ewigkeit, die Prof. Dr. Fitzroys Gesprächs- und Zuhörtherapie an Dr. Wurm nun schon währte, noch locker eine zweite Ewigkeit werden konnte.

»Herr Professor Doktor«, sagte Wurm. »Wollen wir über Ihren akademischen Weg zu den beiden Titeln reden, die Sie mit sich herumschleppen!?«

»Nein, wollen wir nicht«, sagte Fitzroy. »Und ich will auch nicht wissen, auf welchem Schlachtfeld Sie sich Ihren Titel erschlichen haben. Ein promovierter Militärhistoriker, ich bitte Sie, das ist doch per se jenseits aller Unschuldsvermutung.«

»Nur zu. Seien Sie unfreundlich zu mir, quälen Sie mich mit Worten und Taten. Eines Tages werde ich bei Ihnen einmarschieren, dass Ihnen endgültig Hören und Sehen vergeht!«

»Mein lieber Wurm, es ist immer wieder schön, mit Ihnen zu plaudern«, sagte Fitzroy. »An sich sind Sie ja schon lange mit sich im Reinen, kommen aber trotzdem immer wieder gerne zu mir.«

»Immer wieder, ja«, sagte Wurm, »gerne – nein.«

»Nehmen Sie doch Platz. Im Sessel zum Beispiel. Sie können sich aber auch aufs Sofa legen und mir Ihre werten Gedanken von dort aus zukommen lassen.« Fitzroy nahm am Schreibtisch Platz, dabei gab sein vielstrapazierter Bürostuhl ein merkwürdiges, fast unanständig klingendes Geräusch von sich. »Wollen wir statt über unsere sehr zu Recht und mit großer Anerkennung erworbenen akademischen Titel nicht lieber wieder über die Weltlage sprechen?«, sagte er dann. Er hatte ein ungutes Gefühl, dass dieser Dienstag, den er vergleichsweise munter und lebensbejahend begonnen hatte, vielleicht doch nicht sein Tag war.

»Die Weltlage bleibt gefahrbringend austariert«, sagte Dr. Wurm, was auch immer das heißen mochte. »Aber«, fügte er hinzu, »in Kasbekistan sieht es gar nicht gut aus.«

»Wo?«

»Haben Sie nicht zugehört? In Kasbekistan.«

»Wo soll das sein, Kasbekistan? Das gibt's doch überhaupt nicht.«

»Und ob es das gibt. Ihre Geographiekenntnisse waren ja noch nie besonders ausgeprägt. Aber dass Sie Kasbekistan nicht kennen! Das ist ein flächenmäßig kleiner, überwiegend hochgebirgiger Staat rund um den heiligen Berg Kasbek. Bis vor kurzem gehörte die Region noch zu Georgien, aber im Zuge der natürlich von Russland geschürten Unruhen und politischen Verschiebungen, die dort stattfanden, hat sich Kasbekistan selbständig gemacht. Unbemerkt, wenn man so will.«

»Sehr unbemerkt. Vermutlich waren Sie der Einzige, der das mitbekommen hat. Und was wollen Sie in Kasbekistan machen?«

»Na, was wohl. Einmarschieren natürlich.«

»Klar doch, wie konnte ich das auch nur eine Minute vergessen. Schopenhauer übrigens –.«

»Ach ja«, sagte Dr. Wurm. »Was gäbe ich drum, dass er noch leben würde. Dann könnten wir –.«

»Getrennt schlafen und vereint einmarschieren?«

»Genau.«

»Ich darf Ihnen sagen, dass Schopenhauer, nachdem er sein Weltanschauungsgebäude endgültig abgedichtet und wetterfest gemacht hatte, absolut immobil wurde«, sagte Fitzroy, der ein Kribbeln im verlängerten Rücken spürte. »Das heißt, er marschierte bevorzugt nur noch in seine Wohnung in der Schönen Aussicht ein. An ihm hätten Sie mit Sicherheit keinen Kampf- und Gesinnungsgefährten gehabt, zumal ihn staatliche Gebilde, vor allem solche, die sich ausschließlich später militärhistorischer Phantasie verdanken, nicht die Bohne interessiert haben. Er dachte für die Menschheit, zumindest glaubte er das, war aber vorwiegend als Lobbyist in eigener Sache tätig.«

»Manchmal reden Sie wie ein Abweichler, ein Renegat der reinen Lehre. Man sollte der Internationalen Schopenhauer Gesellschaft empfehlen, die eine oder andere Wanze in Ihren Praxisräumen anzubringen, da würde sie manches zu hören bekommen, was den Verantwortlichen gar nicht schmecken dürfte.«

»Ich kann Sie beruhigen«, sagte Fitzroy, »diese Wanzen gibt es längst. Haben Sie übrigens was dagegen, wenn ich meine Schreibtischtäterposition aufgebe und ein paar Schritte gehe? Mein Rücken ist ganz verspannt.«

»Tun Sie, was Sie nicht lassen können.«

Fitzroy erhob sich, was ihm schwerfiel, sogar sehr schwer. Kein Wunder, denn was er schon länger befürchtet hatte, trat nun ein: Der Schreibtischstuhl erhob sich mit ihm, er ließ sich nicht mehr lösen. Fitzroy hing fest, umgekehrt wurde allerdings auch ein Stuhl draus: Sein Sitzmöbel hing fest, und zwar an ihm, der, so schien es, in diesem Moment endgültig seine Korpulenzgrenzen überschritten hatte. Dr. Wurm starrte ihn ungläubig an. »Was wollen Sie denn mit dem Stuhl?«, fragte er. »Ist das eine neue Übung?«

»Helfen Sie mir«, ächzte Fitzroy. »Bitte!« Hatte man je eine unglücklichere Figur in dieser Praxis gesehen als den philosophischen Praktiker? Er stand. Mit eingedrückten Knien, nach vorn gebeugt, um das Restgleichgewicht zu halten, irgendwie, aber der Druck kam von hinten, dazu ein Zug nach unten, denn der Bürostuhl hing an ihm wie festgedübelt. Fitzroy ächzte, er hatte Schweißperlen auf der Stirn. Wenn ich schon jetzt, also verfrüht, sterben soll, ging es ihm durch den Kopf, dann doch bitte auf eine würdigere Art und Weise.

»Sie schnaufen wie ein altes Pferd, Herr Dr. Schopenhauer«, sagte Wurm vergnügt. »Aber ich will mal nicht so sein und Ihnen helfen. Schließlich ist Mitleid nach unserem Philosophen die höchste Tugend im menschlichen Zusammenleben. Allerdings –«

»Bitte!!«

»Allerdings war er auch für die Schadenfreude empfänglich, die er zwar wiederholt verdammte, sich selbst aber, speziell mit Blick auf das Missgeschick anderer, gerne gönnte.«

Dr. Wurm machte sich dann doch noch an Fitzroys Stuhlgesäß zu schaffen. Er zog und zerrte, versuchte die Armlehnen zu lockern, die einen Klammergriff auf die Körpermitte des Philosophen ausübten; nach einigen Minuten, die sich wie eine weitere schlechte Ewigkeit anfühlten, hatte er Erfolg. Der Bürostuhl ließ sich lösen, was so abrupt geschah, dass Dr. Wurm mit zu Boden ging. »Jetzt schnaufen Sie wie ein altes Pferd«, sagte Fitzroy. »Ich danke Ihnen!«

»Da nicht für«, sagte Wurm. »Sie sollten aber ab sofort an Ihrem Gewicht arbeiten, Meister. Und ein neuer Bürostuhl in XXXL wäre auch nicht schlecht.«

»Wenn meine Kunden alle pünktlich zahlen würde, wär' das kein Problem. Mit der Zahlungsmoral steht es aber nicht zum Besten. Zum Beispiel gibt es da einen Herrn namens –.«

»Ich weiß nicht, wen Sie meinen«, sagte Wurm. »Für die gerade absolvierte Beratungsstunde werde ich mir auf jeden Fall 100 Prozent Skonto gewähren, schließlich hab' ich hier die meiste Arbeit geleistet.«

»Ich wäre schon froh, wenn Sie die vorletzte Rechnung begleichen würden!«

»Gemach, gemach«, sagte Dr. Wurm und wandte sich Richtung Ausgang. »Jeder bekommt das, was er verdient.

Mögen Sie sich auch sonst Ihre abweichenden Meinungen von der herrschenden Lehre gönnen, Professor Doktor, wie gesagt: über Ihre Titel werden wir noch reden müssen, so sind Sie mit Ihrem Geld- und Finanzgebaren doch noch sehr bei Schopenhauer. Ob das gut ist? Ich hab' da meine Zweifel. Leben Sie wohl.«

»Sie haben kürzlich ein wenig Geld verloren? Das ärgert Sie, und es vermag Sie auch nicht zu trösten, daß es anderen womöglich noch schlechter geht. Gelassenheit fällt schwer, wenn einem beim Betrachten der Kontoauszüge der Titel eines Romans von John Steinbeck in den Sinn kommt: *Blick zurück im Zorn*. Die Finanzkrisen, die, nicht ganz unverschuldet, über uns gekommen sind, hätte Schopenhauer zum Anlaß genommen, einmal mehr als Philosoph aufzutreten, der nicht nur über Gott und die Welt Bescheid weiß, sondern auch Fachmann für Vermögensfragen ist. Schopenhauer verstand sich darauf, sein Geld zusammenzuhalten und so geschickt anzulegen, dass es ordentlich Zinsen abwarf. Vor Fehleinschätzungen war man allerdings auch damals nicht sicher: 1826 scheint sich Schopenhauer verspekuliert zu haben, denn er berichtet seinem französischen Jugendfreund Anthime Grégoire: ›Ich würde sogar bequem leben, aber unglücklicherweise habe ich einen Fehler begangen, indem ich eine beträchtliche Summe in Mexikanischen Fonds angelegt habe … Mein vermindertes Einkommen genügt noch für ein Leben als Junggeselle, in möblierten Zimmern, mit Essen an der Table d'hôte, alles ohne Luxus, aber anständig; ich habe das Notwendige und nichts weiter.‹«

»Schopenhauer wußte den Wert seines vom Vater geerbten Vermögens zu schätzen. Es erwies sich, neben der

Philosophie, die er sich ausgedacht hatte und die er verteidigte, auch wenn keine Angreifer in Sicht waren, als die eigentliche Konstante seines Lebens. Auf sie konnte er bauen: ›Vorhandenes Vermögen soll man betrachten als eine Schutzmauer gegen die vielen möglichen Übel und Unfälle; nicht als eine Erlaubnis oder gar Verpflichtung, die Pläsiers der Welt heranzuschaffen.‹ (...)

Vermögen zu haben ist von Vorteil, und zwar in allen Lebenslagen. Wer sich um seine Existenzsicherung keine Sorgen machen muß, hat den Kopf frei für andere Dinge. Schopenhauer, als Hochschullehrer gescheitert und lange Jahre ein nahezu unbekannter Autor, konnte für die Philosophie leben, weil er sich finanziell abgesichert wußte. Er zog daraus den kühnen Schluß, daß sich nicht nur seine Philosophie, sondern auch seine persönliche Lebenssituation als beispielgebend begreifen ließ: ›Von Hause aus so viel zu besitzen, daß man in wahrer Unabhängigkeit, d.h. ohne zu arbeiten, bequem leben kann, ist ein unschätzbarer Vorzug. Nur unter dieser Begünstigung des Schicksals ist man eigentlich als ein wahrer Freier geboren: Denn nur so ist man Herr seiner Zeit und seiner Kräfte und darf jeden Morgen sagen: Der Tag ist mein. Seinen höchsten Wert aber erlangt das Vermögen, wenn es dem zugefallen ist, der, mit geistigen Kräften höherer Art ausgestattet, Bestrebungen verfolgt, die sich mit dem Erwerbe nicht wohl vertragen.‹ Bei dieser Beschreibung hatte Schopenhauer den einzigen Menschen vor Augen, der ihm wirklich nahe stand, nämlich Schopenhauer.«

»Schopenhauer tat etwas für sein Geld, fand er; sein Leben diente der allgemeinen Wertschöpfung, ja glich einem ›Monodrama‹ zur ›Beförderung der Wahrheit an das Menschengeschlecht‹. Und so konnte er, ohne den Anflug eines Zweifels, von sich behaupten: ›Der Natur und dem Rechte des Menschen entgegen habe ich meine Kräfte dem Dienste meiner Person und der Förderung meines Wohlseins entziehen müssen, um sie dem Dienste der Menschheit zu schenken.‹ Tatsächlich hat er wohl beiden gedient, seinem Wohlsein und der Menschheit.«

»Solange sich Spekulanten, Finanzzocker und Bereicherungsbanker austoben dürfen, hängt die Welt am Geld. Schopenhauer hatte damit kein Problem: Geld stinkt nicht, es ist das Schmiermittel, das die Gesellschaft in Gang hält. Nur wer Geld hat, kann es sich leisten, sich etwas zu leisten: ›Daß die Wünsche der Menschen hauptsächlich aufs Geld gerichtet sind und sie dieses über alles lieben, wird ihnen oft zum Vorwurf gemacht. Jedoch ist es natürlich, wohl gar unvermeidlich, das zu lieben, was als ein unermüdlicher Proteus [verwandlungsfähiger griechischer Meergott] jeden Augenblick bereit ist, sich in den jedesmaligen Gegenstand unserer wandelbaren Wünsche und mannigfaltigen Bedürfnisse zu verwandeln. Jedes andere Gut nämlich kann nur einem Wunsch, einem Bedürfnis genügen: Speisen sind bloß gut für den Hungrigen, Wein für den Gesunden, Arznei für den Kranken, ein Pelz für den Winter, Weiber für die Jugend usw. Sie sind folglich alle nur relativ gut. Geld allein ist das absolut Gute: weil es nicht bloß einem Bedürfnis in concreto begegnet, sondern dem Bedürfnis überhaupt, in abstracto.‹«

Hier und dort

Sehr geehrter Herr Fitzroy!

Ich lese Ihre Beiträge gern (nicht immer, aber immer öfter). Meine Freundin nicht, weshalb ich Ihnen heute auch halbwegs gefahrlos schreiben kann. Mein Problem ist aber, wenn man so will, auch ihr Problem, denn seitdem ich mich nicht mehr leiden kann, kann ich auch sie nicht mehr leiden. Ich bin davon sozusagen kalt erwischt worden, hab' es aber noch geschafft, mir zu merken, wann ich überrumpelt und ausgehebelt wurde; es war an einem Donnerstag um 15.31 Uhr, als ich nichts Böses ahnend vor den Spiegel trat und dort einen Fremden erblickte, der mir spontan zuwider war. An meinem bisher mit mir herumgeschleppten Ich-Bewusstsein hat das nichts geändert: Ich weiß noch, wer ich bin und wie ich heiße, desgleichen ist mir das statistische Material, was sich sonst noch um meine Person rankt, präsent. Nur dieser Typ da im Spiegel hat sich jetzt bei mir eingenistet, ein Widerling vor dem Herrn mit einem Arschgesicht (sorry!) kolossalen Ausmaßes. Am Abend kam dann meine Freundin zu Besuch und sah nicht mehr aus wie die Frau, die ich zu lieben meinte, sondern hatte selbst ein Arschgesicht. Fürchterlich. An einem Donnerstag um 15.31 Uhr ist unser beider Leben entgleist. Was sollen wir tun? Ich frage das Sie, Herr Fitzroy, Sie persönlich, da ich glaube, dass Schopenhauer zu meiner Sache nichts einfallen wird ...

Mit betrübtem Gruß: Anselm B.

Lieber Anselm B., – danke für Ihren Brief.

Das Problem, das Sie so anschaulich beschrieben haben, steht mir lebhaft vor Augen, was womöglich auch damit zu tun hat, dass der Terminus *Arschgesicht* mir geläufig ist, da ich ihn im persönlichen Binnenverkehr selbst öfter verwende, beispielsweise wenn ich an einem der Spiegel in meiner Wohnung vorbei muss und dabei, meist ohne es wirklich zu wollen, etwas zu sehen bekomme, was mir nicht passt, was aber leider nicht (mehr) zu vermeiden ist. Andererseits lässt sich, ausgehend vom Arschgesicht, auch darlegen, dass ihre an einem unglückseligen Donnerstag eingeläutete Zwangslage vielleicht gar nicht so zwanghaft ist, wie Sie meinen. In einer bekannten deutschen Boulevardzeitung widmete man sich vor einiger Zeit dem bewegenden Schicksal eines alternden griechischen Schlagerfuzzis, der mit seinem Aussehen (sehr zu Recht!) so unzufrieden war, dass er sich zu einer Gesichtsoperation entschloss, die im Wesentlichen darin bestand, dass Fett vom Gesäß abgesaugt und im Gesicht wiederverwendet wurde. Sie sagen jetzt vielleicht: Das interessiert mich nicht, was hab' ich damit zu tun? Moment, wir haben es gleich: Besagter Zeitung nämlich, die in ihrer insgesamt sehr zweifelhaften Wirkungsgeschichte unzählige, meist eher missglückte Schlagzeilen produziert hat, gelang in diesem Fall, wie ich finde, ein Glücksgriff, sie titelte nämlich: ›Erst Gesicht im Arsch – dann Arsch im Gesicht!‹

Damit war viel, wenn nicht gar alles gesagt. Bezogen auf Ihr und unser aller Arschgesicht bedeutet das nämlich, dass der damit verbundene Anblick tatsächlich nur eine Ansichtssache ist. Der Schlagerfuzzi nämlich fand sich nach der OP wieder schön, eine Meinung, die mehrheitlich nicht geteilt wurde. Egal. Es kommt, wie man weiß, auf den Blick an. Ist der bereit, positiv gestimmt zu sein, kann sich das, was er sieht, allemal sehen lassen – ein Arschgesicht ist dann eben nicht mehr ein Arschgesicht.

Auch Sie sollten Ihrem Blick eine erneute Chance geben. Da Sie mich persönlich angesprochen haben: Ich habe mir schon vor Jahren angewöhnt, der eigenen Selbsteinschätzung mit gelegentlicher Phantasiezufuhr Beine zu machen, wenn ich das mal so etwas schief ausdrücken darf. Will sagen: Der auf sich selbst gerichtete Blick muss Spielraum bekommen, geben Sie ihm Gelegenheit zu verweilen, aber auch ins mögliche Unbekannte aufzubrechen. Imaginieren Sie sich selbst, bleiben Sie in Ihrer Selbstwahrnehmung nicht bei unguten Momentaufnahmen stehen. Seien Sie, nach Maßgabe Ihrer Möglichkeiten, liebevoll zu sich selbst (zu Ihrer Freundin, die für all das vermutlich nichts kann, natürlich auch!). Wenn Sie am Umgang mit sich selbst arbeiten und Ihrem Blick eine zweite, dritte und vierte Chance geben, wird das Arschgesicht verschwinden, vielleicht schon am nächsten Donnerstag um 15.32 Uhr.

Herzlich Ihr Fitzroy

P. S.: Schopenhauer hat übrigens dem Blick in den Spiegel nicht über den Weg getraut; Selbstwahrnehmung war für ihn eine wacklige Angelegenheit: »Warum«, schrieb er, »warum trotz allen Spiegeln, weiß man eigentlich nicht, wie man aussieht und kann daher nicht die eigne Person, wie die jedes Bekannten, der Phantasie vergegenwärtigen?, eine Schwierigkeit, welche dem ›Erkenne dich selbst‹ schon beim ersten Schritte entgegensteht. Ohne Zweifel liegt es zum Teil daran, dass man im Spiegel sich nie anders als mit gerade zugewendetem und unbeweglichem Blicke sieht, wodurch das so bedeutsame Spiel der Augen, mit ihm aber das eigentlich Charakteristische des Blickes, großenteils verlorengeht.«

Also, lieber Anselm ›Arschgesicht‹ B., nehmen Sie Ihrem Blick die Starrheit, lassen Sie ihm Freiheit und Beweglichkeit, dann werden Sie sich auch mit Ihrem Spiegelbild wieder versöhnen. Und Ihre Freundin, die dann hoffentlich noch Ihre Freundin ist, wird es Ihnen danken ...

Lieber Prof. Fitzroy,

mich gibt es noch, was Sie, wünsche ich mir zumindest, freuen wird. Erinnern Sie sich? Ich schrieb Ihnen, voll von zähen Altersdepressionen, kurz vor meinem 80. Geburtstag, den ich inzwischen unfallfrei hinter mich gebracht habe. Und siehe da, es war sogar ganz schön: Die Familie, zu der mittlerweile auch drei Enkelkinder gehören, hat mich umzingelt und versuchte, es mir unentwegt recht zu machen. Das war ganz schön anstrengend, zumal ich so arg viele Wünsche ja gar nicht mehr habe, die man mir erfüllen müsste. Ich hab' mich aber, glaub' ich, tapfer geschlagen; um 11 Uhr war für mich dann Feierabend, da zog ich mich, unbemerkt von den Gästen, in meine Gemächer zurück und hab' dort wie ein alter Sack geschlafen. Warum ich Ihnen das alles schreibe? Nun, meine Depressionen haben sich nicht vom Acker gemacht, wenn ich das so salopp sagen darf, sie sind noch da, lassen aber inzwischen mit sich reden. Wir sind sozusagen in diplomatischem Kontakt, um die traurigen Gedanken kleinzuhalten und eine Lebensbejahungsperspektive für den Rest des Weges zu finden. Das gelingt auch, mehr oder weniger, wobei die eingangs erwähnten Enkel eine positive Rolle spielen. Was mir aber fehlt und früher nie gefehlt hat, ist ein Hoffnungsschimmer für die Zeit danach. Wie gesagt, ich bin nicht gläubig und will es auf meine alten Tage auch nicht mehr werden, aber: Gibt es nicht auch einen Glaubenstrost für Ungläubige? Schopenhauer war ja, soweit ich weiß, kein Mann des Glaubens, hat aber wohl ab und zu Einsichten anklingen lassen, die auf eine, wie soll ich sagen, gewisse Gefühlsfrömmigkeit schließen lassen …

Mit besten Grüßen: Carlos Z.

Lieber Carlos, – da bin ich aber froh, dass es Ihnen besser, wenn auch noch nicht ganz gut geht. Ihren Geburtstag, zu dem ich nachträglich gratuliere, haben Sie schön geschildert; auch dass die Enkel Sie fordern und erfreuen, kann ich nachvollziehen, selbst wenn mir, aus den unterschiedlichsten Gründen, bislang keine Enkel vergönnt sind; ich müsste dafür vorher erst mal Kinder bekommen, die aber, soweit ich weiß, nicht in Sicht sind.

Interessant finde ich, dass wir beide uns, aus unterschiedlichen Richtungen kommend, immer mal wieder in ähnlichen Gedankengängen zusammenfinden. So habe ich mir kürzlich, ausgehend von einem zuvor nicht gekannten Angstgefühl, ebenfalls die Frage gestellt, was denn wohl danach kommt – nach allem, wenn wir das »Pensum zum Abarbeiten«, das dieses Leben nach Ansicht eines uns nicht unbekannten Philosophen ist, tatsächlich abgearbeitet haben. Die Frage ist nicht sehr ergiebig, und noch weniger sind es die Antworten, die man darauf geben kann. Wer nicht gläubig ist, muss sich selber helfen; das mutet zunächst schwierig an, erweist sich aber, wenn man den Dreh raus hat, als einfach. Vermutlich kommt nach dem Tod tatsächlich nichts mehr. Na und?, sagt da der Schriftsteller Dürrenmatt, auch er zu seiner Zeit ein Schopenhauer-Leser: »Wenn man nichts mehr ist, ist man eben nichts mehr.« Lapidar diese Vermutung, aber irgendwie auch erfreulich einleuchtend. Am Ende eines Lebens sind wir müde geworden – zumindest wenn es ein langes und, wie man so schön sagt, ein »erfülltes« Leben war; da hat man jedes Recht, den finalen Schlaf herbeizusehnen, der z. B. den unschätzbaren Vorteil hat, dass man sich um nichts mehr kümmern muss. So bin ich denn auch meinem bereits erwähnten diffusen Angstgefühl begegnet, das mich zunächst in milde Panik versetzte. Kein Licht mehr am Ende des Tunnels, das ist doch gar nicht auszuhalten, dachte ich, um mich kurz darauf eines Besseren belehren zu lassen: Das Dunkel am Ende des Tunnels ist nämlich im Grunde viel versöhnlicher, ja sogar verführerischer als ein feststehender Lichtbogen, durch den jeder muss, der den langen Marsch zur Ewigkeit antritt. Alles ist möglich in diesem Dunkel, sogar dass es aufreißt und wunderbar hell wird – wir, die wir am Ende unseres Lebens ruhiggestellt sind, dürfen uns getrost überraschen lassen.

Schopenhauer war der Meinung, dass der Tod eigentlich gar nichts beendet; einer wird abberufen, andere machen für ihn weiter. Was ein Ich gewesen ist, tut nichts mehr zur Sache, Namen sind Schall und Rauch. Dennoch kann es einen Neubeginn geben, wann und für wen auch immer. Schopenhauer hat dafür eine Analogie bemüht: »Wie in unsern Träumen Verstorbene als Lebende auftreten, ohne dass ihres Todes auch nur gedacht werde: so wird, nachdem unser jetziger Lebenstraum durch einen Tod geendigt, alsbald ein neuer anheben, der nichts weiß von jenem Leben und jenem Tode.« Also, alles ist möglich, lieber Carlos, das letzte Wort ist noch nicht gesprochen, hier wie dort. So hat sich denn auch der meist grimmige Schopenhauer, bei guter Tagesform, ein paar kleinere, sehr versöhnliche, ja sogar ein wenig fromm anmutende Einsichten gegönnt: »Wir schaudern vor dem Tode vielleicht hauptsächlich, weil er dasteht als die Finsternis, aus der wir einst hervorgetreten und in die wir nun zurück sollen. Aber ich glaube, daß, wenn der Tod unsere Augen schließt, wir in einem Licht stehn, von welchem unser Sonnenlicht nur der Schatten ist.« Fazit:

»Klopfte man an die Gräber und fragte die Toten, ob sie wieder aufstehn wollten; sie würden mit den Köpfen schütteln.«

Ich grüße herzlich: Ihr Fitzroy

Sehr geehrter Herr!

Ich hatte Ihnen ja schon angekündigt, dass ich mich wieder bei Ihnen melden würde. Das ist nun der Fall. Meine Recherchen bezüglich Ihrer zweifelhaften akademischen Karriere sind fortgeschritten, mein Anfangsverdacht hat sich erhärtet. Sie sind im Bereich der Wissenschaft ein Ladendieb und Wiederholungstäter. Ihre Dissertation über die Erkenntnistheorie Fichtes ist nicht rechtmäßig zustande gekommen, was auch Ihre Habilitation, die Sie danach, dreisterweise und skandalös unbeaufsichtigt von schläfrigem Prüfungspersonal, haben folgen lassen, hinfällig macht. Zur Dissertation sei an dieser Stelle nur angemerkt, dass Sie sich kackfrech bei unserem großen deutschen Idealismusforscher Prof. Dr. Dieter Henrich (»Der Grund im Bewusstsein« und »Fichtes ursprüngliche Einsicht«) bedient haben; entsprechende Fundstellen habe ich von meinem Büro auflisten lassen, sie werden Ihnen in Bälde zugehen.

Mit freundlichen Grüßen
Dr. Melanie Stahlknecht.

P. S.: Eine Kopie dieses wie auch meines vorherigen Schreibens geht an die Internationale Schopenhauer Gesellschaft.

Sehr geehrte Frau Stahlhelm!

Ein für alle Mal: Sie nerven, und zwar gewaltig. Verschonen Sie mich mit weiteren Schriftstücken aus Ihrem Büro, das dringend geschlossen werden sollte. Schauen Sie in den Spiegel, werden Sie trübsinnig, erschießen Sie sich – alles ist willkommen. Aber geben Sie endlich Ruhe! Sie wissen ja: Es gibt heutzutage viel mehr Möglichkeiten, jemanden zwangseinweisen zu lassen, als sich der Betreffende träumen lässt. Und wer einmal eingewiesen ist, kommt nur schwer wieder raus, besonders dann, wenn ihn kein Schwein vermisst.

Also, letzter Aufruf – lassen Sie es gut sein.

Mit unfreundlichen Grüßen: Prof. Dr. Egidius Fitzroy

P.S.: Wenn Sie nicht aufhören wollen, mich zu belästigen: Meine Freunde vom russischen Kulturverein Kalinka e.V., überwiegend kräftige Herren mit dunklen Sonnenbrillen, wissen, wo Sie wohnen.

Sehr geehrter Herr Fitzroy,

ich bin noch vergleichsweise jung, was nicht immer von Vorteil ist. Nach zwei, drei beruflichen Schlenkern, die ich einlegen musste, habe ich mich nun entschlossen, Philosophie zu studieren, wofür ich nicht nur freundliche Kommentare einheimsen konnte. Sei's drum. Meine Frage wäre: Welche Bücher eignen sich denn besonders als Einstiegsdroge? Ich bevorzuge zunächst eher Sekundärliteratur, da ich faul bin und meine Kräfte schonen möchte. (Die Originalschriften Schopenhauers kommen also erstmal nicht in Frage.). Aber sonst? Ich bin für jeden Tipp dankbar.

Mit freundlichen Grüßen

Lothar S.

Lieber Lothar S., – danke für Ihre Zuschrift, die mich sympathisch berührt hat, da auch ich eher faul bin und gern meine Kräfte schone. Zudem hat Ihr Brief, ohne es zu wollen, zu meiner Gemütsberuhigung beigetragen, da ich mich kurz vorher fürchterlich geärgert habe und ein etwas grobschlächtig formuliertes Antwortschreiben auf den Weg brachte, das wohl besser nicht abgeschickt worden wäre. Egal. Das muss Sie nicht interessieren und ist in diesem Zusammenhang auch nicht unser Thema.

Um sich einen Überblick zu verschaffen, greift man am besten zu einer Philosophie-Geschichte oder gar zu mehreren. Da gibt es eher zu viele als zu wenige Werke auf dem Markt. Sie sind fast alle kenntnisreich und von kompetenten Autoren verfasst, die ihren Job machen, was darauf hinausläuft, dass man, einmal mehr, die Qual der Wahl hat. Ich würde mich diesbezüglich nicht auf einen zeitintensiven Autoren-Quervergleich einlassen, sondern ihre ureigne Ausgangsvoraussetzung im Blick behalten: Sie möchten Ihre Kräfte schonen, woraus umgehend zu folgern wäre, dass eine von Ihnen erwählte Philosophie-Geschichte max. 300 bis 350 Seiten umfassen sollte – weniger geht natürlich auch, aber dann bleibt inhaltlich schon einiges auf der Strecke.

Mein Zugang zur Philosophie war von Anfang an ein persönlicher, d.h.: Mich hat in erster Linie der Philosoph als Mensch interessiert, danach kamen dann die Werke. Damit bin ich, glaube, insgesamt recht gut gefahren, obwohl mein philosophischer (oder sagen wir besser: mein werkgeschichtlicher) Bildungsstand eher unterdurchschnittlich ist, was sich aber durch kühne, gerne auch vorschnelle und unbegründete Schlussfolgerungen wieder ausgleichen lässt. Und: Wir leben in einem Zeitalter, in dem vieles nur noch angedacht, aber nicht mehr durchdacht wird. M.a.W.: Wenn Wissen weitgehend nicht mehr real ist, sondern nur noch simuliert wird, kommt es auf einen Blender mehr oder weniger nicht an. Lassen Sie sich durch meine despektierlichen Bemerkungen aber nicht abschrecken! Eine konkrete Empfehlung habe ich aber, zu der ich schon länger und mit voller Überzeugung stehe: Das ideale Buch, um in die Philosophie zu kommen, sowohl von menschlicher als auch bildungshistorischer Seite, ist *Die philosophische Hintertreppe* (*34 große Philosophen in Alltag und Denken*) von Wilhelm Weischedel. Da ist viel Anekdotisches mit dabei, aber der Autor, der im Hauptberuf ein mehr als ehrbarer Professor der Philosophie war, kennt seine Leute mitsamt ihren Stärken, Schwächen und Verstiegenheiten. Das Buch ist längst zum Klassiker geworden und liegt in der soundsovielten Auflage vor; eine Erfolgsgeschichte, die zu Recht weitergeht. Auch nicht schlecht, aber bei weitem nicht so gut wie die Hintertreppe, ist ein Werk namens *Sternstunden der Philosophie*, in dem der Autor, der eigentlich einen unkomplizierten Namen hat, den ich aber gerne vergesse, versucht, philosophische Schlüsselerlebnisse ausfindig zu machen, die einen Philosophen dazu veranlasst haben könnten, genau das krause Zeug zu schreiben, das er dann meinte schreiben zu müssen.

Sie merken, dass ich gerade wieder dabei bin, ungnädig zu werden. Das will ich nicht; vor allem möchte ich nicht, dass es an Sie weitergegeben wird. Ich wünsche Ihnen für die Studienbemühungen (und nicht nur dafür) viel Erfolg. Lassen Sie sich nicht von Besserwissern und selbsternannten Erfolgsrealisten ärgern; jeder muss seinen Weg, und sei es in Begleitung, letztlich allein gehen. Beste Grüße: Fitzroy

Lieber Fritzroy!

Ich kenne Sie, aber Sie kennen mich nicht. Das kann sich aber ändern. Ich bin Ihnen näher, als Sie glauben. (Was für eine Drohung.)

Sie waren mir vom ersten Moment an sympathisch: Ihre zurückhaltende, fast schüchterne Art, Ihr (vordergründig) etwas schwerfällig anmutendes Auftreten, was, zugegeben, auch an Ihrem Gewicht liegen mag (da müssen wir mit Sicherheit etwas tun!); Ihre Angewohnheit, mit sich selbst zu sprechen, wobei Sie manchmal sogar den Ton ausschalten und die Lippen bewegen, auch wenn nichts zu hören ist; Ihre gern und oft verrutschende Brille, die Sie auch dann justieren, wenn sie ausnahmsweise mal fest auf der insgesamt etwas zu breit geratenen Nase sitzt; schließlich Ihre kuriosen Versuche, die Frisur zu richten, selbst bei Windstille und der Tatsache ungeachtet, dass von einer Frisur eigentlich keine Rede sein kann.

Ach ja, interessante Augen haben Sie auch hinter Ihrer verrutschenden Brille, sie geben sich Mühe, diese Augen, und sind doch meist sehr müde und schmal. Und, dies vor allem: schöne Hände haben Sie; ich hätte nichts dagegen, wenn Sie mich damit bei Gelegenheit mal anfassen. Nur so.

Jetzt sehe ich aber gerade, dass Sie verwirrt sind und schon wieder Ihre Brille festhalten, die keiner klauen will. Sie schauen sich um; kann es sein, dass Sie sogar ein wenig rot geworden sind?

Ich will Sie nicht noch verwirrter machen. Oder doch? Wir sehen uns.

Liebe Grüße

Ellie

Treffen sich zwei Schwerhörige

Ellie. Who the fuck is Ellie?!

Man konnte tatsächlich sagen, dass Prof. Dr. Fitzroy verwirrt war. Deutlich verwirrt. Und eine rote Birne hatte er auch. Er schlich durch seine Geschäfts- und Wohnräume, rückte seine Brille zurecht; ab und zu hob er den Kopf, spähte umher. Wer war diese Frau? Er wusste es, kam aber nicht drauf. Was hatte man mit ihm vor? Erst hatte sich der eigentlich lachhafte Verdacht erhärtet, dass er abgehört wurde, vermutlich von der Int.-Sch.-Ges., von wem sonst. Hatte er nicht kürzlich erst einen Artikel gelesen, in dem von leicht vergiftetem Klima in der Vorstandsetage der Gesellschaft die Rede war; man belauere sich dort gegenseitig, sei dabei, eine Bunkermentalität zu entwickeln, ohne Grund, nur einer Art vorauseilendem Gehorsam folgend, der schon zu Lebzeiten des Meisters zum Verhaltenskodex der Schopenhauer-Jünger gehört habe, die allesamt Gesinnungsprüfungen über sich ergehen lassen mussten, die der Chef persönlich betrieb. Der Artikelschreiber, ein nicht ganz unbekannter Feuilletonist, war kein Schopenhauerianer, so viel stand fest. Und was stand sonst noch fest? Nichts stand fest. Fitzroys Weltbild, das er auf solidem, dem Gang der Jahrhunderte abgelauschtem Skeptizismus errichtet hatte, wankte; von einer stabilen Randfigur, als die er sich sah, hatte man ihn in das Zentrum einer absurden Ausspähaktion befördert. Und dann diese Frau. Miss Ellie. Wer war sie, vor allem: wo war sie? Sie schien alles sehen zu können, eine faszinierend beunruhigende Vorstellung, fast hätte man, wenn man nicht Prof. Dr. Fitzroy gewesen wäre, der es gelernt hatte, sich vieles, wenn nicht gar alles zu verkneifen, darüber in Erregung geraten können. Nicht die Erregung der Gedanken, die er, zumindest in der Theorie, noch zu bedienen verstand, sondern die andere, die naturwüchsige Erregung, unter der auch, wie es hieß, Schopenhauer gelitten habe. Als er noch jung war, versteht sich, da setzte ihm ein Trieb zu, der in der gehobenen Literatur etwas verquer als Wollust bezeichnet wurde; auch der Kollege Goethe hatte darunter zu leiden, was für ihn aber, speziell in südlichen Gefilden, eher Lust als Last war.

»Komm raus, Ellie«, rief Fitzroy, der sich in Bewegung setzte. Er musste, das gebot die prekäre Verteidigungssituation, in die er sich gedrängt sah, seine Gewohnheit der gelegentlichen Selbstansprache wieder aufnehmen, egal, wie viele Abhörgeräte eingeschaltet waren. »Ich weiß, alles, was ich sage, kann gegen mich verwendet werden«, sagte er in die Runde. »Ich weiß es schon lange. Und wisst ihr, an welchem Körperteil mir das vorbeigeht? Genau, an dem Körperteil, nach dessen Stanzmuster auch eure Visagen ausgerichtet sind. Es gibt nur eine Ausnahme –.« Fitzroy schaute sich um, in den Wänden und im Gebälk über ihm knisterte es. »Nur eine Ausnahme. Ellie, zeig dich, dann können wir vieles abkürzen. Warum ich, Ellie? Du scheinst mich ja im Blick zu haben, aber hast du mich je angesehen? Ich meine, wirklich angesehen, so wie ich bin oder, was näher an der reinen Lehre wäre, so wie ich zu sein glaube. Wie kann man sich an einem wie mir erfreuen, vorsichtig gefragt. Oder gar mehr in mir sehen, das geht doch nicht. Geht –.« Fitzroy hatte den Faden verloren, ihm war heiß und kalt zugleich. In diesem Moment konzentrierte sich alles in ihm auf die eine Gewissheit: Er war eine unglückliche Existenz, war es immer gewesen. Die Brille rutschte ihm von der Nase. Endgültig. Nie wieder würde er sie festhalten oder justieren müssen. Er weinte. »Ja, Ellie, schau nur hin, er weint«, hörte er eine Stimme, die vermutlich sonst keiner hörte, so was soll's geben, »das alles hast du angerichtet.« »Nein!«, rief Fitzroy, er holte ein tischdeckengroßes Taschentuch aus dem Hosensack und schnäuzte sich nach Art eines belesenen Elefanten. »Nein, lasst mir Ellie in Ruhe, sie hat nur etwas in Bewegung gebracht, was ohnehin raus musste. Alles muss raus, versteht ihr, Freunde des Lauschangriffs und der heimtückischen Personalüberwachung, alles muss raus, das ist nun mal so, bei jedem Räumungsverkauf. Und bei mir wird jetzt auch aufgeräumt. Notiert euch das gefälligst. Wegen Auflösungserscheinungen des Betreibers ist die Philosophische Praxis bis auf weiteres ganzjährig geschlossen, wird an der Eingangstür meiner Geschäftsräume zu lesen sein. Bleibt nur noch die Frage, was ich dann mache. Ich könnte mich zum Beispiel umbringen, aber lohnt das? Nein, es lohnt nicht. Einen so massigen Körper aus dem Verkehr zu ziehen« – Fitzroy hatte sich inzwischen wieder in Bewegung gesetzt und stand auf einmal vor dem großen Badezimmerspiegel, der jeden Tag, und zwar mehrere Male, das Bild einer einzigen raumfüllenden Zumutung abspiegeln musste –, »einen so massigen Körper aus dem Verkehr zu ziehen, ist harte Arbeit und risikobehaftet, denn die Beseitigungsaktion könnte auch kolossal schiefgehen; hab ich nicht auch, fällt mir ein, genau darauf in einer meiner entbehrlichen Kolumnen hingewiesen, als mir jemand schrieb, den ich für suizidgefährdet hielt, obwohl er es vielleicht gar nicht war. Und selbstmordgefährdet bin auch ich nicht, verehrte Zuhörer, da können wir ganz beruhigt sein. Wer so schwer ist wie ich, wird sich eine leichtere Aufgabe suchen, als sich umzubringen.« Fitzroy, noch immer ohne Brille und mit einem sanften Tränenfilm vor Augen, rückte näher an den Spiegel heran, fast hätte er sich jetzt die Nase am Glas plattdrücken können. Das hatte er als Kind getan, fiel ihm ein. Warum fiel ihm das gerade jetzt ein, in diesem einen lastenden und zugleich merkwürdig hellsichtigen Moment, da vages Licht sich um ihn herum aufbaute und gleich darauf abfloss, lustvoll war das, ähnlich wie schöne Musik, die den Menschen das sogenannte Gänsehaut-Feeling besorgte, wie es neudeutsch genannt wird. Und Ellie hatte er vor Augen, ganz plötzlich, sie kam als Bild von weither, hatte einen langen Weg hinter sich, schon deswegen musste man behutsam mit ihr umgehen. Kam sie etwa auch aus jener frühen Spiegelzeit, als er sich, schon damals zu breit geraten, an allen bereitstehenden Sichtflächen die Nase rieb. Eine Gespielin seiner im Prinzip doch unglücklichen Kindheit, die von argwöhnischen Eltern und mobbenden Gleichaltrigen dominiert wurde; da gab es doch eigentlich keine Gespielin, er war allein, damals, und war es noch immer. Oder stimmten diese lieblos zusammengerührten Kindheitsbilder in ihm etwa gar nicht, hatten nie gestimmt? »Bleibt alles anders«, rief er, das war nicht von ihm, auch nicht von Schopenhauer, aber von wem dann, egal. Noch einmal ins elefantöse Taschentuch geschnäuzt, er war jetzt, bis auf weiteres, übern Berg. Er beugte sich über eines der beiden Waschbecken, drehte den Hahn auf, schüttete sich kaltes Wasser ins Gesicht, schnaubte, hustete, das musste reichen. Den Rest des Tages, der gerade erst ein, zwei, drei Stunden alt war, würde er damit zubringen, nach seiner Brille zu suchen. Hoffentlich fand er sie nicht, indem er darauf trat, was auch schon mal passiert war. Damals waren die Brillen noch nicht so sauteuer wie heute, wo man schon mal einen Tausender für ein etwas komplizierteres Modell, z. B. eines mit Gleitsichtfähigkeiten, auf den Tisch des Optikers legen musste. »Der Optiker ist von Haus aus verpflichtet, sich über die Fehlsichtigkeiten seiner Mitbürgerinnern und Mitbürger zu freuen«, sagte Fitzroy, dem es jetzt tatsächlich besser ging, »was aber ein Philosoph, auch oder gerade wenn er in einer Örtlichkeit namens Schöne Aussicht residierte, nicht auf die Augen beschränkt wissen wollte, sondern für ein grundsätzliches Problem des nur unzureichend ausgestatteten Menschengeschlechts hielt, das ihm Modell saß für eine insgesamt nicht sehr hoffnungsfrohe Philosophie, die, auf Umwegen und mit zeitlichen Verzögerungen, dann an eine Gesellschaft weitergegeben wurde, zu deren Zweigstellen auch die hier angemieteten Räumlichkeiten zählen, durch die ich auf der Suche nach meiner Brille tappe.« Er schaute sich um. »Ob diese Gesellschaft«, rief er, »deren segensreiches Wirken ich an dieser Stelle noch einmal ausdrücklich loben möchte, mir zur Not auch eine neue, leistungsstärkere Brille finanzieren würde, wenn ich die alte nicht mehr wiederfinde?« Die Frage erübrigte sich, denn die alte Brille fand sich wieder ein, sie lag, von halbblinden Augen nur schwer zu identifizieren, vor dem Couchtisch; wie gut, dass er langsam seines Weges schlich und bremsen konnte, bevor er sich bückte und sie, mit einem Seufzer der Erleichterung, vom Boden pflückte.

Kurz darauf wurde ihm Ablenkung zuteil, die ihm ansonsten eher lästig gewesen war, heute jedoch gelegen kam. Das Ehepaar Wertheimer marschierte ein. Es gehörte, wie Dr. Damian, zu seinen Stammkunden, hatte jedoch, anders als der Militärhistoriker a. D., eine vorbildliche Zahlungsmoral. Daher galt für Fitzroy die interne Dienstanweisung, Lisa und Lars Wertheimer, die einen Bund fürs Leben eingegangen waren, der von unverbrüchlicher wechselseitiger Abneigung getragen war, nicht unnötig zu verärgern und gute Miene zum bösen Spiel zu machen. Das böse Spiel war ihre Ehe, die als Musterbeispiel für Schopenhauers Diktum *Heiraten heißt sein Möglichstes tun, einander zum Ekel zu werden*, herhalten konnte. Die Wertheimers sprachen nicht miteinander, wofür es, hatte Fitzroy in mühsamen Einzelbefragungen herausgefunden, eigentlich keinen konkreten Anlass gab. Nichts war vorgefallen, alles ging seinen bleiernen Gang. Wenn die Wertheimers nebeneinander vor seinem Schreibtisch saßen, war allerdings eine merkwürdige Spannung zu spüren, die mehr war als bloße Feindseligkeit. »Da lebt doch noch was!«, hatte Fitzroy am Anfang seiner Bemühungen, mit den Eheleuten ins Gespräch zu kommen, gesagt. »Merken Sie das denn nicht?«

»Nein«, sagte Lars Wertheimer. Und seine Frau nickte. Immerhin, dachte Fitzroy, sie sind einer Meinung, das ist doch schon was. Darauf kann man aufbauen. Sein vorsichtiger Optimismus verflog jedoch schnell, die Wertheimers machten wieder zu. Sie saßen und schwiegen, ab und zu kratzte sich Lars am kantigen Kopf, während Lisa, fast zeitgleich, den Halt ihrer helmartigen Frisur überprüfte, an der es nichts auszusetzen gab, sie war dazu errichtet, allen Widrigkeiten des Lebens, von denen es, wie vor allem Schopenhauer wusste, sehr viele gibt, zu trotzen. Für einen Moment hatte sich Fitzroy damals vorzustellen versucht, wie Lars, in einer Art vorehelicher Leidenschaftsaufwallung, auf Lisa zu liegen kam, sich dabei in ihrem Haupthaar verfing und nicht mehr loskam; vielleicht war das ja der bislang nicht namhaft gemachte Anfang ihres als Ehe getarnten Fehltritts gewesen.

»Warum grinsen Sie so blöd!?«, hatte Lisa Wertheimer da gesagt, und ihr Mann nickte. »Nehmen Sie uns etwa nicht ernst?«

»Doch, natürlich nehm' ich Sie ernst. Sie machen es einem aber nicht gerade leicht.«

»Was wollen Sie denn, das entspricht doch der Philosophie, die Sie hier zu vertreten haben.«

Es war offensichtlich: Die Wertheimers konnten nicht miteinander, aber sie konnten auch nicht mit Fitzroy, von dem sie sich auf eine Weise angegriffen fühlten, die sie zu untergründiger Solidarität zwang.

»Nicht schlecht«, hatte Fitzroy gesagt, »nicht schlecht, wenn Sie mich als den eigentlichen Drahtzieher Ihres Unglücks sehen. Das ist doch schon mal ein Ansatzpunkt.«

Aber auch damit kamen sie nicht weiter. Nachdem man sich anfangs noch mit bissigen Bemerkungen und kleineren Beleidigungen beharkt hatte, herrschte danach nur noch bemühtes Schweigen. »Wenn Sie mir nichts zu sagen haben, können Sie auch gehen, ich halte Sie nicht auf.«

»Sie sind der philosophische Berater«, sagte Lars Wertheimer, und seine Frau nickte. »Also beraten Sie uns. Seien Sie nicht so maulfaul.«

Fitzroy hatte es daraufhin mit einem einfältigen Witz versucht. »Treffen sich zwei Schwerhörige. Sagt der eine: Gehst du angeln? Sagt der andere: Nein, ich geh angeln. Ach so, ich dachte, du gehst angeln.« Die Reaktion war, gelinde gesagt, nicht gerade enthusiastisch. Lisa Wertheimer deutete eine Kratzbewegung in der Achselhöhle an, ihr Mann gähnte, wobei ihm der Kiefer vernehmlich knackte.

»Sie wollen vermutlich wissen, warum ich Ihnen diesen vordergründig flachen, im Prinzip aber tiefgründigen Witz erzählt habe?«, fragte Fitzroy.

Nein, wollte man nicht. »Weil die Schwerhörigkeit für den Zustand Ihrer seltsamen Ehe steht. Sie schweigen sich an, und wenn jemand Laut gibt, hören Sie's nicht. Oder wollen es nicht hören. Aber schön immerhin, dass ich Sie spontan aufheitern konnte«, sagte Fitzroy, den mit der Zeit allerdings auch ein gewisser Zorn beschlich, das kannte er gar nicht von sich. Eines Tages brach es aus ihm heraus. »Verfluchte Hacke«, brüllte er, und da zuckte das Ehepaar dann doch zusammen. »Sie gehen mir so was von auf den Sack! Am liebsten würde ich Sie rausschmeißen. Ihre dumpf brütende Gegenwart in meiner Praxis ist eine einzige Provokation. Sie lungern hier rum, lauern mich an, denken sich Ihr Teil, was soll das, wollen Sie mich verarschen?« Da war es mit seinem Zornausbruch auch schon wieder vorbei, die Wut des Wutbürgers Fitzroy hielt nicht lange an. Die Wertheimers waren danach aber nicht etwa aufgestanden und ausmarschiert, sondern blieben einfach sitzen. Man konnte fast meinen, dass sie sogar ein klein wenig amüsiert waren.

Von den Gesprächsfetzen, die von den Wochen, Monaten – oder waren es gar schon Jahre? – ihrer Zusammenkünfte hängenblieben, erinnerte er sich vorwiegend an seine erst dringlich, dann immer matter ausgesprochene Empfehlung, der Ehe ein Ende zu setzen und sich scheiden zu lassen. »Das ist heutzutage doch kein Akt mehr«, sagte Fitzroy. »Zumal Sie, wenn ich es richtig sehe, finanziell gut situiert sind und keine ökonomischen Rückschläge zu befürchten wären, wenn jeder von Ihnen seine eigenen Wege ginge.«

Lars Wertheimer warf ihm einen vernichtenden Blick zu, während seine Frau nicht etwa nickte, sondern so heftig den Kopf schüttelte, dass sogar ihre Frisur ins Wackeln geriet.

»Woher wollen Sie das denn wissen?«

»Ich meine nur, immerhin haben Sie meine Rechnungen stets pünktlich bezahlt, woraus ich den Schluss ziehe, dass auf Ihren diversen Konten, mögen sie nun in Liechtenstein, Luxemburg oder auf den Cayman Islands hinter unzähligen Briefkästen versteckt sein, keine Dürre herrscht.«

»Sie haben ja keine Ahnung!«

Das klang dann schon so verächtlich, dass Fitzroy es für angeraten hielt, den finanziellen Aspekt einer möglichen Scheidung, die ohnehin nicht in Betracht zu kommen schien, erst einmal außen vor zu lassen. Die Wertheimers verfielen wieder in ihr einvernehmliches Schweigen, erst recht, als Fitzroy in einem letzten oder vorletzten verzweifelten Versuch darum ersuchte, einmal ganz voreingenommen zu benennen, was man an seinem Partner über die Jahre hinweg schätzen gelernt habe. Da kam dann gar nichts mehr, allenfalls ein empörtes Schnauben. Kurzum, es war nicht leicht mit den Wertheimers, aber die Beziehung zu ihrem Therapeuten, der sich nicht gerne Therapeut nennen ließ, hatte sich als haltbar erwiesen. Warum auch immer.

»Nennen Sie mir einen Grund, nur einen einzigen, warum Sie immer noch zu mir kommen«, sagte Fitzroy, der nicht erwartete, eine Antwort zu bekommen. Er bekam sie aber, und sie war überraschend, ja gab ihm sogar zwei, drei Minuten zu denken.

»Weil Sie ein armes Schwein sind und von uns mehr profitieren als wir von Ihnen!«

Heute aber.

Heute aber marschierte das Ehepaar in seine Praxis ein, und alles war ganz anders. »Was ist denn jetzt los?«, rief Fitzroy und war entgeistert. »Wissen Sie, wessen Hand Sie da halten, Herr Wertheimer?«

»Natürlich weiß ich das. Es ist die Hand meiner lieben Frau, um die ich vor 100 Jahren angehalten habe.«

»Ich gab sie ihm, damals«, sagte Lisa Wertheimer, die irgendwie eine andere Frisur zu haben schien, weicher, fallender, auf jeden Fall nicht mehr so festgedübelt. »Ich gab sie ihm, damals, er ließ sie dann, vorübergehend, wieder los, so was kommt vor, aber jetzt hat er sie wiedergefunden.«

»Wir haben uns wiedergefunden«, sagte Lars Wertheimer, und das hörte sich an, als wollte er jetzt mit der einen großen Rede beginnen, zu der er bislang nicht gekommen war, zumindest nicht in den hiesigen Praxisräumen.

»Es geschehen noch Zeichen und Wunder«, sagte Fitzroy.

»Bilden Sie sich nur nichts ein«, sagte Lisa Wertheimer, »was geschehen ist, kam ohne Ihre Mitwirkung zustande. Oder sollte ich sagen: trotz ihrer Mitwirkung.«

»Die Sache ist ganz einfach«, erklärte ihr Mann, der seine Frau ansah, wie ein Mann seine Frau gefälligst anzusehen hat. »Unsere Tochter hat, sehr spät und sehr überraschend, ein Kind bekommen. Damit konnte keiner mehr rechnen.«

»Mit anderen Worten: Wir sind Großeltern!«

»Gratuliere«, sagte Fitzroy. »Ich wusste gar nicht, dass Sie eine Tochter zustande bekommen haben. Und nun –«

»Sie wissen so viel nicht, Dr. Fitzroy. Haben Sie schon mal an eine Umschulung gedacht?«

»Schon öfter«, sagte Fitzroy. »Aber damit wär' keinem gedient.«

Kurz darauf verabschiedeten sich die Wertheimers. »Werden Sie wiederkommen?«, fragte Fitzroy. »Sie können auch Ihren Enkel mitbringen, ich mach' ihm einen Sonderpreis.«

»Es braucht die Zeit, aber sie wird alles vollenden«, sagte Lars Wertheimer. »Wissen Sie, von wem das ist?«

»Auf jeden Fall nicht von Schopenhauer. Das hätte er mir gesagt.«

»Von Hölderlin. Auch kein ganz schlechter. Alles wird gut.«

Die Tür fiel ins Schloss. Fitzroy war, bis auf die üblichen Zuhörer, wieder allein. Was für ein Abgang. Und das noch mit einem Spruch, der im Dunstkreis der Internationalen Schopenhauer Gesellschaft zu Recht verpönt war. Alles wird gut. Quatsch. Nichts wird gut, was auch daran liegt, dass die Welt ist, wie sie ist, und von zu vielen Menschen bewohnt wird.

Alles wird gut. Aber. Vielleicht ist da ja doch was dran, dachte Fitzroy. Weiß man's?

»In ihrer leidenschaftlichen Form gilt die Liebe als Spielart der Jugend, während das Alter sich auf eine herabgestimmte Variante der Liebe einzustellen hat, die der verminderten Leistungsfähigkeit entspricht, mit der man es mit den Jahren zu tun bekommt. Schopenhauer ist dies, vom Stand der Altersweisheit aus betrachtet, nur recht; er hat die Liebe, glaubt er, ohnehin nie für so himmelstürmend gehalten, wie es ihrer sonstigen, durchaus mehrheitsfähigen Wertschätzung entspricht. Da fällt er allerdings einem Verdrängungskunststück anheim: Als junger Mann nämlich war er in einem Maße liebes- und leidenschaftsfähig, das es ihm schwermachte, sich zur Mäßigung anzuhalten oder in sinnlich prekären Situationen auf andere Gedanken zu kommen. Er hat einige Male heftig geliebt, erträumte sich auch bei passender Gelegenheit ein privates Familienglück, das ihm jedoch, vielleicht auch, weil er zu rigorose Anforderungen stellte, nicht beschieden war.«

»Als sich die Stürme seines Lebens legten, wußte Schopenhauer zunächst nicht, was er davon halten sollte. Zunächst reagierte er mit Unfreundlichkeiten dem anderen Geschlecht gegenüber, das er unter Generalverdacht stellte. Mit den Frauen, fand er, ist es noch nie weit her gewesen, was schon beim Äußeren anfängt: ›Schon der Anblick der weiblichen Gestalt lehrt, daß das Weib weder zu großen geistigen, noch körperlichen Arbeiten bestimmt ist. Es trägt die Schuld des Lebens nicht durch Tun, sondern durch Leiden ab, durch die Wehen der Geburt, die Sorgfalt für das Kind, die Unterwürfigkeit unter den Mann, dem es eine geduldige und aufheiternde Gefährtin sein soll.‹ Schon mit dieser Aussage macht Schopenhauer klar, daß er zum Frauenbeauftragten nicht taugt. Er hält das andere Geschlecht für minderbemittelt, was für ihn in der Natur der Sache liegt und keinesfalls als Ungerechtigkeit anzusehen ist. Eine Frau hat sich nicht selbst zu verwirklichen, sondern an der Seite eines Mannes auszuharren, der das Sagen hat, auch wenn ihm seine Lebensgefährtin sagt, wo es lang geht. Solch zementierte Machtverhältnisse in Frage zu stellen, kommt Schopenhauer nicht mal ansatzweise in den Sinn, weswegen er auch dem Betätigungsfeld des anderen Geschlechts von vornherein enge Grenzen setzt: ›Zu Pflegerinnen und Erzieherinnen unserer ersten Kindheit eignen die Weiber sich gerade dadurch, daß sie selbst kindisch, läppisch und kurzsichtig, mit einem Worte, Zeit Lebens große Kinder sind: eine Art Mittelstufe, zwischen dem Kinde und dem Manne, als welcher der eigentliche Mensch ist. Man betrachte nur ein Mädchen, wie sie, Tage lang, mit einem Kinde tändelt, herumtanzt und singt, und denke sich, was ein Mann, beim besten Willen, an ihrer Stelle leisten könnte.‹«

»Gäbe es ein von Männern dominiertes Laiengericht, das über die Frauen zu urteilen hat, wäre Schopenhauer als selbsternannter Vorsitzender wegen Befangenheit abzulehnen, zumal er sich nicht nur unfreundlich äußert, sondern regelrecht gehässig werden kann: ›Das niedrig gewachsene, schmalschultrige, breithüftige und kurzbeinige Geschlecht das schöne nennen, konnte nur der vom Geschlechtstrieb umnebelte männliche Intellekt: in diesem Triebe nämlich steckt seine ganze Schönheit. Mit mehr Fug könnte man das weibliche Geschlecht das *unästhetische* nennen. Weder für Musik, noch Poesie, noch bildende Künste haben sie wirklich und wahrhaftig Sinn und Empfänglichkeit: sondern bloße Äfferei, zum Behuf ihrer Gefallsucht, ist es, wenn sie solche affektieren und vorgeben. Das macht, sie sind keines rein objektiven Anteils an irgend etwas fähig … Man darf nur die Richtung und

Art ihrer Aufmerksamkeit im Konzert, Oper und Schauspiel sehen, mit der sie, unter den schönsten Stellen der größten Meisterwerke, ihr Geplapper fortsetzen.‹«

»Zum Frauenversteher taugt Schopenhauer nicht, er fühlt sich berufen, weiblichem Anspruchsdenken ganz uncharmant entgegenzutreten: ›Es wäre sonach sehr wünschenswert, daß auch in Europa dieser Nr. 2 des menschlichen Geschlechts ihre naturgemäße Stelle wieder angewiesen und dem Damen-Unwesen … ein Ziel gesetzt würde: wovon die Folgen, in gesellschaftlicher, bürgerlicher und politischer Hinsicht, unberechenbar wohltätig sein würden … Die eigentliche Europäische Dame ist ein Wesen, welches gar nicht existieren sollte; sondern Hausfrauen sollte es geben und Mädchen, die es zu werden hoffen, und daher nicht zur Arroganz, sondern zur Häuslichkeit und Unterwürfigkeit erzogen werden.‹

(…) Daß Schopenhauers Geschlechterstudien, zumindest aus heutiger Sicht, allenfalls amüsante Spiegelfechtereien sind, muß ihn nicht schrecken, im Gegenteil. Fast könnte man meinen, daß er die ihm vorenthaltenen Liebesgeschichten von ihrem mutmaßlichen Ende her aufrollt und sich einen Blick zurück im Zorn gönnt, der mit der Zeit allerdings, auch das eine Sache des weisen Alters, weniger streng ausfällt.«

»Im Grunde können Männer und Frauen nicht anders, sie müssen ausleben, was die Natur für sie vorgesehen hat. So nehmen die Rituale der sich anbahnenden Liebesspiele einen vorhersehbaren Verlauf, wobei auch hier der Mann die eindeutig besseren Karten hat, während die Frauen eigentlich nur auf einen Trumpf setzen können, der ihnen mitgegeben wurde: ›Mit den Mädchen hat es die Natur auf das, was man, im dramaturgischen Sinne, einen Knalleffekt nennt, abgesehn, indem sie dieselben, auf wenige Jahre, mit überreichlicher Schönheit, Reiz und Fülle ausstattete, auf Kosten ihrer ganzen übrigen Lebenszeit; damit sie nämlich, während jener Jahre, der Phantasie eines Mannes sich in dem Maße bemächtigen könnten, daß er hingerissen wird, die Sorge für sie auf Zeit Lebens, in irgend einer Form, ehrlich zu übernehmen.‹ Der Liebreiz der Frauen verwelkt schnell, meint Schopenhauer, wobei er an den eigenen Liebreiz keinen Gedanken verschwendet; warum auch, schließlich hat der Mann, als ›eigentlicher Mensch‹, genügend andere Werte, die geradezu erdrückend überzeugend wirken müssen.«

»Zwischen den Geschlechtern besteht eine natürliche Anziehung, die der Liebe vorangeht und ständig bedient werden will. Was meist spielerisch beginnt, wird schnell zur ernsten Sache, die vollen Einsatz verlangt. Wer in die Liebe fällt, kommt daraus, so oder so, nicht mehr unbeschadet hervor, es geht immer ums Ganze. (…) Die Liebe kennt kein Maß und kein Ziel, so scheint es, aber das ist nicht wahr, wenn man genauer hinschaut und *die* Frage der Fragen stellt: ›Wozu der Lärm? Wozu das Drängen, Toben, die Angst und die Not? Es handelt sich ja bloß darum, daß jeder Hans seine Grete finde: weshalb sollte eine solche Kleinigkeit eine so wichtige Rolle spielen und unaufhörlich Störung und Verwirrung in das wohlgeregelte Menschenleben bringen?‹ Die Antwort ist einfacher, als man meint, und macht deutlich, daß die Liebe zwar maßlos sein mag, aber vordergründig sehr wohl ein Ziel kennt: ›Es ist keine Kleinigkeit, worum es sich hier handelt; vielmehr ist die Wichtigkeit der Sache dem Ernst und Eifer des Treibens vollkommen angemessen.‹ Denn: ›Der Endzweck aller Liebeshändel … ist wirklich wichtiger als alle andern Zwecke im Menschenleben, und daher des tiefen Ernstes, womit jeder ihn verfolgt, vollkommen wert. Das nämlich, was dadurch entschieden wird, ist nichts Geringeres als die *Zusammensetzung der nächsten Generation* …‹«

Auf fremdem Terrain

Fitzroy hatte einen Traum gehabt, an den er sich, entgegen sonstiger Gewohnheiten, am nächsten Morgen noch erinnerte, was ihn aber nicht belastete, im Gegenteil, er war bester Dinge. Im Traum war er auf See, und zwar an Bord eines jener Kreuzfahrtschiffe, von denen inzwischen viele, zu viele auf den Weltmeeren unterwegs waren. Wie war er da hingekommen? Hatte man ihn versehentlich hoch oben im Schiff, dessen Name an eine Oper erinnerte, einer vergleichsweise geräumigen Suite übergeben, wo er sich, ohne zu wissen warum, sofort wohlzufühlen begann? Sanftes Vibrieren unter seinen Füßen, das auch später noch anhielt, als der Traum im Tageslicht zu verblassen begann und sich, trotz sanften Zuredens, auch als Tagtraum nicht mehr halten ließ. Immerhin erinnerte sich Fitzroy noch, dass er anderthalb Tage an Bord geblieben war. In der Nacht schlief er prima, kein Sturm, kein Seebeben; am nächsten Morgen bestieg er eine sparsam bemessene Dusche, die er, nach Empfang tadelloser, zudem gut temperierter Wasserzufuhr, unfallfrei verlassen konnte, wobei es ihm auch da schon schien, dass er dicker hineingegangen war, als er herauskam; eindeutig, er hatte sich verschlankt, war straffer geworden, sah er womöglich gar jugendlich aus. Er schaute in den Spiegel. Nun ja, von Komplettjugendlichkeit konnte keine Rede sein, aber es ist schon bemerkenswert, wie sich ein inneres Wohlbefinden sogleich nach außen gräbt und fein und vornehm auf gerade noch zerknitterten Gesichtszügen Platz findet, um mit ersten Glättungsmaßnahmen zu beginnen. Albern also, womöglich auch spätkindisch, wie sich Fitzroy fühlte, an seinem ersten

Traumtag auf See, man verlor hier schnell den Überblick. Zeit, ohnehin ein relatives Phänomen, das womöglich kaum mehr als ein Assistenzmedium des Menschen ist, der damit mehr Möglichkeiten bekommen hat, sich unter Druck zu setzen, spielt auf Kreuzfahrtschiffen, die einen oder mehrere Seetage haben, eigentlich keine Rolle – sieht man mal davon ab, dass es, allein schon aus praktischen Gründen, feste Termine geben muss – auch Zeitvertreib will geregelt sein; der Mensch, der Passagier ebenso wie der Landgänger, braucht Ordnung. Das ist bekannt und gilt im Traum ebenso wie in der Wirklichkeit

Fitzroy trat hinaus auf den Balkon, der zu seiner Suite gehörte. Das Meer war, höflich gesprochen, gänzlich unaufgeregt, der Wellengang bestenfalls zu ahnen, aber kaum zu spüren. Die Wolken, in undefinierbarer Ferne, konnte man für ein über Nacht entstandenes Gebirge halten, mit rauchigen Kegelköpfen, verschwimmenden Spalten und Schluchten, und die Entstehung dieser atlantischen Bergwelt war keineswegs abgeschlossen, sie zog weiter, pumpte sich auf, um gleich darauf in verlangsamter Bewegung an den Überhängen gekappt zu werden. Auf jeden Fall war Bewegung im Spiel, das zu beobachten man aber die Augen zusammenkneifen musste. Zu anstrengend für Fitzroy, der zurücktrat und in einen auffangbereiten Liegestuhl fiel, was ein leicht unanständiges Geräusch ergab, an das man sich aber, wie an anderes auch hier an Bord, gewöhnen konnte. Himmlische Ruhe, Seeruhe, bestenfalls ein paar gedämpfte, zudem tief gelegte Maschinengeräusche, und, aus sicherer Entfernung zugespielt, matte Begeisterungsrufe, die einer gerade laufenden Entertainment-Maßnahme galten. Das Riesenschiff, das von hier oben gar nicht mehr so riesig wirkte, zerschnitt das Meer, was aber nichts Verletzendes hatte, im Gegenteil; Fitzroy fühlte sich an frühe Jahre erinnert, als er, warum auch immer, öfter im Schwarzwald gewesen war, um dort zu wandern – eigentlich eine eher abwegige Vorstellung, die sich aber hier an Bord wiederbeleben ließ – und anschließend, nach den Fußmärschen, seinen Lieblingskonditor aufzusuchen, der die beste Schwarzwälder Kirschtorte weit und breit machte, die immer frisch auf den Tisch des Hauses gebracht und vor der Kundschaft angeschnitten wurde; genau dieses Geräusch liebevollen Anschneidens kam Fitzroy in den Sinn, wenn er darüber sinnierte, wie es gelingen konnte, dass ein solches Schiff nahezu lautlos seines Weges fuhr.

Himmlische Ruhe, Seeruhe, fast ein wenig zu viel des Guten, wozu auch gehörte, dass man an Bord Kurse für asiatische Ruhigstellungstechniken anbot, die, zu Fitzroys Missvergnügen, arg in Mode gekommen waren; er hielt nichts davon, schon gar nicht von Varianten, die mit gymnastischen Verrenkungen einhergingen, zu denen sich einer wie er, der schon als Kleinkind nicht in den Schneidersitz gekommen war, grundsätzlich außerstande sah. Mit seiner bemerkenswerten Ungelenkigkeit hatte er damals Erstaunen ausgelöst: In dem Alter, bekam er zu hören, ist doch eigentlich jeder noch gelenkig. Jeder schon, aber er nicht, er war nun mal nicht jeder. Die asiatischen Meditationsangebote gefielen ihm nicht, für ihn waren sie überteuerte Räucherstäbchen fürs Denken, wobei er zugeben musste, dass er auch die Konkurrenzsituation im Auge hatte, denn wer fernöstlich Selbstfindungsangebote nutzte, machte um seine Praxis einen großen Bogen. Da war dann sein Traum endgültig verblasst, er befand sich wieder in Frankfurt und hatte schlechte Laune, was auch daran liegen konnte, dass ihm sein vorläufig letzter Auftritt einfiel, der, wie zu befürchten war, nicht ohne Folgen bleiben würde. Fitzroy hatte zu viel getrunken, das kam vor, sogar öfter, als es die Gesundheitspolizei für richtig hielt, aber wenn er sich betrank, geschah das fast immer in den eigenen vier Wänden. Diesmal war er jedoch auf fremdem Terrain ausfällig geworden: Die Internationale Schopenhauer Gesellschaft hatte zu einem kleinen Empfang in die Villa eines Privatbankiers geladen, der auch im Vorstand saß; erst wollte Fitzroy sich entschuldigen lassen, aber dann ging er doch hin. Leider. Als er sich auf den Weg machte, hatte er, vorsorglich, schon zwei, drei stärkende Getränke zu sich genommen; sein Schritt war schwer, er ging auf ungerader Linie. Immerhin erreichte er die Villa in äußerlich unlädiertem Zustand. Anfangs schlug er sich auch noch ganz wacker, lauschte den aufgeklärt dahinplätschernden Gesprächen, glänzte mit dem einen oder anderen Einwurf, aus dem zu ersehen war, dass er nichts verlernt hatte, und trank dazu, weil ihm der ausgeschenkte Weißwein nicht mundete, abgedunkelten französischen Rotwein, was ein Fehler war, zumal er keinen Rotwein mehr mochte, und schon gar keinen, der jahrhundertelang in sogenannten Barriquefässern gelagert wurde, um danach wie Holz vor der Hütte zu schmecken. Man braucht, bei Unternehmungen dieser Art, zwei, drei Gesprächspartner, um über die Runden zu kommen. Das kann auf einverständige Weise geschehen, aber auch, was mehr Schwung in die Bude bringt, durch einen Meinungsaustausch mit zunehmend unfreundlichem Unterton. Einen Feind am Tisch hatte Fitzroy schnell gefunden: Es war ein Angestellter im amerikanischen Generalkonsulat, der in mittlerer Charge Dienst tat, sich jedoch, das war unschwer herauszuhören, weiter oben ansiedelte. Der Mann, der etwas German Pfannkuchenhaftes hatte, war von Haus aus Deutscher, pflegte aber einen albernen amerikanischen Akzent, vermutlich auch um den allgegenwärtigen Abhördiensten seine Loyalität vorzuführen, die sich in Tag- und Nachtbereitschaft befand. Zunächst ließ sich alles noch erträglich an; der Konsulatsknecht führte das Wort, sprach von der großen

Idee der Freiheit, für die die große amerikanische Nation einstünde, von jeher und unverbrüchlich, darauf könnten sich alle Verbündeten verlassen, besonders die europäischen, bei denen allerdings eine gewisse Wankelmütigkeit zu beobachten sei, die auch von antiamerikanischen Ressentiments aller Art geschürt würde. Der Kommunismus ist nicht tot, er hat seine Wiedergänger, rief der Mann, Vorsicht ist angebracht. Und dann noch der Terrorismus. Was für eine üble weltweite Gefahr! Wo er recht hatte, hatte er recht, und Fitzroy, zu diesem Zeitpunkt noch halbwegs streitunlustig, stimmte ihm zu. Der Amerikafreund hatte allerdings bereits wieder Fahrt aufgekommen, auch ihm bekam der französische Holzwein nicht, er hatte eine rote Birne und sprach entschieden zu laut. Eine vornehme ältere Dame legte den Finger auf die Lippen, deutete an, dass es erwünscht sei, sich etwas zurückzunehmen. Wie würde es uns ergehen, wenn wir die Amerikaner nicht hätten? Als diese nutzlose Frage gestellt wurde, hatte Fitzroy gerade den entscheidenden Schluck getan, der seine Stimmung kippen ließ. Gut würde es uns gehen, sehr gut, sagte er, was sich einfach anhörte, aber akustisch Probleme machte, denn er hatte zu diesem Zeitpunkt bereits so viel getrunken, dass sich ein paar kleinere Artikulationsschwierigkeiten einstellten. Was er vortrug, war klug, kam aber nur in schadhaftem Zustand an. Er merkte das, natürlich, aber es war zu spät abzutauchen. Also machte er weiter, mühte sich um verlangsamte Aussprache, wodurch alles noch schlimmer wurde. Sagte er sich hinterher, bekam es auch gesagt und zudem in Schriftform mitgeteilt. Man schaue sich nur an, tönte er, was amerikanische Außenpolitik, falls es eine solche überhaupt gibt, angerichtet hat. Als man den gemütlichen Diktator Saddam, mit dem prima Geschäfte gemacht wurden, noch gewähren ließ, war der Irak ein vergleichsweise geordnetes Land. Und heute, nach Einmarsch, Ausmarsch und ratlosen Befriedungsaktionen aller Art, ist der Irak ein Land im Zerfall. Terrorgruppen beherrschen die Szene, allen voran der fürchterliche sogenannte Islamische Staat, den die zivilisierte Restmenschheit längst hätte ausrotten müssen. Und zwar mit – ? Fitzroy schaute in die Runde. Niemand sagte etwas, auch der leitende Angestellte des Konsulats nicht, er döste vor sich hin, versuchte die Augen aufzuhalten. Genau, sagte Fitzroy, mit Stumpf und Stiel.

Aus der Nummer kam er nicht mehr heraus. Sinnvoll wäre eine schnelle Kapitulation mit halbwegs ehrenvollem Rückzug gewesen. Er hätte im Nachhinein auf eine Unpässlichkeit verweisen sollen, das psychosomatische Reizsyndrom nach Dr. Lippwick etwa, dessen unangenehme Wirkung durch den Genuss bestimmter Alkoholika, im Besonderen von Rotweinen aus der Holz- und Forstwirtschaft, verschärft wird. Sorry for that, hätte er sagen können, womit sein alter Freund aus dem Konsulat gemeint war, der davon allerdings nichts mitbekommen hätte, denn er war inzwischen nicht nur eingedöst, sondern in den Tiefschlaf gefallen, sein Kopf lag, gebettet in kräftige Arme, am Rande der Tischplatte. Fitzroy war klar, dass er als peinliche Figur in die Nacht hinausgeleitet würde. Er sprach noch davon, dass die Amerikaner nie einen anständigen Krieg gewonnen hätten: Schweinebucht, Vietnam, Afghanistan, Cap –, er wusste nicht weiter, aber da war man sogar noch nett zu ihm, wollte helfen: Cap Ananamur, rief einer, Cap Arkona, ein anderer. Und aus der hinteren Reihe, wo Mitglieder des Senioren-Beirats der Internationalen Schopenhauer Gesellschaft saßen, die nicht mehr so ganz gut hörten, kamen Zurufe wie Kapstadt, Karstadt, Kaufhof und Metro.

Überall war es hinterher schlimmer als vorher, sagte Fitzroy, was nun schon ein wenig kläglich, auf jeden Fall nicht überzeugend klang. Auch an dieser Stelle hätte Fitzroy noch aussteigen können; tat er aber nicht, er musste nachlegen, sprach davon, dass die Amerikaner gar keine Kriege mehr gewinnen könnten, weil sie allesamt zu dick seien. Allein die vielen dicken Sheriffs –. Da war dann Schluss. Fitzroy, der bei seiner Tirade das Gefühl hatte, mit fünf oder sechs Maultaschen im Mund gesprochen zu haben, hatte sich auf ein Gebiet vorgewagt, über das er, in so einer Gesellschaft zumal, nicht reden konnte, ohne sich auf peinlichste Weise lächerlich zu machen. Einer wie er, der an diesem Abend der dickste Gast im Haus war, schwadronierte über die Fettleibigkeit des Amerikaners. Im Nachhinein war es ihm unerklärlich, wie und warum er sich so hatte gehen lassen. Woran er sich noch erinnerte, war, dass man ihn fast liebevoll hinauskomplimentierte. Jemand legte den Arm um seine Schulter, kein Rausschmeißer der Internationalen Schopenhauer Gesellschaft, sondern eine Frau, nicht mehr ganz jung, noch lange nicht alt, eine hübsche Frau mit rotbraunen Haaren, wo kam die denn hier. Lass es gut sein!, flüsterte sie ihm zu. Und noch mal: Lass es gut sein. Danach war er draußen, stapfte durch eine nicht zu kalte, eher nasse Winternacht, wobei er vor sich hin murmelte und einen bekennerhaft gemeinten Satz hören ließ, der sogar einigermaßen zu verstehen war: Aber ich mag die Amis doch, sie müssten nur mehr auf mich hören.

»Für den diplomatischen Dienst wäre Schopenhauer nicht geeignet gewesen. Er sagte gern, was er dachte; wie das bei anderen Leuten ankam, interessierte ihn nicht. Seinen Verleger Brockhaus, einen an sich geduldigen Menschen, beschimpfte er ohne ersichtlichen Grund so lange, bis dem der Kragen platzte und er sich weitere Briefe ›in den sackgroben Formen, in die sie solche zu kleiden pflegen‹, verbat. Schopenhauer polterte jedoch ungerührt weiter, so daß sich der Verleger schließlich gezwungen sah, den Briefverkehr mit seinem Autor, den er hausintern als ›Kettenhund‹ bezeichnete, vorübergehend einzustellen. Schopenhauer mußte das nicht schrecken, zumal er noch andere Feinde hatten, von denen ihm seine Kollegen, die verbeamteten Professoren der Philosophie, die liebsten waren. Als ›Kopfverderber‹ und ›Scharlatane‹ galten sie ihm, sie waren ›Windbeutel‹ und ›Unsinnsschmierer‹, wobei er gern auch Namen nannte: ›Immer, wenn ich die Phänomenologie des Geistes aufschlug‹, schrieb er über Hegel, ›dachte ich, ich öffnete die Fenster eines Irrenhauses.‹ (...) Auch von einem anderen bekannten deutschen Idealisten, dem Philosophen Johann Gottlieb Fichte, den sogar der ansonsten höfliche Dichter Joseph von Eichendorff als ›höchst komische, kleine, lahme Figur mit versoffner Nase‹ beschrieb, hielt Schopenhauer nicht viel: ›Fichtes Tätigkeit um der Tätigkeit willen ... ist zu exemplifizieren durch einen, der herumspringt und sich mit der Ferse in den Hintern schlägt.‹«

»Die Philosophie befindet sich in einem beklagenswert komischen Zustand, sie ist auf den Professor gekommen. Schopenhauer sieht die Gesamtlage düster, aber doch nicht so düster, daß nicht auch ein wenig Behaglichkeit mit im Spiel wäre, die sich seinem besseren Wissen verdankt: ›So viele gewöhnliche Köpfe, die sich von Amts und Berufs wegen verpflichtet glauben, das vorzustellen, was die Natur mit ihnen am allerwenigsten beabsichtigt hatte, und die Lasten zu wälzen, welche die Schultern geistiger Riesen erfordern, bieten aber im Ernst ein gar klägliches Schauspiel dar. Denn den Heisern singen zu hören, den Lahmen tanzen zu sehn ist peinlich; aber den beschränkten Kopf philosophierend zu vernehmen ist unerträglich.‹«

»Das bessere Wissen bedarf für den, der es hat, keiner Rechtfertigung; insofern ist es alltagstauglich und befördert die Stabilisierung einer ansonsten eher wackligen Identität. Da es Schopenhauer aber an Selbstbewußtsein ohnehin nicht mangelte, konnte er sein besseres Wissen ungenierter ausbreiten als andere; er mußte, als unabhängiger Privatgelehrter mit großen Ansprüchen, auf niemanden Rücksicht nehmen. Alles war erlaubt, die Beschimpfung seiner Kollegen ebenso wie das Beklagen fataler Zeittendenzen oder der unermüdliche Hinweis auf die noch ausstehende Anerkennung eigener Denkleistungen; aus all dem ließ sich ein vielseitig anwendbarer Kommentar zu Gott und der Welt destillieren, den man zu seinen Lebzeiten erst spät hören wollte, der heute jedoch eine Vergnüglichkeit an sich hat, an der vor allem der unerschrockene philosophische Laie teilhaben kann, der von Schopenhauer weiß, daß es in der Philosophie nicht auf Titel, sondern auf Originalität ankommt. Die ist nicht jedem gegeben: ›Nun aber ist, daß ein gewöhnlicher Kopf ungewöhnliche Gedanken haben sollte, gerade so wahrscheinlich, wie daß eine Eiche Aprikosen trüge …‹«

Was denn nun

Der Traum kehrte zurück, als er ihn nicht mehr haben wollte. Über seinen Kopf hinweg hatte man entschieden, dass aus einer harmlosen Vision Wirklichkeit werden sollte, und zwar nach Art eines Dienstgeschäfts, dem zu entziehen nicht angeraten war. Die Gesellschaft des Philosophen, dessen Lehre er, mehr oder weniger dezent, zu vertreten hatte, hatte ihn zu einer Landverschickung auf See verdonnert. Nach seinem peinlichen Auftritt sollte er in sich gehen und zur Besinnung kommen, was auch die Verpflichtung vorsah, philosophische Sprechstunden an Bord eines mittelgroßen Kreuzfahrtschiffes abzuhalten.

Bevor Prof. Dr. Egidius Fitzroy jedoch aufs Meer kam, musste er in die Luft. Allein der Gedanke daran machte ihm zu schaffen. Am Frankfurter Flughafen, der leider nicht bestreikt wurde, denn dann wäre Fitzroy zu Hause geblieben, wartete er auf seinen Flieger nach Gran Canaria. Er schwitzte, es war Mitte Januar, aber er fand, dass die Klimaerwärmung just in diesem Moment noch mal zugelegt hatte. Um ihn herum unerträglich gut gelaunte Urlauber, vorwiegend Familien mit verhaltensgestörten Kindern, dazu acht, neun muntere Greise und eine Ansammlung von Alkoholikern, die alle quergestreifte T-Shirts trugen, auf denen Werbung gemacht wurde für den bekannten Männergesangverein »Halbe Lunge WAF«. Die Alkoholiker konnten also singen, was sie auch gleich mal vorführten; es klang, wie der schwitzende Fitzroy zugeben musste, gar nicht so schlecht. Man applaudierte, die gute Stimmung wurde zur Bombenstimmung. Fitzroy überlegte, warum das Sicherheitspersonal nicht einschritt, aber es war ja, wie neuere, aus den Tiefen der Brüsseler EU in Auftrag gegebene Studien schon mehrere Male belegt hatten, ohnehin überfordert, und zwar chronisch. WAF!? Ein Autokennzeichen, eine Stadt mittlerer, nein eher kleinerer Größe. Fitzroy wurde von einem Hauch Heimatgefühl gestreift: WAF stand für Warendorf, ein Städtchen im Münsterland, überschaubar und geordnet, mit historischem, von gepflegten Althäusern umstandenem Marktplatz. Da war er schon mal gewesen, aber warum und wie lange und wieso, er wusste es nicht mehr. Überhaupt hatte er viel mehr Wissenslücken, als ihm lieb sein konnte. Darüber war, vor allem aus beruflichen Gründen, besser zu schweigen. Wenn die Öffentlichkeit, der er regelmäßig denkwürdige Meinungen und Kommentare zukommen ließ, die er nicht freiwillig absonderte, sondern die ihm abverlangt wurden, erfuhr, dass er nicht schlau, sondern eher ein wenig doof war, und zwar mit altersgemäß steigender Tendenz, hatte er verschissen. Fitzroy stand vor einer öffentlichen Flughafentoilette, und der mächtige Druck, den er eben noch in seinem mächtigen Leib verspürt hatte, verpuffte nach innen. Was für ein unangenehmer Betrieb. Da verging einem alles. Er stand in der halbgeöffneten Tür und bekam vom breit dastehenden Spiegel ein Schrägbild seiner selbst vorgeführt. Wollen Sie wissen, wie Professor Dr. Egidius Fitzroy aussieht? Wollen Sie nicht, kann ich verstehen, aber ich sag' s Ihnen trotzdem, denn es ist gut, wenn man weiß, mit wem man es zu tun hat, wobei es da anfangs, ähnlich wie in der Liebe, auf Äußerlichkeiten ankommt, platonisch werden kann man später immer noch. Also, Fitzroy ist, je nach Betrachtungsvorbehalt, kein schöner Mann, aber es gibt auch hässlichere. Er sieht, findet er selbst, allerdings nur bei positiver Stimmungslage, die ihn zuletzt immer seltener überkam, interessant aus; ein interessanter Mann mit leicht blaurandiger Brille, zackigen Augenbrauen, etwas abgewölbter

Stirn, zu breit angelegter Nase und lichtem, schon ein wenig fusselig wirkendem Haupthaar. Und, das muss man leider in aller Deutlichkeit sagen, er ist zu dick, da hilft auch keine kaschierende Kleidung mehr, es sei denn, er würde sich in beduinische Gewänder vom Umfang eines Hauszeltes hüllen. Er ist aber kein Beduine, und Hauszelte waren noch nie seine Sache. So trägt er denn eine Hose im Überformat, die seine Figurprobleme einerseits ein wenig auffängt, andererseits auch deutlicher werden lässt, denn die Hose, die ihm der Verkäufer seinerzeit als »luftig in allen Lebenslagen« anpries, was sich, da der Mann eine feuchte Aussprache hatte, wie »lustig in allen Lebenslagen« anhörte, hat sich als so luftzugsempfindlich erwiesen, dass sie schon bei kleinsten Blähungen zu schlottern beginnt.

»Was denn nun, Alter«, herrscht ihn ein Tourist an. »Rein oder raus?« Fitzroy trat von der Tür zurück, behielt den Einzugsbereich der Toilette aber im Auge. Als sich der Betrieb, wie er fand, etwas gelegt hatte, nutzte er seine Chance. Er fand eine leere Kabine, schloss ab. Wenig später verschaffte er sich mit einem detonationsartigen Geräusch Erleichterung – dass kurz darauf Alarm ausgelöst wurde, war Zufall und hatte mit ihm nichts zu tun. Danach fühlte er sich besser. Sein Wohlbefinden hielt allerdings nicht lange an, denn nachdem er einen großzügig überteuerten Tee getrunken hatte, in dem ein Beutel schwamm, der schon mehrfach benutzt worden war, musste er durch die Sicherheitskontrollen. Eine absolut unwürdige Prozedur, bei der seine alte Theorie, dass die Körperlichkeit des Menschen letztlich mehr Fluch als Segen ist, ein weiteres Mal eindrücklich belegt wurde. Er meinte den Ekel des armen Kerls zu spüren, der ihn abtasten musste. Jeder hat die Erotik, die er verdient, dachte Fitzroy und hätte sich am liebsten in Luft aufgelöst. Ging aber nicht, dafür schenkte ihm sein Kontrolleur ein Lächeln. Alles nicht so schlimm, schien er ihm bedeuten zu wollen. Solange du dick bist und sich trotzdem noch jemand an dir zu schaffen macht, gibt es keinen Grund zu klagen. Gab es auch nicht, fand Fitzroy, der nun tatsächlich eine kleine Hochphase hatte, die anhielt, bis es an die Besteigung des Fliegers ging. Was für eine kleine Kiste; ein Fieseler Storch, aber doch kein Airbus, nie und nimmer. Gebeugte Flugbegleiterinnen empfingen ihn, ihr Gruß klang teilnahmsvoll, als wollten sie schon mal vorsorglich kondolieren. Fitzroy kam in der Mitte einer Dreierreihe zu sitzen, die für ihn allein schon zu eng war. Wer dachte sich solche Diätbestuhlungen aus; weiß man denn nicht, dass die Mitbürgerinnen und Mitbürger, speziell in den müden alten Demokratien des Westens, immer massiger werden. Kurz darauf wurde Prof. Dr. Fitzroy in die Zange genommen. Rechts neben ihm, am Gang, saß, bis auf Weiteres, eine säuerlich dreinblickende Dame unschätzbaren Alters; den Fensterplatz besetzte ein drahtiger Herr, der ihn an den späten Luis Trenker erinnerte. Gehören die beiden nicht zusammen?, dachte Fitzroy, ein altes Ehepaar, das immer einen Schlichter in der Mitte braucht. Er kannte sich da aus. Die Arme hielt er angelegt, was den Vorteil hatte, dass man seine Schwitzflecken nicht sah. Das Flugzeug nahm Fahrt auf, beschleunigte nach Art schadhafter Raketen. Als es abhob und er feststellte, dass er noch lebte, schnaufte er durch. Einmal, zweimal. »Jaja«, sagte der Mann am Fenster, »wer hoch fliegt, wird tief fallen.« Er lachte. Kurz darauf stellte er sich vor. »Ich heiße übrigens Schneiderhan, Dr. Schneiderhan.«

Fitzroy zuckte zusammen. Wenn er etwas nicht mochte, waren es Leute, die sich mit ihren Titeln schmückten. Er hatte einen persönlichen Grund, darauf fast schon allergisch zu reagieren, aber im Moment fiel ihm nur ein früherer Lehrer von ihm ein, der, obwohl nicht die hellste Leuchte im Lampenladen, unglaublich eitel war und sich mit den Worten »Ich lege gar keinen Wert auf meinen Titel, nennen sie mich einfach Herr Doktor!« vorzustellen pflegte. Das hatte er, Fitzroy, nicht vergessen, zumal ihm später Gelegenheit gegeben wurde, selbst in den Dunstkreis akademischer Beweihräucherungen mit einzutauchen. Vergessen hatte er aber, wo er zur Schule gegangen war, und nun, da das Flugzeug kurzfristig in ein Luftloch geriet, worauf seine weite Hose prompt zu zittern begann, fiel es ihm wieder ein: WAF war's, in Warendorf hatte er ein angesehenes Gymnasium besucht. Noch ein Luftloch. »Kein Grund zur Beunruhigung«, sagte die Flugbegleiterin im Vorübergehen, »runter kommen wir immer.« Ein Scherz, tausendfach bemüht, und nie hatte einer gelacht. Nein, in Warendorf war er nicht zur Schule gegangen, fiel ihm ein, man hatte ihn aus elterlicher Obhut abgezogen und einem Internat irgendwo im Süden der Republik übergeben. Glaubte er. In seinem Kopf ging es in letzter Zeit ein wenig drunter und drüber, mit der Ablage stimmte es nicht mehr. Musste er sich Sorgen machen?

»Nein!«, sagte Fitzroy. »Wieso nein?«, fragte der Mann am Fenster.

»Hab ich was gesagt?«

»Ja, Sie haben ›nein‹ gesagt. Laut und vernehmlich.«

»Wir älteren Männer reden halt ab und zu mit uns selbst.«

»Ich nicht.«

»Dann sollten Sie daran arbeiten.«

Fitzroy hoffte nun, seine Ruh' zu haben, aber weit gefehlt: Dr. Schneiderhan, der, wie er mehrfach betonte, den Philosophen Theodor W. Adorno verehrte, schickte sich an, sein ganzes Leben vor ihm auszubreiten. Das ließ sich nur verhindern, wenn das Flugzeug abstürzte, aber die Vorstellung passte Fitzroy nicht; er wäre dann nämlich selbst mit draufgegangen, und bevor die Maschine zerschellte, wäre ein letzter angstverstärkter Luftzug in seine Hose gefahren. So machte er gute Miene zum bösen Spiel, er stellte sich vor, erwähnte, weil sich das nicht vermeiden ließ, seine akademische Herkunft, die ihm, wie auch immer, zwei Titel eingebracht hatte. Da schaute der Herr Dr. Schneiderhan auf einmal ganz bewundernd; es ist halt beruhigend, wenn man sich unter seinesgleichen bewegt. »Sind Sie auch Philosoph?«, fragte Schneiderhan.

»Nein«, sagte Fitzroy, der in diesem Moment bereit war, alles zu ertragen, nur keine philosophischen Fachgespräche, und schon gar keine über Adorno.

»Ich bin Radiologe«, sagte er. »Meine Welt ist der präzise vermessene Weltinnenraum des Menschen. Da muss man schon genau, sehr genau hinschauen. Die Bilder, die wir von den Maschinen anfertigen lassen, bedürfen nämlich sorgfältigster Interpretation.«

»Wie in der Philosophie«, rief Schneiderhan. »Die Originaltexte der Meister müssen ebenfalls genauestens studiert werden, ehe man zu einem bündigen Urteil kommt.« Der Mann ist hochbelesen, aber auch dämlich, dachte Fitzroy. Man muss ihn ablenken, ihm etwas vom Pferd erzählen. Ein Stichwort dafür bekam er dann auch gleich geliefert.

»Haben Sie ein Spezialgebiet?«, fragte Schneiderhan. Das war unvorsichtig gefragt, denn natürlich hatte Fitzroy ein Spezialgebiet, auf dem kannte er sich aus, allerdings eher als Patient, weniger als Arzt, der er nicht war und nie sein wollte.

»Ich beschäftige mich seit vielen Jahrzehnten mit der Gastroösophagealen Refluxkrankheit«, sagte er.

»Der was?«

»Die Krankheit, die oft auch mit Kardiainsuffienz und axialer Hiatushernie einhergeht, müssten Sie eigentlich kennen. Mehr als zwanzig Prozent der Bevölkerung in den westlichen Industrieländern haben sie, wissen darüber aber kaum Bescheid.«

Dr. Schneiderhan nahm einen Schluck von dem labbrigen Drink, den ihm die Flugbegleiterin hingestellt hatte, er unterdrückte ein Aufstoßen. »Sehen Sie«, sagte Fitzroy. »Eigentlich müssten Sie jetzt rülpsen, aber Sie sind einigermaßen wohlerzogen und unterdrücken das. Im Grunde könnten Sie, wenn Sie wollten, den ganzen Tag rülpsen, denn ich sehe, ohne dass ich Sie an eines meiner bildgebenden Geräte, die ich praktischerweise auch gar nicht dabei habe, anschließen müsste, dass Sie ebenfalls zu den erwähnten zwanzig Prozent gehören.«

»Quatsch. Ich bin kerngesund.«

»Meinen Sie. Haben Sie nicht vielmehr Sodbrennen, Druckgefühl hinter dem Brustbein, Luftaufstoßen und Luftschlucken, dazu Meteorismus, Blähungen und Schluckbeschwerden, Rückfluss von Nahrungsresten, ferner gelegentliche epigastrische Schmerzen und Brennen, und, wenn's ganz dumm läuft, Übelkeit mit Erbrechen, einen salzigen und seifigen Geschmack im Mund nach jedem Aufstoßen, womit es dann, da kommt Freude auf, erst richtig losgeht, und zwar mit Zahnschmelzschäden, Reizhusten, Heiserkeit, nächtlichen Schlafstörungen, allesamt Beschwerden, die sich beim Bücken oder im Liegen und nicht zuletzt auch auf Flugreisen in vollgepferchten, viel zu engen Fliegern noch verstärken.«

Die Flugbegleiterin beugte sich in ihre Reihe herab. »Darf's noch etwas sein?«, fragte sie. »Nein«, knurrte Herr Dr. Schneiderhan.

»Doch«, sagte Fitzroy. »Ein Whisky wär' nicht schlecht.«

»Kostet aber«, sagte die Flugbegleiterin. »Wir müssen sparen. Die goldenen Zeiten für Alkoholiker an Bord sind vorbei.«

Er hatte gute Laune, was nicht nur daran lag, dass Herr Schneiderhan schwieg und über Krankheitssymptome nachdachte, die ihm bislang verborgen geblieben waren, nun aber anfingen, ihm Sorgen zu bereiten. Nein, Fitzroys Stimmungslage erfuhr einen grundlegenden Wetterumschwung, da war er sich auf einmal sicher. Der Ortswechsel, zu dem er verdonnert worden war und der ihn nun dazu zwang, im Hafen von Gran Canaria ein großes Schiff zu besteigen, das er nie besteigen wollte, weil er sich schon an Land immer ausreichend unwohl gefühlt hatte, erschien ihm auf einmal als Chance; man hatte ihm eine Bewährungsstrafe verpasst, die in Wahrheit ein Geschenk war, er musste es nur annehmen. Zwei, drei Luftlöcher noch, die der Flugkapitän aus seinem Führerbunker mit launigen Worten kommentierte; dann ging's langsam, aber sicher bergab. Nicht mit mir, dachte Fitzroy ein wenig einfältig, nicht mit mir, mein Aufstieg hat gerade erst begonnen. Unter ihm lag eine Insel im milden Sonnenlicht, was für ein schöner Sommer, dieser Winter. Der Flieger landete mit leichtem Holpern, wie sich's gehörte. Angekommen. Aber es ging ja weiter. »Ich wünsche Ihnen alles Gute«, sagte Fitzroy zu Schneiderhan.

»Danke. Vielleicht komme ich mal zu Ihnen in die Praxis.«

»Ich bin ziemlich ausgebucht. Und kann auch nur noch Privatpatienten nehmen.«

»Was glauben Sie wohl, was ich bin?«

»Privatpatient, nehme ich an. Ich fürchte, ich kann trotzdem nichts für Sie tun.«

»Haben Sie ein Kärtchen dabei?«

»Tut mir leid, im Urlaub – nie.«

Hoffentlich geht Adorno nicht auch mit auf Kreuzfahrt, dachte Fitzroy. Er soll mich als kompetenten Radiologen in Erinnerung behalten, nicht als intellektuellen Trickbetrüger. Auf Gran Canaria wehte ein angenehmer Wind, der Fitzroys Bollerhose flattern ließ, als sei sie ein überdimensioniertes Fähnchen, das nur noch zu Frohsinnszwecken gehisst wurde. Zahllose Busse standen bereit und brachten die Kreuzfahrer zum großen Schiff. Da lag sie nun, die ARIELA, dümpelte turmhoch auf schlierigem Wasser. Ganz oben, auf Deck 11 oder 12, wurde er erwartet. In einer Dienstsuite, in der er, ähnlich wie in seiner Frankfurter Dienstwohnung, bereit saß, um an die Menschen, die zu ihm kamen oder, das war die Mehrheit, lieber nicht zu ihm kamen, philosophisch beglaubigte Lebensweisheiten auszugeben. Hatte er dabei je helfen können? Er wusste es nicht, wollte es auch gar nicht wissen. Mühe hatte er sich gegeben, das schon. Letztlich ist das zu wenig, aber man kann sich ja steigern. Er war bereit. Jetzt geht's los, sang Fitzroy, was aber außer ihm, dankenswerterweise, keiner hören konnte. Jetzt geht's los.

Zweiter Teil
Nicht lustig

»Es gibt noch eine andere Welt zu entdecken – und mehr als eine! Auf die Schiffe, ihr Philosophen!«

Friedrich Nietzsche

Merkwürdig entrückt

Aus alten Filmen, bevorzugt solchen, in denen Piraten mitspielten, die damals noch ein vergleichsweise angesehener Berufsstand waren, hatte Fitzroy Bilder vor Augen, die deutlich machten, wie gefährlich und nicht lustig eine Seefahrt schon war, bevor sie begonnen wurde: Über eine schwankende Gangway betrat man ein wackliges Schiff, rechts und links klafften Abgründe. Heikel eine solche Schiffsbesteigung, auch für überwiegend schlanke Protagonisten, die man in solchen Filmen bevorzugt einsetzte. Und was war mit den Dicken? Die kamen erst später aus ihren Löchern, in moderneren Zeiten etwa, als auf einmal jede Menge Kreuzfahrtschiffe gebaut wurden und auf die ruhiggestellten Weltmeere ausschwärmten, weshalb die Chronisten diese Epoche dann als Kreuzfahrer (II) bezeichneten, im Unterschied zu Kreuzfahrer (I), eine Bewegung, die ihre Glanzzeit ein paar Jahrhunderte früher hatte, als die Kirche noch nicht unter besorgniserregendem Mitgliederschwund litt und unangefochtene, letztlich sogar geldwerte Botschaften verkünden konnte, denen bedingungslos Folge zu leisten war.

Fitzroy gehörte zu den Dicken, die nun zum Vorschein kamen und das Bild beherrschten. Er war nicht allein, schon gar nicht auf einer Kreuzfahrt, die unter Kennern, ein wenig herablassend, als »Kanaren für Anfänger« bezeichnet wurde. Von Gran Canaria ging es aufs Meer hinaus; man verbrachte einen oder zwei Seetage, so genau wusste er das gerade nicht, um dann in Madeira, Lanzarote, Fuerteventura und Teneriffa anzulegen und, nach einer Woche, an den Ausgangspunkt zurückzukehren. Fitzroy hatte diese Anfängerkreuzfahrt allerdings gleich viermal zu durchstehen; dazu war er verpflichtet worden. Er sollte etwas tun an Bord, ein Publikum bedienen, das noch gar nicht wusste, was er zu bieten hatte. Hatte er etwas zu bieten? Im Moment mal wieder nur seine ausladende körperliche Präsenz, die aber aufgefangen wurde, er war, wie gesagt, nicht allein und konnte sich aufgehoben fühlen in der Masse der Mühseligen und Beladenen. Alle wollten sie an Bord, wofür man aber keine schwankende Gangway emporstapfen musste, sondern sich, nach eher laxen Sicherheitskontrollen, auf straßenähnlichen Pfaden in Richtung der Aufzüge bewegte, mit deren Hilfe ca. 2554 Passagiere, wie er später erfuhr, nach oben, ins Landesinnere des Schiffes, transportiert und auf die zugeteilten Kabinen verteilt wurden. Die meisten stiegen in den unteren Decks aus. Nach oben wurde die Luft dünner. Auf Deck 11 nahm ihn eine dezent uniformierte Dame mittleren Alters in Empfang. »Herr Dr. Wiesheu?«, fragte sie und schaute dabei in eine Liste.

»Fitzroy«, sagte er. »Aber schön, dass Sie auf mich gewartet haben.«

»Komisch«, sagte die Dame, die sich wenig später als Carla Mares, Entertainment Manager, vorstellte, »bei mir steht Dr. Wiesheu, München.«

»Das ist schon richtig«, sagte Fitzroy, »nur dass ich leider nicht Wiesheu, sondern Fitzroy heiße und nicht aus München, sondern aus Frankfurt komme.«

»Da muss ich telefonieren«, sagte Frau Mares. Sie ging ein paar Schritte zur Seite, sprach in ihr Handy, nickte, schüttelte den Kopf, beides gleichzeitig, machte einen Vermerk in ihren Papieren. »Alle Klarheiten beseitigt, Herr Wiesheu«, sagte sie dann.

»Fitzroy!«

»Sag ich doch. Ich darf Ihnen jetzt Ihre Suite zeigen.«

Kurz darauf legte Fitzroys Wohlbefinden, das bislang angenehm, aber nicht vertrauenerweckend und schon gar nicht zukunftssicher war, noch einmal zu. Und wie. Die Suite, die ihm Frau Entertainment Manager öffnete, war wirklich eine Suite. Groß, hell, mit raffiniert geschwungenen Abrundungen statt planen Wänden. Auch das Bad konnte sich sehen lassen, allerdings –. »Die Dusche«, sagte Fitzroy und kratzte sich am Kopf.

»Ist Standard. Wenn wir gewusst hätten, dass Sie –.«

»Sagen Sie's nicht, es könnte gegen Sie verwendet werden.«

»Probieren Sie's einfach aus«, sagte Frau Mares. »Reinkommen werden Sie schon, ob Sie allerdings auch wieder rauskommen, wird sich zeigen. Sollten Sie längere Zeit festhängen, holen wir Sie raus. Versprochen.«

»Sehr beruhigend«, sagte Fitzroy und dachte an eine noch nicht lange zurückliegende Begebenheit, bei der es für ihn ebenfalls eng geworden war.

»Ich freue mich, dass Sie in unserem Entertainment-Team mit dabei sind. Über Ihren ersten Auftritt können wir ja dann noch reden.«

»Entertainment? Soweit ich weiß, soll ich Sprechstunden zur Lebensberatung abhalten.«

»Ist das etwa kein Entertainment? Wir sind hier eine einzige große Unterhaltungsfamily, müssen Sie wissen.«

»Ach so. Gut dass wir darüber geredet haben.«

»Mal sehen, wo wir Sie das erste Mal unseren Gästen vorstellen. Das Theatrium ist dafür vermutlich etwas zu groß, obwohl –.« Sie schaute ihn mit einem jener Blicke an, die er schon so oft an sich hatte abgleiten lassen; von oben nach unten wanderte dieser Blick, danach, deutlich langsamer, von links nach rechts und wieder zurück.

»Obwohl?«

»Obwohl Sie ja, wenn ich das so sagen darf, eine gewisse Bühnenpräsenz haben, in der Breite, mein' ich.«

»Sie meinen, wo ich bin, ist nicht mehr viel Platz für andere?«

»So direkt würde ich das nicht sagen. Aber wenn man Sie im Fernsehen sieht, wir übertragen unsere Shows ja live über Ariela-TV, wirken Sie bestimmt bildschirmfüllend. So was kommt immer gut an. Wir kriegen das schon hin, Herr Dr. –.« Sie schaute vorsichtshalber in ihre Liste.

»Herr Dr. Fitzroy. Komischer Name.«

Carla Mares hatte es eilig; so viel noch zu erledigen und zu besprechen, und die erste Abendshow wartete auch schon. »Ich glaube, ich bin kein Mann für die großen Bühnen«, sagte Fitzroy. »Ich möchte meine Kundschaft, wenn die denn überhaupt kommt, lieber hier empfangen.« Aber da war die Entertainment-Chefin schon wieder verschwunden. »Und außerdem bin ich eigentlich Radiologe«, wollte Fitzroy noch sagen. Da ging er aber bereits, alter Gewohnheit folgend, in seiner komfortablen Suite auf und ab. Das tat er auch zuhause, in seiner Frankfurter Dienstwohnung, die ihm bereits merkwürdig entrückt war. Manchmal muss man zu seinem Glück gezwungen werden, dachte er. Ein Widerstandskämpfer war ich noch nie, jetzt bin ich, bis auf Widerruf, ein Einverständiger. Er öffnete die schwere Schiebetür zum Balkon, trat hinaus, grandios, womit er aber nicht die Sicht meinen konnte, denn er befand sich auf der Landseite, schaute auf angejahrte, fast schäbige Bauten; weit unten hektisch dahinschnurrende Kleinwagen, in dunstiger Ferne drei, vier Windräder, die im mediterranen Raum allesamt viel zierlicher aussehen, nicht so einschüchternd wie die Ungetüme in Deutschland zwischen Nord- und Bodensee. Es gab ein paar Themen, über die sich der eher zur Behaglichkeit neigende Fitzroy mächtig aufregen konnte. Windräder gehörten dazu, ferner die EU,

Betroffenheitsstress, der Islamische Staat und die amerikanische Nahost-Politik, Gesundheits- und Ökovorschriften, schließlich, wiederkehrend, Migrationshintergründe, weltweite Überbevölkerung und Wassermangel – jetzt aber, und das musste man erfreut zur Kenntnis nehmen, war Fitzroy nicht bereit, sich aufzuregen. Nicht mal für einen kleinen bösen Gedankenmonolog zur Lage des Individuums im Großen und Ganzen langte es, er brauchte, bis auf Weiteres, jene Ruhe, die aus der Zartheit kommt. Er setzte sich in einen der beiden Liegestühle, die zum Balkon gehörten, schloss die Augen. Sanft strich der Wind über sein Gesicht, eine willkommene Zuwendung. Leben ohne Ich, dachte Fitzroy, was übrigens ein alter, bei genauerem Bedenken nicht sehr ergiebiger Gedanke war, den er wiederkehrend bemühte, wenn er auf eine Lösung aus war, die für alles taugte – ähnlich etwa wie in jenem geheimnisträchtigen *Lied, das in allen Dingen schläft, trifft man nur das Zauberwort.* Von wem war das? Von Eichendorff natürlich, seinem absoluten Lieblingsdichter, der alle Zeit der Welt hatte, weswegen ihm auch die Momente des Glücks, allesamt traurig und schön, gar nicht vergänglich vorkamen, sondern in ewiger Rufbereitschaft blieben. Fitzroy spürte, einmal mehr, einen kleinen, kaum merklichen, geschweige denn schmerzhaften Stich; eine Erinnerung streifte ihn, flog durch ihn hindurch, ließ sich nicht überreden zu bleiben. Ein Stimmungsabschwung drohte, er musste etwas tun. Seufzend erhob er sich aus seinem Stuhl, schaute noch einmal hinunter ins Hafengelände; noch immer die Hektik am Kai, dahinter im Land die schmucken, nichtdeutschen Windräder. Noch weiter weg, hoch aufgesetzt, ein paar dunkle Winterwolken. Fitzroy beschloss, eine erste Schiffserkundung vorzunehmen, auch wenn das vermutlich etwas anstrengender sein würde, als einfach nur konsequent im Liegestuhl sitzenzubleiben.

Da der Aufzug nicht kommen wollte, begab er sich über die Treppe abwärts zum nächsten Deck, das ihm schon deshalb nicht zusagte, weil sich hier, wenn er richtig sah, die Fitness- und Saunaörtlichkeiten befanden. Ein paar Passagiere, in enge Kampfanzüge gepresst, machten sich bereits an den Foltergeräten zu schaffen. Er hörte verdächtige Geräusche, man keuchte, japste und schaute, bei Bedarf, in verbissene Gesichter. Eine freundliche junge Dame drückte ihm einen Zettel in die Hand, den er eigentlich gleich entsorgen wollte, aber da ihr Lächeln ihn nicht losließ und er sie nicht enttäuschen mochte, las er die Botschaft, die er lesen sollte: »*Schiffsrundgänge mit Ihren Gastgebern.* – Mit Kristina, Christian, Janine, Jacky, Birte und Christoph gibt es viel auf ARIELA zu entdecken! Kommen Sie um 18:00 Uhr ins Theatrium auf Deck 9 oder um 9:30 in die Ariela Bar auf Deck 10 und lernen Sie viele Bereiche unseres schönen Schiffes kennen.«

»Klingt verlockend«, sagte Fitzroy, »aber –.«

»Und? Werden Sie kommen?«

»Nur, wenn Sie auch mit dabei sind.«

Was redete er denn da. Womöglich war er, der Flirtversuche nur noch vom Hörensagen kannte, sogar ein wenig rot geworden. Er räusperte sich. »Lassen Sie mich raten«, sagte er dann und schaute auf den Zettel, »Sie sind Kristina?«

»Nein.«

»Dann können Sie nur Janine sein. Oder Birte.«

»Auch nicht. Tut mir leid. Ich freu' mich, wenn wir uns wiedersehen.«

»Ich auch. Vielleicht sind Sie ja Christian, Jacky oder Christoph. Wer weiß.«

Jetzt schaute Sie nicht mehr ganz so freundlich. Es war Zeit zu gehen. In der Ocean Bar auf Deck 12, wo schon einige Trinker saßen, die sich als versierte Kreuzfahrer zu erkennen gaben, nahm er einen Drink zu sich. Danach befiel ihn Müdigkeit, der nachzugeben ihm verlockend erschien. Er ging zurück in seine Suite. Bevor er auf dem Bett zur Ablage kam, entdeckte er eine weitere Botschaft, die bei ihm deponiert worden war: »*Welcome-Sekt und Show.* – Genießen Sie ab 21:55 Uhr mit einem Glas Sekt auf dem Pooldeck das Auslaufen aus dem Hafen von Las Palmas. Im Anschluss heißen Sie Ihr General Manager Justus van Eul und Entertainment Manager Carla Mares herzlich willkommen. Erleben Sie die Show *Soulman* mit grandiosen Sängern und Tänzern und feiern Sie eine rauschende Poolparty.«

Gerne, dachte Fitzroy, der da schon auf dem Bett lag. Von seiner früheren Tätigkeit wusste er noch, dass eine solide, Auf- und Abschwünge meidende Nachdenklichkeit von Vorteil war; man durfte es aber nicht übertreiben. Ob geistige oder körperliche Tätigkeiten, wobei ihm letztere ohnehin nicht zusagten: Am wichtigsten waren die Pausen.

Auch wieder wahr

Fitzroy wusste, was ihm gut tat. Bewegung tat ihm gut, das hätte auch der Schiffsarzt, den er einmal in seinem sogenannten Hospital auf Deck 3 gesehen hatte, ein Mann mit vertrauenerweckender Statur, also auch zu dick, sofort unterschrieben. Wobei Fitzroys Bewegungsdrang nichts, aber auch gar nichts mit der selbstquälerischen Leibesertüchtigung zu tun hatte, die an den Geräten im Fitnessbereich betrieben wurde. Nein, Fitzroy, dessen Promenaden am Frankfurter Mainufer an den Fingern einer Hand abzuzählen waren, war auf See zum Spaziergänger geworden. Er ging über die Decks, an Bars und Restaurants vorbei, stieg Treppen hinab, umrundete die Pools, desgleichen Discothek 1, 2 und 3, passierte das Theatrium, wo fast immer etwas los war, ging an der Kunstgalerie vorbei, manchmal auch hinein, da ihm die Künstlerin leidtat, die alles, was schieflief auf Erden, in ihren verschatteten Blick gepackt hatte, wozu auch der Umstand passte, dass kein Mensch ihre Bilder kaufen wollte, die aber auch nicht gut und zudem sauteuer waren. Er bezog Position vor dem kleinen und dem ganz kleinen Saal, die für Auftritte reserviert waren, an denen das große Publikum nicht sonderlich interessiert war. All das und noch mehr machte Fitzroy zu Fuß, und er tat es aus gutem Grund. Sein Gehen war nämlich lustvoll grundiert, wenn man so sagen darf: Fein vibrierend, unmerklich schwankend der Grund, über den er lief, mit jedem Schritt machte man sich, sehr zart, an seinen Fußsohlen zu schaffen, von denen ein Wohlbefinden ausging, das sich dezent verteilte und schließlich den ganzen Mann für sich hatte. Eine freundliche Übernahme, wenn man so wollte. So muss sich Jesus gefühlt haben, als er übers Wasser ging, hatte Fitzroy gedacht, nachdem ihm zum ersten Mal aufgefallen war, dass etwas nicht ganz Unwesentliches mit ihm vorging. Mit jedem der sanften Zuwendungsschritte, die er tat, löste sich eine der vielen Blockaden, die im Laufe seines bisherigen, der Bequemlichkeit verpflichteten Lebens in ihm arretiert worden waren. Manchmal hatte er schon das Gefühl, dass er inzwischen als eine Art Instanz wahrgenommen wurde, die, leibhaftig und schwer, über die Decks walzte und insgesamt eher gute als schlechte Stimmung verbreitete. Er grüßte, wenn sich's ergab, und wurde meist auch zurückgegrüßt. Vorbildliche Umgangsformen also, so soll es sein. Der Entertainment Manager kam ihm entgegen, diesmal nicht in Uniform, sondern im auffälligen Wickelrock. »Guten Morgen, Frau Dr. Wiesheu«, sagte Fitzroy.

Sie schaute ihn an; aus ihrem Blick konnte man einiges herauslesen, zum Beispiel die Überlegung, dass es endlich Zeit wurde, das Hospital auf Deck 3 um eine kleine psychiatrische Betreuungsabteilung zu erweitern. Einen Gast, der geeignet war, bevorzugt eingeliefert zu werden, hatte sie auch schon im Auge. »Schönen Tag noch« rief sie und stürmte davon.

Fitzroy machte danach erstmalig Station in einer der drei Edelboutiquen an Bord. Die Verkäuferin, eine überschlanke Person mit viel Auflage im Gesicht, sah ihn nicht gerade erwartungsfroh an. »Die ganz großen Übergrößen führen wir nicht«, sagte sie.

»Das sollten Sie ändern«, sagte Fitzroy. »Werden wir nicht alle in besorgniserregendem Tempo immer dicker?«

»Sie vielleicht, ich nicht.«

»Noch nicht«, sagte Fitzroy. »Aber wenn Sie erstmal, ohne dieses eindrucksvolle Schiff, im Hafen der Ehe gelandet sind und beispielsweise einen Mann an Ihrer Seite haben, der gleich nach der Hochzeit aufhört, ins Fitnessstudio zu gehen, und stattdessen anfängt, sich so richtig gehen zu lassen, dann bleibt Ihnen gar nichts anderes übrig, als mit ihm alt, dick und unglücklich zu werden.«

»Ich könnte mich aber auch rechtzeitig scheiden lassen.«

»Das wäre vermutlich die bessere Lösung.«

»Außerdem steh' ich mehr auf Frauen.«

»Ich auch«, sagte Fitzroy.

Danach stieg er zu seinem Lieblingsplatz auf, einer Art windgeschützter Kuschelecke in einer gern übersehenen Nische auf dem obersten Deck. Zwischen einem vergessenen Rettungsboot und zwei, drei verhüllten Gegenständen im verdächtigen Sargformat hatte er sich einen Stuhl hingestellt, auf dem er während seinen Wanderungen an Bord Pause machen konnte, wenn ihm danach war. Jetzt war ihm danach. Er saß gerade im Stuhl, denn nur so hatte er den Miniaturblick auf eine Region, die sich immer dort auftut, wo das Meer seine Geschäfte an den Himmel übergibt. Wolken und Wasser gehen ineinander über; ab und zu konnte man noch eine Gischtlinie sehen, die auf Eigenständigkeit beharrte, sie zeigte das ferne Aufmaß des Horizonts, der mehr verhieß, als er preisgeben mochte. Fitzroy gähnte. Überlegungen zum Einklang von Zeitlichkeit und Ewigkeit hatten ihn immer gelangweilt; als Philosoph war er, auch aufgrund der ihm zugeteilten Denkfaulheit, Realist und Pragmatiker. Erkenntnisschranken sind nicht dazu da, dass sie, von inkompetenter Hand bewegt, plötzlich aufgehen. So viele Leute, gut ausgebildet und wissbegierig, hatten sich bei dem Versuch überhoben, das Undenkbare zu denken, und waren heilloser Verwirrung anheimgefallen, die durch psychotherapeutische Behandlung, in die man sich anschließend begab, nur noch größer wurde. Das Geheimnis, das über dem Leben der Menschen liegt, ist unendlich wichtig und absolut schutzwürdig. Überlegungen dieser Art, die, zugegeben, nicht einschneidend originell waren, machten ihn, ob auf See oder an Land, erfreulich müde. Er hätte jetzt in seinem Nischenstuhl, der eigentlich zu schmal für ihn war, aber irgendwie hatte er ja doch schon auf wundersame Weise abgenommen, ein Nickerchen halten können. Er zog es aber vor, wieder übers Wasser zu gehen. Die See war ein wenig rauer geworden, was jeden Schritt, den er tat, noch angenehmer machte. Wie würde es aber bei Sturm sein? Vermutlich wäre die Lust dann nicht mehr so lustvoll, eher grob, statt feiner Fußmassage dumpfer Druck, oder gar Bahnsperrung auf allen Decks, die Passagiere bekamen Anweisung, in die Kabinen zu gehen, sich anzuschnallen und einige unverbindliche Gebete zu sprechen. Solch einen Sturm wollte Fitzroy nicht erleben, er war zufrieden mit seiner Seefahrtvariante, die seniorentauglich, magenverträglich und serviceorientiert war. Auf dem Rückweg kam er noch einmal an der Kunstgalerie vorbei. Annica Brend'amour, so nannte die diensthabende Künstlerin sich, wenn sie Künstlerin war, in Wirklichkeit hieß sie Conny Schulz, sah noch unglücklicher aus als vor einer halben Stunde. »Was ist los?«, fragte er.

»Ich habe ein Bild verkauft«, sagte sie und wischte sich ein dekoratives Tränchen aus den Augen.

»Das ist doch wohl eher ein Grund zur Freude. Jetzt beginnt deine Erfolgsgeschichte, und ich kann sagen, ich bin dabei gewesen.« Erfolglosigkeit verbindet; deswegen waren Fitzroy und Conny Schulz schon bei ihrer zweiten Begegnung stillschweigend übereingekommen, sich zu duzen. »Aber man hat mir ausgerechnet mein absolutes Lieblingsbild entwendet«, sagte Conny Schulz, die ihren Künstlernamen aus einer Todesanzeige bezogen hatte, in der das ihr bis dato völlig unbekannte Spätadelsgeschlecht derer von Brend'amour die Abberufung einer Mutter, Großmutter und Schwiegermutter zur Kenntnis brachte. Man war dann übrigens gar nicht amüsiert darüber, dass sich eine Künstlerin mit dem Namen Brend'amour schmückte; ein Sippenanwalt des Spätadelsgeschlechts schickte Conny Schulz eine Unterlassungsaufforderung, die bei Zuwiderhandlung in eine Unterlassungsklage umgewandelt werden könne, was Annica Brend'amour, auf eigens entworfenem Briefpapier, zurückwies. Die freie Namenswahl gehöre zu den Grundrechten des Menschen, im Besonderen der Künstlermenschen, teilte sie mit, was natürlich Blödsinn war; im Übrigen, fügte sie hinzu und sprach da eher im Namen von Conny Schulz, gehe von ihr keine Gefahr aus, denn es stehe zu befürchten, dass ihr künstlerisches Schaffen weitgehend unbemerkt von der Öffentlichkeit abgewickelt werden müsse. Danach wurde der Schriftverkehr eingestellt.

»Was war denn dein Lieblingsbild?«, fragte Fitzroy, »ich bin da nicht so ganz auf dem Laufenden.«

»Satisfaction 11«, sagte Conny.

Er schaute sich um. »Aber da hängt doch noch jede Menge Satisfaction an der Wand. Hier, Satisfaction 4 und 5, in der Ecke Satisfaction 12, 13 und 14.«

»Aber nicht Satisfaction 11!« Conny schluchzte auf. Fitzroy fühlte sich hilflos. Er räusperte sich. »Was war denn das Besondere an Satisfaction 11?«

»Du hast es dir nie richtig angeschaut, sonst könntest du nicht so fragen!«

»Nun ja«, sagte Fitzroy, »ich bin ja nicht der große Kunstkenner. Eher der Typ ambitionierter Banause. Das gilt auch für die Literatur ...«

»Schade«, sagte Gerry Stubenrauch, der unbemerkt und bei anscheinend derberem Seegang die inzwischen leicht schwankende Galerie betreten hatte. Stubenrauch, der eigentlich Rafael Klugmann hieß, amtierte als sogenannter Bordschreiber auf der ARIELA; er hatte Lesungen abzuhalten, die nicht gesondert entlohnt wurden, da sein Honorar die Kreuzfahrt selbst war, für deren Dauer man ihm allerdings keine Suite in den oberen Rängen, sondern eine Kabine im Schiffsinneren zugewiesen hatte. »Entspricht dem gesellschaftlichen Stellenwert der Literatur«, hatte Stubenrauch gesagt, worauf Fitzroy, der diesen seltsamen Schriftsteller mochte, vielleicht auch weil er ihn an jemanden erinnerte, der ihm nie

ganz abhandengekommen war, ergänzte: »Entspricht wohl eher dem gesellschaftlichen Stellenwert *deiner* Literatur.« »Auch wieder wahr«, hatte Stubenrauch gesagt, der nun Conny Schulz, die noch immer todunglücklich hinter ihrem Ladentisch hockte, über den zum ersten Mal auf dieser Kreuzfahrt eines ihrer Bilder gegangen war, zu trösten versuchte. »Kann ich helfen?«

»Können wir helfen?«, fragte Fitzroy.

»Ihr könnt Satisfaction 11 zurückkaufen.«

»Wer war denn der Käufer?«

»Kenn' ich nicht«, sagte Conny. »So ein Dicker.«

»Schau mich nicht so an«, sagte Fitzroy, »ich war's nicht.«

»Da wir gerade so schön beisammen sind und plaudern, möchte ich die Gelegenheit nutzen und auf ein anstehendes Event hinweisen«, sagte Stubenrauch.

»Du hast wieder eine deiner gut besuchten Lesungen?!«

»Ja, morgen Abend. In Käfig 3.«

»Beim letzten Mal hast du doch noch in Saal 2 gelesen, der ja auch schon sehr überschaubar ist«, sagte Fitzroy. »Saal 3 ist ja noch kleiner.«

»Eben«, sagte Stubenrauch. »Aber auch im fortgeschrittenen Alter bin ich noch ein Anpassungskünstler.«

»Was will uns der Dichter damit sagen?«

»Von den großen Illusionen hab' ich mich verabschiedet. Wenn meine Literatur nur noch in kleinen, intimen Runden ankommt, ist das halt so. Ich trete da auf, wo man mich haben will.«

»Und wenn man dich gar nicht mehr haben will?«

»Dann hab' ich endlich meine Ruhe. Was aber noch erwähnt werden sollte, ist, dass ich ein neues Programm einstudiert habe. Ein gewagtes, ein mutiges Programm. Ich werde aus einem unveröffentlichten Roman lesen.«

»Der wie heißt?«

»Nachts ist es kälter als draußen.«

»Ich weiß«, sagte Fitzroy. »Aber wie heißt dein Roman, der, vermutlich nicht ganz zu Unrecht, noch unveröffentlicht ist ...?«

»Hast du nicht zugehört? Nachts ist es kälter als draußen.«

»Schätzchen, nimm's mir nicht übel«, sagte Conny Schulz, »aber das ist ein ganz bescheuerter Titel.«

»Als Alternative könnte ich noch ›Übern Berg ist es weiter als zu Fuß‹ anbieten. Oder ›Siehe, er kommt hüpfend über die Berge‹ –.«

»Aufhören. Wird ja immer schlimmer.«

»Die endgültigen Titel werden ohnehin erst in den Marketingabteilungen der Verlage ausgeheckt«, sagte Fitzroy und dachte an seinen ehemaligen Bestseller *Praxis Dr. Schopenhauer.*

»Also kommt ihr oder nicht?«

»Vielleicht geh' ich vorher über Bord«, sagte Conny Schulz. »Es ist alles so traurig.«

»Wir kommen«, sagte Fitzroy. »Ehrensache.«

Als er zurück in seiner Suite war, taten ihm die Füße weh. Tatsächlich hatte man irgendwo auf See beschlossen, eine härtere Gangart einzulegen. Das Schiff, noch immer groß und breit auf dem Atlantik hingelagert, zitterte ein wenig in den Grundfesten, manchmal hörte man auch ein Knirschen. Als Fitzroy, der sich von einem weiteren gelungenen Gang übers Wasser ausruhen wollte, auf dem Bett lag, kam er sich wie ein gutgenährter Säugling vor, dessen Wiege in Bewegung gehalten wurde. Sanft war diese Bewegung, und der Sturm, ja es war wohl so etwas wie Sturm, sang ihm ein Liedchen dazu.

Vermutlich eine Ewigkeit

Seine Hochstimmung hielt an, auch wenn sie zwischendurch mal absackte. Er hatte einen ausgefüllten Tag, der unglaublich flink dahinging; da kam er mit seinem Gang übers Wasser, den er pünktlich begann, gerne verzögerte und an ausgesuchten Stellen unterbrach, kaum hinterher. Was natürlich auch an seinem Gewicht lag, das aber, und nun wurde es für ihn richtig spannend, im Schwinden begriffen war. Ja, er nahm ab, und als ihm diese Erkenntnis zur Gewissheit wurde, hatte er für einen Moment, der wiederum einem kleinen Erinnerungsstich gleichkam, an eine seiner Frankfurter Befürchtungen gedacht: eine auszehrende Krankheit, die sich in seinem massigen Körper Platz schafft und schließlich keine Verwandten mehr kennt. Von da an wurde es ernst, aber nicht hier, auf *seinem* Schiff, das ihn auf andere, wunderbar herabgestimmte Gedanken brachte und nun eben auch, ästhetisch zuträglich, verschlankte. Als Beweis diente ihm der tägliche Ein- und Ausmarsch in die Wasserausgabe der Dusche. Hatte er sich am ersten, zweiten oder dritten Tag noch zwängen müssen und unsittliche Berührungen durch Duschwände und Einstiegstür hinnehmen müssen, so wurde es danach, auf geheimnisvolle Weise, immer großzügiger, was sich sogar belegen ließ: Er war zur Rezeption auf Deck 5 marschiert und hatte dort um einen Minizollstock gebeten. »Ist etwas nicht in Ordnung?«, wurde er gefragt. »Nein, alles bestens«, sagte er, »aber ich möchte trotzdem etwas ausmessen. Nur so, für mich. Verstehen Sie?«

»Nein.« Aber den Zollstock bekam er trotzdem ausgehändigt. Mit ihm nahm er nun jeden Morgen im Sanitärbereich Maß und fand heraus, dass er pro Tag etwa einen knappen Zentimeter in der Breite schrumpfte. Kann nicht sein, dachte er und hatte gleich darauf eine private Vision, dass er am Ende seiner Dienstreise nicht mehr zu jenem konstant zunehmenden Teil der Bevölkerung gehören würde, die den Planeten beschwerte – er war dann kein Dicker mehr. Aber auch Schlanke haben ja ein Lebensrecht. Noch.

Er hatte inzwischen auch für den Publikumsverkehr geöffnet. Sprechstunden am Vormittag, gelegentlich auch am Nachmittag, wobei er versucht hatte, die Zeiten dafür zugänglich erscheinen zu lassen, also irgendwie zwischen die Essensausgabetermine zu drücken, was aber witzlos war, denn auf dem Schiff wurde eigentlich den ganzen Tag über Essen ausgegeben. Und Saufen konnte man sowieso rund um die Uhr, was aber mehr ins Geld ging. Kein Wunder also, dass in seiner Dienstsuite zunächst weder Publikum noch Verkehr war. Er fand das nicht schlecht, auch wenn er manchmal das Gefühl hatte, dass die unbekannten Spione der Internationalen Schopenhauer Gesellschaft, die mit an Bord waren, bereits erste Lageberichte schrieben, die ungünstig für ihn ausfielen. Egal. Es kommt, wie es kommt, und eines Tages wurde der Publikumsverkehr dann doch noch eröffnet. Ein Herr unschätzbaren Alters machte ihm die Aufwartung. Er hatte sich nicht in der Kabinentür geirrt, sondern wollte tatsächlich zu ihm. »Gerne«, sagte Fitzroy. »Nehmen Sie unverbindlich Platz.«

»Mein Name ist Gantenbein«, sagte der Herr unschätzbaren Alters, das sich, bei näherem Hinsehen, aber dann doch schätzen ließ. Anfang sechzig, dachte Fitzroy, aber der Junge hat sich gut gehalten. Feinfaltig, nicht grob faltig, schlank, schlanker als ich, was bemerkenswert ist, denn ich bin ja nun auf dem langen Marsch in die Drahtigkeit. »Entschuldigung«, sagte er. »Hab' ich den Namen richtig verstanden? Gantenbein?«

»Sie haben richtig verstanden. Ich heiße wirklich und wahrhaftig Gantenbein. Tut mir leid.«

»Macht doch nichts. Dann entstammen Sie direkt einem Roman von Dürrenmatt und sind von dort ins Leben einmarschiert. Sozusagen.«

»Sozusagen. Aber der Roman ›Mein Name sei Gantenbein‹, den Sie meinen, ist von Max Frisch.«

»Sie haben recht«, sagte Fitzroy und ärgerte sich. »Es gab in der Schweiz ja wohl überwiegend nur die beiden Großschriftsteller Frisch und Dürrenmatt.«

»Überwiegend schon, aber es gab und gibt in der Schweiz auch ein paar Kleinschriftsteller.« Der Mann wurde ihm spontan lästig. Von Haus ist er vermutlich Oberstudienrat, der seine Schüler mit unnützer Literatur quält und dabei immer das letzte Wort hat, dachte Fitzroy.

»Vielleicht halten Sie mich für einen Korinthenkacker«, sagte Gantenbein.

»Sieht man mir das an?«

»Ja, ein wenig. Aber es stimmt schon, ich bin rechthaberisch veranlagt. Leider. Das hat Gerda auch immer gesagt.«

»Gerda?«

»Gerda ist meine Frau. Ich hab' sie immer bei mir.«

»Auch heute, nehme ich an.«

»Ja, auch heute.«

»Und wo ist sie dann? Ich seh' sie nicht. Gerda, zeigen Sie sich. Bitte.«

»Gerda ist in meinem Herzen. Auf immer und ewig.«

Ich muss den Mann loswerden, dachte Fitzroy. Er nervt mich, er bringt meine Hochstimmung zum Einsturz.

»Sie denken, ich bin nicht mehr ganz dicht«, sagte Gantenbein.

»So in etwa. Ja. Nehmen Sie's mir nicht übel, aber Sie erinnern mich an meinen Freund Harvey.«

»Ach, Sie haben einen Freund?«

»*Mein Freund Harvey* war mal eine erfolgreiche, nicht sehr schlaue Boulevard-Komödie, in der es vorwiegend um einen großen Hasen namens Harvey ging, der nur von der Hauptperson des Stücks gesehen und angesprochen wurde, sonst aber von niemandem.«

»Dann könnte ich also auch eine Hauptperson sein, und zwar in einem Stück namens *Meine Frau Gerda*. Das wäre dann aber wohl keine Komödie. Nein, wirklich nicht.«

Der Mann hatte feuchte Augen, was Fitzroy nun erst recht unangenehm war. Er räusperte sich. »Wie kann ich helfen?«, sagte er dann.

»Sie gelten als kluger Mann, als Philosoph, der immer ein paar Türchen offen hat für die wahren Probleme der Welt und ihrer Menschen.« Das war jetzt nicht so ganz schlecht gesagt, fand Fitzroy, der natürlich auch, wie alle Zeitgenossen, wenn sie denn nur die passende Ansprache erfahren, ein klein wenig eitel war. Dafür muss man sich nicht entschuldigen. Bescheidenheit bei mittelmäßigen Fähigkeiten ist bloße Ehrlichkeit, bei großen Talenten ist sie Heuchelei. Oder so. Hatte auf jeden Fall der Kollege Schopenhauer gesagt, der ihm, nicht nur auf dem Schiff, immer mehr entrückte.

»Soweit ich weiß, betreiben Sie in Frankfurt eine philosophische Praxis und bedienen auch eine Kolumne, die viele interessierte Leser findet. Manche Leute, hab' ich gehört, sind regelrecht begeistert davon, ich hingegen –.«

»Sie sind nicht so begeistert?«

»Nein, aber nur deswegen, weil ich nur noch das Nötigste lese. Seit ich beschlossen habe, mich um Gerda zu kümmern, die ich im Leben sträflich vernachlässigt habe, gilt es, noch vorausschauender, als es ohnehin empfehlenswert ist, mit der Zeit hauszuhalten: So ganz viel habe ich nämlich nicht mehr davon.«

»Ein kluger Mann, wie Sie es zweifellos sind, weiß aber schon, dass die Zeit, speziell wie sie unserem Wahrnehmungsvermögen aufliegt und unseren Erkenntnisapparat prägt, ein sehr relatives Phänomen ist. Mit anderen Worten –.«

»Mit anderen Worten: Es gibt sie vielleicht gar nicht, die Zeit. Geschenkt, Herr Dr. Fitzroy. Die Zeit, wie ich sie bis zum Ende mit meiner Gerda zu verbringen gedenke, gibt es sehr wohl. Ich weiß das, denn ich habe sie persönlich berufen, und wenn diese Zeit irgendwann wieder abberufen wird, ist das eine Entscheidung jener höheren Instanz, die auch mich abberuft. Und Gerda –.«

»Gerda ist doch schon abberufen, wenn ich Sie recht verstanden habe«, sagte Fitzroy.

»Ich möchte Sie bitten, mich ernst zu nehmen«, sagte Gantenbein.

»Ich nehme Sie ernst, verstehe aber noch immer nicht ganz, was ich für Sie tun kann.«

»Sie können mir zuhören. Ich verspreche Ihnen, dass ich mich einigermaßen kurz fassen werde. Und danach sagen Sie mir, als Philosoph und Mensch, was Sie von meiner Geschichte halten.«

»Der Philosoph kommt mir immer mehr abhanden«, sagte Fitzroy. »Aber das muss Sie jetzt erstmal gar nicht interessieren. Erzählen Sie!«

»Ich war immer ein relativ dominanter Mann«, sagte Gantenbein. »Meine Rechthaberei passt da gut ins Bild. Als Gerda und ich heirateten, war von ihrer Seite beträchtliche Bewunderung mit im Spiel.«

»Und von Ihrer Seite?«

»Man fühlt sich geschmeichelt, wenn man bewundert wird. Gerda gefiel mir, das schon, sonst hätte ich sie ja nicht geheiratet. Unsere Ehe ging ihren sozialistischen Gang, wenn ich das so sagen darf. Gerda war für mich da, sie wirkte mehr im Verborgenen. Mir fehlte es auf häuslichem Terrain eigentlich an nichts. Morgens ging ich aus dem Haus, machte Karriere, abends kam ich zurück. Alles war gut. Dachte ich. Allerdings musste ich feststellen, dass wir uns im Grunde nicht viel zu sagen hatten. Vermutlich war das vor der Ehe auch schon so, aber da fiel es nicht weiter auf, da wir glaubten, verliebt zu sein. Wir bekamen zwei Kinder, auf dem üblichen Weg. Leidenschaft war nicht mit im Spiel, aber auch keine Abneigung. Die stellte sich, zumindest von meiner Seite, erst später ein.«

»Was sich wie äußerte?«

»Es waren kleinere Eigenheiten, die sich zu einer Art Ärger summierten, den ich ab einem bestimmten Zeitpunkt fest und unverbrüchlich mit Gerda in Verbindung brachte. Zum Beispiel schlief sie, wenn wir, in Ermangelung von Gesprächen, am Abend vor dem Fernseher saßen, sie auf dem Sofa, ich in einem Sessel, regelmäßig ein.«

»Das kommt in den besten Familien vor«, sagte Fitzroy. »Außerdem hat es meist mit dem Programm zu tun, weniger mit dem Partner.«

»Gerda schlief ein, weil sie, wie ich heute weiß, zutiefst erschöpft war, wofür es keinen Grund gab. Dachte ich damals. Ich sehe noch, wie sich der Schlaf bei ihr ankündigte. Die Augen wurden schwer, sie rutschte aus der Sitzhaltung, die sie tapfer aufrechtzuerhalten suchte, in eine liegende Position.«

»Und dann?«

»Dann fing sie an zu schnarchen.«

»Was nicht verboten ist.«

»Natürlich nicht. Aber ich nahm Gerda irgendwann nur noch als Störfaktor wahr. Das setzte sich auch in unserem Schlafgemach fort. Ich zog aus, nicht aus dem Haus, sondern vom Schlafzimmer in den Keller, wo ich auf einem verschlissenen Sofa in meinem Arbeitszimmer schlief. Manchmal, in stillen Nächten, meinte ich Gerdas Schnarchen von oben zu hören.«

»Was hat sie dazu gesagt, dass Sie das eheliche Schlafzimmer verließen und in den Untergrund gingen?«

»Nichts. Sie hat mich nur traurig angesehen, sehr traurig.«

Gantenbein zog ein Papiertaschentuch mit ARIELA-Aufdruck hervor, wischte sich über die Augen. »Eines Nachts im Keller«, sagte er dann, räusperte sich, was mehr ein Krächzen war, »eines Nachts schreckte ich hoch, saß senkrecht auf meinem Pennersofa. Erst wusste ich nicht, wo und wer ich war, so fühlen sich Demente, wenn man sie weckt, dachte ich später. Ich hatte ein Bild vor Augen, ein Traumbild, wenn man so will, das inzwischen zum Standbild geworden ist. Ich sah Gerda, wie sie oben in unserem Bett lag. Sie schnarchte nicht, war still und unendlich liebreizend, lachen Sie nicht.«

»Ich lache nicht.«

»Es war ein absolut zeitloses Bild meiner Frau, das sich in dieser Nacht in meinem Kopf und, mehr noch, in meinem Herzen eingrub. Ich sah Gerda als junge und als unwesentlich ältere schöne Frau, sie war meine Geliebte, die Mutter meiner Kinder und Gefährtin meines Lebens, in das ich sie nie wirklich mit eingelassen hatte. Ich spürte einen Stich in der Brust, sprang auf, hetzte nach oben. Es ist noch nicht zu spät, dachte ich, noch nicht zu spät.«

»Ich habe eine Befürchtung, die mir nicht gefällt«, sagte Fitzroy. »Gar nicht gefällt.«

»Gerda lag im Bett in ihrer bevorzugten Schlafhaltung, halb auf dem Rücken, halb auf der Seite, den rechten Arm angewinkelt und unter den Kopf geschoben. Im Mondlicht, das von außen ins Zimmer fiel, Gerda mochte es nicht, wenn die Gardinen zugezogen wurden, sah es so aus, als lächelte sie. Aber sie war tot. Friedlich eingeschlafen, wie der Arzt später feststellte. Gestorben an einem chronischen Erschöpfungssyndrom. Früher nannte man das Auszehrung. Ich legte mich neben sie, in der gleichen Haltung wie sie. Und weinte. Wie lange ich weinte, weiß ich nicht. Vermutlich eine Ewigkeit. Nie hätte ich gedacht, dass einer wie ich, der als Erfinder der Ordnungshaft hätte durchgehen können, von einem solchen Schmerz ergriffen werden könnte. So einen Tod kann man sich nur wünschen, sagte der Arzt später noch. Er wollte trösten, aber das ging natürlich nicht. Keiner hat eine Ahnung, wie es ist, wenn ein Mensch, den man geliebt hat, ohne es wahrhaben zu wollen, stirbt. Dann schon lieber selber sterben. Mit meiner Liebe, die ich erst verlegt und dann fast vergessen habe, bin ich im Leben zu spät gekommen, Herr Dr. Fitzroy. Aber mein Leben ist noch nicht vorbei, und auch Gerda lebt noch, sie ist bei mir, spricht mit mir, lächelt, so wie sie gelächelt hat, als sie eingeschlafen ist. Und nun frage ich Sie, Herr Dr. Fitzroy, frage Sie als Menschenversteher und Philosoph: Bin ich ein Fall für die psychiatrischen Inhaftierungsdienste, wenn ich meine Liebe auferstehen lasse und mit ihr Wiedergutmachung betreibe?«

Fitzroy schwieg. »Herr Gantenbein«, sagte er dann, »als Philosoph fällt mir zu Ihrem Fall nichts ein. Als Mensch bin ich, was ich nur selten bin, weil mein Gefühlshaushalt ziemlich zugemauert ist, tief gerührt. Ich schätze mich glücklich, Sie und Ihre Frau kennengelernt zu haben. Unsere Reise ist, erfreulicherweise, noch nicht zu Ende. Ich würde mich glücklich schätzen, wenn ich Sie einmal begleiten könnte. Bei einem Landausflug beispielsweise. Madeira soll sehr schön sein.«

»Die Freude ist ganz auf unserer Seite«, sagte Gantenbein.

»Und Gerda hat nichts dagegen? Vielleicht will sie ja, da es doch noch so viel nachzuholen gibt, lieber mit Ihnen allein sein.«

»Wie gesagt, Herr Dr. Fitzroy, ich bin schwierig, daran hat sich im Grunde nichts geändert. Insofern ist Gerda ganz froh, wenn wir es mit unserer späten Zweisamkeit nicht übertreiben.«

Später standen sie noch auf Fitzroys Balkon. Das Schiff glitt dahin, kleine Wellen kamen und gingen, sie waren des großen Atlantiks eigentlich nicht würdig. Der Himmel war klar und von mattem Blau. Zwei Wölkchen: trieben aufeinander zu. Aus der Ferne sahen sie aus wie zwei jener Lachgesichter, mit denen man heutzutage, wenn's denn sein soll, seine elektronische Post zu garnieren pflegt.

Ein Schnäppchen

Der Abend, auf den Gerry Stubenrauch, ohne es zugeben zu wollen, einige Hoffnung gesetzt hatte, ließ sich zunächst gar nicht so schlecht an. Es waren mehr Leute zu seiner abendlichen Lesung gekommen als befürchtet. Das sah schon mal gut aus, aber die milde Vorfreude hielt nicht lange an, leider. Von den Anwesenden im kleinen Saal 3 erhoben sich einige, noch bevor Stubenrauch am Lesepult Position bezog; sie hatten festgestellt, dass sie einer Fehlinformation aufgesessen waren: Nicht auf die Höhen verkannter Literatur zog es sie, sondern in die Niederungen gemeinverträglichen Entertainments, das in größeren Räumlichkeiten stattfand. Also verdrückten sie sich wieder, bevor das Wachpersonal die Türen von Saal 3 verschlossen und Stubenrauch, dem sich die Mundwinkel nach unten zogen, loslegen konnte. Er schaute über die gelichteten Reihen: Die Künstlerin Annica Brend'amour war da, sie sah gewohnt unglücklich aus, der Philosoph und Menschenversteher Egidius Fitzroy, der ihn mit seiner penetrant heiteren Stimmungsmache zuletzt ein wenig genervt hatte, zwei ältere, leseerfahrene Damen, die zu jener Klientel gehörten, ohne die Verlage schon längst nicht mehr existieren könnten, ein Herr, auch nicht mehr ganz jung, der anscheinend die gezielte Ansprache an sich selbst bevorzugte, denn er bewegte unentwegt die Lippen, was aber auch eine nervöse Störung sein mochte. Und: Der übliche Verdächtige Dr. Dünkel war erschienen, er hatte bisher Stubenrauchs sämtlichen Auftritten, die, vorsichtig gesagt, allesamt nicht triumphal gewesen waren, beigewohnt. Dabei pflegte er, in unregelmäßigen Abständen, mit dem wiederkehrenden Zuruf »Nicht lustig!« dazwischenzufahren, was Stubenrauch anfänglich irritiert hatte, später jedoch, wie er behauptete, »am Arsch vorbeiging«. Dr. Dünkel war ein Spitzname, den sich Conny Schulz ausgedacht hatte, weil der einsame Mann auch schon ihre Bilder beäugt hatte, um danach mit dem Ruf »Nicht lustig!« die Galerie zu verlassen. »Ich mag diese Typen nicht«, sagte Conny, »sie wissen alles besser, diese Dr. Dünkels. Man sollte sie nachts heimlich auf See aussetzen, irgendwo in der Nähe überfüllter Flüchtlingsboote.« »Conny, so kenn' ich dich ja gar nicht«, hatte Stubenrauch gesagt, »aber du hast recht. Man sollte es nur, zumindest vor Zeugen, politisch etwas korrekter ausdrücken.« Es war nicht zu übersehen, dass er Conny mochte. Wen aber mochte Conny? *Satisfaction 11* mochte sie, das ihr aber von einem unbekannten Dicken abgenommen worden war. Seither hatte sie Geld in der Kasse und litt unter kreativen Depressionen.

»Ich freue mich, dass Sie auch diesmal wieder so zahlreich erschienen sind«, sagte Stubenrauch, der auf der Kreuzfahrt zugenommen hatte, eindeutig, das fiel jetzt gerade in diesem verschwiemelten Vorleselicht auf, fand Fitzroy, den am Morgen ein Abnahmekoeffizient von sage und schreibe 1,43 in vorübergehenden Schrecken versetzte. Also doch auszehrende Krankheit, die aber, wenn es sie überhaupt gab, etwas Liebevolles hatte, sie meinte es gut mit ihm. »Ursprünglich wollte ich aus einem Romanprojekt mit dem geheimnisträchtigen Titel *Nachts ist es kälter als draußen* lesen«, sagte Stubenrauch. »Nicht lustig!«, rief Dr. Dünkel.

»Sie sagen es, Herr Dr. Dünkel. Das dachte ich dann auch und wurde auf einmal ganz nostalgisch. Ich habe mich also kurzfristig entschlossen, auf frühere, zugegeben: schon ein wenig verwitterte Erfolgspfade zurückzukehren.

Damals, der eine oder andere unter Ihnen wird sich vielleicht noch erinnern –.«

»Nein.«

»Damals gab es einen Roman von mir, der *Schwarzweiß wie Schnee* hieß und, zumindest nach der unmaßgeblichen Meinung seines Autors, ein weitgehend gelungenes Stück Prosa war, dem ein paar Leser mehr als die, die sich seinerzeit zusammenfanden, gut getan hätte. Egal. Und nicht mehr zu ändern. Aus diesem schönen Buch, das u. a. auch eine verdeckte Liebesgeschichte erzählt, die überwiegend im Wendland spielt, eine Gegend mit herbem Charme, an der ich noch immer irgendwie hänge, lese ich das zweite Kapitel. Wohl bekomm's.«

Wie geübt wir doch sind, uns die Zeit zu vertreiben, dachte Fitzroy, dem schon vor dem eigentlichen Beginn der Lesung wohlige Müdigkeit zusetzte. Dabei gehören Lesungen noch zu den anspruchsvolleren Unternehmungen, sie sind schadstoffarm und schlaffördernd. Ich habe ja selbst einige Male aus meinem Bestseller *Praxis Dr. Schopenhauer* vorgelesen und noch das Bild eines Publikums vor Augen, das mehrheitlich weggenickt ist. Stubenrauch hustete einmal durch, nahm einen Schluck Wasser. Dann fing er an. Endlich.

Ich bin dümmer geworden, sage ich Ihnen, aber ich bin ein glücklicher Mensch. Das eine hat mit dem andern zu tun, die Einfältigkeit nützt dem Menschen mehr als eine ewig nachkartende Intelligenz. Eine seltsame Sesshaftigkeit hat seit einiger Zeit von mir Besitz ergriffen. So als sollte ich, noch mitten im Leben stehend, einen Abschied vorbereiten, bei dem es keine trauernden Hinterbliebenen gibt, sondern nur zufriedene Gesichter. Mein Herz schlägt matt, meine Gedanken sind Friedensboten, die sich ständig wiederholen. Das macht müde, und so kann es nicht verwundern, dass ich viel und gern schlafe. Auch bei Caroline, meiner schönen Therapeutin, bin ich schon eingeschlafen, einfach so, sie sah es, wie sie mir sagte, mit Sorge und empfahl mir, einen Arzt aufzusuchen, der mich gründlich durchchecken sollte. »Mach ich, Caroline«, sagte ich und gähnte. Zu dem Arzt bin ich nicht gegangen, versteht sich; zum einen kommt bei Arztbesuchen generell nichts Gutes heraus, zum andern hatte ich die leise Befürchtung, dass der Mann tatsächlich etwas bei mir finden könnte, eine verschwiegene, im Geheimen wirkende Krankheit, aus der es kein Entrinnen gab. Warum sollte ich mich mit einer solchen Gewissheit belasten, wenn es auch anders ging – leicht und heiter, still und traurig.

Der Bus hielt, die Tür ging auf. Ich stieg aus. Draußen war der Sprühregen in Schnee übergegangen, es wurde dunkel, und die Lichter des Dorfes, in dem ich seit knapp anderthalb Jahren wohne, flackerten in naher Ferne. Ich musste noch einen Kilometer zu Fuß gehen, um das schwarzweiße Häuschen zu erreichen, das ich mir von meinem Erbe gekauft habe. Ein Schnäppchen. Ich wohne auf einem Künstlerhof im Rundlingsdorf Schreian im Wendland. Das Dorf hat weniger als sechzig Einwohner, die ich inzwischen fast alle kenne oder zumindest schon einmal gesehen habe. Man grüßt mich, wenn ich meine täglichen Wege gehe, aber man schaut auch ein wenig mitleidig. Oder argwöhnisch. Der Künstlerhof ist eine sogenannte Stipendiatenstätte, die vom chronisch klammen niedersächsischen Kultusministerium unterhalten wird. Deswegen griff man dort auch sofort zu, als ich der zuständigen Stelle das Angebot unterbreitete, eines der beiden für Schriftsteller vorgesehenen Häuschen auf dem Hof zu kaufen, zu dem noch ein Haupthaus gehört, in dem u. a. eine Bibliothek, Küche, Gästezimmer, Waschmaschine, Trockner und das Büro einer Stiftung untergebracht sind. Außerdem wohnen zwei Musiker auf dem Hof, der eine im Anbau des Haupthauses, der andere in einem separaten, viel zu groß-

zügig bemessenen scheunenartigen Bau schräg gegenüber. Die Musiker nerven, ich muss das so deutlich sagen, sie pennen am Tage und komponieren in der Nacht, sie schlagen ihre Instrumente oder entlocken elektronischen Geräten ungute Töne, die trotz dicker Wände hinaus in die lastende Nacht dringen. Früher, als noch der normale Stipendiatenbetrieb herrschte, war es die geschriebene Regel, dass jeweils vier Künstler auf dem Hof wohnten, zwei Musiker und zwei Schriftsteller; sie durften drei, sechs oder neun Monate bleiben und wurden für ihre Anwesenheit entlohnt – kein gutes Geschäft für die Kulturbehörde, der es inzwischen, dank meines beherzten Zukaufs, etwas besser geht, da sie nur noch für drei Stipendiaten aufkommen muss, denn den vierten habe ich ja verdrängt. Vielleicht liegt es daran, dass mir die Künstler mit Zurückhaltung begegnen; manchmal habe ich sogar den Eindruck, dass sie mich, trotz der wundersamen Ausgeglichenheit, die ich an den Tag lege, nicht recht mögen.

Ich gehe gegen den Schnee an, habe die Kapuze meiner schwarzen Kampfjacke hochgezogen und unterm Kinn festgezurrt. Linker Hand der zugefrorene Teich, auf dem in wärmerer Jahreszeit zwei gravitätische Schwäne und kleine ruckelnde Enten umherschwimmen. Ein alter Herr, der tapfer seinen Spazierstock in den Boden rammt, macht dort seine Spaziergänge, seine Frau begleitet ihn, geht aber immer zwei Schritte voraus, weil sie ihrem Mann, der jeden, ohne Ansehen der Person, lautstark grüßt, zu misstrauen scheint; einmal habe ich im Vorbeigehen mitbekommen, dass die Alte ihren Mann beschimpft: eine Schwuchtel nannte sie ihn, einen Kacker und Schweinepriester, und wünschte ihm, wenn ich es richtig verstand, den längst fälligen Tod an den Hals. Heute aber ist er nicht zu sehen, er wird zu Hause vor dem Fernseher hocken und die vielen Fremden grüßen, die er auf dem Bildschirm erblickt, während ihn seine Frau von der Küche aus beschimpft. Gleichmäßig fällt der Schnee vom

Wendländer Himmel, das Land verhüllt er und die Menschen, die sich spätestens morgen wieder freischaufeln. Ich gehe auf ein tückisches Licht zu. An der Ecke das stillgelegte Hotel Rundling, in dem schon lange keine Gäste mehr weggesperrt werden, aber jeden Abend, sommers wie winters, die Außenbeleuchtung anspringt, und manchmal sieht man im oberen Stockwerk, wie von Geisterhand bewegt, ein Stück Vorhang aus einem halbgeöffneten Fenster wehen. In meinen ersten Schreianer Tagen war mir das stillgelegte Hotel unheimlich, wie mir auch einiges andere unheimlich war, die merkwürdig lastende Ruhe etwa, die über allem lag, der Ruf des Käuzchens in der Nacht oder das Ächzen der Kühe in den Ställen. Ich wähnte mich ausgesetzt in der Verbannung, aber die Verbannung hatte ich ja selbst gewählt und mir mit dem Geld meiner verstorbenen Mutter erkauft. Als ich mir das, ein ums andere Mal, klarmachte, setzte mein Eingewöhnungsprozess ein, und nach einem Monat kam es mir schon so vor, als hätte ich nie irgendwo anders gehaust.

Ich biege um die Ecke, marschiere gebeugt, gegen den aufkommenden Wind, der den Schnee wie eine Flächenfahne vor sich her treibt, ins Dorf ein. Schwach glimmen die Lichter, der Dorfplatz, um den die Häuser stehen, liegt düster im Schein einer alten Straßenlaterne, die nach Mitternacht ausgemacht wird. Aus Prinzip, aus Sparsamkeitsgründen oder weil man in Nächten, die einen schwer atmen und träumen lassen, sowieso kein Licht braucht. Einmal, in meiner zweiten Woche in Schreian, bin ich nachts raus, ich bekam Platzangst in meiner neuen Behausung, das Knacken im Gebälk, der unterm Dach scharrende Marder, den bislang kein mobiles Einsatzkommando aufspüren und zur Rede stellen konnte, dazu die weiche, ausgekuhlte Matratze, auf der ich mich wälzte, das alles wurde mir zu viel, ich wollte weg, nur weg, zog mich an, mit zitternden Händen, mir war übel, mein Herz raste, und als ich dann tatsächlich vor der Tür stand, schlug mir die Nacht entgegen, finster, grußlos, ich sah nichts, denn auch die alte Laterne war ja ausgeschaltet worden, was ich aber damals noch nicht wusste; mühsam nur kam ich vorwärts, Schritt für Schritt, stolperte, fluchte, nicht mal in den Wohnungen der beiden Komponisten, die sonst erst gegen Morgen ins Bett wankten, erschöpft vom Lärm, den sie ersonnen hatten, und abgefüllt mit geschmuggeltem Wodka, war noch Licht. So kam ich denn, folgerichtig, vom Weg ab, landete im Beet, auf dem das Denkmal eines Säulenheiligen des Künstlerhofes steht. Es zeigt den Steinkopf des Dichters Nikolaus Zorn, ein schon länger verstorbenes, ewiges Junggenie, das in der Gegend gelebt hat, wüste Gedichte und herrische Prosa schrieb und meist auf verlässliche Weise besoffen war. Mit seinen Schriften, die in der Hausbibliothek des Künstlerhofes gehalten werden, kann ich nichts anfangen, was aber nichts heißen muss, denn ich kann mit den allermeisten Schriften zeitgenössischer Literaten nichts anfangen, woran auch das bereits erwähnte Phänomen, dass ich glaube, dümmer zu werden, mit schuld sein kann. In jener Nacht aber schloss ich vorübergehend Freundschaft mit Nikolaus Zorn, denn als ich im Stockfinsteren ausrutschte und zu fallen drohte, fand ich nur einen Halt, den Steinkopf des Dichters. Ich umarmte ihn und meinte, etwas von der verzweifelten Kraft zu spüren, die den Mann zu seinen Lebzeiten auf Betriebstemperatur hielt.

Als ich jetzt, schneeumweht, auf dem Künstlerhof einlaufe, scheint die alte Laterne noch, und ich bin nicht allein – leider. In den Musikerwohnungen brennt Licht. Jurij, der vorne links wohnt, sitzt an seinem überdimensionierten Klangcomputer, aus dem rhythmische Tonkaskaden quellen, die der Komponist zu bändigen sucht. Er gestikuliert, wedelt mit Kompositionspapieren, rauft sich das strähnige Haar, spricht mit sich selbst. Jurij spricht immer mit sich selbst, da weiß er, was er hat. Seitdem ich ihn und seinen Kollegen

Oleg kenne, der schräg gegenüber im größten Haus des Künstlerhofes wohnt, bin ich noch ruhebedürftiger als früher geworden. Einst war ich, in Maßen, Musikfreund, hatte erst eine Platten-, dann eine CD-Sammlung, hörte CCR, die Moody Blues, Kinks, manchmal auch Wagner, aber dann verschlug es mich nach Schreian, wo ich auf dem Künstlerhof unter die Lärmmaximalisten geriet. Damit sind vor allem Jurij und Oleg gemeint, denn die vorherigen Komponisten, die dort ihr Stipendium absaßen, waren vergleichsweise normal, freundlich, ja sogar selbst an den Vorzügen der Stille interessiert. Jurij und Oleg aber, Oleg und Jurij: zusammen in Moskau aufgewachsen, wo sie in verseuchten Sandkästen spielten und sich gegenseitig die Schippe wegnahmen, weshalb sie einander bis heute in so herzlicher Abneigung verbunden sind, dass sie nicht miteinander reden. Bevor sie eine inkompetente Jury als Stipendiaten nach Schreian berief, studierten sie in Berlin. Was man so studieren nennt; vermutlich haben sie auch dort schon Stipendien kassiert, es gibt Leute, denen wird immer gegeben. Einmal waren sie, habe ich erfahren, in die gleiche Frau verliebt, eine taiwanesische Sängerin, und da hat Jurij, der insgesamt etwas größer und stärker ist, seine alte Moskauer Schippe wieder hervorgeholt und sie Oleg über den Kopf gezogen. Der floh, einen russischen Fluch auf den Lippen, aber in der nächsten Nacht kehrte er zurück und rächte sich, indem er in Olegs Briefkasten schiffte, was ihn irgendwie erregte, so dass er fast im Briefkastenschlitz hängengeblieben wäre und nur unter Keuchen und Ächzen wieder freikam. Woher ich das weiß? Ich habe meine Informanten.

Auf dem Weg zu meiner Haustür, an der fahrende Gesellen, noch vor meiner Zeit, ein warnendes Zeichen angebracht haben, das wohl so viel bedeutet wie »Vorsicht! Bissiger Hund in Menschengestalt«, schaue ich zu Oleg hinein: Er sitzt am Klavier, dem er abartige Töne entlockt, die er umso lauter anschlägt, als er gegen die Kakophonien anspielen muss, die sein Intimfeind herüberschickt. Oleg hat die Russenkappe auf, die er immer auf hat, eine pelzige Kopfbedeckung, deren Markenzeichen die herunterhängenden Ohrenklappen sind, die nichts schützen und nichts verschließen, sondern sich schon beim kleinsten Luftzug bewegen. Auf einmal überkommt mich eine merkwürdige Wut. Musst du dir denn alles gefallen lassen, bedeutet sie mir und gibt auch gleich die passende Antwort: Nein! Ich klingele an Olegs Tür, mehrfach. Schlurfende Schritte, dann wird die Versorgungsklappe neben der Tür geöffnet. Olegs Kopf mit Kappe erscheint in der Öffnung. »Kennt ihr Kosaken nicht die deutsche Lärmschutzverordnung?«, brülle ich ihn an. »Und überhaupt: Wer zahlt eure überflüssigen Stipendien? Der Steuerzahler, also: ich!« Oleg ist sichtlich verblüfft. So laut und so sinnfrei hat ihn schon lange keiner mehr angeschnauzt. Vom Luftzug meines Gebrülls wackeln ihm die Ohrenklappen. »Bist du bescheuert?«, sagt er und schlägt die Klappe zu. »Arschloch!«, rufe ich und wechsele die Seite. Es schneit heftiger, eigentlich kann ich durch meine Brille nichts mehr sehen, aber den Weg hinüber zu Jurijs Wohnung schaffe ich noch. Ich klingele. Er öffnet, schaut mich finster an. Eigentlich sollte ich jetzt wieder brüllen, aber da eruptive Lautstärke meinem ausgeglichenen Wesen widerspricht und sich nur in begründeten Ausnahmefällen, wie gerade eben, Bahn bricht, bin ich schon wieder ruhiger geworden. »Wäre es zu viel verlangt, wenn ich dich, mein talentloser Freund, ersuche, deine unnütze Kompositionstätigkeit nur noch geräuschlos zu verrichten?«, sage ich. »Geh scheißen«, sagt er. »Oder fahr zur Hölle!«

Als ich in meinem warmen Häuschen bin, Jacke und Schuhe ausgezogen habe und das erste Bier des heutigen Abends trinke, legt sich die Aufregung, in die ich, ohne es zu wollen, geraten war. Alles so verdächtig ruhig, lautlos fällt der Schnee, die Russen sind verstummt, der Marder im Dachgebälk macht Pause. Ich öffne die Terrassentür, trete hinaus. Wolken ziehen am Nachthimmel dahin, vor einem blassen Mond, und so weit unten der Schnee. Eine Eule steigt aus kahlen Bäumen auf, ihr träger Flügelschlag ist das einzige Geräusch in der Stille. Morgen werde ich Schnee schippen müssen, denke ich, und dann ist es vorbei mit der Ruhe. Jurij und Oleg legen wieder los, zur gleichen Zeit, der eine hämmert ins Klavier, der andere hat seine Lärmmaschine angeworfen. Später am Abend, da hatte ich schon ein bisschen was getrunken, reift ein unangenehmer Entschluss in mir: Ich werde handeln müssen. Es gilt einen Kampf zu bestehen, den ich nicht gewollt habe. Wie denn auch. Das Telefon klingelt. Ich nehme den Hörer ab. »Ja, bitte?« »Ich bin's«, sagt Caroline. »Eigentlich ist es ja wohl zu spät für einen Anruf, aber ich mach' mir Sorgen um Sie, Rafael. Geht es Ihnen gut?«

»Nein«, sage ich, »es geht mir nicht gut.«

»Würde es Ihnen helfen, wenn ich Ihnen sage, dass ich Sie vermisse?«

»Ich vermisse Sie auch, Caroline. Wie gern würde ich jetzt bei Ihnen auf der Couch liegen und unter ihren warmen Atemzügen einschlafen. So aber –« »So aber sind Sie allein«, sagt Caroline, ich glaube, sie hatte auch was getrunken. »Sie sollten zu mir zurückkehren. Wir können Ihre Behandlung auch auf eine andere Grundlage stellen.« Sie schweigt, atmet leise. In diesem Moment weiß ich, dass ich sie liebe. Es ist jene Liebe, die immer unterschätzt wird und sich doch als am stärksten erweist: die Liebe aus sicherer Entfernung. »Ach, Caroline«, sage ich und lege auf. »Wenn du wüsstest.« Ich bin glücklich und habe Tränen in den Augen, aber es soll bitte nicht zu verräterisch werden.

»Ich danke Ihnen.« Stubenrauch sah Conny an, nur sie. Er hatte glänzende Augen, was aber auch am Vorleselicht liegen konnte. »Ich danke für Ihre Aufmerksamkeit«, sagte er, »und würde mich freuen, Sie demnächst wieder in diesem Theater begrüßen zu dürfen. Einen schönen Abend noch. Es gibt so viel zu sehen an Bord, und alles ist –.«

»Nicht lustig«, rief Herr Dr. Dünkel und stand schon an der Tür.

Goldene Lichter

Das Wunder kam über Nacht und zeigte sich am frühen Morgen. Fitzroy hatte, vermutlich geschwächt vom Abnehmen, nicht ganz so gut geschlafen wie sonst. Das Schiff rollte auf vergleichsweise schwerer See, aber man musste sich keine Sorgen machen. Hatte auch Kapitän Dr. Leisegang gesagt, der die tägliche Wettervorhersage durchgab. Alles im grünen Bereich, liebe Gäste. Ein Meer ist ein Meer und keine versiegelte Fläche. Dr. Leisegang konnte man, zumindest an Bord, alles glauben, er war Akademiker; ein promovierter Kapitän. Ja, wo gibt's denn so was. An Bord der ARIELA gibt's so was, hatte Dr. Leisegang gesagt, am ersten oder zweiten Abend, als er sich und seine Crew vorstellte. Er war ein launiger Mensch, schaute aber gern grimmig drein. So als müsse er ständig auf der Hut sein, vor Piraten beispielsweise oder, noch tückischer, vor Plagiatsjägern, die, wie Fitzroy nur zu gut wusste, inzwischen überall und fast immer in organisierter Anonymität ihr Unwesen trieben. »Ein promovierter Kapitän«, sagte Dr. Leisegang, »machen Sie sich keine Sorgen, meine Damen und Herren. Meine Offiziere sind alle ausgebildete Seeleute und können mich, wenn ich Mist baue, sogleich des Amtes entheben. Wie damals auf der Bounty, wo ich seinerzeit meine Laufbahn begonnen habe.« Die Passagiere lachten herzlich; es ist schön, einen promovierten Kapitän zu haben, der zudem noch Seefahrtsgeschichte geschrieben hat.

Als die Nacht in den Morgen überging und es langsam, sehr langsam hell wurde, beschloss Fitzroy, dem die verbliebenen Haare in einer Art Harpunierzacken vom Kopf abstanden, was er aber erst später im Badezimmerspiegel entdeckte, das Bett zu verlassen. Dabei wäre er fast gestürzt, denn die See rollte ja, wie gesagt, hatte indes kurz darauf ein Einsehen; man konnte, wenn man das passende Gehör dafür besaß, förmlich die Schiffs- und Wasserbremse vernehmen, die von höherer Stelle aus eingelegt wurde. Es quietschte, was aber dann doch nur die halboffene Balkontür war, die Fitzroy zur Seite schieben musste, um rauszukommen. So schlank war er eben doch noch nicht, dass es auch so gegangen wäre. Das Wunder also. Goldene Lichter beglänzten eine Nacht, die sich ohnehin auflöste, heller wurde, aber eher bedächtig, denn nur so konnten sie wirken, die goldenen Lichter, die über einem verwunschenen Land standen. Dieses Land im Meer war, kein Geheimnis, die Insel Madeira, der die ARIELA mit herabgestimmter Geschwindigkeit entgegenfuhr. Goldene Lichter, sorgsam verteilt auf Berghänge, Wohntäler und Aussichtsbuchten; manche setzten zum Übersprung an, nach Art tiefergelegter Sternschnuppen, bis der Tag endgültig übernahm und alle Goldlichter für den Tag einsammelte, die unter der Sonne nicht mehr gebraucht wurden. Wenn die nächste Nacht kam, war das große Schiff schon wieder auf See, ließ die Lichter von Funchal hinter sich und konnte dabei selbst als üppig illuminierter Koloss bestaunt werden, dessen Lichter allerdings weniger nach Art eines Wunders, sondern mit Blick auf einschlägige EU-Leuchtmittelverordnungen ausgehängt waren. »Von außen, speziell in der Nacht, sieht unsere *Ariela* nicht nur prächtig aus«, hatte Dr. Leisegang gesagt, der es wissen musste, »sie ist praktisch auch unsinkbar. Vergessen Sie die Titanic, liebe Gäste, uns kann so was nicht mehr passieren. Und wenn doch, verklagen Sie die Reederei, sie wird Sie großzügig hinhalten, falls Sie überlebt haben. Ich befinde mich dann ohnehin im Ruhestand, nachdem ich bei der Kollision, die nicht stattfinden kann, als Erster von Bord gegangen bin, nach Vorbild eines italienischen Kollegen, Sie erinnern sich vielleicht noch daran.« Diese launigen Bemerkungen von Dr. Leisegang kamen nicht so an wie gewohnt; der Mensch ist nun mal nicht erpicht darauf, und sei es auch nur im Scherz, auf dem Meeresboden versenkt zu werden, an steilen Berghängen zu zerschellen oder sich von willkürlich inszenierten Explosionen zerreißen zu lassen.

Funchal, Hauptstadt von Madeira und Ziel des heutigen Tagesausflugs, der angeboten wurde, war nahe herangerückt. Am Kai lagen schon zwei andere Kreuzfahrtschiffe. Kein Problem für Dr. Leisegang, er parkte ein. Fitzroy sah immer noch die goldenen Lichter, die verschwunden waren. Ein Kollege, an den er schon länger nicht mehr gedacht hatte, fiel ihm ein: *Wie Fackeln und Feuerwerk vor der Sonne blass und unscheinbar werden*, hatte Schopenhauer in einem für ihn seltenen Halbstündchen der Milde geschrieben, *so wird Geist, ja Genie und ebenfalls die Schönheit, überstrahlt und verdunkelt von der Güte des Herzens.* Vielleicht hatte er dabei eine Träne im Auge gehabt, die ihm wegsprang und im Knopfloch versank, wo sie, bis auf weiteres, nicht mehr gesehen wurde. Fitzroy ging ins Bad und machte sich landfein. Den Zacken im Haar, der ihm etwas Diabolisches verlieh, versuchte er erst mit Wasser plattzumachen; als das nicht half, nahm er Gel, was zur Folge hatte, dass er statt des Zackens eine Delle im Zonenrandgebiet seiner Frisur hatte. Welche Frisur?, hätte Stubenrauch gefragt, der es wissen musste, denn er hatte selber keine Frisur, eher eine Art Dreitagebart auf dem Kopf. Im ARIELA-Tagesprogramm stand unter der Überschrift *Funchal, Madeira*: »Der Garten Eden könnte so ausgesehen haben wie Madeira. Freuen Sie sich auf eine Insel, die in der ganzen Welt berühmt ist für ihre Naturschönheiten, ihre üppigen Gärten und wunderschönen Parks. Im europäischen Wettbewerb *Blühende*

Städte und Dörfer hat Madeira, repräsentiert durch Funchal, bereits die Goldmedaille gewonnen. Wenn Sie vom Santa-Catarina-Garten den herrlichen Blick über den Hafen genießen oder durch den Botanischen Garten der Hauptstadt bummeln, werden Sie wissen, warum. Und auf Madeira blüht Ihnen noch einiges mehr: Bei einem Ausflug in das romantische Bergdorf Monte können Sie zum Beispiel im tropischen Garten nicht nur ein wahres Gartenmeisterwerk bewundern, sondern auch eine der bedeutendsten Kachelsammlungen Portugals.«

Fitzroy hatte mit den Eheleuten Gantenbein verabredet, den Tagesausflug im Taxi zu absolvieren. Das war, wussten Insider, allemal günstiger, auch bequemer, man musste mit dem Taxifahrer, von denen am Kai schon einige lauerten, nur einen Festpreis vereinbaren, der dann wachsam im Auge zu behalten war. »Wir freuen uns«, sagte Gantenbein. »Besonders Gerda, sie wollte schon immer mal nach Madeira.«

»Ich eigentlich auch«, sagte Fitzroy, der ein komisches Gefühl in den Beinen hatte. Kaum war er von Bord gegangen, fehlte ihm das Wasser, über das er so gerne ging. Andere freuten sich, wenn sie zur Abwechslung wieder festen Boden unter den Füßen hatten, er nicht, irgendwie war er auf Entzug. Sie fanden einen Taxifahrer, der halbwegs vertrauenerweckend aussah und passabel Deutsch sprach. In einem früheren Leben hatte er, wie er während der Fahrt sogleich wortreich und nicht immer verständlich erläuterte, bei Mercedes in Stuttgart gearbeitet. Gutes Auto, gute Stadt. Alle reich bei Mercedes, überhaupt Deutschland, viel Geld. Er schien sie schon darauf vorbereiten zu wollen, dass der verabredete Festpreis von 85 Euro beträchtlich aufzustocken war; das musste so sein, wenn er reiche Leute aus Deutschland kutschierte. »Nicht alle sind reich bei uns«, sagte Gantenbein, »es gibt auch Arme.«

»Die machen aber keine Kreuzfahrt«, sagte der Taxifahrer in fehlerfreiem Deutsch. Fitzroy versuchte abzulenken, sprach über das Wetter, das in Madeira fast immer gut sei, bis auf einige kleinere Stürme und Erdrutsche. Für den Taxifahrer gab es übers Wetter nicht viel zu sagen; also versuchte es Fitzroy mit Fußball, verwies auf den berühmtesten Sohn der Insel, Cristiano Ronaldo, dem man, so sei zu hören, kürzlich sogar ein Denkmal errichtet habe. »Ja, leider«, knurrte der Taxifahrer, »sind gerade dran vorbeigefahren.« Er mochte Ronaldo nicht, noch weniger dessen Arbeitgeber Real Madrid. Die portugiesischen Hauptstadtvereine Sporting und Benfica Lissabon fanden auch nicht seine Zustimmung, ebenso wenig der FC Porto. Fitzroy konnte mit Spezialwissen glänzen: »Funchal hat ja auch zwei Vereine in der ersten Liga«, sagte er.

»Drei. Nacional Funchal ist am besten, aber auch nicht gut. Zu wenig Geld. Ist nicht wie in Deutschland.« Damit war er wieder bei seinem eigentlichen Lieblingsthema. »Mein Verein ist Eintracht Frankfurt«, sagte Fitzroy. »You know Eintracht Frankfurt?« Beruhigend. Auch auf sein Englisch war noch Verlass.

»Nein. Kenn ich nicht.«

Wenn statt uns jetzt der Vorstand von Eintracht Frankfurt hier im Taxi sitzen würde, dachte er, müsste das den Herren zu denken geben. Schließlich hatten sie, zwei Tage bevor er auf See geschickt wurde, noch getagt und sich Gedanken über Marketingstrategien gemacht. Anschließend gab man bekannt, dass Eintracht Frankfurt nicht nur »im Herzen von Europa« liegt, wie schon in der betulichen Vereinshymne intoniert wird, sondern darüber hinaus auch global eine bekannte Größe sei, besonders im vorderen und hinteren Asien und in den sogenannten Emiraten. Aber nicht auf Madeira, dachte Fitzroy, da habt ihr noch viel zu tun. Akute Landmüdigkeit erfasste ihn, und das schon am

Morgen. Er schaute in den Rückspiegel. Gantenbein lächelte, und wenn man den geneigten Blick hatte, konnte man sehen, dass er nicht allein lächelte. Neben ihm saß eine Frau und lächelte mit ihm und für ihn. Gerda. Eine durchsichtige Schönheit, alterslos, ihr konnte nichts mehr passieren. Gantenbein hielt ihre Hand. Der Taxifahrer, der zuletzt geschwiegen hatte, weil ihm möglicherweise schon eine Ahnung zusetzte, dass es mit dem ganz üppigen Trinkgeld heute wohl nichts werden könnte, setzte sie am Botanischen Garten ab. »Eine Stunde«, sagte er. »Muss reichen.«

»Reicht«, sagte Fitzroy. »Was meinen Sie, Gerda?«

»Reicht dicke«, sagte Gerda. Sie hatte eine verführerische, fast wispernde Stimme, lispelte sogar ein wenig, was Fitzroy charmant fand. Vielleicht hat sie auch einen leichten Silberblick, dachte er, ich werde bei Gelegenheit genauer hinschauen müssen. Ein weiterer Erinnerungsstich streifte ihn, ließ sich aber natürlich nicht halten. Hatte er womöglich mal eine Freundin mit Silberblick und Wisperstimme gehabt? Wenn ja, warum, und in welchem Jahrhundert war das. Ich doch nicht, dachte er und wurde immer müder. Einer wie ich ist allein. Oder etwa doch nicht? Konnte es sein, dass er die wesentlichen Dinge, wozu möglicherweise auch Menschen gehört hatten, sogar Frauen, die er liebte, vergessen hatte? Vielleicht war er deshalb so unbeschwert, weil man seine Erinnerungen inzwischen gesichtet hatte und größtenteils für so entbehrlich hielt, dass sie zur Ablage befördert werden konnten. Und wer war dafür zuständig? Die üblichen Verdächtigen natürlich, allen voran die nach Art abgeschotteter Geheimdienste arbeitende Schaltzentrale KörperundGeist, in der Fachleute am Werk sind, die kein Mensch je zu Gesicht bekommen hat. Wird sich auch nicht ändern.

Am Eingang des Botanischen Gartens waren Schilder angebracht, auf einem stand zu lesen: *Jardim Botanico da*

Madeira, Gesamtfläche 80.000 qm, Höhe 150–300 m ü. NN. »Wir müssen ja nicht sklavisch zusammen laufen«, sagte Gantenbein. »Gerda und ich –.«

»Ich weiß. Sie sind lieber allein. Was in diesem Moment auch auf mich zutrifft.« Fitzroy gähnte. Erst knackten ihm die Ohren, dann der Kiefer. Er hatte feuchte Augen, was aber wohl klimabedingt war. Gerade so schaffte er es noch zu einer Bank auf halber Höhe. Am liebsten hätte er sich hingelegt, aber dann wäre er vermutlich abgeräumt worden. Wollte er nicht, aber schlafen wollte er schon und wäre dann, was in deutlichem Gegensatz zu seiner bisherigen Stimmungslage stand, die möglicherweise doch nur auf einer zweifelhaften Inszenierung beruhte, am liebsten nie mehr aufgewacht. Er schaute auf ein schimmerndes Meer, das je weiter hinaus es sich erstreckte, Glanz empfing, von warmer Sonne, mildem Licht, und auch von innen heraus kam ein Leuchten, so wie es bei Menschen der Fall ist, denen Gutes widerfährt und die noch in der Lage sind, sich darüber zu freuen. Dazu Stimmen in der frühlingshaften Winterluft - wer redete da ununterbrochen? Ganz Madeira hatte zur Gesprächstherapie geladen, in blühender Landschaft und mit vielen Teilnehmern, von denen die meisten alsbald wieder abreisen würden, auf großen, selbstfahrenden Schiffen. Fitzroy saß auf seiner Bank, rutschte im Halbschlaf mal nach links, mal nach rechts. Mag sein, dass er auch etwas vor sich hin brabbelte, um in der Stunde der Gesprächstherapie nicht ganz unerhört zu bleiben. Einmal machte er die Augen auf, was aber nur daran lag, dass ihn ein harmloses Flugtier streifte. Er sah das Ehepaar Gantenbein ein paar Bänke weiter unter ihm, schräg versetzt, es hatte wohl noch immer beste Laune. Gerda lächelte, wie sollte es anders sein, bei so viel später, nachgereichter Zuneigung. Das Glück kommt ganz oder gar nicht, dachte Fitzroy, nun schon wieder gewohnt einfältig und einverständig. Am schönsten ist es, wenn es spät kommt und dafür gar nicht mehr weichen will. Er döste wieder ein, aber dann reichte es, er wurde geweckt. Die Gantenbeins holten ihn ab. »Sie sehen gut erholt aus«, sagte Gerda. Bevor es zurück zum Schiff ging, fuhr sie der Taxifahrer, den das Gespräch mit ebenfalls wartenden Kollegen aufgemuntert hatte, noch hierhin und dorthin, wobei Fitzroy, der zurück aufs Wasser wollte, zugeben musste, dass er sträflich uninteressiert war. Madeira war prächtig, keine Frage, es hatte unzählige Grünanlagen und ansehnliche Blühgärten, die ihn aber allesamt müde machten. Fast wäre er zwischendurch noch mal eingenickt, aber da geriet das Taxi auf unebenes Gelände, er stieß sich den Kopf am Wagendach, was bei seinen Mitreisenden nicht etwa Mitleid, Schopenhauers bevorzugte Tugend, hervorrief, sondern für Heiterkeit sorgte. Ach ja, der Schopenhauer, dachte Fitzroy und nahm sich vor, seinen Kopf mal wieder anzustrengen und nicht immer gleich auf die erstbesten Angebote des Wohlbefindlichkeitsdenkens hereinzufallen. Hatte er nicht diesem und jenem Klienten, im Gespräch und noch mehr im schriftlichen Ratgeberverkehr, klarzumachen versucht, wie wichtig es ist, sich etwas zuzumuten? Gerade im Kopf, der ihm aber jetzt brummte, woraus zu folgern war, dass es, zurück auf dem Schiff, zunächst nur um Ruhe und Schonung gehen konnte. Als er dann tatsächlich wieder an Bord war, widerfuhr ihm Seltsames: Er wurde, im Gegensatz zu anderen Tagesausflüglern, die allesamt ein wenig ausgepumpt wirkten, auf einmal wieder munter, die bleierne Inselmüdigkeit fiel von ihm ab. Und als er, spontaner Entschluss, gleich darauf einen Gang übers Wasser folgen ließ, konnte er vor Kraft kaum laufen, so prächtig fühlte er sich. Sanft vibrierend, unmerklich schaukelnd wieder die Wege, so musste es sein. Die ARIELA legte ab, verließ erst zögernd, dann Fahrt aufnehmend die gastliche Insel, auf der so viel blüht und gedeiht.

Vielleicht werde ich eines Tages wiederkommen, dachte Fitzroy. Zum Beispiel, wenn Lebensbejahung und Frohsinn nicht mehr auszuhalten sind und ich tatsächlich nur noch müde sein will, für immer.

Unterwegs meinte er dann noch eine etwas schattenhafte Frau vor sich zu haben. Sie war attraktiv, soweit er das aus rückwärtiger Position sehen konnte, eine mittelgroße, schlanke Person, die ihm entfernt bekannt vorkam. Ellie. Als er im Tempo zulegte, wurde auch sie schneller, blieb auf Abstand. Einholen konnte er sie also nicht, aber es würde der Tag kommen, an dem sich alles fügte und er wieder wusste, was ihm, des längeren schon und in friedlicher Absicht, vorenthalten wurde. Wollte er aber überhaupt Klarheit? Eigentlich nicht. Welt ohne Ich, dachte er noch, und hatte es so oft schon gedacht. Das Ich stört. Was sein eigenes kleines Ich anging, so störte es in dieser Nacht, da auf Madeira längst wieder goldene Lichter aushingen, nicht mehr; Fitzroy lag da nämlich, nach seinem einhundertelften Gang übers Wasser und noch vor seiner sonstigen Zeit, im Bett und schlief den Schlaf des Gerechten.

Wasserstandsmeldung

Sehr geehrter Herr Fitzroy,
ich habe den Eindruck, dass Sie sich rarmachen in letzter Zeit. (?) Ihre Kolumne wirkt etwas ausgedünnt, wenn ich das so sagen darf. Ich habe daraufhin Nachfragen angestellt, aber der diesbezügliche Informationsstand passt zu dem Ihrer werten Kolumne, er ist dünn. Gestorben sind Sie erfreulicherweise nicht, darin waren sich meine Informanten einig, aber Sie könnten auch krank und siech sein, was aber keiner hoffen wollte. Oder verreist, das soll's ja auch geben, wobei mir Leute, die Sie zu kennen meinen, zu verstehen gaben, dass Sie eigentlich ausgesprochen reiseunlustig seien. Nicht mal von der Schönen Aussicht an den Main schafften Sie es für gewöhnlich, das verhindere eine hauseigene Müdigkeit, man könnte auch sagen: ein Phlegma, das sich kaum aus dem Weg räumen lässt. Ein Herr, den ich fragte, ein Dr. Wurm oder Sturm, der angeblich ein langjähriger Kunde von Ihnen ist, gab mir die Auskunft, ich zitiere nahezu wörtlich: »Um den machen Sie sich mal keine Sorgen. Wahrscheinlich liegt er in seinem Wohnbunker auf einem breiten Liegemöbel, rührt sich nicht und ist dabei nicht unzufrieden. Aber auch nicht zufrieden, das noch weniger.«

Verzeihen Sie, Herr Doktor, meine Aufdringlichkeit, die aber der Sorge geschuldet ist: Was ist mit Ihnen, geben Sie doch bitte eine kurze Wasserstandsmeldung ab, aus der hervorgeht, dass Ihr kleiner, aber feiner Fankreis sich nicht um Sie bekümmern muss.

Mit wachsam-freundlichen Grüßen – Ihr Lothar B.

Lieber Lothar, – ich bin gerührt über die Sorgen, die Sie sich machen; sie sind aber gänzlich unbegründet: Es geht mir gut. Im Übrigen passt der Begriff Wasserstandsmeldung, den Sie verwenden, denn tatsächlich befinde ich mich seit kurzem (oder schon seit längerem?; man verliert hier ein wenig das Zeitgefühl) auf dem Wasser, genauer: auf dem Atlantik, noch genauer: an Bord eines Kreuzfahrtschiffes, wo ich mich gehen lasse, aber auch, wenn es gewünscht wird, philosophische und sonstige Beratungsdienste abhalte. Bekommt mir das? Ich glaube schon, bin mir aber nicht so ganz sicher. Für den Philosophen, dessen Philosophie ich, nach Maßgabe meiner Möglichkeiten und dezent beäugt von einer Gesellschaft, die seinen Namen im Schilde führt, eigentlich zu vertreten habe, wäre eine solche Kreuzfahrt, die sich ja längst zum Massenphänomen ausgewachsen hat, vermutlich nichts gewesen. Allerdings wäre er aber wohl an Bord eines solchen Schiffes ins Grübeln geraten. Was geht in den Menschen vor, die sich, meist ohne wirklich zupackenden Blick auf die Schönheiten, denen man, eher beiläufig, begegnen kann, über die Meere schippern lassen und dabei vor allem Service rund um die Uhr, Unterhaltung zum Inklusivpreis und geregelte Speise- und Getränkezufuhr erwarten, würde er sich fragen, was auch ich mich natürlich gefragt habe. Schopenhauers Antwort wäre vermutlich einigermaßen vernichtend ausgefallen; meine kommt vorsichtiger daher, denn ich ertappe mich dabei, dass ich mich hier, auf überwiegend gedankenlose Weise, anschicke, glücklich zu werden. Mag sein, dass ich mich unter Wert verkaufe, aber ich neige inzwischen zu der Ansicht, dass der Mensch ein gutes Recht hat, mit einem Minimalprogramm an ambitionierten Gedanken auszukommen. Die Gefahr dabei ist, dass man sich unterfordert und zwar chronisch; das ist, wie wir speziell mit Blick auf Alterungsprozesse und bewährte Anforderungsprofile wissen, nicht gut, ja womöglich sogar auf Dauer schädlich. Auf der anderen Seite ergibt sich daraus aber vielleicht auch die Möglichkeit, sich selbst verlorenzugehen, ohne dass man deshalb einer Demenzstation übergeben werden müsste. Das mag etwas wirr klingen, ist es wohl auch, aber ich bin im Moment nun mal eher ein Suchender als ein Antwortzusteller. Sehen Sie's mir bitte nach und machen Sie sich keine Sorgen.

Mir geht es, auf merkwürdige, noch nicht ausbuchstabierte Weise gut, was, hoffe ich, auch für Sie gilt.

Herzliche Grüße: Fitzroy

Sehr geehrter Herr Dr. Fitzroy!

Sie sind mir ja einer. Erinnern Sie sich? Auf dem Flug nach Gran Canaria saßen wir zusammen in einer Sitzreihe, und Sie haben sich da, warum auch immer, als Radiologe ausgegeben. Ein, zugegeben, überzeugender Auftritt, den Sie da absolviert haben. So überzeugend, dass ich Ihnen glauben musste, obwohl ich spätestens nach der Landung, als wir uns verabschiedeten, bereits leise Zweifel hatte. Nun ja. Inzwischen habe ich erfahren, dass Sie weder Radiologe noch Urologe, noch sonst ein Medizinmann sind, sondern sich, wenn ich das so sagen darf, in meinem Fach tummeln. Sie sind Philosoph, wie man hört, ein Mann sogar mit öffentlicher Wirkung, die sich aus der Pflicht speist, eine Lehre zu verbreiten, der mein »Haus«philosoph Adorno, soweit ich weiß, wenig abgewinnen konnte: Sie stehen im Dienst der Internationalen Schopenhauer Gesellschaft und sind damit angehalten, einem weltanschaulichen Pessimismus das Wort zu reden, dem zu folgen heutzutage einfach anmutet; auf jeden Fall einfacher als die Härte und Unversöhnlichkeit dialektischen Begriffsdenkens auszuhalten.

Was ich auch gehört habe, ist, dass Sie z.Zt. Philosoph zur See sind. Wie geht das denn (?), und noch dazu auf einem Kreuzfahrtschiff, das Adorno vermutlich wie das schwimmende Konzentrat postmoderner Verflachungs- und Ablenkungsmechanismen vorgekommen wäre. Vielleicht mögen Sie mir dazu gelegentlich etwas mitteilen.

Mit freundlichen Grüßen

Dr. Aloys Schneiderhan

Lieber Kollege, –

danke für Ihre überraschende Zuschrift, die mich tatsächlich auf See erreicht. Ich bin hier, wenn man so sagen darf, mehr als Spaziergänger denn als Philosoph tätig; oder untätig, wie man's nimmt. Manchmal kommt auch noch der alte Radiologe in mir durch, wenn man mir nämlich den tiefergelegten, besonderen Blick gönnt, der das Vordergründige durchschaut, ohne damit in Reichweite des sog. besseren Wissens zu gelangen, dem Adorno bekanntlich Wohnrecht auf Lebenszeit einräumte. Nein, besseres Wissen gibt's hier nicht, und wenn man nicht aufpasst, kommt einem auch das Wissen selbst abhanden. Fast unbemerkt, einfach so, eine stille, sehr dezent vollzogene Abholaktion, und es könnte sein, ist meine Befürchtung, dass man dabei zu guter Letzt auch sich selbst abhandenkommt. Sagte ich Befürchtung? Nein, keine Befürchtung, eher schon eine am Rande des Tröstlichen vorauslaufende Gewissheit, die einem nichts anhaben kann.

Alles fällt mir hier an Bord leicht: sogar ich selbst, der ich meinen Sitz im Flugzeug, wie Sie sich vielleicht noch erinnern, bis in den letzten Winkel ausgefüllt habe, werde hier immer leichter, obwohl ich den täglichen Büfetts zuspreche, keinen Tischwein auslasse und auch spät noch in den gastlichen Außenbereichen der ungezählten Bars noch manches stärkende Getränk zu mir nehme. Ein Phänomen, das mir guttut, auch wenn ich merke, dass es einen Nebeneffekt hat, den man, wenn man bereit wäre, sich Sorgen zu machen, mit einem gewissen Unbehagen zu registrieren hätte. Mein eigentliches Kerngeschäft, das (lebens-) philosophische Frage- und Antwortspiel, dem ich mit Routine und schriftstellerischer Unbekümmertheit nachzugehen verstand, fällt mir zusehends schwerer. Ich habe Mühe, mich zu konzentrieren, will es auch gar nicht, weil ein beständiger, sehr sanfter Luftzug in mir ist, der mit allem spielt, vor allem mit den Gedanken, die ich vorher noch, wenn es gewünscht wurde, weil Fragen gestellt wurden, auf die ich gefälligst zu antworten hatte, arretieren konnte. Man nennt das gemeinhin Konzentration. Sie ist jetzt anderweitig unterwegs.

Stattdessen Sommerwind im Kopf, er meint es gut mit mir. Ich gehe, gehalten vom großen, aber nicht zu großen Schiff, übers Wasser. Etwas Schöneres gibt's für mich nicht mehr. Verstehen Sie?

Nein, warum sollten Sie verstehen, wo ich doch selbst nicht verstehe, was mit mir vorgeht. Adorno würde es auch nicht verstehen. Und Schopenhauer? Der schon gar nicht, er war den (Selbst)Zweifeln abgewandt und stand unter seinem eigenen Personenschutz.

Jetzt habe ich mehr mit Ihnen geplaudert, als ich wollte; sehen Sie's mir nach. Ich wünsche Ihnen viel Gutes und grüße vom Meer.

Ihr: Fitzroy

P. S.: Sie heißen Aloys mit Vornamen. Ein schöner Name, glauben Sie mir. Besser als Theodor W.

Sehr geehrte Herren!

Vor einiger Zeit hatte ich Ihnen Dokumente zugeschickt, die aufschlussreiche Informationen zu dem in Ihrem Namen tätigen Herrn Fitzroy enthalten, und um Stellungnahme gebeten. Die ist bislang nicht erfolgt.

Der Sachverhalt ist klar: Prof. Dr. Fitzroy ist weder Professor noch Doktor, sondern nur einer der vielen aufgeschwemmten Betrüger, die sich im akademischen Sektor mit fremdem Lorbeer schmücken. Diesen Leuten bin ich, zusammen mit anderen rechtschaffen Gutmeinenden, auf der Spur, um sie, im Rahmen gegebener Möglichkeiten, aus dem Verkehr zu ziehen. Eine Mammutaufgabe, wie ich Ihnen versichern kann, die meine Kräfte, vor allem auch meine limitierte Lebenszeit zu übersteigen droht. Ich gebe aber nicht auf! Noch nicht.

Umso dringlicher daher mein Ersuchen, sich zum Fall Fitzroy zu äußern.

Es wäre mir unangenehm, wenn ich erwägen müsste, rechtliche Schritte einzuleiten. Andererseits habe ich aber genau darin eine gewisse Übung, wie man Ihnen vonseiten derer bestätigen könnte, die meinten, mich nicht ernst nehmen zu müssen.

Die Zeiten haben sich geändert: Kavaliersdelikte werden heutzutage nicht mehr vornehm übergangen, sondern verfolgt; nur wer im Kleinen konsequent Ordnung schafft, wird auch im Großen und Ganzen reüssieren.

Mit freundlichen Grüßen

Dr. Melanie Stahlknecht

Sehr geehrte Frau Dr. Stahlknecht, –

wir sehen uns veranlasst, für ein weiteres Schreiben Ihrerseits zu danken, von dem wir allerdings wiederum nicht wissen, was es bezwecken soll. Ihnen missfällt anscheinend der als freier philosophischer Lebensberater tätige Prof. Dr. Egidius Fitzroy, der in Frankfurt eine Praxis betreibt, an der wir, wie auch immer, partizipieren. Im Besonderen reiben Sie sich an seinen akademischen Qualifikationen, die Sie, soweit wir das verstehen, für zweifelhaft halten. Wir können und wollen dazu nichts sagen und sehen keinen Anlass, in dieser Sache wie auch immer initiativ zu werden, wobei ich, ohne dass es Sie zum jetzigen Zeitpunkt etwas anginge, hinzufügen möchte, dass wir im Hinblick auf Herrn Fitzroy, der sich auf Reisen befindet, andere Sorgen haben.

Ich darf aber noch Folgendes, und zwar unaufgefordert, hinzufügen: Aus unserer im Kellergeschoss befindlichen Dokumentationsabteilung, in der sich auch jede Menge Personalakten befinden, wurden mir Papiere vorgelegt, die Ihrer Person gelten. Da war Interessantes, wenngleich nicht Erfreuliches zu entdecken: Erinnern Sie sich noch an Ihre Alkoholfahrt im Bistum Limburg, an gewisse, auch zu Protokoll genommene Verhaltensauffälligkeiten in einer Hotelbar in Bad Schädlich (Sachsen-Anhalt) oder an Spesenabrechnungen, die aus dem Bauch Ihrer damaligen Behörde an die Öffentlichkeit gelangten und dort für Befremden sorgten?

Also: Bitte um Mäßigung Ihrerseits. Im Zeitalter immer ausgefeilter werdender Beobachtungs- und Registrierungstechniken glaubt man gar nicht, was einem, gänzlich unerwartet, wieder zukommen und auf die Füße fallen kann.

Mit freundlichen Grüßen
Dr. Ansgar Flitz
Medienbeauftragter der Internationalen Schopenhauer Gesellschaft

Ich schließe mich dem Kollegen Flitz an, werte Dame. Geben Sie Ruh'! Eine alte Weisheit des Volkes besagt: Wer nicht hören will, muss fühlen. Das könnte nun auf Sie angewandt werden. Halten Sie also fürderhin Fenster und Türen geschlossen, meiden Sie Menschenansammlungen, misstrauen Sie jedem, der zu Ihnen vorgelassen wird, sichern Sie Haus und Hof, kaufen Sie sich, wenn es ein günstiges Angebot gibt, eine schusssichere Ganzkörperweste. Der Mann, der in meinem Auftrag unterwegs ist, ist ein kleiner Dicker; es könnte aber auch ein langer Hagerer mit stechendem Blick sein. Nicht nur der Markt für Killer ist unübersichtlich geworden. Keiner blickt mehr durch. Bleiben Sie gesund, solange es noch geht.

Gruß: Fitzroy

Mein Liebster,

ich mache mir Sorgen. Nicht um mich – Sorgen und andere Befindlichkeiten gehen durch mich durch, als wäre ich gar nicht da. Nein, um Dich. Wie schmal Du geworden bist, und bist doch noch so ungemein stattlich, dass ich Dich gerne anschaue. Das Schiff, auf dem Du viel öfter Deiner Wege gehst als in Frankfurt, wo ich Dich auch schon, ebenso wie früher, im Blick hatte, bekommt Dir. Du solltest aber wachsam sein. Es ist nicht gut, wenn man sich zu sehr gehen lässt. Dir setzt ein Glück zu, das nicht erkannt werden will und auf sanftem Vergessen beruht. Eines Tages hast Du womöglich alles, fast alles vergessen, und das ist dann, noch vor dem finalen Abgang, kaum mehr als der wohltuende Schlaf, aus dem es kein Erwachen mehr gibt. Erwachen solltest Du aber, nur noch einmal, denn dann bekommst Du mich zu sehen. Ja, ich überlege, mich zu erkennen zu geben, was keine leichte Entscheidung bedeutet, das darfst Du mir glauben. Ich denke aber, Stand jetzt, dass sie nötig geworden ist. In Deinem ureigenen Interesse.

Sei vorsorglich umarmt von Deiner »alten« Ellie. Kuß!

Auf ein Wort

Ein bisschen matt war er jetzt immer nach dem Aufstehen. Auch nach dem Duschen, das er mit Kaltwasserzufuhr durchsetzte, um munterer zu werden. Half aber nicht viel; er fühlte sich an einen alten Spruch erinnert, der gern in gehobeneren Pennerkreisen bemüht wird: Jetzt n' Stündchen schlafen und dann ins Bett. Einmal hatte er das in jüngster Zeit tatsächlich fertig gebracht; er fiel zurück aufs Bett, aus dem er kurz vorher gestiegen war. Kreislauf des Lebens, dachte er noch, er war, wie gesagt, einfältiger geworden; lag dort als jäh gealterter Käfer auf dem Rücken, wurde aber nicht etwa schwer ruhig, wie man es hätte erwarten können, sondern schwer nervös. Diverse Gedanken strichen ihm durch den Kopf, allesamt nicht schlau, aber drehbereit; dazu kam, dass sein Schiff, dem zuvor kaum irgendwelche Unregelmäßigkeiten zugesetzt hatten, auf einmal in etwas tiefere Wellentäler geriet. Mit anderen Worten: Es schaukelte, und zwar so, dass der angstwillige Passagier an Seenot denken konnte, an übervolle Rettungsboote, Panikattacken und löchrige Schwimmwesten. Bevor Fitzroy vom Seegang aus dem Bett geworfen wurde, besorgte er das lieber selbst. Er stand auf, hielt sich fest, fast wäre dabei der mittelprächtige Flachbildschirm zu Boden gerissen worden. Er tappte zur Balkontür, öffnete sie, erwartete, stürmische See, Brecher und fern aufgetürmte Speicherwolken zu sehen. Aber von wegen, die See war nahezu spiegelglatt, ein paar gelangweilte Gischtkronen, und in der Ferne, unweit einer Insel, auf die sie gemächlich zurollten, zeigte sich aparthelles Licht. Insgesamt stand es mit seiner Gesundheit nicht mehr zum Besten, hätte er zugeben müssen. Gab er aber nicht zu, schließlich war er hier ärztlicher Zwangsbeaufsichtigung entzogen, nur die noch immer nicht enttarnten Spione der Internationalen Schopenhauer Gesellschaft hatten ihr Auge auf ihm.

Kürzlich hatte er sich selbst einer ärztlichen Einladung entzogen, die an ihn erging. Da war er auf seinem Weg übers Wasser auch wieder an Deck 3 vorbeigekommen, wo sich das Hospital befand. Normalerweise war das abgeschirmt, die Tür verschlossen, auch sonst alles gut gedämmt, so dass die Schreie der dort Behandelten kaum zu hören waren. Heute aber. Heute stand die Tür offen, und der Bordarzt Dr. Fidibus (der hieß wirklich so) schaute heraus. Er lauerte auf Kundschaft. »Meister«, rief er. »Nur hereinspaziert. Einen Philosophen haben wir hier noch nicht behandelt. Alle Betten sind frei, wir machen Ihnen auch einen Sonderpreis.«

»Kein Bedarf«, sagte Fitzroy. »Ich habe zu tun.«

»Was haben Sie denn zu tun? Ich sehe Sie immer nur Ihres Weges schleichen, eine Form von Mobilitätsbesessenheit, die mir schon länger zu denken gibt. Das Wort *schleichen* habe ich übrigens mit Bedacht gewählt. Am Anfang waren Sie noch, gemessen an Ihrer Statur, recht flott unterwegs, aber seit ein paar Tagen bemerke ich an Ihnen gewisse Verfallssymptome, die sich nicht nur an ihrem deutlich wackliger gewordenen Fortbewegungsmodus zeigen, sondern an anderen Äußerlichkeiten festmachen lassen: Ihre Gesichtsfarbe ist ungesund, Sie haben, ohne es zu merken zu wollen, ein Zittern in der Hand, wenn Sie beispielsweise an einer unserer Bars den Getränken zusprechen, insbesondere den alkoholischen, von denen Sie auf dieser Reise, die bald ein Ende nimmt, entschieden zu viele in sich abgefüllt haben. Außerdem schauen Sie zunehmend trübe drein, was am Anfang, wo Sie fast krampfhaft frohsinnig wirkten und künstliche Gelassenheit versprühten, nicht der Fall war.«

»Wer mit Ihnen redet, kann nur trübsinnig aus der Wäsche gucken«, sagte Fitzroy, was sich, zugegeben, etwas matt anhörte. Tatsächlich hatte er ja jetzt öfter einen feinen Tränenfilm vor Augen, der sich auch durch verstärkten Taschentucheinsatz und wiederholtes Brilleputzen nicht beseitigen ließ. Auf einmal stand Dr. Fidibus an seiner Seite und legte ihm den Arm um die Schulter. Was für eine plumpe, ganz und gar unerwünschte Kameraderie. »Kommen Sie.«

Kurz darauf befand sich Fitzroy im Innern des Hospitals. Dr. Fidibus schob ihn, der Mann war ein Überzeugungskünstler der unangenehmsten Sorte. »Wir machen jetzt einige Untersuchungen«, sagte er. »Wissen Sie, ich bin nicht ausgelastet, und meine teuren Geräte sind es auch nicht. Die Leute leben zu gesund an Bord: Zwanzig Mahlzeiten am Tag, achtzig Drinks, wenig Bewegung, so vergeht ein Tag nach dem andern, und am Ende jeder Kreuzfahrt haben die meisten Passagiere noch mehr Übergewicht als vorher, aber nie wirklich Zeit gehabt, krank zu werden.«

»Warum quittieren Sie nicht den Dienst?«, fragte Fitzroy. »Werden Sie Landarzt in Mecklenburg-Vorpommern, Sachsen-Anhalt oder Brandenburg-Nord, in all diesen vernachlässigten Gegenden gibt es viel zu tun.« Er lag auf einer Bahre, angeschnallt; Dr. Fidibus beugte sich über ihn, grinste, der Tag war für ihn gerettet. »Lassen Sie sich mal die Zähne richten«, wollte Fitzroy noch sagen, »Ihr Gebiss ist schadhaft.« Aber es war nichts mehr zu hören. Das Schiff fuhr, bei merklich beruhigtem Seegang, über eines der Weltmeere, ein leises Sausen war in der Luft, auch aufschneidender, insgesamt aber eher schwächlicher Wind. Für einen Moment dachte Fitzroy, ehe er längere Zeit nichts mehr dachte, dass man ihm eine der sogenannten Nahtoderfahrungen zugemutet hätte, von denen in letzter Zeit öfter die Rede war. Anscheinend starben immer mehr Mitbürgerinnen und Mitbürger, aber dann irgendwie doch nicht; kurz vor ihrem endgültigen Ableben wurden sie, warum auch immer, zurückgepfiffen, so dass sie nur in den Genuss einer Hin- und Rückfahrt in Richtung Tod kamen, preisgünstig zwar, aber nicht zufriedenstellend. Die Berichte nämlich, die von den Zähesten unter den Überlebenden angefertigt und zu handlichen Büchern mit Titeln wie etwa *Lucy im Licht*, *Wenn die Dunkelheit ein Ende findet* oder *Zwischen den Abgründen* gebündelt wurden, kündeten eher von Ratlosigkeit als von der großen Freude, noch einmal davongekommen zu sein. Fitzroy war das suspekt, er hatte es gern ordentlich. Sein Leben, das noch nicht zu Ende ging (oder etwa doch?), sollte berechenbar bleiben, gern auch über den Tod hinaus. Das fing schon in seiner Frankfurter Wohnung an, die ihm hier an Bord wie ein fernes Schattenreich vorkam: Irina, eine Reinigungsfachkraft osteuropäischer Herkunft, erschien dort einmal die Woche, putzte, schob den Staubsauger hin und her, verrückte Gegenstände, all das schweigend, bis sie, nach einjährigem Dienstjubiläum, auf einmal zu singen anfing, schwermütige slawische Weisen, die nach Steppe, Taiga und sibirischen Gefangenensümpfen klangen; zum Heulen schön eigentlich, aber auch zunehmend nervig, denn der Hausherr, der die wirklichen Probleme des Lebens, die sich fast immer der Philosophie entziehen, gerne verdrängte, fühlte sich an die Nutzlosigkeit der eigenen Existenz erinnert, weshalb er, ungeachtet seiner Frankfurter Bewegungsunfreudigkeit, beschloss zu fliehen und spazieren zu gehen. Meistens schaffte er es dann bis an den Main, auch hier hätte er es gerne ordentlich gehabt, was aber Wunschdenken blieb; wie hätten er und Irina hier, umgeben von Gerümpel, Sperrmüll und Hundehaufen, Ordnung schaffen können, das überstieg ihre Kräfte, weswegen Fitzroy, ohnehin geschwächt von seinem langen Marsch zur schnellen Ankunft, meist bewegungslos auf der vergleichsweise saubersten Bank verharrte, die er finden konnte. Dort war es dann, wenn die Sonne schien und sich ein sanfter, den Main von Franken her begleitender Wind an ihm abstrich, eigentlich ganz schön. Musste er zugeben, und sobald er die Augen schloss, was sich gar nicht verhindern ließ, und die Sonne nur noch die Idee der Sonne war, wurde es noch schöner. Man musste nur noch einen Rest an Eigenkraft aufbringen und sich eine Art vorauseilende Schwerhörigkeit zulegen; all die lästigen Hunde- und Menschenstimmen ausblenden, vor allem die der Kinder. Fitzroy mochte keine Kinder, glaubte er, hatte aber dafür nur die Belege der Ignoranz und bequemen Unbehagens. Einmal, wiederum am wöchentlichen Putztag, saß er auf seiner Bank am Main, die inzwischen seine Privatbank war, und wollte gerade auf versierte Weise die Augen schließen, als jemand neben ihm Platz nahm. Frechheit. Die Bank wackelte, eine erneute Bankenkrise, er knurrte, schaute unwillig zur Seite. Eine nicht mehr ganz junge Dame hatte an seiner Seite Platz bezogen, ohne Aufforderung. Strafverschärfend kam hinzu, dass sie ein Baby dabei hatte, es lag in einer Tragetasche, sagte nichts, gab aber auch immerhin keine sirenenartigen Laute des Missvergnügens von sich. »Tag«, sagte die Frau, die unmöglich die Mutter des Kindes sein konnte, eher schon die Oma. Sie schaute auf die Uhr. »O je«, sagte sie dann. »So spät schon. Hat sie wieder vergessen.« Eine rätselhafte Bemerkung; wer hatte was vergessen, und warum? Fitzroy wollte es gar nicht wissen, aber da stand die Dame plötzlich auf und stellte die Babytasche neben ihm ab. »Können Sie mal kurz auf Herkules aufpassen, ich muss jemanden holen.«

»Hoffentlich die Mutter«, sagte Fitzroy. »Oder eine Abordnung des Jugendamtes. Und wer ist Herkules? Ich kenne nur eine antike Sagengestalt, die so heißt, und ein gern besuchtes Denkmal im nordhessischen Raum.«

»Herkules heißt das Kind«, sagte die Frau. »Sieht man doch, oder. Ich bin übrigens die Franzi.« Eine vage, sehr vage Erinnerung surrte Fitzroy durch den Kopf. »Franzi aus der Wetterau?«, fragte er.

»Ja, woher wissen Sie?«

»Wie lange gedenken Sie so in etwa wegzubleiben? Zehn Minuten, ein halbes Stündchen, zwei, drei Tage oder für immer?«

»Bin gleich wieder da«, sagte Franzi. »Muss nur meine Tochter einfangen, sie ist eine gute Mutter, leidet aber unter Stilldemenz. Verstehen Sie?«

»Nein«, sagte Fitzroy. Vorsichtig sah er zur Seite, beugte sich dann über die Tragetasche, aus der auf einmal Herkules herauslugte, der seinen Namen, wie unschwer zu erkennen war, zu Recht trug. Ein mächtiges Baby, von früh körperbetonter Statur. Wenn man unfreundlich gewesen wäre, was Fitzroy aber, vollkommen erstaunlich in Anbetracht seiner gewohnten Sicht in Sachen Vermehrung der Menschen und Nachwuchsaufzucht, nicht war, hätte man konstatieren können: Dieses Kind war dick, es füllte seinen Strampler bis in die letzte Ritze aus, ja quoll schon an dieser und jener Randzone darüber hinaus. Vielleicht war es aber eine frühe Seelenverwandtschaft von zwei Schwergewichten, die nun zum Tragen kam; Herkules nämlich lächelte Fitzroy an, ein gewinnendes, alles durchdringendes Lächeln, das Widerstand zwecklos erscheinen ließ und die Weltsicht des philosophischen Lebensberaters für eine kostbare, letztlich jedoch zu knapp bemessene Zeitspanne ins bedenkenlos Helle hob. Er stupste Herkules an, kniff ihm, bemerkenswert zärtlich, wie er fand, in die ausladenden Bäckchen, drückte auf die Stupsnase, so als handelte es sich dabei um eine kleine Hupe, die man zu Zwecken des Frohsinns ein ums andere Mal betätigen durfte. Herkules behielt seine gute Laune, lächelte weiter, er fand diese neugewonnene Vertrauensperson, die sich da über sein an sich schon zu kleines Aufbewahrungsbehältnis beugte und merkwürdige Schnalzlaute ausstieß, sympathisch.

Wenig später kam Franzi zurück, begleitet von ihrer Tochter, die Carina hieß und ebenfalls nicht gerade gertenschlank war. Carina, die sich ab und zu aus einem Flachmann Mut für ihre vielfältigen Mutteraufgaben zusprach, war gut drauf, musste man sagen. »Ei, der Herkules«, sagte sie, »hat schon wieder einen Opa gefunden.« Das Wort *Opa*, das er ansonsten für eher ehrenrührig, vor allem aber für verzichtbar hielt, störte Fitzroy nicht; er war glücklich in diesem Moment, ein Zustand, der abrufbar blieb und sich zur weiteren Verwendung bereithielt.

Später informierte er sich in seiner tadellos hergerichteten Wohnung noch darüber, dass es eine sog. Stilldemenz wohl tatsächlich gab: »*Stilldemenz: Alles nur Einbildung?*«, las er. »Die EC-Karte im Laden liegen gelassen, beim Einkaufen die Hälfte vergessen, dazu die Frage ›hab ich den Herd wirklich ausgemacht‹? Viele Mütter sind in den ersten Wochen und Monaten nach der Geburt sehr vergesslich. Was es mit dem Mama-Blackout auf sich hat, erfahren Sie hier. Nein, Sie bilden sich die Stilldemenz nicht ein! Studien belegen, dass in der Stillzeit die Konzentrations- und Gedächtnisleistung bei vielen Müttern vermindert ist. Ihr Erinnerungsvermögen entspricht in etwa dem einer 60-jährigen. Da es sich jedoch um keine Krankheit im eigentlichen Sinne handelt, können Sie ganz entspannt reagieren. Nach ungefähr einem Jahr arbeitet ihr Hirn wieder völlig normal. *Leiden nur stillende Mamas unter Stilldemenz?* Nein, die Vergesslichkeit befällt auch Fläschchenmamas. Das beweist: Die Ursachen sind weniger beim Stillen zu suchen als in

Stress und Schlafmangel der ersten Monate mit Baby. Übrigens leiden zum Teil auch Männer unter Stilldemenz.«

»Wohl wahr«, sagte Fitzroy.

Er reckte sich, verließ, merklich erfrischt, wie er fand, sein Lager. Welches Lager? Egal, auf jeden Fall kein Krankenlager. Vielleicht war er ja doch nicht im Hospital gewesen, vielleicht hatte er am Mainufer auch nicht auf ein liebenswürdiges Baby mit Türsteherfigur aufgepasst. Wer weiß das schon. Er trat hinaus auf den Balkon. Alles gut. Ein mäßig grauer Himmel, der Sonneneinflüsse erfolgreich abwehrte, gleichmütige See, Kapitän Dr. Leisegang, promovierter Seefahrer mit beeindruckender Vita, hielt Kurs. Als Fitzroy wenig später seinen ersten Tagesmarsch übers Wasser aufnehmen wollte, klopfte es an der Kabinentür. Er öffnete. Vor ihm stand Dr. Dünkel. »Ja bitte?«, sagte Fitzroy. »Ich weise vorsorglich darauf hin, dass Sie außerhalb meiner Sprechstunden vor mir stehen.«

»Sie da!« sagte Dr. Dünkel. »Auf ein Wort.«

»Bitte. Wenn's sein muss.«

»Ich weiß, dass Sie sich über mich lustig machen. Sie und ihresgleichen. Der abenteuerlich unbegabte Schriftsteller, auf dessen Namen ich aus gutem Grund nicht komme. Und seine Galeristin, die mit dem Schlafzimmerblick.«

»Das kann ich so nicht bestätigen«, sagte Fitzroy. »Herr – –?«

»Ich weiß, dass Sie mich Dünkel nennen. Dr. Dünkel. Aber so heiße ich nicht.«

»Wie heißen Sie denn, wenn ich fragen darf?«

Dr. Dünkel, der nicht Dr. Dünkel hieß, kratzte sich am Kopf. »Das ist nicht so ganz einfach«, sagte er. »Es gibt Tage, da weiß ich es nicht. Nachts fällt es mir öfter ein, aber was hilft das schon, wenn man am Morgen wieder alles vergessen hat –.«

»Das ist schlecht«, sagte Fitzroy. »Und heute ist wieder so ein Tag, an dem Ihnen Ihr Name nicht einfallen will.«

»Ja. Ich weiß nur, dass ich nicht Dünkel heiße. Und schon gar nicht Dr. Dünkel. Ich bin nicht promoviert. In meinem früheren Leben bin ich einer ehrlichen Arbeit nachgegangen.«

»Und welcher?«

»Weiß ich nicht.«

»Hört sich gut an«, sagte Fitzroy. »Treten Sie ein. Ich denke, dass ich meinen Spaziergang verschieben kann. Wir sollten reden.«

Das große Schwanken

»*Eine neue Welt beginnt* wenige Kilometer nördlich von Fuerteventura: Lanzarote. Hier eröffnen sich Ihnen unvorstellbar vielfältige Vulkanlandschaften, der Nationalpark Timanfaya mit seinen eindrucksvollen Feuerbergen und den berühmten Werken des Künstlers und Architekten César Manrique. Im Norden der Insel hat er in einem einzigartigen zusammenhängenden Höhlensystem vulkanischen Ursprungs, den Jameos del Agua, ein Zentrum für Kunst und Kultur geschaffen. Die Hauptstadt Arrecife erhielt ihren Namen von den Riffen, die der Stadt vorgelagert sind. Mitten in der Stadt befindet sich die mit dem Meer verbundene Lagune ›El Chaco de San Gines‹ mit typischen Fischerhäusern. Die Hauptgeschäftsstraße ›Calle Leon y Castillo‹ lockt mit vielen Boutiquen, Cafés und landestypischen Geschäften zum gemütlichen Einkaufsbummel.«

Fitzroy hatte sich überzeugen lassen, dass es absolut lohnend war, Lanzarote zu besuchen. An der Rezeption auf Deck 3, nicht weit vom Hospital entfernt, vor dem schon wieder Dr. Fidibus herumlungerte, buchte er einen Platz in einem der Ausflugsbusse, fand aber dann, dass diese Art des Transports unverhältnismäßig teuer war. Also verständigte er sich wieder mit den Eheleuten Gantenbein, gemeinsam ein Taxi zu nehmen. Herr Gantenbein wäre am liebsten an Bord geblieben, er fühlte sich nicht so gut. »Ich auch nicht«, sagte Fitzroy, »irgendwie ist die Luft raus.«

»Nichts da«, sagte Gerda Gantenbein. »Stellt euch nicht so an!« Sie bestiegen ein Taxi, das etwas altersschwach aussah, was aber durch die vertrauenerweckende Erscheinung des Taxifahrers wettgemacht wurde, der seine Fahrgäste mit absolut treuherzigem Blick anschaute und in einer Sprache begrüßte, die sich als weitgehend unverständlich erwies. Spanisch war dabei, ein paar Brocken Englisch, dazu kam aus dem deutschen Sprachraum »Grüß Gott« und »gerne« sowie, ein wenig überraschend, »Sie mich auch«; der Rest gehörte wohl einer einheimischen Mundart an, die nicht ganz zu Unrecht vom Aussterben bedroht war. Fitzroy fühlte sich, als hätte er nicht gefrühstückt; dabei hatte er doch am morgendlichen Buffet noch ordentlich zugelangt. Ich bin nur ein nicht sehr neugieriger Tagestourist auf einer Insel im Meer, dachte er, bevor ihm die Augen zufielen. Schon wieder diese Beförderungsmüdigkeit, die ihm bereits auf Madeira zugesetzt hatte. Im Rückspiegel sah er noch, dass Herr Gantenbein wie gebleicht aussah; über sein Gesicht liefen rote Streifen. Uns allen ging's schon mal besser, sagte sich Fitzroy; da hatte er dann die Augen zu, was den Taxifahrer, der unbeirrt freundlich blieb, anfänglich etwas irritierte. Aber er hatte so seine Erfahrungen mit Touristen, insbesondere solchen, die sich von den überdimensionierten Kreuzfahrtschiffen herabbemühten, um in ein paar Stunden ein Eiland kennenzulernen, über das sie dann nach ihrer Rückkehr an Land wie Kenner redeten. Sollten sie doch; Lanzarote konnte jeden Zuspruch gebrauchen. Die einzig Muntere im Taxi war Gerda Gantenbein; schade, dass sie nur für Eingeweihte wahrzunehmen war. Fitzroy schlief nicht, er sah die wilde, mit Mondbergen bestückte Landschaft auf seiner inneren Bühne, die zuletzt nur mit einem eher faden Einpersonenstück bespielt worden war.

Der Taxifahrer, der sich Manolito oder so ähnlich nannte, hatte es anfangs noch mit einer Rede an die Insassen versucht, die aber nicht so gut ankam, wie es wünschenswert gewesen wäre; er sprach über die Schönheit der Insel, die er noch immer liebte, obwohl er hier geboren und arm geblieben war, er erwähnte dieses und jenes bemerkenswerte Ereignis, das sich in Lanzarotes Geschichte zugetragen hatte, für die es im Prinzip keine Zeitzeugen mehr gab; alles nur noch Hörensagen und versiegende schriftliche Überlieferung. Da seine Rede, höflich gesagt, keine Begeisterungsstürme auslöste, machte er das, was er schon öfter gemacht hatte; er legte eine Kassette ein, auf der eine Frau mittleren Alters zu hören war, die sich in fast akzentfreiem Deutsch über die Sehenswürdigkeiten der Insel verbreitete. Fitzroy fand das nicht unangenehm; ja, es kam ihm sogar vor, als bekäme er entschärfte Anzüglichkeiten zu hören, die ihn an etwas erinnerten, für das es höchste Zeit wurde. Oder auch nicht. »Lanzarote«, sagte die Dame, die vielleicht gar keine Dame war und sich von oben links zu ihm herab beugte, »ist etwa 845 Quadratkilometer groß und zu mehr als zwei Dritteln mit Lava bedeckt, die, mein Freund, aus ungezählten Vulkanen stammt. Es sind aber wohl so um die hundert. Die wesentlichen Ausbrüche fanden vom 1. September 1730 bis zum 16. April 1736 statt. Obwohl es nur noch wenige Zeitzeugen gibt, die dabei waren, weiß man das einigermaßen genau und hat es schriftlich festgehalten.«

Die Dame nieste. »Gesundheit«, murmelte Fitzroy. »Danke«, sagte Herr Gantenbein. »Ich glaub', ich bekomme eine Erkältung, und zwar eine ganz hartnäckige.«

»Ach was«, rief Gerda, »du bist kerngesund. Was soll ich denn sagen.«

»Wir nähern uns nun dem weltberühmten Anwesen des weltberühmtesten Sohn der Insel, César Manrique«, sagte die Dame und räusperte sich, was weniger erotisch klang. »Für die Ungebildeten unter uns: Manrique, am 24. April 1919 in Arrecife auf Lanzarote geboren, ist ein spanischer Maler, Architekt und Bildhauer, der zu Lanzarote gehört wie der Papst zum Vatikan. Er war, auch das sollte man erwähnen, einer der ersten Umweltschützer, was seinerzeit noch ein Sport war, den kaum einer ausüben wollte. Manriques Schlüsselerlebnis, heißt es, fand im schwerlastenden Sommer von 1970 statt, als er auf einmal vor einem vorsichtig sprießenden Feigenbaum stand, der aus abweisend starrer Lava hervorlugte. Manrique war davon so beeindruckt, ja gerührt, dass er den Entschluss fasste, genau an dieser Stelle ein Haus zu bauen. Gesagt, getan. Dabei entdeckte der Bauherr noch fünf Lavahöhlen, die er in seine Pläne mit einbezog. Entstanden ist aus all dem schließlich das imposante Kulturzentrum El Almacén, das ihr nun vor euch seht. Aussteigen!!«

Das Taxi hielt, spätestens jetzt musste Fitzroy die Augen aufmachen. Er zwängte sich aus dem Auto, atmete durch. »Hier ist mir zu viel los«, sagte er zu den Gantenbeins. »Bitte um Nachsicht, wenn ich nicht mit ins Innere des Kulturzentrums vorstoße.« »Männer«, sagte Gerda, »immer lasst ihr euch hängen. Aber du kommst gefälligst mit.« Sie hielt ihren Mann fest, der es Fitzroy nachtun wollte, den es mit schnellem Schlurfschritt zu einer Bank zog, auf der er sich niederließ. Dort saß er dann, schaute den Touristen zu, die in das Anwesen des weltberühmten Inselsohnes einfielen und alsbald wieder herauskamen. Sie sehen ratlos aus, dachte Fitzroy, ich kenn' mich da aus. Zurück im Taxi meldete sich die Reisebegleiterin wieder zu Wort: »Ihr wart lange weg«, sagte sie, »aber eigentlich nicht lange genug. Ich darf noch erwähnen, dass Manrique am 25. September 1992 bei einem Verkehrsunfall ums Leben kam, an dem er wohl nicht so ganz schuldlos war. Der Künstler hatte, aus Umwelt- und anderen Gründen, schon immer gern getrunken, er nahm dabei keine Rücksicht, weder auf die Tageszeiten, die auf Lanzarote ohnehin etwas Verschwimmendes haben, noch auf sich selbst. So auch an besagtem Septembertag im ansonsten unauffälligen Jahr 1992. Man kann sagen, dass Manrique, schon vorher gut betankt, sich mächtig auf seinen nächsten Drink freute, aber dazu kam es dann leider nicht mehr, was auch insofern tragisch war, weil er sich mit seinem Wagen schon bis auf 45 m seinem Haus genähert hatte. Dann aber. Auf die Unfallstelle, und damit wollen wir's bewenden lassen, wurde später ein Kunstwerk Manriques gesetzt, das bekannte Windspiel von Tabiche, das nun inmitten eines Kreisverkehrs steht, der, wenn man so will, sinnbildlich für die Gesamtheit unserer irdischen Bemühungen ist.«

Was soll das denn, dachte Fitzroy, die Dame wird philosophisch. Wollen wir das? Nein, wollen wir nicht. Das schien sie aber irgendwie mitbekommen zu haben. »Sie sollten sich nicht über andere erheben«, rief sie. »Zumal Sie den angenehmen Teil Ihres Ausflugs jetzt hinter sich haben. Ab jetzt ist das große Schwanken angesagt, es geht in die Berge. Und zwar richtig. Bevor Sie an der nächsten Wegbiegung anhalten und in Spezialbusse umsteigen, rufe ich Ihnen zu: Werden Sie gläubig, halten Sie Ihren Mageninhalt fest und achten Sie auf die bleiche Gesichtsfarbe Ihres Nachbarn.« Wenig später saßen sie tatsächlich in einem Bus, der ebenso wenig vertrauenerweckend aussah wie sein Fahrer, für den es in der Nacht zuvor wohl spät geworden war, er gähnte unentwegt, sprach sich Mut aus einer Flasche zu, von der zu hoffen war, dass sie Wasser enthielt und kein anderes Stärkungsmittel, das schon länger auf der Dopingliste stand. Als der Bus voll war und sich ruckartig in Bewegung setzte, sprach Fitzroy den Satz aus, der in Schopenhauer-Kreisen, wie wir wissen, verpönt ist: »Alles wird gut«, sagte er, »der Bus ist voll und der Fahrer auch, was soll schon passieren.« Er war der Meinung, dass er dabei die lautlose Ansprache an sich selbst gewählt hatte; war aber wohl nicht so, denn sein Sitznachbar, den er nicht kannte, antwortete: »Hoffentlich! Der Fahrer sieht aus wie ein Galgenvogel. Vielleicht hat er ja nicht mal einen Führerschein.« »Egal«, sagte Fitzroy, »Hauptsache, er kann fahren. Amtliche Dokumente sind nicht so wichtig.«

Er war jetzt hellwach, wie er fand, und erstaunlich guter Dinge. So fühlen sich Todesdelinquenten, denen nichts mehr passieren kann, dachte er. Seine Laune blieb auch noch stabil, als sie, begleitet von Abgründen links und rechts, die ersten Steilkurven einer Schotterstraße überstanden hatte, die durch eine, zugegeben, recht eindrucksvolle Felslandschaft führte. Als dem Busfahrer seine Flasche runterfiel und er am Boden nach ihr zu suchen begann, wobei er immerhin mit einer Hand das Lenkrad festzuhalten versuchte, waren im allgemeinen Insassenächzen auch einige kleine Schreie zu hören; es passierte aber nichts weiter, die nächste Kurve bekam er hin, die übernächste auch, vermutlich hatte er schon die ersten Vulkanausbrüche im September 1736 mitgemacht, sich alles gemerkt und danach beschlossen, Busfahrer zu werden. Es gab ein Leben vor dem Tode, auch hier und jetzt. Der Bus hielt an einer Aussichtshöhe, auf der ein rundes Restaurant mit dem passenden Namen El Diablo stand; natürlich war es seinerzeit von Manrique errichtet worden. Der alte Baumeister, dachte Fitzroy, vielleicht führt er ja aus dem Jenseits noch seine Geschäfte. Der Bus hatte seine Türen geöffnet und die Fahrgäste freigegeben, die inzwischen wie Zombies aussahen, zumal sie von Dämpfen umwabert wurden, die aus unzähligen Höhlen und Spalten aufstiegen. Für einen Moment riss die Wolkendecke auf; eine blasse Sonne zeigte sich, in der Ferne glänzte das Meer. Da sah Fitzroy ein großes Schiff, das lag vor Anker und wartete auf ihn. Als sie später wieder vom Bus ins Taxi umgestiegen waren und zurückfuhren, war auch die Reisebegleiterin wieder zu vernehmen, sie klang wie jemand, der sich auf seinen Feierabend freut.

»Na, wie war's«, sagte sie, »war's schön, wenn ja, warum. Ich habe euch gewarnt. Mit den Kräften der Erde ist nicht zu spaßen, und mit unseren Busfahrern noch weniger. Merken Sie sich bitte eines: Es geht Ihnen gut, auch wenn Sie glauben, dass es Ihnen schlecht geht. Damals nämlich, als alle Vulkane der Welt auf Lanzarote ausbrachen, gab es wirklich Grund zum Wehklagen. Hören Sie sich an, was ein damaliger Augenzeuge, der Pfarrer Andrés Lorenzao Carbelo, berichtet …« Die Cassette hatte einen Sprung, so schien es, aber das täuschte; mit knisternder Eingabe bekam sie eine neue Stimme zugespielt, die von weit unten, aus dem Feuerherzen der Erde kam. »Am 1. September 1730, zwischen 9 und 10 Uhr abends«, krächzte der Pfarrer, »öffnete sich plötzlich die Erde bei Timanfaya, zwei Wegstunden von Yaiza. Ein gewaltiger Berg bildete sich bereits in der ersten Nacht, und Flammen schossen aus seinem Gipfel, die 19 Tage lang weiter brannten. Wenige Tage später brach ein neuer Schlund auf, und der Lavastrom ergoss sich über Timanfaya, Rodeo und einen Teil von Mancha Blanca. Die Lava floss nach Norden, anfangs wie sprudelndes Wasser, später zähflüssig wie Honig. Doch am 7. September stieg mit unheilvollem Donnern ein riesiger Fels aus der Tiefe und zwang die Lava dazu, ihren Fluss nach Westen und Nordwesten zu wenden. Dort zerstörte sie die Orte Marcetas und Santa Catalina. Am 11. September erneuerte sich die Gewalt der Lava …« »Danke, Herr Pfarrer, es reicht!« sagte die Reisebegleiterin. »Zumal unsere Gäste gleich da sind, wo sie vor Stunden schon waren, nämlich an ihrem Ausgangspunkt, in Sichtweite eines dicken Schiffes. Leben Sie wohl, Sie werden sehen, was Sie davon haben.« »Yes«, sagte der Taxifahrer, »Sie mich auch.«

Als sie wieder zurück an Bord waren, kam es Fitzroy vor, als hätte er besonders festen Boden unter den Füßen. Dabei fuhr das Schiff schon wieder, bei etwas rauerer See und unter einem Himmel, der mit zitternden Sternen übersät war. Fitzroy machte seine Runde, er nahm den einen oder anderen Drink, das musste sein und diente seiner Gesundheit, an deren Verlässlichkeit er nicht mehr glaubte. Trotzdem oder gerade deswegen fühlte er sich wohl. Das Hospital lag zehn Decks unter ihm, war überdies nur mit einem Wachhabenden für den Notfall besetzt. Der Chef Dr. Fidibus saß an der Bar, sprach über die Weltlage aus medizinischer Sicht und bewertete die Probleme, die ihm noch zusätzlich einfielen, nach Art der Gutverdiener. Später lag Fitzroy im Bett und spürte sanfte Schläge, die aus dem Bauch des Schiffes zu ihm heraufdrangen. Irgendwo dort unten herrschte prima Stimmung, auf die man schon frühmorgens im Tagesprogramm hingewiesen hatte: »*Feiern bis die Alpen glühen.* – Unsere Hüttenwirte geben ab 22.00 Uhr in der Ariela Bar den Startschuss zu einer Mordsgaudi. Neben allerhand Deftigem wartet auch der Nagelsepp am Hackstock auf Sie. Wer sich im Laufe des Abends dann bei Fetenhits von den Plattentellern warm getanzt hat, kann sich bei frischem Weißbier an der Bar abkühlen. O'zapft is!« Fitzroy dachte an den alten Spruch von den sanften Schlägen auf den Hinterkopf, die die Denkfähigkeit erhöhen. Bei ihm war nichts mehr zu erhöhen. Dafür hatte er am Ende des Tages Heimweh nach dem Ort, an dem er war.

Nun aber

»Es ist dies, wenn man so will, meine Abschiedslesung an Bord«, sagte der Schriftsteller Gerry Stubenrauch. Dabei sah er seine Conny an, die in der ersten Reihe saß, wie immer schläfrig aussah und noch gar nicht *seine* Conny war. Er hatte sich ihr gegenüber bislang nur in Andeutungen erklärt; dass er sie liebte, wagte er nicht zu sagen. Einmal war er versehentlich etwas deutlicher geworden, da lachte sie, die Künstlerin Annica Brend'amour, die eigentlich Conny Schulz hieß, und hatte ihn angesehen, als wäre er nicht ganz dicht. »Was für ein Blick«, sagte Stubenrauch zu Fitzroy. »Als wär' ich nicht ganz dicht.«

»Du bist ja auch nicht ganz dicht«, sagte Fitzroy, der seit zwei Tagen ein Flimmern vor Augen und merkwürdig weiche Knie hatte. Zu Stubenrauchs Abschiedslesung, die vor gewohnt spärlichem Publikum stattfand, schleppte er sich mehr, als dass er ging; dabei machte ihm sein täglicher Gang übers Wasser keine Mühe, da war er ganz bei sich selbst.

»Ich freue mich, dass Sie wieder so zahlreich erschienen sind«, sagte Stubenrauch. »Wir erinnern uns –.«

»Nein!« rief Dr. Dünkel, der nicht Dr. Dünkel hieß. »Nein. Das ist es ja gerade. Wir erinnern uns nicht!«

»Wie gesagt: Eigentlich wollte ich ja aus meinem neuen Roman *Nachts ist es kälter als draußen* lesen, eine überaus ambitionierte Unternehmung, von der wir nicht wissen, wo sie hinführt, was aber passt, da wir ja ohnehin nicht wissen, wo das Leben hinführt. Oder: wie es so spielt.« Stubenrauch hatte den Faden verloren, er kratzte sich am Kopf, damit kann man fast jede Verlegenheit überbrücken. Er nahm einen Schluck Wasser, wobei seine Hand zitterte, und zwar heftig. Musste man sich Sorgen um diesen insgesamt eher sanft und gutwillig vor sich hin alternden Autor machen? Man weiß es nicht. Noch einmal am Kopf gekratzt, diesmal mit der anderen Hand, das sah schon besser aus. Dann war er wieder in der Spur. »Noch immer sind wir im Wendland«, sagte er, »genauer: auf einem Künstlerhof, auf dem, auch dank des querulatorisch begabten Erzählers, der, erwähnte ich das schon?, eine ans Besessene grenzende Vorliebe für Eintracht Frankfurt hat, ein gewisses Reizklima herrscht, dem man nunmehr mit einer Schlichtung beikommen will, die der Künstlerhofleiter, ein im Leben vorzeitig ermüdeter Mensch namens Tom, kurzfristig anberaumt hat. Ob das aber gut gehen kann? Schließlich sind ja auch noch die beiden Russen zugegen, die sich in unverbrüchlicher Abneigung zugetan sind.

»Was für ein Quatsch«, rief Dr. Dünkel. »Ich weiß jetzt, wo Sie herkommen. Und wo Sie wohnen!«

»Wieso«, sagte Stubenrauch. »Kommen Sie auch aus der Anstalt und sind auf Freigang?« Eine seltsame, irgendwie wenig souveräne Bemerkung, fand Fitzroy, der auf einmal eine dunkle, vorausgreifende Erinnerung hatte, die ihn weghob in ein am sehr norddeutschen, hinterm Deich gelegenes Gebäude, in dem sensible Personen aufbewahrt wurden, die allesamt von ihren gescheiterten Träumen hätten erzählen können. Taten sie aber nicht; man kann sich ja schließlich auch schweigend verständlich machen.

»Anfangen«, rief jemand. »Nein, aufhören«, sagte Dr. Dünkel.

»Ihr Wunsch ist mir Befehl«, sagte der inzwischen wieder gut gelaunte Stubenrauch. »Ich werde also erst anfangen und dann aufhören.«

Er räusperte sich, raschelte mit seinen Papieren, was auch ein Zeichen für Conny war, bitte nicht vor ihrer Zeit einzuschlafen. Wenn es nach der geheimen Leidenschaft gegangen wäre, die er für sie empfand, hätte sie ihn unentwegt anschauen müssen. Sie hatte aber schon wieder diese spezielle Kopfhaltung, die das Übliche erwarten ließ. Deswegen sprach Stubenrauch, als er zu lesen begann, vorsichtshalber etwas lauter.

»Wir waren verabredet«, sagt Tom. »Hast du das schon wieder vergessen?«

»Ich merke mir nur die angenehmen Dinge«, sage ich, »Das hat sich bestens bewährt.«

»Wir wollten miteinander reden«, sagt Tom, »ein Krisen- und Schlichtungsgespräch.«

»Wieso, hast du eine Krise?«

»Ich nicht. Aber du, weil man sich ständig über dich beschwert.«

»Aha«, sage ich, »haben sich die beiden bekloppten Russen wieder bei dir ausgeweint. Du solltest sie nach Sibirien in ihren Gulag zurückschicken.«

»Siehst du, das ist es, was ich meine. Ständig schlägst du diesen menschenverachtenden Tonfall an. Man könnte fast meinen, du bist Rassist.«

»Ich bin kein Rassist«, sage ich würdevoll. »Ich bin Fan der Frankfurter Eintracht!«

»Ist das nicht dasselbe?«

Spätestens jetzt hätte ich Tom rausschmeißen sollen. Aber ich muss an dieser Stelle etwas klarstellen: Tom, der künstlerische Leiter des Künstlerhofs, ist kein schlechter Kerl. Für seine Künstler geht er durchs Feuer. Er verteidigt sie, auch wenn sie gar nicht angegriffen werden. Und hält sie, ohne Ansehen der Person, für bedeutend. Es sind allesamt Genies auf seinem Künstlerhof, hochbegabte, sensible Kreative, die in Schreian noch mehr unnütze Werke schaffen sollen, die kein Mensch braucht. Wenn ich noch Künstler wäre, würde

Tom auch für mich durchs Feuer gehen. Manchmal wünsche ich mir schon, dass mein Leben anders verlaufen wäre und ich nicht so schnell aufgegeben hätte. Damals.

»Ich hab' nichts gegen euch«, sage ich. »Ich mag die russische Seele, ich mag das weite unermessliche Land, aus dem ihr kommt. Soweit ich informiert bin, ist es wunderschön, dieses weite unermessliche Land, warum musstet ihr es verlassen. Nur weil man euch, keiner weiß warum, Stipendien zugeschoben hat? Wie kann man nur so geldgeil sein.«

Wir sitzen im Haupthaus beisammen, Tom, Oleg, Jurij und ich, und sollen nun unser Krisen- und Schlichtungsgespräch führen. Ich bin ganz entspannt und habe mir Zufriedenheit verordnet. Oleg und Jurij, die einen ordentlichen Sicherheitsabstand zwischen sich gelassen haben, schauen mich finster an. Ich lächele. Tom scheint nervös zu sein, seine Finger trommeln auf dem Tisch.

»So ist er«, sagt Jurij, »macht immer Stimmung gegen uns. Beleidigt uns, wo er kann.«

»So würde ich das nicht sehen«, sage ich.

»Wie würdest du es denn sehen?« fragt Tom.

»Halt die Hand still«, sage ich, »du machst mich ganz nervös mit deiner dämlichen Trommelei. Ich habe nichts gegen Russen, ich habe nichts gegen sogenannte künstlerische Leiter von sogenannten Künstlerhöfen. Damit das mal klar ist, ihr Säcke. Wogegen ich etwas habe, sind Lärmterroristen, die sich als Komponisten ausgeben und dafür noch Alimente beziehen. Sie stören meinen Seelenfrieden, sie stören den Frieden einer ganzen ansonsten eher verschnarchten Region.«

»Wenn es dir hier nicht gefällt, solltest du wegziehen«, sagt Oleg.

»In der Tat«, sagt Tom. »Keiner hat dich gezwungen, auf dem Künstlerhof Quartier zu nehmen.«

»Warum soll ich wegziehen, wenn ihr auch wegziehen könnt? Nach Dagestan zum Beispiel, nach Wolfsburg oder in die versifften Plattenbausiedlungen von Moskau, aus der man euch eines unglückseligen Tages in die Freiheit entlassen hat.«

»Du bist eine absolut lächerliche Figur«, sagt Jurij. »Hast du dich schon mal im Spiegel gesehen? Mit deinem bescheuerten Trikot und der Kappe auf dem Kopf. So läuft doch kein normaler Mensch rum.«

»Nur kein Neid«, sage ich, »im Gegensatz zu euch Pennern bin ich immer gut gekleidet. Ihr aber, ihr degenerierten Arschgeigen, die ihr keine Hemmungen habt, euch rund um die Uhr aushalten zu lassen.«

»Halt«, sagt Tom. »So geht das nicht weiter.« Er steht auf, geht in die Küche und kommt mit einem Tablett zurück, auf dem zwei Literflaschen Wodka und vier Gläser stehen. »Ich habe diesen ungünstigen Gesprächsverlauf vorhergesehen und mir entsprechende Gegenmaßnahmen überlegt. Die Zeit des argumentativen Feinschliffs ist vorbei, wir wollen uns nun aufs Wesentliche konzentrieren.«

Es wurde dann doch noch gemütlich. Nach der ersten Flasche Wodka brüllte Jurij: »Eintracht! Eintracht! Scheiß ein Tor!«, Oleg hatte meine Kappe auf und sang die Vereinshymne »Im Herzen von Europa«, während Tom besorgniserregend schräg dreinblickte, sich an der Tischkante festhielt und etwas von einem »hochbedeutsamen lyrischen Intermezzo« brabbelte, das uns allen, »wendlandweit und im brüchig gewordenen Weltinnenraum« bevorstehe. Der Weg nach Hause kam uns weit, sehr weit vor, draußen regnete es, die Eulen flogen an diesem denkwürdigen Tag schon vor Einbruch der Dämmerung, und sie flogen tief. Wir hatten uns eingehakt, und einer war, wie es jede gut gemeinte Ethik vorsieht, des anderen Stütze. Tom stieg in sein Auto, er bewegte sich wie ein Lahmer nach einer fehlgeschlagenen Wunder-

heilung. Wir wollten ihn noch warnen, ihm ins Gewissen reden. »Trunkenheit am Steuer«, rief ich, aber leider verstand er nicht ganz, was man ihm sagen wollte. Ich auch nicht, denn da knickten mir schon die Beine weg, aber meine beiden russischen Freunde, die vor vielen Jahrzehnten wärmenden Einzug in mein Leben gehalten haben, fingen mich auf. »Der Sozialismus wird siegen!«, sagte ich. »Ich liebe euch alle.« Nach einem elendig langen Marsch durch unbekanntes Gelände erreichten wir die Häuser des Künstlerhofs. In naher Ferne flackerten die Lichter der verlassenen Bauernbeherbungsstätten, vergessenes Vieh röhrte in den Ställen, und man hörte das Sausen der hiesigen rasiermesserscharfen Windräder, die eine unangenehm dickschwadige Luft durchschnitten. Die Stunde des Abschieds nahte, wir sanken uns noch einmal in die Arme, versicherten uns unseres ungebrochenen Wohlwollens, dann tappte jeder für sich in seine Hütte. Wie ich die Treppe in mein Schlafzimmer hinaufschaffte, weiß ich nicht. Auf jeden Fall meinte ich vorher noch das Telefon zu hören, ich nahm ab und wusste, dass es nur Caroline sein konnte, nur – sie. Sie atmete ähnlich schwer wie ich, merkwürdig; ich aber war vom leichten Alkoholgenuss mutiger geworden, ja fast entschlossen, und so sagte ich, die Worte mit Bedacht wägend, in etwa dieses: »Ich bin für die Liebe offen«, was sich aber leider anhörte wie »Ich bin maximal besoffen«, und so kam kein weiterführendes Gespräch zustande. Caroline legte auf, vielleicht hatte sie auch gar nicht angerufen. Schade.

Die Treppe kam mir sehr lang und gewunden und atemberaubend steil vor, das weiß ich noch und dachte in diesem Moment auch daran, mir einen Treppenlift einbauen zu lassen, das nötige Alter dafür hatte ich allemal und vermutlich noch genug Geld auf dem Konto, man würde mal wieder nachzählen müssen. Ich stolperte ins Schlafzimmer, bekam aber die Kurve nicht ganz, so dass ich mich vorsichtshalber an der Schranktür festhalten musste, die dabei aufging. Ich fiel aufs Bett, das sich unter meiner Last einschmiegte und zu schaukeln begann. In Situationen wie dieser verfällt man nicht dem gewöhnlichen störanfälligen Normalschlummer, sondern dem dumpfen Sackschlaf, der einen, wie der Name schon sagt, zum Sack macht und flachlegt. Der Sackschlaf braucht kein Vorspiel, keine sanften Pseudohalluzinationen, kein Wispern aufdringlicher Stimmen im Kopf, er kommt gleich zur Sache und zwar mit Wucht. Wie ein Sumoringer kommt er über einen und drückt dich aufs Lager, von dem es kein Entrinnen gibt. Für gewöhnlich träumt man auch nicht im Sackschlaf, sondern sägt sich nur durch eine unkenntlich gemachte, stockdunkle Welt. Bei mir war es an diesem Abend jedoch anders: Ich lag auf schaukelndem Schiffsbett, hatte irrsinnigen Durst und war doch zu zerschlagen, um noch einmal den Gang nach unten anzutreten, über die Treppe, an der schon mancher brave Steiger abgestürzt war. Im Traum, der mir den Sackschlaf mit trüben Irrlichtern erhellte, wankte ich auf die Commerzbank Arena zu, aber ich trat auf der Stelle, kam nicht voran. Die Fans, allesamt noch korpulenter und besoffener als ich, überholten mich. Mitleidig sahen sie mich von der Seite an. »Auf geht's, Alter«, rief einer, »mach hinne«. Ich sah das Stadionrund am tiefer gelegten Horizont, hörte mächtiges Raunen und die Ewigkeitsgesänge der Eintracht. Meine Beine taten mir weh, kein Wunder, wenn man nur wie blöde auf der Stelle tritt, mein Herz raste, ich hatte Schweiß auf der Stirn, bekam es mit der Angst zu tun. »Wusstest du, dass das heute dein letztes Spiel ist«, sagte eine unangenehm rechthaberische Stimme in mir. »Nein? Dann weißt du's jetzt. Mach dir nichts draus, Alter, irgendwann kommt für jeden der Abpfiff.« »Wenn ich schon sterben soll, dann bitte im Stadion und nicht draußen vor der Tür«, sagte ich. »Bevor ich in den vereinsfarbenen Fanhimmel eingehe, möchte ich die Eintracht ein letztes Mal siegen sehn.«

»Wer spricht von Siegen«, sagte die Stimme, die mir auf einmal bekannt vorkam, ohne dass ich einen Namen für sie gewusst hätte. »Überstehn ist alles.«

Was für eine Nacht dann, diese Nacht. Es knirschte im Gebälk, das nicht im Dachstuhl, sondern in meinem Kopf begann. Ich hörte mich sprechen und seufzen im Schlaf, der längst überfällige Kommentar zu einem Dasein, das vor einiger Zeit, als das Unerwartete geschah, in Schockstarre fiel, bis ich mich wieder zu lösen begann: Nichts war mehr wie zuvor, ich erkaufte mein Weiterleben vor dem Tode mit beschleunigtem Altern, Verschrobenheit und Verdummung. Und mit dem Erbe, das ich anzutreten hatte, damals; ohne Geld wäre kein Neubeginn möglich gewesen, nur das Aufbewahrtwerden in einer preisgünstigen Anstalt. Das Gesicht der Frau, die ich geliebt und enttäuscht hatte, damals, wurde mir zugespielt, in dieser Nacht, es war nicht Caroline, und ich wusste noch immer nicht, wusste nicht mehr ihren Namen. Caroline. Wenn mich eine noch retten konnte, dann sie. Von allen Männern, die sich ihr je mit eindeutigen Absichten genähert hätten, wäre ich der genügsamste gewesen. Den Rest meiner Tage hätte ich auf ihrem Sofa zugebracht, eingemummelt in ihre wohlriechende Decke und still frierend, und draußen wäre der Wind gegangen, der Wendländer Wind, der so sanft sein kann, wenn er um das Häuschen einer Frau wie Caroline herumstreicht. Diese, zugegeben nicht sehr leidenschaftlichen Gedanken müssen gegen Morgen zu meiner Beruhigung beigetragen haben, einmal schlug ich noch aus mit den Beinen, traf die geöffnete Schranktür, worauf sich die Kleiderstange löste, die schon immer zu wacklig eingehängt war, und meine Garderobe freigab, die aufs Bett fiel und mich verhüllte. Da lag ich dann, unter den Leibchen meiner fernen Idole, und schlief den

Sackschlaf des Gerechten. Als ich nächsten Morgen gegen Mittag erwachte, wusste ich nicht mehr, wer ich war. Ich kenn' das aber schon, nehm' es gelassen, hab' ich doch, im Gegensatz zu anderen, die auf der Suche nach sich selbst nicht mehr aus dem inneren Sperrbezirk herauskommen, die Möglichkeit, mir eine Identität für den Tag überzustreifen. An diesem mittäglichen, mit Graupelschauern und böigen Winden sehr unwirtlich erscheinenden Morgen entschied ich mich mal wieder dafür, Alex Meier zu sein, der es, ohne sich zu überarbeiten, allen Verächtern gezeigt hat und zum Fußballgott geworden ist.

Am nächsten oder übernächsten Tag schaute ich mir zum zweiundsechzigsten Mal meine Lieblings-DVD Best of Upps – Die ultimative Pannen-Show an, die unter dem dramaturgisch-ethischem Leitmotiv der menschlichen Schadenfreude steht: Man sieht dicke Weiber meist amerikanischer Herkunft, die beim Tanzen, Putzen oder der normalen Hausarbeit stürzen, purzeln, in Dielenböden einbrechen, und immer ist rein zufällig eine Kamera dabei, die die beträchtlichen Missgeschicke nur zu gern ins Bild bannt, was auch für Kleinkinder gilt, denen insgesamt noch gefährlicher aussehende Alltagsunfälle widerfahren, sie brettern mit dem Dreirad gegen Bäume, reißen Kindergeburtstagstischdecken herunter und werden von den herabstürzenden Kuchenlasten fast erschlagen, sie fallen ins Wasser, vom Baum, von der Schaukel, sie rasen in herrenlosen Kinderwagen eine abschüssige Straße hinunter, die zur Freude des Zuschauers direkt an einen Teich führt, sie steigen, unbeaufsichtigt von ihren überforderten Müttern, auf wacklige Stühle, um an die Töpfe zu kommen, die hoch über ihnen auf glühenden Herdplatten stehen. All das findet der gemeine Fernsehzuschauer lustig, dem es allenfalls etwas mulmig wird, wenn es Haustieren an den Kragen geht: Das Zwergkaninchen streicht um den Rasenmäher herum, den sein betagter, halbblinder Be-

sitzer gleich anwerfen wird, der Wellensittich fliegt aus dem offen gelassenen Käfig direkt in die Mikrowelle, der Dackel ist von der Buntwäsche nicht zu unterscheiden und lernt in der Waschmaschine den Schongang mit anschließendem Kurzschleudern kennen. All das, wie gesagt, findet der gemeine Fernsehzuschauer lustig, aber ich war in diesen Tagen anscheinend nicht recht in Stimmung, denn das gewohnte Amüsement wollte sich nicht einstellen. Ich war unruhig, erhob mich seufzend aus dem Sessel, ging auf und ab, drehte die Eintracht-Kappe auf dem Kopf, hielt mich selbst am Trikot fest. Vor der Tür hielt ich die Nase in den Wind, das Bussardpaar kreiste schweigend über mir. Nicht viel los, schien mir der Gleitflug der beiden alten Raubvögel sagen zu wollen, nicht viel los – mit dir. In Momenten wie diesen wird mir klar, dass ich entbehrlich geworden bin, im Wendland und anderswo. Was kann man tun, wenn eine Privatexistenz sinnlos geworden ist. Man kann sie beenden, vorsichtig, nach Maßgabe der üblichen Rezepturen. Aber was kommt dann? Dass alles, wirklich alles (?) vorbei ist, wollte ich noch nie, ich bin ein betagter Feigling vor dem Herrn.

Am Dichterdoppelhäuschen gehe ich vorbei Richtung Haupthaus und Dorfplatz, auf den Gehwegen wächst das Unkraut. Ich grüße Jurij und Oleg, die ihre Lärmmaschinen bearbeiten und freundlich zurückgrüßen; ach ja, meine Freunde aus den Weiten Slawiens, es ist gut, dass es sie gibt. Ich stapfe über den Dorfplatz, kein Mensch zu sehen. Feine Nässe ist in der Luft, an meiner Nase bildet sich eine Tropfsteinbarriere. Viele Wege gibt es nicht in diesem Land, das seine Weite und Menschenleere immer nur simuliert hat. Auf der Brille ein Feuchtigkeitsfilm, ich setze sie ab, versuche sie an meiner Jacke abzuwischen, vergeblich. Also stecke ich sie in die Tasche und bin nun, absehbar auch an meinem Gang, ein Behinderter. Schwankender Gang, gebeugtes Behaupten gegen einen an der Dorfgrenze wartenden Wind. Dass ich ein wenig tapsig und nicht strammen Schrittes marschiere, hat allerdings noch einen anderen Grund, über den ich nicht sprechen möchte. Noch nicht – denn eigentlich bin ich, laut wiederholter Selbstdiagnose, gesund, man muss sich keine Sorgen um mich machen. Heute jedoch, da mir der Atem schon nach dreihundert Metern schwer zu werden droht, bin ich möglicherweise nicht ganz so gesund, ich habe Kopfschmerzen, schwitze unter der Nässe der Luft, mein Herz pocht so stark, dass sich die Jacke beult. Ab und zu knicke ich ein, vorwiegend mit dem linken Bein, dem ein unbekannter Taktgeber die Spannung aus der Kniekehle nimmt. Längst bin ich selbst zu einer Gestalt für die Pannenshow mutiert, könnte man sagen, aber wer sagt das schon, es ist ja niemand sonst unterwegs auf asphaltiertem Feldweg, der sich durch platte Felder zieht, am linken Bildrand, in eine anheimelnde Landschaftsbucht gedrängt, das kleine Wäldchen mit seinen lichten alten Bäumen, davor, allein auf weiter Flur, der schräg stehende Hochsitz mit angefaulter Steigleiter, auf dem ich immer einen Killer vermutet habe, der von dort aus alles abschießen könnte, was sich bewegt und nicht bewegt. Es gab ihn vielleicht mal, diesen Killer, aber seit ich Einzug gehalten habe in dieses Land, hat er sich in den Ruhestand zurückgezogen. Vor mir, am flachgelegten Horizont, der mir in den Augen verschwimmt, die Windräder, gleichmütig drehen sie sich, monströse Gestelle, an denen der Philosoph Heidegger, würde er noch leben, seine Technikkritik bestätigt sehen könnte, die, wie so vieles andere, ihre Argumente aus der Seinsvergessenheit bezieht. Oder so. Ich bleibe stehen. Manchmal kommt es mir vor, als sei ich, der ich ja nur zu gern dümmer geworden bin, noch immer nicht dumm genug; dann steigen mir, stechschmerzhaft, alte Gedanken zu Kopf, Erinnerungssplitter, die sich nicht damit abfinden können, dass sie ein für alle Mal ausgesperrt bleiben sollen. Ich habe Tränen in den Augen, das kommt vom

Wind, in Wahrheit aber von der tiefen Traurigkeit, die in mir haust wie ein generöser Besatzer, der keinen Aufstand will und keine unnötige Erregung.

Kurz bevor ich das nächste Dorf erreiche, mache ich kehrt. Genug ist genug. Nun habe ich Rückenwind, werde über Land geschoben. Für einen Moment ist die Sonne zu sehen, schaut durch Wolken, dieser Winter hat sie blass werden lassen. Als ich schon fast wieder in der leichten Rechtskurve bin, die der Weg beim Eingang nach Schreian nimmt, weiß ich, was mir fehlt: Caroline. So einfach ist das. Caroline. Ich liebe sie, weiß aber nicht mehr, was das ist. Hinter mir schwere Motorengeräusche, ein Trecker, ein Panzer, ein Privatflugzeug, das zur Notlandung ansetzt. Caroline. Mir wird schlecht, eine Übelkeitswoge schwappt in mir hoch, überschwemmt die brachliegenden Dürregebiete im Kopf. Alle Dämme brechen, denke ich noch, das alte Kriegerdenkmal muss fallen. Jemand zieht mir die Beine weg und lässt diesen Spätwintertag eindunkeln, noch bevor die Dämmerung kommt.

Das war ihm dann doch noch nicht passiert: Seine Zuhörer waren allesamt eingeschlafen, ohne Ausnahme. Nicht nur Conny ratzte vor sich hin, sondern auch die anderen, sogar Fitzroy, der sich bislang immer Mühe gegeben hatte, wachzubleiben. Nun aber. »Nun aber danken wir unserem Autor für seinen couragierten Auftritt«, rief Stubenrauch und klatschte in die Hände. »Er hat uns wieder prächtig unterhalten.« Da wurden sie wach, mehr zögerlich als spontan, sie reckten sich, gähnten, spähten mit trübem Blick umher. Man kann ihnen nicht böse sein, dachte Stubenrauch. Es war ja auch eine echte Penner-Passage, die ich da zum Besten gegeben habe. Eigentlich hätte man erwarten dürfen, dass ich aus Solidaritätsgründen mit eingeschlafen wäre. Später legte Dr. Dünkel noch den Arm um Fitzroys Schulter, eine unerwartete Vertraulichkeit. »Diese ganzen Namen«, flüsterte er, »und komischen Gegenden, was weiß denn ich. So sieht's auch in meinem Kopf aus, Herr Professor Doktor. Nur Bruchstücke und Durchzug.«

»Ich bin näher bei Ihnen, als wir meinen«, sagte Fitzroy.

Hinter der Mauer

Fitzroy war traurig. Intellektuelle Einwände gegen ein solches Gefühl, das einfach nur da war und zu Herzen ging, standen ihm nicht zur Verfügung. Überhaupt war seine Vorratshaltung, was Zitate, Bedenken und aufgesetzte Klugheiten anging, während dieser Reise aufgebraucht worden. Wer hatte sich da bedient und warum? Er selbst konnte es nicht gewesen sein, denn er war ja nur übers Wasser gegangen und hatte sich den Kopf aufs angenehmste freigehalten. Eigentlich gab es also keinen Grund, traurig zu sein, und auch nicht so erschöpft, wie er in letzter Zeit speziell nach dem Aufstehen war, das sich zu einer kleinen Tortur ausgewachsen hatte, der er am liebsten mit beschleunigtem Rückzug ins Bett begegnet wäre, wogegen er aber anging; ein Rest an Pflichtgefühl hatte er noch, das durfte ihm nicht auch noch entwendet werden.

An diesem Morgen war er hinaus auf den Balkon gegangen. Der Wind schien zu merken, dass ihm nicht mehr so viel zuzumuten war; also blies er nur schwach, fast tröstlich, was aber reichte, seine Traurigkeit noch ein klein wenig inniger zu machen. Eine Träne fiel von ihm ab, die in arg verlangsamter Fahrt ins Meer glitt, er konnte das sehen, mit feuchtem, gleichwohl sehr klarem Blick, der ihm einiges andeutete, über das an dieser Stelle besser nicht nachzudenken war, denn dann wäre er noch trauriger geworden. Wollte er das? Nein, wollte er nicht. Er wischte sich über die Augen, drückte die schütteren Haare zurecht, so dass man, mit einigem Wohlwollen und besonders als er wieder im Kabineninnern war, sogar von einer Frisur hätte sprechen können, einer Ausgehfrisur für den täglichen Gebrauch, die er nun, ein letztes oder vorletztes Mal, denn seine Reise ging ja zu Ende, wie zu hören war, vorführen durfte. Er wollte seinen Gang übers Wasser antreten, war auch schon an der Kabinentür, als es klopfte. Was sollte das denn? Er hatte doch keine Sprechstunde mehr, nie mehr im Leben. Fitzroy öffnete. Vor ihm stand der Kapitän, Dr. Leisegang, an dessen Leistung es nichts auszusetzen gab, fand Fitzroy, der von der christlichen Seefahrt aber nicht viel mehr verstand, als dass ein Schiff möglichst nicht untergehen und in einem Hafen seiner Wahl ankommen sollte. Das hatte Dr. Leisegang, der kein Schlauchboot befehligte, sondern ein Riesenschiff mittlerer Größe, geschafft; er war also ein guter Kapitän. »Darf ich reinkommen?«

»Was verschafft mir die späte Ehre?«, krächzte Fitzroy, er war nicht mehr so ganz geübt im Reden, und seine Selbstgespräche fanden im inneren Bezirk statt, wo zuletzt aber auch ganz gern geschwiegen wurde.

»Ich möchte mich verabschieden«, sagte der Kapitän. »Nicht bei jedem einzelnen Gast, aber doch bei den VIPs, die uns an Bord die Ehre gegeben haben.«

»Da sind Sie bei mir aber falsch. Ich bin nur ein gewöhnlicher Kunde, der mit allem hier, ich darf das unaufgefordert bekannt geben, einverstanden war.«

»Nicht so bescheiden«, sagte Dr. Leisegang. »Sie haben uns gut getan auf dem Schiff und hier auch den einen oder anderen Verehrer gefunden.«

»Das ist mir neu«, sagte Fitzroy.

»Vordergründig waren Ihre Lesungen zwar nicht so ein Erfolg, aber wenn man genauer hinschaut –.«

»Lesungen? Ich hab nicht gelesen, nicht mal abends im Bett.«

»Ach so!? Sind Sie denn nicht Buffy Stubenrauch, unser Bordschreiber, der vor handverlesenem Publikum Proben seines beeindruckenden Schaffens verstreute?«

»Nein, tut mir leid. Ich bin der Philosoph, zu dem man bei Bedarf in die Sprechstunde kommen konnte. Fitzroy mein Name. Und der Dichter Stubenrauch heißt mit Vornamen Gerry, nicht Buffy. Soweit ich weiß.«

Dr. Leisegang kratzte sich am Kopf. »Ach, der sind Sie! Der Philosoph. Das behäbige Laufwunder. Es gab mal, vor hundert Jahren, bei euch im Westen einen Bestseller, der, glaub' ich, *So weit die Füße tragen* hieß. Der Titel dieses Buch klingt, als wäre er damals für Sie erdacht worden.«

»Wieso bei uns im Westen?«

»Sie sind doch ein Wessi, nicht wahr, während ich, durchaus mit Bedacht und solange es denn ging, hinter der Mauer hauste.«

»Das alles spielt doch längst keine Rolle mehr«, sagte Fitzroy.

»Meinen Sie. Ich sag Ihnen was. Obwohl ich den Westeinstieg seinerzeit problemlos geschafft habe und nun schon länger als ordentlich entlohnter Kapitän über die Weltmeere fahren darf, was, unter uns gesagt, nicht immer nur Spaß macht, trauer' ich den guten alten Zeiten nach, wenn mir danach ist. Die DDR war nicht so schlecht, wie es ihre Verächter behaupten.«

»Auch das ist ja wohl kein aktuelles Thema mehr«, sagte Fitzroy und wäre am liebsten wieder ins Bett gekrochen, diesmal für immer.

Als Mensch gesehen

Mein Liebling!
Jetzt mach' ich mir aber richtig Sorgen um Dich. Das darf ich Dir nicht verschweigen. Wie Du, geschoben von einem Pulk überernährter Leute, von Bord des großen Schiffes gegangen bist, gab's mir schon einen Stich. Als wäre mit der Rückkehr an Land, die Du, wie ich zu wissen glaube, nicht ganz freiwillig auf Dich nimmst, eine Sorgenlast auf Dich gelegt worden, unter der Du, ohne es zu wollen, einknickst. Wie soll ich sagen: Bei Deinem Einmarsch in Frankfurt hätte man Dir beim Gehen die Schuhe besohlen können … Obwohl doch eigentlich nichts Neues auf Dich wartet. Du kehrst in Deine blitzblank geputzte Frankfurter Wohnung zurück, kannst wieder Kundschaft empfangen, der Du etwas vom Pferd bzw. von Schopenhauer erzählst, wofür es, wenn auch fast immer mit gehöriger oder ungehöriger Verspätung, Geld gibt. Du darfst Deinen ungelenken Tagträumen nachhängen, und wenn Dich ein seltener Energieanfall heimsucht, kannst Du Dich ans Gerät setzen und den Ratsuchenden antworten, die es noch immer mit Dir versuchen. Das alles fällt Dir jetzt schwer, ich weiß. Da musst Du aber durch, mein Lieber, ich sage das jetzt mal so und nehme in Kauf, dass es ein wenig mitleidlos klingt. – Ich sehe Dich, wie Du schon wieder Deine Brille festhältst, die Dir noch immer keiner klauen will. Wie gerne wäre ich bei Dir und würde Dich trösten. Und – womöglich auf andere Gedanken bringen. Was Dir fehlt, weiß ich. Es wird sich eine Lösung finden. Versprochen. Liebe Grüße von Deiner Ellie. (Du bist nicht allein. Ellie sieht alles).

Sehr geehrter Herr Fitzroy!

Sie sind wieder da, das freut uns, wenn auch nicht so sehr, wie wir es uns zwischendurch ausgemalt hatten. Ihren Auslandseinsatz haben Sie bestanden. Allerdings sollten wir über seine endgültige Bewertung noch reden, da die Gründe für Ihre Verschickung aufs Wasser, über das Sie, wurde uns zugetragen, einige Zeit geradezu besessen gegangen sind, ehe Ihre Energien auf bedenkliche Weise nachließen, immer noch bestehen. Wir werden Ihnen also demnächst einen Gesprächstermin vorschlagen, an den Sie sich dann bitte auch halten sollten.

Mit freundlichen Grüßen i. A.: Dr. Ansgar Flitz, Medienbeauftragter der Internationalen Schopenhauer Gesellschaft

P. S.: »Bisweilen scheint es, dass wir etwas zugleich wollen und nicht wollen und demgemäß über dieselbe Begebenheit uns zugleich freuen und betrüben«, schrieb unser Philosoph einmal. Ist er auch noch Ihr Philosoph? Sie sollten sich wieder daran erinnern, was Sie wollen und nicht wollen. Oder, um es mit einer Wendung aus der Welt zu benennen, in der Sie sich zuletzt bewegt haben: Machen Sie klar Schiff, es ist an der Zeit …

Sehr geehrter Herr Fitzroy!

Wie ich hörte, sind Sie zurück an Land. Sie haben wieder festen Boden unter den Füßen, den ich allerdings in der Angelegenheit, die Ihnen bereits vorgetragen wurde, nun endgültig zu erschüttern gedenke. Ihre akademische Qualifikation ist auf See nicht besser geworden, im Gegenteil. Ich bin dabei, ein Verfahren gegen Sie einzuleiten. Freuen Sie sich also auf weitere Post von mir.

Mit beiläufigem Gruß: Dr. Melanie Stahlknecht

Sehr geehrte Dame, – wie ich lesen muss, leben Sie noch. Das ist schade, sehr schade. Wir werden etwas dagegen tun müssen.

Es grüßt in anhaltend ungünstiger Stimmung: Prof. Dr. Egidius Fitzroy

Sehr verehrter, lieber Herr Fitzroy,

Sie sind wieder daheim, hört man. Das freut mich, zumal ich nun darauf hoffen darf, dass Sie wieder Ihre bewährten Kolumnen schreiben und den Ratsuchenden mit dieser und jener Hilfestellung nützlich sind. – Ich selbst hatte bis vor kurzem eigentlich gar keine Probleme (ob Sie's glauben oder nicht). Ja, wenn man zu dick auftragen würde, könnte man sogar sagen: der Mann ist ein in die Jahre gekommener Glückspilz. Ich habe vor genau 33 Jahren die beste Frau der Welt geheiratet, wir bekamen zwei Töchter, verdächtig hübsch und wohlgeraten, die inzwischen ebenfalls verheiratet sind und dabei jeweils eine gute Wahl getroffen haben; will sagen: Auch die Schwiegersöhne gefallen uns, was ja nicht die Regel ist. Und, um das bürgerliche Glück (nahezu) vollkommen zu machen: Es gibt noch drei Enkel, allesamt gesund und munter und neugierig auf die Welt, in der sie sich in einiger Zeit auch als Erwachsene zurechtfinden müssen, womit, wie man weiß, die Probleme erst richtig losgehen. Die einzige Befürchtung, die ich immer hatte, war, dass dieses Glück jäh widerrufen werden könnte – durch einen Schicksalsschlag beispielsweise, durch Krankheit oder einen jener Terroranschläge, die von Wahnsinnigen und unfassbar Dummen bevorzugt in westlichen Großstädten begangen werden. (Aber das ist ein Thema für sich.) – Jedoch, was soll ich sagen: Keine meiner vagen Befürchtungen hat sich bislang auch nur ansatzweise bestätigt; Gott sei Dank, wobei ich an Gott nicht glaube, der mit dem irdischen Betrieb nichts zu tun hat. (Falls es ihn überhaupt gibt.) Ich merke, ich schweife ab, bitte um Nachsicht. Worauf ich hinaus will, ist folgendes: Seit einiger Zeit ermüdet mich mein Glück. Zunächst habe ich das auf mein fortgeschrittenes Alter zurückgeführt; man ist halt nicht mehr der Jüngste, und da gehören die sog. Altersdepressionen, die man ab einem bestimmten Zeitpunkt frei Haus geliefert bekommt, nun mal mit dazu. Ich war auch schon bei einem Apotheker meines Vertrauens, der mir ein paar Pillen verschrieb, die ich brav geschluckt habe, ohne dass irgendetwas besser geworden wäre, im Gegenteil: Zur Glücksmüdigkeit im Kopf gesellte sich körperliche Müdigkeit; ich kam kaum noch aus dem Bett, mein ehemals recht fester Gang wurde zum Schlurfen, manchmal kam es mir sogar vor, als hätte ich Parkinson an den Füßen. Ich will sie mit meinen Befindlichkeiten nicht langweilen, werter Herr Fitzroy – nur fragen, ob dieser jähe Abschwung meiner langjährigen Begünstigung nicht vielleicht auch objektive Ursachen haben könnte, oder eben doch nur eine Sache der Psyche ist, frei nach dem Motto: Wem es zu lange gut geht, der wird müde. (?)

Beste Grüße: Jonathan Wiel

Lieber Jonathan Wiel, – Ihr Brief, für den ich danke, hat mich merkwürdig berührt. Bei der anschaulichen Beschreibung Ihres Zustands kam es mir vor, als hätten Sie auch mit einem halbgeschlossenen Auge zu mir rübergeschielt. Will sagen: Ich fühlte mich getroffen. Zwar bin ich (bisher) nicht so ausgiebig und lang anhaltend begünstigt worden wie Sie, vor allem was das familiäre Umfeld angeht, das bei mir eher einem unansehnlichen, immer ein wenig zu trockenen

Kleingarten gleicht, aber vom Glück fühle auch ich mich gestreift, speziell nach meiner Seefahrt, die nicht immer lustig, wohl aber innig war, da ich dort einen wie für mich erdachten Zuspruch erfuhr, der mir bedeutete, dass alles gut ist. Nicht auf der Welt, wie denn auch, sondern in meinem inneren Bezirk, in dem ich das Gefühl bekam, dass mir eigentlich nichts passieren kann. Wirklich nichts? Nun ja, es kann einem natürlich das Übliche widerfahren, Sie sagten es schon, Krankheit, Unfall, Tod usw., aber hat das mit mir zu tun? Eigentlich nicht, flüsterte mir der Zuspruch unbekannter Herkunft ein, du bist nicht gemeint. Diese Gewissheit, die natürlich gar keine Gewissheit ist, hat mich, und damit komme ich zu Ihrer Frage zurück, konstant müde werden lassen, was bis heute anhält. Ich könnte mir denken, dass meine Antwort die gewohnte Launigkeit oder gar Präzision vermissen lässt, die meiner Kolumne früher von einigen wenigen freundlichen Menschen bescheinigt wurde, aber das hat womöglich eben auch mit meiner persönlichen Glücksmüdigkeit zu tun, die nicht (mehr) darauf angelegt ist, dem Nachdenken mehr zuzumuten, als es letztendlich zu leisten vermag. Kann man daraus den kaum verbrämten Aufruf zu einer neuen Denkfaulheit herauslesen? Vielleicht. Geschehen lassen ist auch eine Form der Freiheit, man sollte, besonders wenn man so schön müde ist, darüber nicht unnötig schlecht reden. Um auf Sie zurückzukommen, lieber Herr Wiel: Sie werden aus ihrer Glücksmüdigkeit wieder aufwachen, da bin ich mir sicher. Vorbildlich erfrischt werden Sie dann sein, und sich mit alten Kinderaugen umsehen, um ein weiteres Mal festzustellen, wie gut es Ihnen geht. Diesmal wird es für den Rest Ihres Lebens halten und unangefochten bleiben. Glauben Sie mir. Was Sie angeht, bin ich mir sicher. In eigener Sache hingegen …

Ich wünsche Ihnen und Ihren Lieben lebenslängliche Glückshaft und grüße herzlich – Ihr Fitzroy

Verehrter Herr Fitzroy,

ich habe, vergleichsweise spät, mit der Lektüre der Schopenhauer'schen Schriften angefangen und fühle mich dabei in einer Weise belehrt, die wenig Widerspruch duldet. Der Mann, so scheint es, hat alles durchschaut, er weiß, wie es zugeht auf der Welt und wie schlecht die Menschen sind, wenn sie denn so sind, wie der Philosoph sie haben will. Der Tonfall, den Schopenhauer anschlägt, ist nicht so ganz meiner, er klingt mir einen Tic zu rechthaberisch, zu unnachgiebig; auch sein Humor, der, wie ich mir hab' sagen lassen, von anderen gelobt und geschätzt wird, geht nicht so ganz an mich ran. Ich habe den Eindruck, dass dieser vereinnahmend kluge Mensch bevorzugt über andere lachen konnte, weniger jedoch über sich selbst. Täuscht mein Eindruck? Wenn Sie mir dazu ein, zwei Zeilen schreiben könnten, wäre ich dankbar, wobei ich natürlich weiß, dass Sie sozusagen unter Beobachtung stehen und womöglich nicht (mehr) so frei in Ihrer Meinungsäußerung sind, wie es wünschenswert wäre. (?)

Mit freundlichen Grüßen,
Gisbert Seltzer

Sehr geehrter Herr Seltzer, – unter Beobachtung stehen wir alle, und sei es nur unter der eigenen. Ich glaube aber zu verstehen, was Sie meinen. Was Schopenhauer angeht, so habe ich mit der Gesellschaft, die seinen Namen im Schilde führt, vorwiegend gute Erfahrungen gemacht. Mehr möchte ich an dieser Stelle dazu nicht sagen, zumal es auch nicht von allgemeinerem Interesse wäre. Schopenhauer selbst, auf den Ihre Frage zielt, hat es schon zu seinen Lebzeiten keinem leicht gemacht – (sich selbst, wage ich zu behaupten, auch nicht), und das ist bis auf den heutigen Tag so geblieben. Tatsächlich wird man von diesem Philosophen belehrt und unterhalten – in dieser Reihenfolge. Der Tonfall, in dem das geschieht, ist, vorsichtig gesagt, gewöhnungsbedürftig; Schopenhauer war eher ein Mann des unnachgiebigen Monologs, als dass er auf Diskussionen aus gewesen wäre. In seinen Schriften steckt vielleicht auch gerade deswegen ein Quantum Weisheit, wie es die allermeisten seiner Kollegen nicht zusammenbekommen haben. Deswegen muss man nicht zwangsläufig zum Schopenhauerianer werden oder gar der o. a. Gesellschaft beitreten, die allerdings, so viel unerwünschte Werbung darf ich an dieser Stelle schon mal machen, erstaunlich moderate Mitgliedsbeiträge erhebt. Letztlich kommt es immer darauf an, wie man sich einem Philosophen nähert: Man sollte dabei den aufrechten Gang nicht vergessen und souverän genug sein, seinem eigenen Selbstbewusstsein einige stimmige Gedankenblitze zuzutrauen, die sich womöglich sogar als haltbar erweisen, ohne dass damit ihr Eingang in eine der künftigen Geschichten der Philosophie als ausgemacht gelten könnte.

Aus Ihren Zeilen meine ich herauslesen zu können, dass es Ihnen an Selbstbewusstsein nicht mangelt. Gut so. Wenn dem so ist und, vor allem, wenn es dabei bleibt, werden Sie mit Schopenhauer keine Probleme haben. Und mit seinen Kollegen auch nicht.

In diesem Sinne wünsche ich weiterhin erfolgreiche Lektüren und grüße freundlich: Fitzroy

P.S.: Bei mir ist es immer so gewesen, dass ich einen Philosophen in erster Linie als Mensch gesehen habe, den man mag oder nicht mag. Daraus hat sich dann, im Lauf der Zeit, ein persönliches Ranking ergeben, das mit den offiziellen Bewertungen, die in Umlauf sind, inzwischen nicht mehr so ganz viel gemein hat …

»Ich«, Schopenhauer, »bin kein Vielschreiber, kein Kompendienfabrikant, kein Honorarverdiener, keiner, der mit seinen Schriften nach dem Beifall eines Ministers zielt – mit einem Worte, keiner, dessen Feder unter dem Einfluß persönlicher Zwecke steht: ich strebe nichts an als die Wahrheit und schreibe, wie die Alten schrieben, in der alleinigen Absicht, meine Gedanken der Aufbewahrung zu übergeben, damit sie einst denen zugute kommen, die ihnen nachzudenken und sie zu schätzen verstehn. Ebendaher habe ich nur weniges, dieses aber mit Bedacht und in *weiten* Zwischenräumen geschrieben.«

»Als den eigentümlichen Charakter meines Philosophierens darf ich anführen, daß ich überall den Dingen *auf den Grund zu kommen* suche, indem ich nicht ablasse, sie bis auf das letzte real Gegebene zu verfolgen. – Dieserwegen wird man einst (natürlich nicht, solange ich lebe) erkennen, daß die Behandlung desselben Gegenstandes von irgendeinem früheren Philosophen, gegen die meinige gehalten, flach erscheint. Daher hat die Menschheit manches, was sie nie vergessen wird, von mir gelernt und werden meine Schriften nicht untergehn.«

»Meine Philosophie ist tief; sie ist aber auch hoch: Das sollten Sie nicht vergessen.«

»Tüchtige, plumpe, von Ministern aufgepuffte, brav Unsinn schmierende Scharlatane, ohne Geist und ohne Verdienst, das ist's, was den Deutschen gehört; nicht Männer wie ich.«

»Ich bin glücklicher als die meisten meinesgleichen … Wenn ich Reichtümer angesammelt hätte, würden sie mich nicht vor dem Leiden des Alters schützen; aber ich habe Kenntnisse gesammelt und das Interesse für die großen Wahrheiten gewonnen, für die Philosophie, für meine Werke, und das, was dazu gehört, ist das Wesen meines Daseins geworden. Das ist es, was mir Sicherheit vor der Langeweile des Alters gibt, es wird lange dauern, selbst bis ans Ende: ich kenne keine Langeweile, und bin unabhängig von den Menschen, in jeder Hinsicht.«

»Ein solcher Mensch, der nach vielen bitteren Kämpfen … seine eigene Natur endlich ganz überwunden hat, ist nur noch als erkennendes Wesen, als ungetrübter Spiegel der Welt übrig. – Er blickt nun ruhig und lächelnd zurück auf die Gaukelbilder dieser Welt, die einst auch sein Gemüt zu bewegen und zu peinigen vermochten, die aber jetzt so gleichgültig vor ihm stehn wie die Schachfiguren nach geendigtem Spiel oder wie am Morgen die abgeworfenen Maskenkleider, deren Gestalten uns in der Faschingsnacht neckten und beunruhigten.«

Heilige Einfalt

Was war denn nur los mit ihm? Nichts war mit ihm los, er verfiel und wusste nicht, warum. Dabei war die Müdigkeit, die ihn umgab, ja nicht unangenehm, im Gegenteil. Er kam sich wie ein Schlafwandler vor, der auf eine große Karriere zurückblicken konnte, von der aber keiner mehr etwas wissen wollte. So drehte er seine Runden allein, unbemerkt von den Meinungsmachern. Sogar die Wanzen und Minikameras in seiner Wohnung hatte man ausgeschaltet; er interessierte nicht mehr. Die Philosophische Gesellschaft, die noch seine Miete zahlte, würde ihn demnächst freistellen, darauf deutete alles hin. Fitzroy setzte vorsichtig einen Fuß vor den anderen, was auch daran lag, dass er Schmerzen hatte. Seitdem er von Bord des Schiffes gegangen war, fühlten sich seine Beine fast taub an. Der Boden, auf dem er sich nach Art eines 94-Jährigen bewegte, war eigentlich vertrauter Boden; schließlich hatte er ja fast immer an Land gelebt und sich dort, wenn's denn sein musste, unaufwendig in Bewegung gesetzt. Keine Klagen deshalb, er kannte es ja nicht anders. Nun aber. Nun aber kam er sich an Land wie ein Grenzgänger vor, der auf falschem Geläuf unterwegs war. Alles so hart und unnachgiebig unter seinen Füßen, kein sanftes Vibrieren mehr, kein unmerkliches, ihm schmeichelndes Schaukeln, wie es seinerzeit auf dem Wasser gewesen war. Wenn er nachts im Bett lag und nicht schlafen konnte, spürte er manchmal noch das feine Kribbeln, das ihm an Bord den Aufenthalt zu einem lustvollen, wenngleich auch, musste man aus jetziger Sicht wohl sagen, bedenklichen Ereignis mit Spätfolgen gemacht hatte. Eine davon war die Glücksmüdigkeit, über die er sich verständlich zu machen suchte, was aber, eindeutiger Befund, nicht so ganz gelungen war. Von seiner Befindlichkeit zu sprechen fiel ihm schwer, darüber zu schreiben noch mehr. Zudem kam es ihm so vor, als sei er in einer Weise herabgestimmt, die auch seine früheren Fähigkeiten beeinträchtigte. Welche Fähigkeiten, sagte er sich.

Es klingelte. Er humpelte zur Tür, öffnete. »Einmarschieren!«, rief Dr. Wurm und klang dabei noch lauter, als es Fitzroy in Erinnerung hatte. Wie lange war es her, dass dieser seltsame Vogel bei ihm in der Praxis gewesen war, um sich beraten zu lassen. Mit welcher Absicht, gegen wen oder warum; keine Ahnung. Dr. Wurm war ja ohnehin beratungsresistent, er wusste alles und kannte die militärischen Lösungen für die Probleme der Welt. Nun also war er wieder da; er nervte, aber es hatte auch etwas Gutes, dass er wieder da war. Ein Stück Kontinuität kam da in seine Praxis; wenn man sich nun noch dazu entschloss, weniger müde, dafür jedoch etwas hoffnungsfroher zu sein, verbürgte ihm der Wurm, dass der Wiederanschluss an alte Zeiten, die so arg schlecht eigentlich gar nicht gewesen sein konnten, vielleicht doch noch gelang.

»Mann, Mann, Mann!«, sagte Dr. Wurm. »Ich darf das hier in nichtakademischer, dafür aber deutlicher Diktion und vor mindestens einem Zeugen zu Protokoll geben: Sie sehen scheiße aus, Fitzroy. Wissen Sie das?« Er ließ sich in den Besuchersessel fallen.

»Ich freue mich auch, Sie zu sehen«, sagte Fitzroy. »Nehmen Sie doch Platz. Wie geht's, wie steht's?«

»Das muss ich Sie fragen. Als Sie vor einigen Wochen das Land verließen – aus Gründen übrigens, die ich bis heute nicht verstanden habe –, um sich auf einem Vergnügungsdampfer einzuschiffen, sahen Sie noch aus wie das stark übergewichtige, blühende Leben. Und jetzt?«

»Was ist jetzt?«

»Das wollen Sie lieber nicht hören, Meister. Sie bieten ein Bild des Elends. So sah der frühere Außenminister Joschka Fischer aus, als er in einer seiner undurchsichtigen Lebensetappen dem Abnehmwahn verfiel und meinte, zwischendurch Halbmarathonläufe absolvieren zu müssen. Danach konnte man ihn nicht mehr angucken. Hager, faltig, erschöpft, die ganze Gestalt nur noch von Drogen unbekannter Provenienz zusammengehalten.«

»Das erscheint mir doch etwas übertrieben«, sagte Fitzroy matt. Er schwitzte.

»Früher haben Sie nie so geschwitzt«, sagte Wurm. »Nicht mal als Sie mit Ihrem damaligen Kolossalarsch im Sessel festhingen und ich Sie, in einem Akt beispielloser Nächstenliebe, befreien musste. Erinnern Sie sich?«

»Vage. Aber reden wir lieber von Ihnen. Was haben Sie so getrieben in der Zeit meiner Abwesenheit. Ging es Ihnen gut, wenn ja: warum?«

»Es ging mir so wie immer. Also weder gut noch schlecht. Daran wird sich auch bis an mein Lebensende, das übrigens schon bald eintreten könnte, nichts ändern. Obwohl –.«

»Obwohl?«

»Mir ist neulich, aus heiterem Himmel sozusagen, ein Anfall von gemäßigtem Optimismus zuteilgeworden.«

»Das hört man gern.«

»Wieso gern? Sind Sie Schopenhauerianer oder nicht? Soweit mir bekannt ist, duldete der Philosoph keinen Optimismus in seiner Nähe. Und wenn einer seiner wenigen Schüler mal gut drauf war, wurde ihm das mit barscher Stimme ausgeredet.«

»Wieso mit barscher Stimme?«

»So hat er doch geredet, der Schopi. Oder etwa nicht?«

»Kann ich nicht sagen. Ich hab' ihn nie reden gehört. Das war knapp vor meiner Zeit.«

»Es heißt, dass Sie ohnehin längst von der reinen Lehre abgefallen seien«, sagte Wurm.

»So, heißt es das. Aber lenken Sie nicht ab. Sie wollen nicht über Ihr wertes Befinden reden.«

»Mein wertes Befinden ist nichts wert und geht Sie gar nichts an.«

»Dann sollten Sie sich endlich mal überlegen, ob es noch Sinn hat, zu mir zu kommen.«

»Hohoho«, machte Dr. Wurm. »Höre ich da etwa eine gewisse Schärfe heraus? Vielleicht sollten Sie sich lieber mal überlegen, ob es noch Sinn hat, Ihre komische Praxis weiterzuführen. Sie fühlen sich von Ihrer Kundschaft doch nur noch belästigt.«

»Das stimmt so nicht«, sagte Fitzroy und dachte: Der Wurm hat recht.

»Machen Sie die Bude dicht und lassen Sie sich umschulen.«

»Witzbold. Umschulen. Zu was denn? Und in meinem Alter.«

»Das wollte ich Sie schon immer mal fragen. Wie alt sind sie eigentlich? Soll ich mal schätzen?«

»Nein. Unterstehen Sie sich.«

»Also gut. Kehren wir zurück in ruhigeres Fahrwasser, was überdies ein passendes Stichwort ist. Wie war's denn so auf Ihrer Kreuzfahrt?«

»Wieso, wollen Sie auch eine machen?«

Dr. Wurm räusperte sich. »Nun ja, ehrlich gesagt: Ich hab' tatsächlich schon mal daran gedacht, gerade in letzter Zeit.«

»Dann reden Sie nicht, machen Sie's einfach. Ich kann dieses inzwischen massenhaft betriebene Vergnügen meinerseits nur empfehlen.«

»Tatsächlich. Erzählen Sie.«

»Da gibt's nicht viel zu erzählen. Die Empfindungswelt, die sich mir an Bord geöffnet hat, ist nicht kommunizierbar. Ein schwebend leichter Zustand, alle lästigen Gedanken fallen von einem ab. Irgendwann ist man nur noch glücklich und müde.«

»Sie haben ja ganz feuchte Augen«, sagte der Wurm.

»Quatsch. Was ich an Bord eines mittelgroßen Kreuzfahrtschiffes erlebt habe, ist nicht mitteilenswert. Oder, anders gesagt: nicht mitteilbar. Das reine Privatvergnügen, wenn man so will. Wer es aber gern gesellig hat, kann auf einer Kreuzfahrt ohnehin nicht viel falsch machen. Die Nahrungsaufnahme ist geregelt und mehr als üppig, ähnliches gilt für die Getränkeausgabe.«

»Also ideal für mich«, sagte Wurm.

»Sie sind doch eher der asketisch-verschrobene Typ. Unter Menschen kann ich Sie mir gar nicht vorstellen –.«

»Wissen Sie, was Sie haben, Fitzroy. Keine Ahnung, und davon jede Menge. Ich bin absolut gesellig, besonders wenn ich allein zu Hause bin. Außerdem liebe ich Buffets, Bier und Tischwein, von harten Drinks ganz zu schweigen.«

»Wenn es so ist: Ab aufs Schiff! Sie werden es nicht bereuen. Danach kommen Sie wieder zu mir, von mir aus auch zweimal die Woche, dreimal am Tag oder viermal in der Nacht, was dann jedoch ein ganz anderer Tarif wäre, will sagen: Das würde dann richtig teuer. Und wenn Ihnen die Kreuzfahrt vorher schon auf den Zeiger geht, gibt es eine einfache Fluchtmöglichkeit –.«

»Zum Beispiel über Bord gehen?«

»Zum Beispiel. Das müsste dann aber keineswegs Ihr Ende sein, denn vermutlich würden Sie von einem Schiff der EU-Grenzsicherung aus dem Wasser gefischt, an Land gebracht und in ein Flüchtlingslager gesteckt. Dort könnte ich dann allerdings nichts mehr für Sie tun.«

»Nicht lustig«, sagte Wurm. »Außerdem haben Sie noch nie was für mich getan.«

»Mit Ihrer verbindlichen Art würden Sie sich viele Freunde auf dem Schiff machen«, sagte Fitzroy. »Im Übrigen gibt es an Bord der ARIELA, dem Schiff, das mir zur zweiten Heimat wurde, weit über zwanzig Bars und noch mehr Vergnügungsstationen. Sie könnten da also ständig irgendwo einmarschieren.«

»Ich denke, ich werde mich tatsächlich entschließen, eine Kreuzfahrt zu machen. Finanziell kann man das ja wohl stemmen«, sagte Wurm.

»Ich kenne Ihre Finanzen nicht, weiß nur, dass Sie eine schleppende Zahlungsmoral pflegen. Bei einer Kreuzfahrt wird vorher gezahlt, da gibt's keinen, den Sie hinhalten können.«

»Bis jetzt haben Sie ihr Geld noch immer bekommen, Sie fitzender Roy, auch wenn ich bis heute nicht weiß, warum. Ich kann mich an keine Einsicht erinnern, die ich Ihnen zu verdanken hätte.«

»Womit wir fast schon wieder am Ausgangspunkt wären.«

»Eines interessiert mich noch«, sagte Wurm. »Wie steht's denn mit Weibern an Bord?«

»Wie bitte? Ich hör' wohl nicht recht. Sie sollten sich einen Doppelnamen zulegen: Wurm Bindestrich Ferkel.«

»Ja, meinen Sie denn, dass bei mir tote Hose ist? Im Gegensatz zu Ihnen hab' ich noch ein Sexualleben.«

»Schön für Sie. Ich kann Sie beruhigen: Für ein Mannsbild wie Sie, das auch im hohen Alter noch nur an das Eine denkt, fällt an Bord immer was ab. Lassen Sie sich überraschen. Aber vergessen Sie nicht, was auch schon unser Freund Dr. Schopenhauer wusste: Das Leben ist kein Ponyhof.«

Fitzroy musste auf einmal lachen. Wie blöd musste er lachen, und hatte doch vorher schon Tränen in den Augen. Durch seine nebligen Brillengläser sah er Dr. Wurm, der ihm erst den Vogel zeigte und dann ausmarschierte, die Tür fiel ins Schloss. Fitzroy blieb zurück, noch immer lachte er und weinte, was dann aber nachließ. Heilige Einfalt, dachte er. Ich bin dein Pinsel.

Alles noch da

Er hatte jetzt einen guten Vorsatz gefasst. Sich nicht mehr so hängen lassen, angehen gegen die ermüdenden Glücksgefühle, Tatkraft zeigen, auch wenn sie gar nicht vorhanden war. Jawoll, dachte Fitzroy, so machen wir's. Zudem wollte er wieder auf seinen Körper achten, der ihm elend lange Jahre als Ärgernis gedient hatte, bis er an Bord seines Schiffes auf einmal fügsam wurde und sich seinem Befinden anverwandelte. Die wundersame, tagtäglich nachzuzeichnende Abnehmprozedur; die darauf folgenden, anfangs noch verschämten, dann immer kecker werdenden Blicke in den Spiegel. Einmal, erinnerte er sich, hatte er dabei tatsächlich geglaubt, einen attraktiven Mann in den besten Jahren vor sich zu haben. Ein Moment mannhafter Selbstgefälligkeit, der aber natürlich nicht anhielt, dafür jedoch zur Erinnerung wurde, die in Rufbereitschaft blieb. Immerhin. Inzwischen tastete er sich wieder an seine Leiblichkeit heran, die nicht mehr massig war, sich aber auch nicht in Schlankheitsnähe verorten ließ. Irgendwo dazwischen; sein Körper hatte die Konturen verloren, war, verriet der Frankfurter Badezimmerspiegel, der noch nie zu Schönfärbereien geneigt hatte, zum bloßen, gänzlich unansehnlichen Futteral geworden, in dem er steckte und weder richtig rein- noch rauskam. Egal, sagte Fitzroy, der inzwischen auch Anstalten machte, wieder, nach alter Gewohnheit, mit sich selbst zu schwätzen, egal, es gibt Mittel und Wege, der Unansehnlichkeit zu begegnen. Er konnte beispielsweise versuchen, sich einen anderen Blick zuzulegen und seiner Leiblichkeit mit einem begehrlichen Wohlwollen zu begegnen, das jeglicher Grundlage entbehrte. Oder aber, und da ächzte Fitzroy schon mal vorsorglich vor sich hin, sich zu einem Körperertüchtigungsprogramm aufzuraffen, in dem man etwa in eines der fünftausend Fitnessstudios ging, die es in Frankfurt gab. Er schüttelte sich, allein der Gedanke daran, verbunden auch mit der Vorstellung, sich mit der passenden, rundum einschnürenden und neue Wülste hervorrufenden Sportkleidung ausrüsten zu müssen, machte ihn gleich wieder müde. Er hätte sich jetzt aufs Ohr legen können; tat er aber nicht, wie gesagt: er wollte Tatkraft zeigen, was ein wenig leichter fiel, da sich Sonnenstrahlen in seine Wohnung verirrt hatten. Ja, war denn schon Frühling? Verwunderlich auch, dass er für Helligkeiten auf einmal empfänglich war; früher gleichmäßige Düsternis, verbunden mit den dazu passenden, im Seelenschacht herumirrenden Gedanken, ein Tag wie der andere, von den Nächten ganz zu schweigen. Vielleicht war auch das ein Resultat seiner Seeverschickung, ein Leichtsinnszusatz, der ihm beim Gang übers Wasser zugeflogen war; einfach nur so, man muss ja längst nicht alles registrieren, geschweige denn merken, was für einen vorgesehen ist.

Fitzroy lugte aus dem Fenster. Tatsächlich, so etwas wie Frühling; oder war schon Sommer oder gar früher Herbst, der mit den innigen Farben und dem weiten Blick. Er wusste es nicht, in diesem Moment, nur dass er hinaus musste, wusste er und wurde nun sogar kühn. Vor längerer Zeit hatte er sich mal Sonnengläser für seine Brille machen lassen, eine vergleichsweise teure Optikersonderanfertigung, die er, unabhängig vom Preis, sogleich unpraktisch, ja albern gefunden hatte: Wenn man sie nicht brauchte, standen die Gläser hoch über der Brille, bei Bedarf klappte man sie herunter und bekam ein nach vorn verschobenes Sichtfeld mit Eindunklungseffekten, die bei ihm visuelle Platzangst auslösten. Seither hatte er die Gläser nicht mehr benutzt; nun, da die Stadtsonne ihr ergiebiges Licht aussandte, wurde es Zeit, sie wieder hervorzuholen und aufzusetzen. Gesagt, getan. Er probierte das eingedunkelte Sehen noch in der Wohnung aus, rammte erst seinen Schreibtischsessel, in den er nach seiner Rückkehr nun fast zweimal passte, und dann noch den Türpfosten, was seine gute Laune, die er sich verordnet hatte, aber nicht entscheidend beeinträchtigte. Vor der Tür, in der Schopenhauerstraße zur Schönen Aussicht, war das Sonnenlicht übertrieben grell, fand er, fast schon stechend, da hatten seine Klappgläser gut zu tun. Er ging in Richtung Mainufer, und sofort taten ihm die Füße wieder weh. Dieser harte, vollkommen uncharmante Untergrund; es kam ihm so vor, als hätte man ihm die Unterschenkel vereist und die Füße womöglich schon amputiert. Er blieb stehen, bückte sich, schaute nach; alles noch da, keine Amputation, die in seiner Abwesenheit an ihm vorgenommen worden wäre. Gut so. Es dämmerte ihm allerdings die Einsicht, dass sein Aufenthalt auf See ihn dauerhaft für das Überleben an Land geschädigt haben könnte.

Der Main glänzte im Sonnenlicht, was sollte er auch anderes tun. Gemessen am gewinnenden Frühlingslicht und den zuletzt sprunghaft angestiegenen Temperaturen war eigentlich gar nicht so viel los. Er hatte mehr erwartet. Fitzroy setzte sich auf die Bank, die zu seiner Privatbank geworden war. Hier hatte er seinerzeit jene nicht mehr ganz junge, aber auch noch nicht wirklich alte Dame getroffen, die, soweit er sich erinnerte, einen mehr als gut genährten Enkel beaufsichtigte, dessen Mutter unter Stilldemenz litt. Fitzroy hatte sich den Begriff, warum auch immer, gemerkt; vielleicht weil er nicht nur für verwirrte junge Mütter galt, sondern sich auch auf ältere Mitbürger anwenden ließ, die von der Glücksmüdigkeit überrascht wurden. Er schob seine Klappgläser hoch, wodurch ihm der Lichteinfall allerdings zu streng wurde; zurück ins

Halbdunkel wollte er allerdings auch nicht mehr, so dass er sich dafür entschied, nur die rechte Klappe oben zu lassen und die linke wiederzuzumachen. Das sah bestimmt ziemlich cool aus und verlieh ihm etwas schläfrig Wachsames, fand er. Er wurde allerdings, wie er sowohl mit rechts als auch mit links sehen konnte, nicht wirklich beachtet. Was hatte er anders erwartet. Er war kein Promi, vom Äußeren schon gar nicht, und die Zeit seiner philosophischen Kalendersprüche, die er an Interessenten ausgegeben hatte, von denen es hieß, sie führten allesamt eine leibhaftige Existenz, war vorbei. Dabei hätte er jetzt, gerade auf dieser Sonnenbank, gern ein knapp bemessenes Gespräch mit einem noch lebenden Menschen geführt.

»Ist hier noch frei?«, hörte er da eine Frauenstimme, die ihm bekannt vorkam. Er öffnete die Augen, schob das zweite Visier hoch. »Bitte«, sagte er. »Bedienen Sie sich.«

Eine ältere Dame ließ sich neben ihm nieder. Fitzroy war gut drauf, er sah im Blendlicht alles, was zu sehen war. Ein müder wacher Geist, der ihm nun zur Verfügung stand. Vor allem griff auf einmal auch seine Erinnerung, die ansonsten nicht zu seinen verlässlichsten Partnern gehörte. »Franzi«, sagte er, »Franzi aus der Wetterau.« Die Dame sah ihn schräg von der Seite an, ihr etwas irritierter Blick verhakte sich an seinen Klappgläsern.

»Ja. Woher wissen Sie?«

»Wir sind uns schon mal begegnet«, sagte er. »Ein paar Tage her, zugegeben. Aber diese Begegnung hat einen gewissen Eindruck bei mir hinterlassen.«

»Tatsächlich. So was ist mir eigentlich schon lange nicht mehr passiert. Nicht mal in jungen Jahren, als ich, glauben Sie's oder glauben Sie's nicht, eine halbwegs attraktive junge Frau war.«

»Das glaub' ich doch aufs Wort. Wir werden alle nicht jünger, gnädige Frau, was einerseits traurig ist, andererseits auch gewisse Vorteile hat.«

»Ach ja. Und welche?«

Fitzroy räusperte sich. »Im Moment fallen mir keine ein. Ich komm' aber noch drauf. Damals hatten Sie, wenn ich mich recht erinnere, einen recht properen Enkel bei sich.«

»Sie meinen den dicken Herkules?«

»Ja, so hieß er wohl. Wie geht es dem jungen Mann? Ich hoffe, er blüht, wächst und gedeiht?«

»Er ist in der Zwischenzeit noch dicker geworden. Aber gesund, so was von gesund. Ich kann Ihnen sagen.«

»Hört man gern. Und wo ist der Herkules jetzt?«

»Meine Tochter fährt ihn spazieren. Wir freuen uns schon darauf, wenn er laufen kann.«

»Ob er dann aber auch laufen will?«

»Es wird ihm wohl nichts anderes übrig bleiben. Das Leben ist kein Ponyhof.«

Fitzroy lachte, es war aber mehr ein nach innen gerichtetes Lachen, und natürlich hatte er auch schon wieder Tränen in den Augen. Er nahm die Brille ab, räusperte sich. »Ihre Tochter«, sagte er. »Ich meine mich zu erinnern, dass sie gewisse Aussetzer hatte.«

»Sie meinen die Stilldemenz?«

»Richtig, so heißt das wohl.«

»Sie haben aber ein gutes Gedächtnis.«

»Nicht für die großen Dinge, eher für Nebensächlichkeiten.«

»Für uns war die Stilldemenz nicht nebensächlich«, sagte Franzi aus der Wetterau. »Da kommen die beiden.«

Eine stämmige junge Mutter fuhr ein noch stämmigeres Kind im Buggy spazieren, sie kamen direkt auf sie zu. Herkules winkte. Wenn es nicht so abwegig wäre, könnte man meinen, er winkt mir zu, dachte Fitzroy. Haben Kinder nicht, wie es heißt, absolut feine Antennen für das, was sonst nicht wahrnehmbar ist, speziell in Erwachsenenkreisen. »Hallo Herkules«, sagte er. »Schön dich zu sehen.« Der Junge lächelte. Er hat den einzigen Freund, den er schon hat auf der Welt, wiedererkannt. Kein Zweifel. »Wir müssen weiter«, sagte Franzi. »War schön, mit Ihnen geplaudert zu haben.«

»Find ich auch. Grüßen Sie mir die Wetterau. Ein weithin verkannter Landstrich. Und Herkules ist ein Prachtbursche, da gibt's kein Vertun.«

Als Mutter und Sohn mit der Oma im Schlepptau verschwunden waren, machte es sich Fitzroy, bei nun noch steiler einfallendem Frühlingssonnenlicht, wieder dämmrig; die Klappgläser gewährten ihm Schatten, sein Sichtfeld hielt er geschlossen. Er hatte jetzt mit Menschen geredet, das durfte man nicht übertreiben. Obwohl er doch gerne noch erwähnt hätte, dass er seit einiger Zeit tatsächlich befürchtete, selbst unter Stilldemenz zu leiden. Ach ja, und dass er seit gestern oder vorgestern den Eindruck hatte, schlechter zu sehen, so als hätte man die Augenweide, auf der er grasen durfte, kontinuierlich verkleinert – auch darüber hätte er noch gern mit einem Menschen geredet.

Nicht ganz richtig im Kopf

Sei mir gegrüßt, mein Fitzroy!

Du wirst Dich vermutlich schon gefragt haben, was aus dem erfolgreichen Bordschreiber Gerry Stubenrauch geworden ist, der auf der Kreisfahrt übers Meer und an diversen Inseln vorbei manch erfolgreiche Lesung abgeliefert hat, fast immer in großen, rappelvollen Sälen. Mir geht es gut, muss ich sagen, ich bin wieder da, wo ich anscheinend hingehöre. Da ist weitgehend flaches, ausgewalztes Land, auf dem vermauerte Höfe herumstehen und die Menschen, ja, die gibt's auch, die zum Grüßen das Maul nicht aufkriegen. Am Horizont geht dieses lastende Land ins Meer über, das aber leider nicht viel besser ist, so dass die eigentlichen Unterschiede schon länger nicht mehr auffallen. Aber man kann so was ja auch schön finden, wenn man sich den passenden Blick dafür zugelegt hat. Das musste ich, über die Jahre hinweg, von denen ich manchmal meine, sie seien zu einer einzigen schmerzlichen Gegenwartssekunde zusammengeschrumpft, gegen die man sich irgendwann nicht mehr wehren kann. Aber das klingt jetzt alles so düster; war nicht beabsichtigt. An sich halte ich mich ja zum Frohsinn an, wobei mir Conny hilft, die in meiner Nähe wohnt und noch immer davon träumt, mit ihrer Kunst dauerhaft Geld zu verdienen. Dafür bewundere ich sie, was ich aber nicht so richtig zeigen darf, denn dann macht sie, warum auch immer, auf Abwehr und haust sich noch mehr als sonst in ihrer Müdigkeit ein.

Schon auf dem Schiff hatte ich mir vorgenommen, ihr einen Heiratsantrag zu machen, bin aber nicht dazu gekommen, weil sie bei meiner angefangenen Frage, die bis zu

›Willst du mich …‹ kam, streng ansah und sagte ›Ja, du mich auch‹. Das brachte mich anhaltend aus dem Konzept; was meint sie denn nun, dachte ich, ahnt sie, was ich sagen will; ich war verwirrt, an Deck 13 oder 14 unseres Schiffchens, auf dem Du so oft Deine Kontrollgänge absolviert hast; – es pflügte das Weltmeer, unser Schiffchen, ferne Lichter der nächsten Insel, die wir ansteuern würden, ich glaub', es war Teneriffa, und wenn man noch genug Einbildung hatte, konnte man hoch oben am Teide die Laterne des dortigen Nachtwächters sehen, den es offiziell nicht gibt und den deshalb auch noch niemand zu Gesicht bekommen hat.

Mein Freund, – angehängt habe ich noch einen letzten Extrakt meines Romans *Schwarzweiß wie Schnee*, aus dem ich an Bord vorgelesen habe. Inzwischen weiß ich, dass es dieses Werk auch in den abgelegensten Antiquariaten nicht mehr gibt (so als wäre es nie geschrieben worden). Nun, ist es ja vielleicht auch nicht; wer weiß das schon. (Was Wirklichkeit ist oder sein kann, wenn sie sich von einer wackligen Erinnerung vereinnahmen lässt – auch davon ist in dem beiliegenden Textauszug die Rede.) Vielleicht interessiert er Dich, vielleicht auch nicht. – Ein Lob von Dir wie überhaupt ein knapper Zustandsbericht zur Weltlage Deiner Welt sind jederzeit willkommen. Ich denke mehr an Dich als Du glaubst.

Ich mag diese einsetzenden Abendstunden im Übergang vom Frühling zum Sommer, wenn man meinen könnte, dass auch der Herbst schon heranrückt und seine Farben ausbreitet. Glutrot die Sonne am Himmel, feiner Wolkenzwirn zieht auf, und das Dorf, das tagsüber schon vorbildlich ruhig war, wird noch ruhiger. Ein paar müde Tauben gurren noch auf dem Hofdach jenseits des Künstlerhofwäldchens, das Bussardpaar kehrt zurück von der Patrouille. Brauche ich mehr zum Leben? Caroline ist in Frankfurt. Wenn sie jetzt hier wäre, mich ansähe mit ihren grün schimmernden Augen, wie absichtslos meine Hand berührte, würde mich das glücklicher machen? Kaum. Sie würde ja wieder reden wollen, die Stille aufbrechen und ihre Fragen stellen, die allesamt einer höheren Weisheit dienen, an sich aber entbehrlich sind, denn die Sehnsucht will nicht befragt, sondern bestätigt werden. Ich sitze auf meiner Terrasse, vor mir auf dem Tisch liegt ein Buch namens Erinnern Sie sich?, das kein Schwein kennt, daneben habe ich Papier und Stift ausgelegt, denn ich wollte an Caroline schreiben, gestern oder vorgestern, als ein Traum zu Ende ging und sich mühelos weiterspinnen ließ. Ich sitze also und kann nicht anders, warmer Wind streicht ums Haus, in der Ferne, weit weg, schreit ein Bauernbaby, man wird es ruhigstellen. Abendrot ist aufgezogen, vor den Windrädern brennt der Himmel. In so einem Licht scheint meine Stunde gekommen, es gibt kein Zurück. Erst muss ich mir jedoch noch ein Bier holen. Es schreibt sich so schlecht, wenn man ein Verdurstender ist.

»Liebe Caroline! Ich schreibe Ihnen, weil ich denke, dass es sein muss, nach allem, was zwischen uns nicht ist, aber vielleicht noch werden kann. Dass Sie mein Buch gefunden und mir zugeschickt haben, nach dem ich so lange ängstlich suchte, immer in der Hoffnung, es möge verschollen bleiben und nicht mehr an den Anlass rühren, dem es seinerzeit sein (aus heutiger Sicht gänzlich entbehrliches) Entstehen verdankte, hat mich aufgewühlt. Ja, ich weiß kein anderes Wort dafür, aufgewühlt, obwohl Ihnen das komisch vorkommen mag, sich Ihren ›mit Abstand schläfrigsten Patienten‹ aufgewühlt vorzustellen; wie mag das aussehen, vibriert ihm die Eintracht-Kappe, lädt sich das Trikot, in dem er steckt, von innen elektrisch auf, oder vergisst er, der schläfrige Patient, gar seine gewöhnliche Tagesbeschäftigung, und er kann vor lauter Nervosität nicht mal mehr die Bierflaschen heben und auf *gekonnte Weise zum Munde führen? Unruhig wie ich bin, kann ich Sie da aber beruhigen: Äußerlich bin ich nach wie vor die Ausgeglichenheit in Person, ich mache meinen Kasten Bier leer, lass meine Trinkerhände nicht mehr zittern als unbedingt nötig, ich lege weiterhin Wert auf solide Berufskleidung, gebe meine Trikots in die Reinigung, hole sie zu gegebener Zeit wieder ab. Mit anderen Worten: Ich bin nicht verwahrloster als sonst, und auf dem Künstlerhof und im Dorf nimmt man mich wahr, wie man mich immer wahrgenommen hat, nämlich gar nicht, denn es gibt berechtigte Motive, mich zu übersehen oder einen ordentlichen Bogen um mich zu machen. Meine insgesamt also sehr unauffällige Aufgewühltheit wird durch den Sommer verstärkt, der übers Wendland gekommen ist und sich vermutlich schon bis Frankfurt ausgebreitet hat. Er ist ein Erinnerungsgräber, dieser und überhaupt jeder Sommer, er begnügt sich nicht mit den gewöhnlichen Streicheleinheiten, für die beispielsweise der von ihm beauftragte Sommerwind zuständig ist, sondern er hat etwas von Ihrer merkwürdigen Profession, Caroline: Immer will er mehr wissen als ihm zusteht, er fragt nach, geht über Grenzen, die von uns aus gutem Grund, d. h. zum Selbstschutz errichtet worden sind, und er scheut sich nicht, zu jenen inneren Quellen vordringen zu wollen, die eines Tages, wenn man Pech hat oder Glück (wie man's nimmt), versiegen. Eine dieser inneren Quellen ist die Erinnerung, Caroline, ihren Ertrag kann man gar nicht hoch genug schätzen, auch wenn die Erinnerung nicht viel von sich hermacht und lieber im Verborgenen Dienst schiebt. Was sie wert ist, merkt man erst, wenn ihre Einflüsterungen verstummen; der Mensch ist dann nur noch als leibliche Hülle unterwegs, die nichts mehr zu verhüllen hat. Keine Angst, Caroline, Sie müssen sich keine Sorgen um mich machen, jedenfalls nicht mehr als sonst auch. Ich versuche nur, das Problem anzusprechen, das mich umtreibt. Oder sollte ich sagen: die Angst? Als ich noch vor Ihnen auf Ihrer Couch lag und von Ihnen träumte, Caroline, konnte ich nicht von meiner Angst sprechen, dazu waren Sie mir zu nah, und obwohl Sie es mit jeder Ihrer Fragen sicher ausgesprochen gut mit mir meinten, hätte ich mich doch nur flüchten und einhausen können, in die Liebe zum Beispiel. Wer liebt hier wen, mögen Sie denken, oder wissen es längst und machen sich darüber Ihre Gedanken. Jetzt aber sind Sie weg, was einerseits schade ist, denn ich hätte Sie gerne bei mir, um mir zumindest im Tagtraum das Unmögliche möglich erscheinen zu lassen, was sich andererseits aber auch als Chance erweisen könnte, mich Ihnen, da Sie mich im Moment ja nicht mehr leibhaftig ablenken können, doch noch anzuvertrauen. Meine Angst, Caroline, ist nicht, dass ich sterben könnte (wir alle müssen sterben, und ich sogar früher als andere), nein, meine Angst ist, dass mir die Erinnerung abhandenkommt. So, jetzt ist es raus. Es geht nicht darum, dass ich fürchte, Alzheimer zu bekommen (oder etwas in der Art), sondern ich meine, ab einem bestimmten Zeitpunkt, von dem noch zu reden sein wird, genötigt zu werden, ein Leben zu führen, das auf Treibsand gebaut ist. Ich stemme mich dagegen, aber über die Erinnerungsdüne, auf der ich stehe (sie ist bei anderen Leuten so stabil wie ein guter deutscher Grabhügel), zieht ständig ein tückischer Wind, der alles verweht, bis mir eines schlechten Tages der Boden ganz unter den Füßen weggezogen wird.«*

»Liebe Caroline! Ich musste eine kleine Pause machen, die etwa eine Nacht währte, aber jetzt bin ich wieder da, in alter Frische, ich sitze auf meiner Terrasse, es ist schwül, der Sommerwind ruht in den Büschen. Wo war ich stehengeblieben? Eine Frage, die wie keine andere zu meinem Leben passt, seitdem ich das Gefühl habe, dass mir etwas genommen, aber nichts mehr gegeben wird. Doch, etwas gibt es noch, das mir gegeben wurde, ich sage das jetzt ganz ungeschützt:

Du wurdest mir gegeben, Caroline, mit dir bin ich, bitte nicht lachen, ein spät Beschenkter. Keine Angst, schlimmer wird's nicht mehr mit meinen Geständnissen, ich habe, wie so oft, wenn ich nervös bin, die Kappe ins Gesicht gezogen, und gegen die aufkommende Rührung geh' ich an, indem ich ins Trikot schnäuzte. Werden wir also wieder sachlich.

Schon als Kind war ich, glaube ich, nicht ganz richtig im Kopf. Geboren in einer weltweit bekannten, altfränkischen Kleinstadt, die als Musterbeispiel geschlossener, von Stadtmauer und Giebeln bestimmter mittelalterlicher Baukunst gilt, fiel ich schon früh als Sonderling auf. Ich hätte immer etwas putzig Nachdenkliches gehabt, sagte mein Vater, der Lehrer und trotzdem ein angenehmer Mensch war; er zeigte mir unauffällige Fotos, auf denen ein blondgelocktes Kerlchen zu sehen war, solide in der Breite, mit prallen Bäckchen. Mein Hang zur Nachdenklichkeit, der bei anderen Kindern zu unangenehmer Altklugheit führt, sei bei mir deswegen so putzig gewesen, weil er nichts, aber auch gar nichts einbrachte. Bereits im Krabbelalter, das ich ansonsten, auf Grund angeborener Bewegungsunlust, nur spärlich bediente, hätte ich beim Dahinrobben auf dem elterlichen Teppichboden, der mich wegen seiner Staublastigkeit zudem des Öfteren zum Niesen brachte, was die Putzigkeit, die man mir zusprach, nur noch verstärkte, innegehalten und schräg nach oben gestarrt, so als entschwinde mir gerade etwas aus dem Blickfeld, und zwar unwiderruflich, wodurch sich mein an sich friedfertiger, vom Wohlsein geglätteter Gesichtsausdruck eintrübte und ich leise zu weinen anfing, keiner wusste warum. Wenig später war ich dann dem Krabbelalter entwachsen, aber noch immer putzig. Über das Kopfsteinpflaster der altfränkischen Kleinstadt fuhr ich mit einem Dreirad, das man mir zu Weihnachten geschenkt hatte. Ich fuhr das Gefährt weder besonders geschickt noch besonders ungeschickt, sieht man von einigen vermeidbaren Stürzen und Karambolagen ab. Viel auffälliger sei gewesen, sagte mein Vater, dass ich während der Fahrt oft unmotiviert bremste und auf der Straße stehenblieb; dann zeigte ich nach vorn, dorthin wo sich meine imaginäre Route im Nichts verlor, und rief immer wieder: Weg, weg!, was meine Eltern im Nachhinein so deuteten, dass ich alle mutmaßlichen Hindernisse, die sich mir noch in den Weg stellen konnten, vorsorglich beiseitegeschafft haben wollte, aber ich glaube, dass es ganz anders war, Caroline: Tief drin in meinem Kindskopf ahnte ich damals schon, dass meine Gedankenwelt nicht aufging. Mein Erinnerungsstand, der bei anderen ein stabiler Hochsitz ist, auf dem das Ich frühmorgens Platz nimmt, um dann bis spätabends, also ein Leben lang, nach Beute Ausschau zu halten, war nur ein Provisorium, ein grob gezimmerter, stets einsturzgefährdeter Bretterverhau. Wie soll ich sagen, Caroline: In meinem Kopf herrschte Durchzug, immer wurde etwas angeliefert, aber es reichte nicht, um eine stabile Vorratshaltung anzulegen. Verstehen Sie? Ich fürchte: nein. Auf jeden Fall ist mir von meiner Jugend vor allem ein Gefühl leerer Betriebsamkeit im Gedächtnis geblieben. Mein Kopf war ein Umschlagplatz für Güter, für die es keinen Frachtplan und keine Lieferscheine gab; sie verschwanden, noch bevor die erste Lagerhalle in Sicht kam. Ach, Caroline, ich merke, dass ich jetzt so fahrig schreibe, wie ich damals gedacht habe, das wird Sie nicht erfreuen. Seien Sie aber versichert, dass ich ab einem bestimmten Zeitpunkt, von dem es noch zu berichten gilt, gegen den Betrieb, die Hektik, die Nervosität in meinem Kopf angegangen bin; seither halte ich mich zur Ordnung an, die einer willkommenen Lähmung entspricht, in der ich es mir, auf meine Weise, die Sie ja nun kennen, bequem gemacht habe.«

Wie schon gesagt: Lob mich, Fitzroy, ich kann es brauchen. Conny lässt Dich grüßen. Ehrlich. Sie hatte heute so einen wunderbar matten Augenaufschlag; hinreißend. Aber jetzt döst sie schon wieder vor sich hin. Auch nicht schlecht, ich lieb' sie halt in allen Lagen. Mach's gut; vielleicht kommst Du ja bald schon dahin zurück, wo Du, sagt Dir die alte Frau Erinnerung, unerhört glücklich warst. Gruß & Kuss Dein alter Gerry St.

P. S. 1: Ich hab' neulich in Deinem Schopenhauer-Büchlein gelesen. Nicht schlecht. Warum schreibst du nicht mal ein neues Buch? Muss kein Roman sein und schon gar nix über Schopenhauer, den ich, unter uns gesagt, nicht so mag. Der Mann kommt mir wie ein Herrenreiter vor, der nicht mehr weiß, wo er sein Pferd geparkt hat. – Unser promovierter Kapitän an Bord hat mir übrigens wortreich empfohlen, etwas über Vergangenheitsverklärung zu schreiben, was wohl, seit seligen DDR-Tagen, eine Art Hobby von ihm ist. Ich hab' ihm gesagt, dass das nichts für mich sei und er die Sache selbst in die Hand nehmen möge, zumal er doch als Schiffsführer a. D. bald schon viel Zeit habe. »Ich kann reden, wenn's sein soll«, sagte er da, »ich kann auch schwafeln, aber eben leider nicht schreiben. Ich besteh' dann nur noch aus Blockaden.« Sehr sympathische Bemerkung, fand ich; auf seine Art ist der Mann einer von uns.

Also, Fitzroy, mach es. Verklär uns die Vergangenheit.

P. S. 2: Ach ja, und: Du musst uns besuchen kommen, unbedingt! Wenn Dir Schopenhauer noch mehr als sonst auf den S. geht und Du auch nicht mehr zurück aufs Schiff kannst, wähl eine Variante, die dem Gang übers Wasser durchaus nahekommt. Ein Meer nämlich gibt's hier auch, dazu simulierte Weite und angenehm schweigsame Leute, die einen selbst dann in Ruhe lassen, wenn man gern etwas Stimmung hätte. – Alles wie für Dich erdacht; komm her – und Du willst gar nicht mehr weg. Versprochen.

Empfangsbereit (Rückblick)

»Miguel de Unamuno kam vertrieben von der Diktatur Primo de Rivera im März 1924 auf Fuerteventura an. Er blieb fünf Monate, die ihm dazu dienten, eine Insel neu zu entdecken und einige der besten Sonette zu schreiben, die jemals über diesen Ort geschrieben wurden.

Das Hausmuseum Miguel de Unamuno mitten im alten Puerta de Cabras erinnert an die Wege des berühmten Schriftstellers auf Fuerteventura. Was Sie in diesem Museum vorfinden, erinnert an eine Wohnstätte der zwanziger Jahre des letzten Jahrhunderts, in der sich Unamuno zwischen März und Juli 1924 aufhielt. Mobiliar der Epoche ist zu sehen, wie der Arbeitstisch oder ein Schaukelstuhl, in dem er die Zeitungen las, die mit einigen Tagen Verspätung in Fuerteventura ankamen, oder, auch sehr gerne, die Werke des deutschen Philosophen Arturo Schoppenhauer studierte, den er schätzte. – Ein Rundgang durch das Haus erlaubt es, die Gerüche des Holzes der Epoche in sich aufzunehmen, Räume mit großen Vorhängen, die an die bürgerlichen Wohnungen des vergangenen Jahrhunderts erinnern, oder Geräte wie eine Schreibmaschine oder einen Phonografen zu sehen, die damals nur für wenige Familien auf Fuerteventura erschwinglich waren. Und: Wenn man einen Rundgang durch das Museum Miguel de Unamuno macht, kann man sich seinem Werk nähern, eine üppige Produktion, die von allem erfüllt war, was den Dichterphilosophen in seinen Bann zog: die Einzigartigkeit der Einwohner Fuerteventuras und die Faszination der hiesigen Landschaft. Darüber schrieb er z. B. das Sonett XVI:

›Dieses Skelett aus Erde, felsige Eingeweide, / die aus der Tiefe des Meeres emporsteigen, / Vulkanruinen, dieses rötliche, / vom Dunst gepeinigte Gerippe! / – Und doch, welche Schönheit! / Ja, Schönheit! / Sichtbar für den, der das innere Geheimnis / der Form zu suchen versteht, / die Essenz des Stils in den klaren Linien des Skeletts, / für den, der in einem kahlen Totenschädel / die Schönheit eines Kopfes zu entdecken weiß.‹«

Was sollte er sagen. Er stand im Innenhof des kleinen Museums, das an einen Dichter erinnerte, der auch Philosoph gewesen war, und knapp vier Monate auf Fuerteventura gelebt hatte, nicht freiwillig zunächst, aber dann doch freiwillig, weil die karge Insel etwas in ihm zum Klingen brachte, das ihm einen anderen Blick auf sich selbst ermöglichte. War das so? Der Dichter hieß Miguel de Unamuno, gehörte zu den Großen der spanischen Literaturgeschichte und hatte seinerzeit angeblich Deutsch gelernt, um Schopenhauer im Original lesen zu können. Das war Fitzroy vor Reiseantritt von der Internationalen Schopenhauer Gesellschaft mit auf den Bewährungsweg gegeben worden; er möge es nicht versäumen, sich das Museum anzusehen und bei dieser Gelegenheit vielleicht ein paar Interessenten um sich zu scharen, denen er, wenn schon nichts über Unamuno, von dem er ja vermutlich keine Ahnung habe, so doch etwas über Schopenhauer erzählen könne, von dem er ja, in Maßen und im Rahmen bescheidener Möglichkeiten, etwas verstehe. Fitzroy hatte dieses Ansinnen stillschweigend abgelehnt; irgendwie fand er sich damit auch despektierlich behandelt. Man ging herablassend mit ihm um, das war schon vor Antritt der Schiffsreise immer deutlicher geworden. Hatte er das nötig? Nein, hatte er nicht nötig, sagte er sich, und als er dann übers Wasser ging, vergaß er den Kollegen Schopenhauer mitsamt seiner Wach- und Schließgesellschaft fast vollständig. Und auch Unamuno fiel ihm erst wieder ein, als sie vor Fuerteventura anlegten. Er ging allein von Bord, das Ehepaar Gantenbein zeigte sich unpässlich, was offiziell nur Herrn Gantenbein anzusehen war, der seit Tagen trotz Windzufuhr und Gischtspritzern eine merkwürdig ungesunde Gesichtsfarbe hatte; streifig sah er aus, bei bestimmten Lichtverhältnissen wirkte er, den Fitzroy ja als straffen Herrn in den besten Jahren kennengelernt hatte, wie im Schnelldurchgang gealtert. Gerda machte sich Sorgen, die sie ihm auch mitteilte; er war ja inzwischen zu einem Vertrauten geworden, der, was gefühlte Wirklichkeiten anging, eine ähnliche Sichtweise wie die Gantenbeins pflegte, die sich selbst genügten und es verschmerzen konnten, wenn von ihnen in den Anwesenheitslisten nur noch der Name eines Alleinreisenden geführt wurde, der nachts schweratmend in seiner Einzelkabine lag und erlöst werden wollte. Was nicht anwesend ist, ist es manchmal dadurch gerade sehr, dachte Fitzroy. Wer hatte das gesagt, und warum? Schopenhauer jedenfalls war es nicht. Ein Walser hatte das gesagt, fiel ihm ein, aber welcher Walser? Martin, wohl kaum, dann schon eher Robert Walser, der, soweit er wusste, ein genialer Kauz gewesen war. So wie er; er war auch ein Kauz, aber nicht genial, nein, das nicht. Damit konnte er umgehen; schon immer.

Fitzroy betrat den kargen Inselboden von Fuerteventura als Einzelgänger. Ohne die Gantenbeins drängte es ihn nicht, in ein Taxi zu steigen und sich über Land fahren zu lassen. Zudem war es warm, sehr warm; wie konnte man im Januar nur so aufheizen. Dabei hielt sich die Sonne eigentlich noch bedeckt, es war dunstig: Wäre Fitzroy Wetterexperte mit Arbeitsschwerpunkt Kanaren gewesen, hätte er darauf getippt, dass sich der Dunst auflösen ließ und verschoben wurde, in etwa zwei, drei Stunden oder viereinhalb

Tagen. Er war aber kein Wetterexperte, weder für die Kanaren noch für Frankfurt am Main, wo es eine Schöne Aussicht gab, in der man sogar wohnen konnte. Die Aussicht, die ihm hier geboten wurde, war allerdings nicht so schön. Eine heruntergekommene Mole, ein paar ältliche Kähne, die mühsam vertäut, im öligen Wasser schaukelten, dahinter, schon vom Dunst eingehüllt, das große Kreuzfahrtschiff, das jetzt gar nicht mehr so groß wirkte. Fitzroy saß auf einer Bank, schaute aufs Meer, alles ruhig, er schwitzte wie ein Reiseschwein. Im ARIELA-Tagesprogramm, dem die nötigsten Informationen über die Insel, auf der er gerade hockte, vorangestellt waren, las er »*Afrika am nächsten* liegt Fuerteventura, die zweitgrößte Insel der Kanaren. Und mit ihren berühmten Sand- und Wanderdünen ist Fuerteventura der Sahara auch am ähnlichsten. Der Sand der scheinbar endlosen Dünenlandschaften besteht zu großen Teilen aus feinstem Muschelkalk, nur ein kleiner Teil wurde vom afrikanischen Kontinent herüber geweht. Die Insulaner legen großen Wert darauf, über mehr eigenen als Saharasand zu verfügen. Welchen der 150 Strände Sie für einen herrlichen Badetag wählen, sei dabei Ihnen überlassen. Im Inselinneren Fuerteventuras erwarten Sie weite Berglandschaften, traumhafte Täler und idyllische Bergdörfer. Bei Wanderungen, Fahrradtouren oder Inselrundfahrten bieten sich Ihnen ungeahnte Weitblicke.«

Nein. Wanderungen und Fahrradtouren brauchte er nicht. Ungeahnte Weitblicke wären zwar willkommen gewesen, aber dazu hätte man ihm den Dunst auflösen müssen. Seufzend erhob er sich und tappte nach Puerto del Rosario hinein, der kleinen Hauptstadt dieser wüstenhaften Insel. Dort wurde es überraschenderweise etwas besser. Kleine Windstöße kamen um die Ecke, er setzte sich in ein Straßencafé und bestellte eine eiskalte Limonade. Das hatte er ewig nicht gemacht, und prompt stiegen ihm vage Kindheitserinnerungen zu Kopf, was insofern bemerkenswert war, da er meinte, mit allem, was zum Kapitel Jugend in seiner Erwerbsbiographie gehörte, rechtzeitig abgeschlossen zu haben. Aber irgendetwas bleibt halt doch hängen, Splitter des Kindseins, Herzschmerz, weil ihn auf einmal die erste oder zweite Liebe berührte. War das wirklich er, dem es da plötzlich gut ging? Sogar seine Eltern huschten durchs Bild und zogen für ihn einen Kindergeburtstag auf, der es in sich hatte. Jede Menge Freunde, Limo bis zum Abwinken, Fitzroy rülpste, ein bisschen zu laut, so dass ihn vom Nebentisch ein älteres, vermutlich sehr deutsches Ehepaar mit indigniertem Blick bedachte. Lächerlich. Er hatte doch gar keine Freunde gehabt, schon gar nicht in der längst abgelegten Jugend, und seine Eltern richteten keine Kindergeburtstage aus, sondern betrieben eine Heimwerkstatt für Lieblosigkeit.

Wenig später war er im *Hausmuseum Miguel de Unamuno.* Eigentlich wollte er gar nicht rein, zu viel Limonade im Wanst, ständig lösten sich Rülpser, vermutlich war das Gesöff schon zu Unamunos Tagen auf Flasche gefüllt worden; das Haltbarkeitsdatum, um das man sich damals, auch aus Umweltgründen, nicht scherte, war schon ein paar Tage überschritten, es ging nur noch ums Überleben. Fitzroy aber hatte keine Wahl, so kam es ihm vor, und tatsächlich überzeugte ihn das kleinste Museum, das er je gesehen hatte, von Anfang an durch eine dezent herabgestimmte Empfangsatmosphäre. Zudem war es, im Vergleich zur Saharaluft draußen, wohltuend kühl. Und schattig, hier konnte man es aushalten, was sich auch wohl der Dichter seinerzeit gesagt hatte; man kann an wesentlich unangenehmere Orte verbannt werden, und so könnten ihm die fünf Monate, die er auf Fuerteventura verbrachte, letztlich wie im Flug vergangen sein; wer weiß das schon, wir sind nicht dabei gewesen. Fitzroy war der einzige Besucher im Museum, bis er einen stämmigen Herrn in kurzen Hosen entdeckte, der lautlos vor sich hin murmelte und unentwegt Fotos schoss. Das fand er übertrieben; nichts gegen das schnucklige kleine Museum, aber eine Überfülle lohnender Motive gab es hier nicht. Fitzroy war kein Fotograf, war es nie gewesen; er hatte sich früh eine Ideologie des besonderen Sehens zurechtgelegt, bei der man nicht auf Hilfsgeräte setzte, sondern dem zweiten, dem nachkartenden Blick vertraute, der absolut offen ist für die spät einsetzende Erinnerung. Kurz darauf verabschiedete sich der Fotograf, er schüttelte erst der Museumsleiterin und dann ihm, Fitzroy, die Hand, wünschte in fremder Sprache alles Gute und Glück auf den Wegen. Komischer Vogel. Die Museumsleiterin aber war womöglich gar nicht die Museumsleiterin, sondern nur dafür zuständig, dass jemand da war und sich dem Touristenandrang entgegenstemmte. Freundlich, versteht sich; zuvorkommend, das auch, und mit einer bemerkenswerten Ausstrahlung, die der nicht mehr schwitzende, dafür nun leicht frierende Fitzroy erst jetzt wahrnahm. Was für eine Frau; alterslos, braungebrannt bis ins letzte verführerische Fältchen, mit roten Haaren, durch die sich, wenn man indiskret schaute, feine Graufäden zogen, die aber wie künstlerisches Beiwerk wirkten. Der leicht frierende Fitzroy dachte an die geheimnisvolle Person, die ihm seit einiger Zeit Botschaften zukommen ließ, aus denen eigenartige Gefühle zu ihm aufstiegen; es war ja längst so, als wäre er erkannt und durchschaut. Und geliebt, lachen Sie nicht; man konnte sich das doch einbilden, was umso einfacher war, da sich die dazugehörige Person noch immer rar bis zur Unsichtbarkeit machte. Vielleicht war es ja diese Frau hier im kleinsten aller Museen; sie war ihm nachgestiegen, hatte ihn immer und ewig schon im Blick gehabt, und nun, nach den Einflüsterungen und verfänglichen Grußbotschaften, die ihm zugesteckt worden waren, hielt sie es für richtig, sich zu zeigen und zu offenbaren. Ja, diese Frau, mochte sie nun Museumsleiterin sein oder Freischaffende der Liebe mit bewegter, aber eben auch wachsamer Vergangenheit, zeigte sich ihm nun in ihrer ganzen Schönheit und Unverfänglichkeit. Fitzroy schaute sie an, keineswegs indiskret, das ging ja jetzt nicht mehr, jetzt wurde es ernst, es ging ums Große und Ganze; seine Freiheit, in der er sich nie besonders frei gefühlt hatte, wurde feierlich zu Grabe getragen. In einem Museum, das passte. Er fror nun heftiger, fast konnte man meinen, dass er Fieber hatte; Glücksfieber, das nur dann auftritt, wenn die Glücksmüdigkeit einmal nicht mehr müde macht, sondern daran erinnert wird, dass es ein Leben vor der Müdigkeit gibt, in dem sich das nachfolgende Glück womöglich sogar erzwingen lässt. Fitzroy schaute, aber die schöne fremde Frau war auf einmal weg. Wieso das denn, hatte sie Feierabend, der in Spanien schon mal gern auf den Mittag vorverlegt wird, und zwar für Stunden? Fitzroy kannte sich da aus. Er ging noch mal das Museum ab, eine Sache von zwei, drei Minuten – keine Frau. Ehe er richtig enttäuscht sein konnte, trat er hinaus; nicht vor die Tür, sondern in den Innenhof des Museums, der wie eine knapp bemessene Freilichtterrasse war, auf die nur kam, wer sich empfangsbereit zeigte. Das war er, und zwar schon lange, eine ganze Ewigkeit wartete er ja, was im Rahmen des Erträglichen blieb, wenn man nicht so recht wusste, auf wen man wartete. Es musste zudem keine schöne, für ihn bestimmte Frau sein; eine Offenbarung wäre auch willkommen gewesen, die über ihn kam, hoch aus dem Licht, in das er jetzt nicht hinaufschauen konnte, weil das Licht zu hell war, fast schneidend, oder sollte man sagen: zu einschneidend. Außerdem hatte er ja damals, wie er im Rückblick erkannte, seine Sonnengläser nicht dabei. Überhaupt war es in diesem Moment mit seiner Beweglichkeit, die sich auf dem Schiff zwar stark verbessert hatte, aber noch im Vorfeld produktiver Gemächlichkeit verblieb, nicht weit her; er stand in seiner Erleuchtung wie angewurzelt, kam nicht vor und zurück, wollte auch gar nicht vor und zurück, sondern nur bleiben, und zwar für immer. Er fror noch immer. Wurde dabei jedoch von Wärme eingehüllt, die ihm in sanften, fast kitzelnden Schüben den Buckel runterrutschte. Eine Offenbarung also, was sonst; ihre Botschaft verstand er sofort, denn sie bedeutete ihm, dass alles gut war, er musste sich keine Sorgen machen, sein Gastspiel auf Erden war, wenn man nicht kleinlich dachte, aufs wundersamste inszeniert und würde bald zu Ende gehen. Musste man deshalb traurig sein? Nein, musste man nicht. Er war ein Beschenkter, von dem man keine Danksagungen erwartete. Vermutlich hatte er jetzt, als Adressat dieser alles in allem unspektakulären Offenbarung, schon wieder feuchte Augen bekommen.

»Nicht weinen, mein Kleiner«, hörte er da eine Stimme. Sie kam ihm bekannt vor. Eine verführerische Stimme, ein wenig belegt, mit rauem Unterton und Akzent. Ganz nah kam die Stimme an ihn heran, flüsterte ihm ins Ohr, da stellten sich doch glatt die Rückenhärchen auf. Er wäre jetzt so kühn gewesen, sich umzudrehen und die Frau zu umarmen. Ging aber nicht, denn er hing ja noch immer fest, in der Helle des Mittags, noch gab ihn die Offenbarung, die ihm jetzt zusehends langweilig erschien, nicht frei. Feuchte Augen, peinlich, noch immer, was wohl auch die Unbekannte fand, die sich auf einmal an ihm zu schaffen machte. Keine sexuelle Handlung, das leider nicht, nicht einmal der Anflug einer willkommenen Belästigung, im Eingangsbereich der Hose blieb es ruhig; nein, man nahm ihm, zugegeben: fast zärtlich, die Brille ab. »Du musst aufpassen mit deinen Augen, Kleiner«, sagte die Stimme. »Es hat schon seinen Grund, dass dir so oft die Tränen kommen. Mit der allgemeinen Weltlage hat das nichts zu tun, so viel kann ich dir verraten. Wir könnten uns Sorgen machen, wollen dich aber nicht beunruhigen.«

Was sollte das denn? Eine solche Bemerkung trug dazu bei, dass der Zauber verflog, und zwar zügig; die eben noch selige Starre, die über ihn verhängt worden war, begann sich zu lösen. In den Beinen, die ihm ja, auch damals auf Fuerteventura, wehtaten, wenn er nicht übers Wasser ging, kribbelte es; sein Kopf, in der Innenhofsonne schwer geworden, wurde ihm zurechtgerückt, schließlich konnte er wieder gehen. Er schaute sich um, was aber einigermaßen zwecklos war, denn ohne Brille sah er fast nichts, am wenigstens die zeitlos schöne Frau, die sich zwischenzeitlich abgesetzt hatte, als hätte es sie nicht gegeben. Auf dem Weg zum Ausgang, den er bestenfalls vom Hörensagen kannte, stieß er an einen Schreibtisch und eine Truhe, kam haarscharf am historischen Schrank vorbei, blieb dabei aber kurzfristig im gewellten Originalteppich hängen, über den Unamuno gegangen war; zu guter Letzt rempelte er sogar einen eher kleinen Mann an, das war der Dichter selbst, den man in seinem Hausmuseum als Statue abgestellt hatte, auf dass sich die Besucher, von denen es noch immer nicht viele, ja im Moment eigentlich wieder gar keine gab, ein Bild davon machen konnten, wie er ausgesehen haben konnte, wenn er denn so vor sich hin dachte und bereit war, Neues, das immer auch Altes ist, auszuhecken.

Bevor Fitzroy größere Schäden anrichten konnte, fand er, halbblind, den Ausgang, immerhin. Am winzigen Kassenhäuschen hatte man seine Brille abgelegt, dazu einen gelben Zettel, auf dem zu lesen stand: »Ich erwähnte es schon: Du bist so herrlich hilflos, wenn dir einer die Brille klaut, mein Schatz. Pass gut auf sie auf. Vielleicht kommt ja der Tag, an dem du sie nicht mehr brauchst. Dann siehst du endlich, was zu sehen ist.« Quatsch, dachte Fitzroy, verarschen kann ich mich selber. Wenig später, am Rande der

Außenwelt, sah er dann sein Schiff, es lag da klar und geschliffen wie auf dem Trockendock. Der Dunst hatte sich verzogen, nun gab es kein Halten mehr und keine Tränen.

Dritter Teil
Das Lied von der Heimkehr

»Ob sich nicht das Gefallen an der Bilderwelt aus einem düsteren Trotz gegen das Wissen nährt? Ich sehe in die Landschaft hinaus: Da liegt das Meer in seiner Bucht spiegelglatt; Wälder ziehen sich als unbewegliche stumme Masse an der Kuppe des Berges herauf; droben verfallene Schloßruinen, wie sie schon vor Jahrhunderten gestanden haben; der Himmel strahlt wolkenlos, in ewiger Bläue. So will es der Träumer! (...) Er muß vergessen, um sich den Bildern zu überlassen. An ihnen hat er Ruhe, Ewigkeit. Jede Vogelschwinge, die ihn streift, jeder Windstoß, der ihn durchschauert, jede Nähe, die ihn trifft, straft ihn Lügen. Aber jede Ferne baut seinen Traum wieder auf, an jede Wolkenwand steht er gelehnt, an jedem erleuchteten Fenster erglimmt er von neuem ...«

Walter Benjamin

Im Gegenlicht

Es gab ein Buch, das Fitzroy, der an sich nicht mehr viel las, kürzlich sehr gerne gelesen hatte: *Winklers Traum vom Wasser* hieß es, stammte von einem amerikanischen Autor mit deutsch klingendem Namen und war eigentlich zu dick, als dass es ihn, der inzwischen, warum auch immer, an die Vorzüge sparsam besetzten Wissens glaubte, neugierig gemacht hätte. Dann aber nahm er das Buch doch zur Hand und wurde in eine Geschichte hineingezogen, in der es, wie der Titel schon anklingen ließ, fast durchweg um die Allmacht des Wassers ging, das die Menschen, die bei weitem nicht so viel kapieren, wie sie zu kapieren meinen, in einer Weise am Leben hält, von der sich nur hochachtungsvoll und mit Angst sprechen lässt. Der Roman war gelehrt, aber nicht mit schlauen Fakten überbelegt, ja, er vermittelte eine Spannung, von der sich sagen ließ, dass sie letztlich aus dem Leben gegriffen war. Fitzroy brauchte knapp anderthalb Tage, dann hatte er das Buch, das er eigentlich gar nicht lesen wollte, gelesen und war danach, für etwa eine Stunde, wie erschlagen; er fühlte sich klein und hässlich, und die Philosophie, die er ja noch immer zu vertreten hatte, kam ihm so entbehrlich vor, dass davon nicht mehr zu reden, sondern nur noch zu schweigen war. Ging aber nicht; er war ja noch im Dienst. Die Schopenhauerianer, die ihm einen Termin genannt hatten, den zu versäumen, aus nüchternen, auch finanziellen Gründen, nicht angeraten schien, warteten; er musste sich, früher oder später, entscheiden. Lieber später, dachte er, oder noch besser: gar nicht. Es passierte zudem Kurioses: Winklers Traum vom Wasser griff auf ihn über, war aber deutlich bescheidener angelegt und beschränkte sich auf wiederkehrende Tag- und Nachtträume vom Meer, das kein Riesenmeer war, sondern ein Stück deutscher Nordseeküste. Der Ort, in dem er sich befand, kam ihm bekannt vor; einen Namen konnte er nicht nennen, hatte dafür jedoch das Wesentliche vor Augen. Er wohnte in einem eigens für ihn bereitgestellten Häuschen hinterm Deich, der für Freunde freier Sicht störend war, in dieser Gegend aber, in der das Wasser eher flach und brackig ist und sich gern am Horizont verliert, als unverzichtbar gilt; schließlich hatte es auch immer wieder Sturmfluten gegeben, was Fitzroy in seinem Traum kaum glauben konnte, denn er saß meist auf einer Holzbank vor dem Häuschen und führte nichts Böses im Schilde. Aber eigentlich auch nichts Gutes; seine Gedanken kamen auf angenehme Weise zum Erliegen. Ab und zu erhob er sich, verließ den kleinen Garten, der zum kleinen Haus gehörte, überquerte eine Straße, auf der gelegentlich schweigsame Leute zu sehen waren, und erstieg über eine Treppe die Süd- oder Nordostwand des Deiches. Oben angekommen, wurden dann auch die Freunde des freien Blicks bedient: Man sah jede Menge Grasland, meist ein wenig abschüssig und mit den Hinterlassenschaften von Kühen oder Schafen gesprenkelt; vermintes Gelände, man musste aufpassen, wenn man die Abkürzung über die Wiesen nahm, um auf einen steinigen Weg zu gelangen, der an einer Art Kanal entlang hinaus zum Wasser führte, das nur bei Flut respektabel wirkte; dann gab es Wellenschlag und Gischt, und in naher Ferne hingen Schiffe fest, die sich aber, schaute man nur lange genug hin, langsam in Bewegung setzten. Riesengroß waren die Schiffe nicht, eher kompakt, und sie hatten auch keine Passagiere an Bord, sondern Ladungen, über die man besser nichts erfuhr. Ein wenig fror Fitzroy in seinem wiederkehrenden Traum, aber es war ein angenehmes Frieren; er wurde in eine Behaglichkeit versetzt, die nur zu widerrufen war, wenn der Traum zu Ende ging und er wieder einen Tag annehmen musste, den er nicht bestellt hatte.

Das fiel ihm indes gar nicht mehr schwer; er nahm, was kam, und freute sich an den kleinen Dingen. Welche waren das? Egal; es ging seinen Gang. An diesem Morgen zum Beispiel, der sommersonnig war, stand er auf, als gäbe es viel zu tun. Gab es aber nicht; er hatte keine Termine, soweit er wusste, er musste keine lästigen Klienten begrüßen, keine Gespräche führen, seine Kolumne war geschrieben, wobei er schon nicht mehr wusste, was er geschrieben hatte. Als er ins Bad ging und sein Spiegelbild nicht länger beäugte als unbedingt nötig, hatte er allerdings gedacht, dass er sich mal wieder fordern müsse und tatsächlich etwas schreiben sollte; keine poplige Kolumne, sondern ein größeres, weitgehend geniales Werk. Vielleicht war Stubenrauchs Idee, sich an einer Vergangenheitsverklärung zu versuchen, gar nicht so abwegig; wie oft hörte man schließlich den Stoßseufzer *Das waren noch Zeiten*, und nicht immer, ja sogar eher selten war das ironisch gemeint. Mit einem Buch, das sich diesem Thema widmete, wäre er sogar mehrheitsfähig, und zwei Leser hätte er auch, nämlich Stubenrauch und Dr. Leisegang, der das Buch auf hoher See lesen würde, während sein Schiff im Automatikmodus irgendwo hinfuhr, wo es schön oder auch nicht so schön war, unter einem großen Himmel, den man auf See vertrauenerweckender fand als an Land. Fitzroy seufzte und wischte sich ein Tränchen, nur eines, aus dem linken Auge. Warum nur ein Tränchen, und warum war es ihm ins linke und nicht ins rechte Auge geraten? Woran er nicht so gern dachte, war, dass sich sein Verdacht, schleichender Sehkraftminderung ausgesetzt zu sein, zu bestätigen schien. Manchmal musste er regelrecht stieren, um im gewohnten Sichtfeld Ergebnisse zu erzielen. Lag es nur an der Brille, die, wie ihr Träger, in die Jahre gekommen war? Oder hatte er den gelben, grünen oder grauen Star, und man musste ihn operieren. Keine Sache, hörte er den behandelnden Arzt sagen, keine Sache, das ist heute Routine. Danach machte man sich an ihm zu schaffen, es tat nicht weh, und es dauerte nicht lange, aber am Ende war er blind. Das wollte er sich nicht weiter ausmalen; lieber etwas Angenehmeres aufrufen: Wie gern wäre er wieder auf See gewesen und übers Wasser gegangen. Er hatte gelesen, dass man sich Eigentumswohnungen auf Kreuzfahrtschiffen kaufen konnte; in bester Lage, versteht sich, allerdings nicht ganz billig. Und die Wahrscheinlichkeit, dass ihm die Internationalen Schopenhauer Gesellschaft eine solche Wohnung finanzieren würde, war gering; eher schmiss man ihn raus.

Inzwischen war er ausgehfertig, ein Energieschub setzte ihm zu. Er musste ins Freie, ihm war danach. Hinunter zum Main, auf staksigen Beinen. Noch immer hatte er sich nicht wieder an den Landgang gewöhnt; der harte Untergrund, ohne wasserwellenleichte Besänftigung, die ihm auf See stille und wiederkehrende Lust bereitet hatte, triezte ihn mit Schmerzen, an die man sich zwar gewöhnen konnte, die aber vollkommen überflüssig waren. Er setzte sich auf seine Bank. Seine Sonnengläser hatte er nicht dabei, so dass er blinzeln musste. Nervöse Zuckungen. Besser also die schon lange kranken Augen schließen. »Ach, hallo, wie geht's denn so?«

Eine Stimme, eine weibliche Stimme, sehr angenehm. Er öffnete die Augen. Im Gegenlicht sah er eine Frau, die er, jetzt in diesem ihm gegebenen Moment, schön fand. Sie war nicht jung, die Frau, aber auch noch lange nicht alt. Ihre Haare schimmerten in einem schwachen, von sanftem Grau durchwirkten Rot. Die verhuschte Museumsleiterin, die sich auf Fuerteventura vor ihm davongemacht hatte. Quatsch. Warum in die Ferne schweifen. Er kannte diese Frau, aber – doch nicht so. »Franzi?«, sagte er, krächzte dabei etwas, wie es bei Leuten geschieht, die nicht viel Gelegenheit haben zu reden, immerhin aber noch darauf achten, in der Öffentlichkeit nicht das Wort an sich selbst zu richten; in der eigenen Wohnung war das ja, wie Fitzroy aus Erfahrung wusste, inzwischen erlaubt. »Ich hätte Sie gar nicht wiedererkannt«, sagte er. »Haben Sie sich möglicherweise ein wenig verändert?

»Ein wenig. Eigentlich war ich aber nur beim Friseur.«

»Zu dem sollte ich vielleicht auch mal. Auf jeden Fall sehen Sie prima aus, wenn ich das mal so ungeschützt sagen darf.«

»Dürfen Sie. Man hört es nicht ungern. Vielleicht liegt's aber auch nur am Licht. Irgendwie kommt es mir schon ein bisschen vor wie Frühherbst.«

Nein, diese Frau konnte nicht Franzi sein, Franzi aus der Wetterau. Vorsichtig blinzelte Fitzroy zur Seite. Eine schöne Frau, zweifellos, aber konnte sie sich für ihn so verändert haben? Er wollte es wissen, obwohl ihn die Sache eigentlich nichts anging. Er räusperte sich. »Was macht denn Odysseus?«, fragte er.

»Sie meinen Herkules.«

»Ja, Herkules, sag ich doch.«

»Er ist wohlauf, soweit wir das beurteilen können. Direkt mitteilen kann er sich ja noch nicht. Bis jetzt ist er nur gekrabbelt, meist nur, wenn man ihn angeschoben hat. Ich glaube aber, dass er schon bald, sehr bald laufen wird. Morgen oder übermorgen zum Beispiel. Das wird dann der erste Protestmarsch seines Lebens. Er bewegt sich nun mal nicht so gern.«

»Halten Sie mich auf dem Laufenden«, sagte Fitzroy. Er schwitzte und war merkwürdig nervös. Fest stand, dass er diese Frau bis vor kurzem mit ganz anderen Augen gesehen hatte. Nun aber. Stand er auf, nahm die Brille ab, wischte sich mal wieder ein Tränchen ab.

»Was ist denn los«, sagte Franzi, wenn es denn Franzi war, aus der Wetterau, »haben Sie Kummer? Wenn ja, warum? Sprechen Sie sich aus, alte Damen wie ich können, wenn sie in Form sind, nicht nur zu viel reden, sondern auch ganz gut zuhören.«

»Sie«, sagte Fitzroy und merkte, dass er eine rote Birne bekam, was man aber nicht als verräterisch interpretieren musste, sondern auf die Sonne schieben konnte. »Sie mögen alles Mögliche sein, aber Sie sind keine alte Dame!«

»Was denn nun, nicht alt oder keine Dame?« Franzi lächelte. Er stand vor ihr, fühlte sich wie ein Hungerkünstler, den man wieder an feste Nahrung gewöhnen musste. »Wir sehen uns«, sagte er matt. »In diesem Leben, an diesem Fluss und, wenn möglich, auch bei dieser Bank. Das ist keine Drohung, sondern ein Wunsch.«

»An mir soll's nicht liegen«, sagte Franzi.

Wenig später war fast alles wieder normal. Fitzroy schaute verstohlen zurück, Franzi saß noch immer auf der Bank, sie sah ihm nach, schien es, aber diese Vermutung verwarf er gleich wieder. Warum sollte sie ihm nachschauen, einem wie ihm, den man sein Leben lang nicht mal ansatzweise als attraktiven Mann hätte bezeichnen können. Oder doch. Einige Erinnerungsreste strampelten sich gerade in seinem Kopf frei, verweigerten aber nach wie vor die Aussage. Also, warum hätte man gerade ihm nachschauen sollen; allenfalls aus purer Erleichterung. Oder gar nachpfeifen. Fitzroy grinste, die Beine taten ihm weh, bekamen aber von oben Erleichterung zugesprochen, unhörbar, versteht sich; er hatte jetzt nicht mehr einen staksigen, sondern einen beschwingt staksigen Schritt, das ist ein feiner Unterschied. Komisch. Seltsame Gefühle, die sich da spät, aber nicht zu spät in ihm aufbauten. Eher zufällig stand er auf einmal vor einer Anlagestelle. Ein Ausflugsschiff mittlerer Größe wollte gerade ablegen, die Gangway war noch nicht eingezogen. »Halt«, rief Fitzroy, »kann ich noch mit?«

»Wo wollen Sie denn hin?«

»Keine Ahnung. Wo wollen *Sie* denn hin?«

»Wir fahren mainabwärts. Ein Stündchen ungefähr, das muss reichen. Nächster Halt Gerbermühle.«

Es geht nichts über eine gesunde Halbbildung, wusste Fitzroy. Deswegen war ihm auch noch präsent, dass die Gerbermühle ein traditionsreiches Frankfurter Ausflugsziel war, eng verbunden mit dem Namen Goethe, der ja noch immer, und zwar unangefochten, als der prominenteste Frankfurter galt, vor Schopenhauer, Adorno, Frankfurter Würstchen und der Frankfurter Eintracht, zu deren Fans sich Fitzroy, wenngleich nicht mehr sehr glühend, immer noch rechnete, wobei die Verächter der Eintracht, von denen es bundesweit unverschämt viele gab, zwischen Frankfurter Würstchen und der Frankfurter Eintracht keinen großen Unterschied erkennen konnten. Das Schiff war nicht gerade überlaufen, trotz des nach wie vor einladenden Wetters, es gab Sitzplätze am Oberdeck und auch in der einen oder anderen Nische an Steuerbord. Fitzroy hätte sich also irgendwo hinhocken können; tat er aber nicht. Wenn er schon mal wieder auf einem Schiff war, wollte er ausprobieren, ob sich auch auf einem Ausflugskahn jener Zauber wieder aufrufen ließ, den er auf See verspürt hatte. Er ging also übers Wasser, von hinten nach vorne, zurück, drehte die eine oder andere Runde in der Mitte, was aber insgesamt nicht lustfördernd wirkte. Zwar spürte er sanfte Vibrationen, die ihm an die Füße kamen, nicht unangenehm, das nicht, aber doch irgendwie schwächlich. Kein Wunder, dachte er, auf einem knapp mittelgroßen deutschen Fluss muss es ja anders zugehen als auf einem Weltmeer, was konnte er da erwarten. Nichts konnte er da erwarten, er machte aber weiter und die Ausflügler, die mit ihm an Bord waren, wurden erst nervös und dann ärgerlich. »Mensch Alter«, kam ein Zuruf, »hock dich hin!« Krach mit den anderen Passagieren wollte er nicht, dazu war er zu gut gelaunt. Er fand einen Platz am Heck. Das Mainufer glitt vorüber, in gemächlichem Tempo; gab es nicht auch Leute, ältere bis sehr alte zumeist, die Flusskreuzfahrten ganz prima fanden, weil es bei denen angeblich entschleunigter und nicht so hektisch zuging wie auf hoher See? Welche Hektik, dachte Fitzroy, ich erinnere mich nur an eine ausgeklügelte Lahmarschigkeit, die mich damals umfangen hielt. Damals? Wie lange war es her, dass er übers Meer gefahren und ihm ein Tag wie der andere zugefallen war, er hatte fast gar nichts dafür tun müssen. Tatsächlich hatte sich seither auch sein eigenes Zeitverständnis verschoben, es neigte zum Lässigen hin, wobei er Termine wie unerwünschte Querschüsse wahrnahm. Du musst dein Leben ändern, dachte er, und ihm fiel ein, dass diese eingängige Aufforderung schon in der antiken Philosophie zu vernehmen war. Wer hatte das gesagt? Auf jeden Fall war es von einem ebenso umtriebigen wie verkaufsstarken zeitgenössischen Denker zum Titel eines Buches gemacht worden, das prompt zum Bestseller wurde. Frechheit. Der Mann war doch vorher und noch immer erfolgreich, hätte er sich da nicht endlich mal zurückhalten können. Wer hat, dem wird gegeben; das ist nicht nur in der Welt der Reichen und Schönen so, sondern auch auf dem Büchermarkt, von dem er gelesen hatte, dass seine Entwicklung zu allerlei Sorgen Anlass gebe. Fitzroy machte sich keine Sorgen, und er sagte sich, dass er auch sein Leben nicht ändern müsse; wenn's denn sein sollte, konnte das von anderer Stelle aus für ihn besorgt werden. Franzi aus der Wetterau. Warum war sie immer nur in Frankfurt am Main und nicht in der Wetterau? Wenn er Glück hatte, würde er das noch herausfinden. Vielleicht sagte sie es ihm auch irgendwann, flüsterte es ihm gar ins Öhrchen. Fitzroy lächelte, er hatte die Augen geschlossen und sah einfältig, ja wohl sogar leicht dämlich aus.

Man muss nicht reden, um den Faden zu verlieren, das lässt sich auch im Kreisverkehr der Gedanken anstellen. Die zu schwachen, viel zu schwachen Vibrationen des Schiffes, die ihm beim kurzen Gang über den Fluss kaum Erleichterung gebracht hatten, wurden jetzt, da er leicht in sich zusammengesunken an der Reling hockte, auf einmal stärker; sie drangen durchs Holz, oder war's Plastik, und machten sich an seiner Sitzfläche zu schaffen; kein ganz unangenehmes Gefühl.

Dann legten sie auch schon an der Gerbermühle an. Früher ein lauschiger Ort, den Goethe und die geheimnisvolle und wohl auch talentierte Marianne von Willemer für ein lyrisches Zwiegespräch mit Hintergedanken nutzten, aus dem schließlich, sagte ihm seine gesunde Halbbildung, der *West-Östliche Divan* hervorging, war die Gerbermühle ungefragt ins Moderne, wenn nicht gar Postmoderne befördert worden; also nicht mehr so lauschig, wohl aber noch ansehnlich. Ein nicht ganz billiges Restaurant wartete dort jetzt auf zahlungskräftige Kundschaft, aber man konnte es auch preiswerter haben und draußen sitzen, einfach so, einen oder zwei Drinks nehmen, und aufs mild bewegte Wasser schauen. Wer noch nicht müde war, wurde es jetzt; Fitzroy versuchte die Augen aufzuhalten, er saß im Halbschatten, es waren wenige Gäste da. Er bestellte sich ein Stück Schwarzwälder Kirschtorte und dachte an seinen früheren Lieblingskonditor, wie hieß der denn, und wo waltete er seines Amtes. Es war ihm, wie so vieles andere auch, entfallen; dabei hatte er, just in diesem Augenblick, ohnehin den Verdacht, dass seine Erinnerung eine vorzeitig dement gewordene Lügnerin war. Nichts stimmte wirklich, er hatte sich, wie einige Politiker und Öffentlichkeitsträger auch, eine lieblos geschönte Erwerbsbiographie zurechtgelegt, in der Lug und Trug schon mit Blick auf seine Kindheit, bevorzugt auch mit Bewertung der eigenen Eltern, einsetzte. Warum war das so? Ihm hatte doch niemand etwas getan, er musste sich nicht in einen Bunker künstlich zusammengehaltenen Selbstwertgefühls verkriechen, in dem er als alleiniger Bewohner nur noch das glaubte, was irgendwann mal als zu ihm gehörig, vor allem aber als wahrheitsähnlich ausgegeben worden war. Damit würde er Schluss machen; jawoll, er stach das Tortenstück an, das nicht schlecht war, aber mit der legendenumwobenen Schwarzwälder von 1875, an die er sich noch so schön trügerisch zu erinnern meinte, natürlich nicht mithalten konnte.

Später, als er an der Anlegestelle auf ein Schiff wartete, das ihn zurückbringen sollte, aber lange nicht kam, flatterte, bewegt von einem milden jahreszeitunabhängigen Wind, ein Fetzen Papier durch die Lüfte, offenbar abgerissen von einem Blatt, mit dem das Gasthaus seine ruhmreiche Vergangenheit beschwor. Fitzroy griff zu und las den Rest einer schönen Botschaft, die von Herrn von Goethe oder der begabten Marianne v. W. stammte, nun aber eindeutig ihm galt: »Was so willig du gegeben / Bringt dir herrlichen Gewinn / Meine Ruh, mein reiches Leben / Geb ich freudig, nimm es hin.«

Geht's noch?

Sehr geehrter Herr Kümmerling,
Sie haben ja noch immer, dankenswerterweise, mein kleines Schopenhauer-Buch im Programm; allein dafür gebührt Ihnen Anerkennung und Respekt. – Mir sei nun der Hinweis gestattet, dass ich ein neues Projekt ausgebrütet habe, das sich im Arbeitstitel »Das waren noch Zeiten – Eine Vergangenheitsverklärung« nennt. Darin geht es, wie der Titel schon anklingen lässt, um eine Art Lobpreisung der uns abhandengekommenen Zeiten, die wir nicht zurückbekommen, wohl aber mit Hilfe sorgfältig ausgewählter Erinnerungen in (mehr oder weniger) kunstvoller Form wieder aufmarschieren lassen dürfen – zu unserem persönlichen Wohlbehagen und, versteht sich, weitab jeglicher Objektivität, die es aber m. E. im historischen Erzählbetrieb ohnehin nicht geben kann. So wird der Tonfall des Ganzen denn auch ein heiterer sein; und milde Ironie darf natürlich ebenfalls nicht fehlen.

Wenn Interesse besteht, kann ich Ihnen ein Exposé nebst Leseprobe einreichen. Beste Grüße Ihr: Egidius Fitzroy

Sehr geehrter Herr Fitzroy, – Ihr Schreiben, für das ich mich bedanke, ist bei mir auf dem Tisch gelandet. Herr Dr. Kimmerling (nicht: Kümmerling) arbeitet nicht mehr in unserem Verlagshaus, er befindet sich schon seit einiger Zeit im wohlverdienten Ruhestand. Was Ihren Vorschlag betrifft, so können Sie mir gerne schicken, was Sie schicken wollen; ich darf allerdings vorab schon hinzufügen, dass es mit den aktuellen Zahlen im Verlagswesen und im Buchhandel nicht zum Besten steht, sie sind eher alarmierend. (Auch Ihre »Praxis Dr. Schopenhauer« könnte, um im Bild zu bleiben, geschlossen werden; die Verkäufe sind mehr als schleppend ...). – Ich will Ihnen aber nicht mehr Wasser in den Wein schütten als nötig; schließlich geht es immer um das einzelne Buch, das wir verlegen oder eben nicht verlegen wollen; eine grundsätzliche und mit Bedacht angegangene Prüfung steht immer am Anfang und kann garantiert werden. –

Mit freundlichen Grüßen
Dr. Mercario Stahlknecht, Verlagsleitung

Mein Lieber! Zuletzt schrieb ich Dir, dass ich mir Sorgen um Dich mache. Das gilt immer noch, geht aber nun in eine Richtung, die uns beiden nicht gut tut – und mich veranlasst, ohne Vorwarnung streng zu sein.

Was ich auf einer Bank am Mainufer zu sehen bekam, hat mir nicht gefallen, ganz und gar nicht ... Du und diese Frau, die nicht zu Dir passt! Ja, geht's noch? Ich weiß, Du hast es an den Augen, aber dagegen kann man etwas tun. Geh zum Arzt, das hilft; sich in Deinem Zustand aber eine späte Liebe ausdenken und ihr nachsteigen, auch wenn es, wie bei Dir üblich, erst mal nur in Gedanken abgeht – das hilft nicht. Zumal es für Dich nur eine späte Liebe gibt, und die bin ich. Merk Dir das. Du wirst Dich entscheiden müssen. Deine Ellie

Sehr geehrte Damen und Herren, – da ich, aus Gründen, die ich kenne, Sie aber nichts angehen, verdächtig gute Laune habe, erlaube ich mir eine Frage: Ihre Frau Dr. Stahlknecht, die mir seit einiger Zeit wohlmeinende, wenn auch im Tonfall nicht immer geschliffene Briefe ins Haus schickte, hat sich zuletzt rar gemacht. Muss man sich Sorgen machen? Ich will doch hoffen, dass es ihr in einer Weise gut geht, die zu ihr passt.

Mit freundlichen Grüßen: Prof. Dr. Dr.hc Egidius Fitzroy

Sehr geehrter Herr Fitzroy!

Frau Dr. Stahlknecht ist erkrankt. Wann sie zurückkommen wird, vermögen wir im Moment nicht zu sagen.

Mit freundlichen Grüßen i. A.: Annelie Schreckensberger-Milch

Eine gute Nachricht, die Sie mir da zukommen lassen, Frau Schreckensberger. Ich danke und grüße: Fitzroy

Lieber Herr Fitzroy, – ich hoffe, Sie leben noch (?). Eine Frage, die ich stellen muss, weil es ja nicht selbstverständlich ist, dass wir leben, obwohl wir, in anhaltender Gedankenlosigkeit, gern so tun, als wäre es das Allereinfachste, dazusein und zu leben – aber lassen wir das.

Ich frage auch deshalb, weil ich länger nichts mehr von Ihnen gehört oder gelesen habe, was aber auch an meinen alt, trüb und stopfig gewordenen Aufnahmeorganen liegen mag. Ich lebe auch noch, aber wie –. Als ich Ihnen das letzte Mal schrieb, war da u. a. von einem runden Geburtstag mitten im Greisenland die Rede; vermutlich erinnern Sie sich nicht mehr daran. Auf jeden Fall haben Sie mir seinerzeit überaus freundlich und liebenswürdig geantwortet; das gab mir Trost und Aufmunterung, die so lange anhielten, wie's denn ging. Jetzt aber geht's nicht mehr, wobei ich an dieser Stelle gleich erwähnen möchte, dass Sie Ihre damalige Ermutigungsrede nicht noch einmal auflegen sollen; nein, bitte nicht. Mein Leben gleicht inzwischen einer Mutprobe, die nicht mehr zu bestehen ist. Man könnte auch, platt und plan, sagen: Ich will nicht mehr. Alles schmerzt nur noch, es knirscht und knackt, die Knochen werden gerade noch so eben zusammengehalten; von wem, weiß ich nicht. Die Familie gibt ihr Bestes, tätschelt meine faltigen Wangen, versucht mich daran zu erinnern, dass ich doch angeblich mal stark und tapfer war und auf Altherrenwitzart auch einen gewissen Humor besessen hätte (harhar!); die Botschaft hör ich wohl (sehr schwach, denn ich hab's natürlich auch an den Ohren), allein mir fehlt der Glaube. (Der fehlt mir wirklich, und zwar: komplett); da bin ich dann doch wohl nach »Ihrem« Schopenhauer geraten. –

Ich will Sie aber nicht mit meinen Befindlichkeiten langweilen, sondern nur um eine Zusage, wenn man so will: sogar um ein Versprechen bitten: Kommen Sie zu meiner Beerdigung?! Ich würde mich, dann im Grab auf westfälischem Boden abgelegt, freuen, sehr freuen. Und seien Sie versichert, dass ich noch mitbekommen werde, wer da auf ebendiesermeiner Beerdigung anwesend ist oder nicht. Das ist nicht als Drohung gemeint, bitte nicht missverstehen.

Die Beerdigung wird auf dem Friedhof in Warendorf stattfinden, einer, wie ich finde, recht anmutigen Stadt im Münsterland. Den genauen Termin sage ich Ihnen dann noch …

Werden Sie kommen? Bitte.

Mit todmüden, aber sehr herzlichen Grüßen

Ihr Carlos Z.

P. S.: Todernst wird's auf meiner Beerdigung nicht zugehen; dafür sorgt schon der bekannte und gefürchtete Männergesangverein *WAF Halbe Lunge*, bei dem ich eine Zeitlang mitgewirkt habe – (meist mit Playback).

Die Jungs werden für mich singen, und danach sieht jeder gern zu, dass er nach Hause kommt. – Ich auch.

Lieber Carlos!

Natürlich komme ich; versprochen. Es wird mir eine traurige Ehre sein.

Schopenhauer hat ein paar schöne Sachen über den Tod gesagt; vielleicht hab' ich das auch schon mal erwähnt; Ihnen gegenüber oder an anderer Stelle. Es besteht also kein Bedarf, mich zu wiederholen, zumal Ihr Brief, der mir feuchte Augen beschert hat – (die ich aber seit einiger Zeit ohnehin habe), von bemerkenswerter Tapferkeit ist. – Warendorf kenne ich im Übrigen; ich erinnere mich an vieles, bekomme es aber, salopp gesprochen, irgendwie nicht auf die Reihe. –

Wenn *WAF Halbe Lunge* mich überzeugt, wovon ich ausgehe, werde ich die Herren auch zu meiner Beerdigung verpflichten. Wann die stattfindet, weiß ich nicht; aber es kann ja bekanntlich ganz schnell gehen – frei nach dem nicht von Schopenhauer stammenden Spruch: Auf einmal wachst du auf und bist tot ...

Zunächst einmal wünsche ich Ihnen aber noch alles Gute, mein lieber Carlos!

Seien Sie umarmt und herzlich gegrüßt von Ihrem Fitzroy

Sehr geehrter Herr Fitzroy!

Wenn man sich als Künstler fühlt – was ein Trugschluss sein mag, auf jeden Fall aber noch nicht strafbar ist – und für sein Tun und Lassen eine von anderer, gern auch von höherer bzw. klügerer Seite beigebrachte Selbstverständigungshilfe sucht, wird man bei Schopenhauer m. E. nicht so recht fündig; zumindest mir ist das so gegangen. Dieser Philosoph weiß, wie es zugeht auf der Welt, und er lässt keine Zweifel zu. Auch seine Philosophie der Künste ist von einschüchternder Klarheit: Die Musik steht bei ihm ganz oben, danach kommen die Dichter und, mit einigem Abstand, schließlich Maler, Bildhauer etc. Oder hab' ich da etwas missverstanden? Was mir bei Schopenhauer fehlt, sind die Nuancen und menschlichen Zwischentöne – wenn Sie verstehen, was ich meine. Wir Künstler sind anfällig, überempfindlich, es zerreißt uns öfter, als dass wir von satter Zufriedenheit eingeschnürt werden. Verzweiflung ist uns nicht fremd, wahrlich nicht. Dennoch will ich nicht auf dem vielstrapazierten Künstlersonderstatus herumreiten; anderen Leuten geht's deutlich schlechter, und Depressionen kommen auch bei Fleischereifachverkäufern, Finanzberatern und Polizeiseelsorgern vor …

Ich verliere den Faden (Künstler halt!). Haben Sie vielleicht einen Tipp, wer sonst noch als Informant für mich in Frage käme? Nietzsche vielleicht?

Mit freundlichen Grüßen
Bruno Bärbeiss

Lieber Herr Bärbeiss!

Ein guter Name, zweifellos; ich nehme an, es handelt sich dabei um ein künstlerisches Pseudonym – ?

Was Sie über Schopenhauer schreiben, ist zutreffend. Der Mann war weder ein Hunger- noch ein Zweifelkünstler; ab einem gewissen Zeitpunkt konzentrierte er sich auf die klare Ansage und hatte damit, wie man weiß, Erfolg, der bis heute anhält. – Nietzsche allerdings, hätte der genau zur gleichen Zeit wie der Meister gelebt, wäre von ihm vermutlich nicht so ganz ernst genommen worden; zu unstet, hätte er geurteilt, zu fremdbestimmt und, nicht zuletzt, auch zu wacklig in seinen Ansichten, die er (Nietzsche) sich gern von hier und dort borgte, aufmöbelte und sprachlich in einer Weise veredelte, die eher den geborenen Dichter erkennen ließ als einen ins Ernsthafte verliebten Denker.

Nietzsche allerdings ist inzwischen locker an Schopenhauer vorbeigezogen; laut einschlägigen Umfragen gilt er als der mit Abstand bekannteste deutsche Philosoph; danach kommen meines Wissens Heidegger, Kant und Hegel. (Schopenhauer rangiert, wenn überhaupt, nur im Mittelfeld.)

Das hat natürlich Gründe, denn Nietzsche ist ein Mann für alle Fälle; bei ihm finden sich pointierte Einsichten zu allen Themen, die man sich unter diesem unserem Himmel ausdenken kann, nicht zuletzt, und damit komme ich, nach etwas bemühtem Einstieg, zu Ihrer Frage: nicht zuletzt auch zu Künstlern und ihrem schwierigen Geschäft, sich selbst und der Welt standzuhalten. – Ich sehe mich nicht als großen Nietzsche-Experte (nicht mal als kleinen), bin aber, zur eigenen Verblüffung, in den eigenen Beständen auf ein Manuskript gestoßen, in dem ich mich mit der von Ihnen angesprochenen Thematik beschäftigt habe – (Auszüge daraus finden Sie in der Anlage). Fragen Sie mich nicht, welche Absichten ich damals verfolgte; ich weiß es nicht mehr, leider, so wie ich auch vieles andere nicht mehr weiß, von dem ich zu hören bekomme, dass es anscheinend mal zu meiner Person gehört hat.

Das gibt zu denken und mündet in einer Einsicht, die ein zeitgenössischer Autor einmal kurz und bündig so formuliert hat: »Ich wirke nicht günstig auf mich« – was wir aber in dieser Stelle nicht weiter vertiefen wollen.

Einstweilen schöne Grüße: – Ihr Fitzroy

»Zwar ist der Künstler auch nur ein Mensch, aber er kann für sich in Anspruch nehmen, vielleicht doch etwas mehr zu sehen als der Normalsterbliche, den er, andererseits, nötig hat als Betrachter und Bewunderer seines Schaffens. Er, der Künstler, bezahlt das mit erhöhtem Leidens- und Erwartungsdruck, er knickt ein vor dem eigenen

Anspruchsdenken, das er jedoch nicht missen möchte. Einbilden kann sich der Künstler viel; er sollte aber nicht eingebildet sein, was im übrigen auch und noch mehr für den zünftigen Philosophen gilt, dem Nietzsche, der ein begnadeter Autodidakt, ein Heimwerker der Philosophie war, ohnehin nicht über den Weg traute: ›(...) gerade euch, ihr Ritter von der traurigsten Gestalt, meine Herren Eckensteher und Spinneweber des Geistes! Zuletzt wißt ihr gut genug, daß nichts daran liegen darf, ob gerade ihr Recht behaltet, ebenfalls daß bisher noch kein Philosoph Recht behalten hat, und daß eine preiswürdigere Wahrhaftigkeit in jedem kleinen Fragezeichen liegen dürfte, welches ihr hinter eure Leibworte und Lieblingslehren (und gelegentlich hinter euch selbst) setzt, als in allen feierlichen Gebärden und Trümpfen vor Anklägern und Gerichtshöfen!‹«

»Was auch immer er bedienen mag, Kleinkunst oder prestigeträchtige Inszenierung, der Künstler muß zu sich selbst stehen, ohne dabei egomanisch oder zur komischen Figur zu werden, der man irgendwann nicht mehr abnehmen möchte, daß sie unentwegt auf Eigenbedarf klagt. Der Mittelweg, der sich dafür anbietet, führt in wachsame Zurückgezogenheit, welcher jedoch eine Gefahr innewohnt: der Künstler schottet sich ab, haust sich ein auf privatem Gelände, das bis vor kurzem noch als öffentliches Bauland ausgewiesen war. Ein solcher Rückzug, der bei gerade noch lebendem Leib stattfindet, führt ins Behagliche; man mag nicht mehr tatkräftig sein, nicht mehr nach vorn schauen und zieht es vor, in aller Bedachtsamkeit zu verklären: ›So treibt es manchen Künstler unvermerkt zu einer Restaurations-Denkweise in Politik und Gesellschaft, für welche er sich, auf eigene Faust, ein stilles Winkelchen und Gärtchen zurecht macht, wo er dann die menschlichen Überreste jener ... anheimelnden Geschichtsepoche um sich sammelt und vor lauter Toten, Halbtoten und Sterbensmüden sein Saitenspiel ertönen läßt, vielleicht mit dem erwähnten Erfolg einer kurzen Toten-Erweckung.‹«

»Mitten im Leben stehen und schon seine Sterbensmüdigkeit pflegen – auch das gehört zum Privilegium des Künstlers, der dafür nicht zu belangen ist. Allerdings muß er damit rechnen, daß sich die Zeiten insgesamt immer weniger um ihn scheren: der Einzelne, der Künstler zumal, darf sich bespiegeln und über Gebühr wichtig nehmen, ja, er kann sogar Sorge dafür tragen, daß er eines Tages Kult wird, aber das ändert nichts daran, daß er auf verlorenem Posten steht – sein persönliches Wohlergehen kümmert die Weltgeschichte nicht, die für das Glück des Einzelnen, wie Nietzsches Kollege Hegel notierte, nur ›ein leeres, flatterndes Blatt‹ bereit hält. So sind wir zwar alle, irgendwann, nur die ›Neandertaler unserer Nachfahren‹, aber bevor es dazu kommt, wird der Künstler erst einmal selbst zum Ausstellungsstück, zur musealen Gedankenfigur: ›Den Künstler wird man bald als ein herrliches Überbleibsel ansehen und ihm, wie einem wunderbaren Fremden, an dessen Kraft und Schönheit das Glück früherer Zeiten hing, Ehren erweisen, wie wir sie nicht … unseresgleichen gönnen. Das Beste an uns ist vielleicht aus Empfindungen früherer Jahre vererbt, zu denen wir jetzt auf unmittelbarem Wege kaum mehr kommen können: die Sonne ist schon hinuntergegangen, aber der Himmel unseres Lebens glüht und leuchtet noch von ihr her, ob wir sie schon nicht mehr sehen …‹«

»Nietzsche hat eine Zustandsbeschreibung abgegeben, die für jeden gilt, der sich in der Kunst behauptet, am Leben zu sein und dabei mehr zu erfahren, als für einen vorgesehen war; wer das Wissen verwirft, um zum Wissen zu kommen, ist ein Kämpfer, dem man, geht das selbstausgedachte Gerücht, nichts mehr vormachen kann: ›Man hat mir etwas vom ruhigen Glück der Erkenntnis vorgeflötet – aber ich fand es nicht, ja, ich verachte es, jetzt wo ich die Seligkeit des Unglücks der Erkenntnis kenne. Bin ich je gelangweilt? Immer in Sorge, immer ein Herzklopfen der Erwartung oder der Enttäuschung! Ich segne dieses Elend, die Welt ist reich dadurch. Ich gehe dabei den langsamsten Schritt und schlürfe diese bitteren Süßigkeiten. – Ich will keine Erkenntnis mehr ohne Gefahr; immer sei das tückische Meer oder das erbarmungslose Hochgebirge um den Forschenden.‹«

»Der Mensch als Künstler, der Künstler als Mensch – er ist sich selbst der Nächste und macht daraus ein Abenteuer, das er, so als könnte man davon süchtig werden, wieder und wieder durchleben will. Es gibt so viele Fragen, aber die Antworten halten nicht Schritt: Vertraut werden mit der eigenen Rätselhaftigkeit – man muß kein Künstler sein, um sich daran zu gewöhnen: ›Der Einsame. – Verhaßt ist mir das Folgen und das Führen. / Gehorchen? Nein! Und aber nein – Regieren! / Wer sich nicht schrecklich ist, macht niemand Schrecken: / Und nur wer Schrecken macht, kann andere führen. / Verhasst ist mir's schon, selber mich zu führen! / Ich liebe es, gleich Wald- und Meerestieren, / Mich für ein gutes Weilchen zu verlieren, / In holder Irrnis grüblerisch zu hocken, / Von ferne her mich endlich heimzulocken, / Mich selber zu mir selber – zu verführen.‹«

»Für Künstler also gilt, was auch für Normalsterbliche gilt, – sie sollten sich bitte nicht zu sehr mit sich selbst beschäftigen, sondern hellhörig sein und wachsam. Dann nämlich, glaubte zumindest Nietzsche zu wissen, werden ihnen, bei passender, manchmal auch bei unpassender Gelegenheit, ›*lauter gute und helle Dinge* zugeworfen …‹, ›die Geschenke aller jener freien Geister, die (…) in ihrer bald fröhlichen, bald nachdenklichen Weise, Wanderer und Philosophen sind. Geboren aus den Geheimnissen der Frühe, sinnen sie darüber nach, wie der Tag zwischen dem zehnten und zwölften Glockenschlage ein so reines, durchleuchtetes, verklärt-heiteres Gesicht haben könne …‹« **

(** Zitate aus: Fitzroy, Ihr meine schlimmen Gedanken. Friedrich Nietzsche – Philosoph der Dichter und Künstler. Unveröffentlichtl. Nachlaß VI, 4/266 ff. Mit freundlicher Genehmigung der Conny & Gerry Stubenrauch Foundation, Friedrichskoog)

Ganz jung und ganz alt

Für den Abend, der sich, nachdem es tagsüber wiederum üppig warm gewesen war, eher zurückhaltend, ja sogar kühl präsentierte, hatte Fitzroy eigentlich eine private Fortbildungsmaßnahme anberaumt, die nicht seinen philosophischen Bildungslücken galt, von denen es inzwischen arg viele gab, sondern Erinnerungen aufrufen sollte, die ihn auf bewährte Weise wehmütig werden ließen. Um Privates ging es dabei nicht, da hatte er im Laufe seines nun schon so lange währenden Lebens ja selbst für Unzugänglichkeit gesorgt; nein, er wollte noch einmal abrufen, wie es war, als er an Bord der *Raumpatrouille Orion* durch einen höchst überschaubaren Kosmos glitt, in dem es keine Farben, wohl aber solides Schwarzweiß gab und die Menschen, weitgehend umsichtig angeleitet und überwacht von einer Weltregierung, meist freundschaftlich miteinander umgingen. Sieben Folgen wurden von dieser Fernsehserie gedreht, viel zu wenig, wie er schon damals fand, als die Erstausstrahlung zu einer Zeit erfolgte, da Goethe noch nicht lange tot war, Hegel sich Sorgen um die Kapazität seines Weinkellers machte und Nietzsche erste Vorbereitungen für den langen Marsch in den Wahnsinn traf. Fitzroy hatte die Serie an die 31mal gesehen, dann waren ihm seine VHS-Kassetten abhandengekommen, was ihn traurig werden ließ, als seien ihm auf einen Schlag sämtliche teuren Mitmenschen weggestorben; alsbald aber stellte sich Trost ein: Es gab ja keine teuren Mitmenschen, an denen er hing, und gestorben waren sie auch nicht. Obwohl. Irgendwie rumorte es seit kurzem im Unterstand seines Erinnerungswerks; als gäbe es dort eine mit dilettantischen Zuträgern besetzte

Fälscherwerkstatt, die irgendwann, womöglich schon bald auffliegen musste. Das Erwachen würde schrecklich sein; oder: herrlich, je nach Sichtweise. Er war für herrlich, das entsprach der aufgeklärten Einfältigkeit, zu der er unterwegs war. Auf jeden Fall hatte sich Fitzroy mächtig gefreut, als er kürzlich in einer Ramschkiste vor einem modernen Antiquariat eine DVD mit allen sieben Folgen der *Raumpatrouille Orion* entdeckte, die zum überzeugenden Kampfpreis von 2,99 € angeboten wurde. Daneben gab es noch andere hochartifizielle Filmwerke, die er mitnehmen musste: *Nebel des Grauens*, *Butch Cassidy & Sundance Kid* und *Ein Ort für die Ewigkeit*. Er zahlte 9 €, erhöhte auf zehn Euro, weil es ihm auf einmal so gut ging, und bekam dafür noch eine versiffte Plastiktüte, in der er die DVDs versenken und nach Hause tragen konnte. Ein Filmabend also sollte es sein, vielleicht auch eine ganze Filmnacht, und er würde dabei in bester Gesellschaft sein. Bei diesem Gedanken knirschte es ein wenig in seinem Wohlbefinden; mit der Gesellschaft war das längst so eine Sache. Auf jeden Fall hatte er genug zu trinken, so dass es zur Not sogar dafür reichen würde, sich doppelt und dreifach zu sehen.

Auf einmal klingelte es an der Tür, was an sich schon ungewöhnlich war. Bei ihm klingelte sonst niemand; seine Kundschaft, die sich zuletzt, aus naheliegenden Gründen, ohnehin rar gemacht hatte, erschien nur zu den vereinbarten Terminen, um danach gleich wieder hinauskomplimentiert zu werden. Jetzt aber. Jetzt aber klingelte es nicht nur sanft und zögerlich, sondern heftig; als wäre Not am Mann. Er tappte zur Tür, öffnete.

Franzi stand vor ihm, knapp hinter ihr, auf einen Lauflernwagen für junge Mitbürger gestützt, Herkules, der ihn sogleich anlächelte. Was sollte man da machen. Franzi lächelte auch, was aber nicht so ganz glücken wollte. Wenn man genauer hinschaute, konnte man sogar meinen, dass sie geweint hatte. »Sehr erfreut«, sagte Fitzroy, räusperte sich, weil er merkte, dass er wieder mal kaum zu verstehen war. »Kommt doch rein.«

»Ich hab' eine Bitte«, sagte Franzi. »Können Sie auf Herkules aufpassen?«

»Klar doch. Wir werden uns schon verstehen. Nicht wahr, Kumpel?« Herkules lächelte. Noch immer. Was für ein Kind. Genauso breit wie hoch, ein kompakter kleiner Mensch ohne Argwohn. An wen erinnerte ihn dieses Kind, an wen, er würde noch drauf kommen. Früher, dachte Fitzroy, hätte ein solches Ansinnen, dazu noch so unvermittelt gestellt, ihn zum Abruf sämtlicher Abwehrmechanismen bewegt, von denen es einige gab.

»Ein Notfall«, sagte Franzi. »Meine Tochter ist von einem bekloppten E-Bikefahrer angefahren worden und musste ins Krankenhaus. Wahrscheinlich wird sie operiert. Auf jeden Fall will ich zu ihr. Und da mir sonst keiner einfiel, der sich so gut mit Herkules versteht, bin ich zu Ihnen gekommen. Es tut mir leid, ich will dir nicht den Abend versauen.«

Fitzroy war verlegen. »Von versauen kann keine Rede sein, im Gegenteil. Das wird ein großartiger Abend und eine Nacht, wie wir sie beide noch nicht erlebt haben. Ich meine, Herkules und ich, denn mit der Oma, die ich bemerkenswert attraktiv finde –.« Fitzroys Kopf glühte. Herkules sah ihn sorgenvoll an. Halt doch einfach mal die Schnauze, schien er ihm bedeuten zu wollen. In so einem Moment, der kostbar war und nicht zerredet werden durfte, auch wenn Fitzroy, der ja praktisch seit seiner Geburt nicht mehr verliebt gewesen war, nichts dafür konnte. »Ich bin dann mal ruhig«, wollte er noch sagen, aber da hatte ihm Franzi, die nun ganz nah bei ihm stand, schon den Finger auf die Lippen gelegt. Herkules lächelte wieder, er setzte sich mit seinem Rollator in Bewegung.

»In der Tasche hier hab' ich noch Schnuller, Windeln, Fläschchen und sonstiges Zubehör. Was ein Baby halt so braucht«, sagte Franzi.

»Ein Baby ist auch nur ein Mensch«, sagte Fitzroy. Da sprach der Philosoph. »Ich möchte in diesem Zusammenhang aber die Ernährungsfrage stellen.«

»Die ist einfach zu beantworten. Herkules ist nicht wählerisch, es muss nur viel sein, was man ihm verabreicht. Ein Nachschlag, egal von was, ist immer willkommen. Über das babytypische Kleinzeug ist er hinaus. Zwar nimmt er auch Gläschen und Fläschchen, aber eigentlich nur, wenn nichts anderes da ist. Oder als Nachtisch, bevor es ins Bett geht.«

»Und wie schläft er so, unser Junge?«

»Prima. Es sollte allerdings vorsorglich darauf hingewiesen werden, dass er schnarcht.«

»Da kann ich mithalten.«

»Ich hab' ein schlechtes Gewissen«, sagte Franzi.

»Warum das denn?«

»Weil ich Sie einfach so überfalle. Mit Herkules. Und überhaupt.«

»Ist schon okay. Ich freu' mich. Obwohl ich ja wahrlich nicht der große Kinderexperte bin.«

»Wollten Sie nie welche?«

»Doch«, sagte Fitzroy. »Eigentlich schon. Ich weiß nur nicht mehr, mit wem.«

»Soll ich Ihnen noch kurz zeigen, wie das mit dem Wickeln geht?«

»Gern. Ich bin im fortgeschrittenen Alter, aber, wenn's sein muss, noch lernfähig.«

»Das hört man gern. Vielleicht können wir bei anderer Gelegenheit noch mal darauf zurückkommen.«

Wenig später nahm Fitzroy eine gut gefüllte Windel entgegen, es machte ihm weniger aus, als er befürchtet hatte. Herkules lag auf dem Rücken und ließ sich widerstandslos versorgen; mit den Ärmchen vollführte er eigenwillige Bewegungen, als dirigierte er ein unsichtbares Himmelsorchester. »Ich muss dann jetzt gehen«, sagte Franzi. »Ihr schafft das schon.«

»Wir schaffen das, und wie wir das schaffen.« Sie gab ihm einen Kuss, er wusste nicht, wie ihm geschah, ein Zustand, der allerdings wohl schon länger für ihn vorgesehen war. Angenehm leer fühlte er sich, sein Herz schlug matt und unaufgeregt. Glück wird erst nachhaltig, wenn es herabgestimmt ist. Dann war er mit Herkules allein, und der gute Mut kam ihm kurzfristig abhanden. Über seine Verlegenheit redete er hinweg, das hatte er schon immer gemacht, fiel ihm ein, gerade auch bei Frauen, die ihn irritierten. Welche Frauen? Alles so weit nach hinten gerückt; stattdessen spielte er den philosophischen Lebensberater, der eine Kompetenz simulierte, die er nicht hatte. Eine Zeitlang war das nicht groß aufgefallen, nun aber musste er etwas Neues machen, er wusste nur noch nicht was. Die hartnäckigste aller Stimmen in ihm schlug vor, am besten gar nichts zu machen. Einfach alles geschehen lassen, glücksmüde sein und danach, wenn das Stündlein schlug, nur noch müde.

Herkules brabbelte etwas vor sich hin, es kam in friedlicher Absicht. »Junger Mann«, sagte Fitzroy, räusperte sich, »Sie interessieren sich für meine Wohnung, die ich vermutlich keine Ewigkeit mehr bewohnen werde. Ich würde mich freuen, wenn Sie mein Nachmieter würden. Vielleicht sollten wir uns aber die Bude erst einmal gemeinsam anschauen. Wie Sie sehen können, ist die Wohnung groß, zu groß für einen Einzelkämpfer mit Alleinstellungsmerkmal. Und kindgerecht ist sie auch nicht, kann man nicht sagen. Das muss aber kein Hinderungsgrund sein, denn Sie bleiben ja nicht auf immer und ewig Kind, sondern werden gezwungen, irgendwann erwachsen zu werden.

Wer das so eingerichtet hat, entzieht sich unserer Kenntnis. Apropos eingerichtet: Wie zu sehen ist, steht in dieser meiner Wohnung nur das Nötigste herum. Schreibtisch, Stühle, eine Sitzgarnitur, die bei ungünstigem Lichteinfall einen abgewetzten Eindruck macht. Immerhin kann man von hier aus prima fernsehen, was uns beiden nicht ganz unwichtig ist, denn ich habe einige ambitionierte Filme bereitliegen, die wir uns noch ansehen werden, auf dass sich danach jene Schläfrigkeit einstellen möge, der nachzugeben unumgänglich ist. Wenn Sie mir jetzt bitte in Richtung Küche folgen mögen.« Fitzroy ging voraus, und tatsächlich kam Herkules, auf sein Lauflernwägelchen gestützt, ihm nach. Allerdings geschah das in gemessenem, kaum wahrnehmbarem Tempo, was zum einen daran lag, dass er kein Freund unnützer Beschleunigung war, aber auch mit einer Neugier zu tun hatte, die Fitzroy rührend fand: Herkules schaute hierhin und dorthin, alles was er sah, war neu und konnte gegen den Mieter der Wohnung verwendet werden. Fitzroy ging neben Herkules in die Knie, der das erstaunt, aber nicht unwillig zur Kenntnis nahm. Weitere Abwechslung war angesagt, das konnte nicht schaden, zumal Fitzroy plötzlich einem lange verdrängten Impuls nachgab und zu krabbeln anfing. Die Knochen taten ihm weh, speziell die Kniescheiben schmerzten und gaben, wenn man versehentlich etwas genauer hinhörte, merkwürdige Knack- und Knirschlaute von sich. »Ganz jung und ganz alt«, rief Fitzroy fröhlich, »hier und jetzt finden wir wieder zusammen. Das gibt Hoffnung, meine Damen und Herren, Hoffnung für die große Aufgabe, das Zusammenleben der Generationen endlich zu optimieren und zukunftsfest zu machen.« Das fand auch Herkules, der, neben ihm patrouillierend, sein Wägelchen losließ, um Beifall anzudeuten. »Danke«, sagte Fitzroy, der nun ausprobieren wollte, wie schnell man mit geschlossenen

Augen krabbeln kann. Es ging so, im Tempo konnte man zulegen, bekam aber Orientierungsschwierigkeiten: Fitzroy stieß mit dem Kopf gegen ein Möbelstück, das man ihm anscheinend erst kürzlich und zwar in seiner Abwesenheit in die Wohnung gestellt hatte. Eine weitere Tücke der Internationalen Schopenhauer Gesellschaft. »Elendes Philosophenpack«, rief Fitzroy, »wenn ihr Krieg wollt, könnt ihr ihn haben.«

Wieder klatschte Herkules in die Hände; für einen Moment stand er frei, was er wohl nicht unangenehm fand, vielleicht dämmerte es ihm auch gerade, dass er sich ja ohnehin auf dem Weg in den aufrechten Gang befand, aus dem es kein Entrinnen gibt, es sei denn, man ließ sich, wie von dem älteren Herrn neben ihm vorgeführt, zu später Verweigerung hinreißen und fing wieder an zu krabbeln. Herkules also stand, er tat zwei, drei Schritte nach vorn und fiel um. Fitzroy fing ihn auf. Als er den kleinen, kompakten Körper umfangen hielt, spürte er ein unbekanntes Gefühl in sich. Es war, als ob sich alle aufgestaute und zuvor nur noch achtlos abgelegte Zärtlichkeit in ihm Bahn brach; da passte es, dass er ein wenig weinte, dafür musste er sich nicht schämen. Fand auch Herkules, der ihm mit beiden Händchen übers Gesicht strich, durchaus etwas derber, so dass es sich anfühlte, als würde er liebevoll geohrfeigt. Und noch etwas wusste Fitzroy in diesem zu Herzen gehenden Moment: Das Kind, das er da in den Armen hielt, war er selbst, die Vergangenheit öffnete sich ihm zu einer Einsichtnahme, die überfällig war. Auch die Erinnerung, so sperrig und abweisend bislang, spielte mit: Er sah sich als kleinen dicken Egidius, den seine Eltern, die ganz anders waren, als er sie für sich archiviert hatte, liebten; sie kitzelten in seinen Speckfältchen, freuten sich, wenn er geruhte, jedes Späßchen mitzumachen, solange die Grundversorgung, die gerne auch den einen oder anderen Zuschlag enthalten durfte, gesichert war. Er hatte jetzt das Bild seiner Mutter vor Augen, der die Liebe zu ihrem Sohn in die Ausgezehrtheit verhalf; sein Vater, im Amt mehr geduldet als gefördert, stand im Hintergrund, lächelte schüchtern und kratzte sich am Kopf. Was war er, Fitzroy, doch für eine schäbige Gestalt, der es sogar an einfachster Dankbarkeit mangelte. Von allem, was zu Herzen ging, hatte er sich beizeiten abgeschottet, seine Gefühle auf Eis gelegt, nur um halbwegs sicher durch ein Leben zu tappen, das ihm geschenkt worden war. So wie dem kleinen Herkules, der bald schon, so schnell konnte man gar nicht denken, ein großer Herkules sein würde, dem es unentwegt gut gehen sollte. Das war für den Kleinen in seinen Armen dann doch zu viel; wenn's zu rührend wird, muss man auf Abwehr gehen. Erst schniefte er, dann baute er Druck auf, wollte losgelassen werden, Fitzroy kannte sich da aus. Mühsam hievte er sich vom Boden hoch, reichte Herkules sein Wägelchen, das der auch bereitwillig übernahm, allerdings ohne Fahrt aufzunehmen. Er hielt sich nur fest, bewegte die Lippen, die Zeichen waren eindeutig. »Also Hunger«, sagte Fitzroy. »Der Sinn steht uns nach einem kräftigen Imbiss. Mal sehen, was der Kühlschrank so hergibt.« Nicht viel gab der Kühlschrank her, seit altersher diente er vor allem der Lagerung von alkoholhaltigen Getränken. »Für dich ist nichts dabei«, sagte Fitzroy, »außer Wasser, das unser Kollege Jesus Christus in sagenhafter Vorzeit angeblich zu Wein verwandelt hat. Was ich damit sagen will? Keine Ahnung. Auf jeden Fall ist, angesichts der ungeklärten Ernährungsfrage, Tatkraft gefragt.« Wenig später rief er bei einem Pizzaservice an und bestellte zwei Pizzen, eine davon extra scharf. »Groß oder klein?« wurde er gefragt. »Groß natürlich«, sagte Fitzroy. »Mein Gast hat beträchtlichen Hunger.«

Zwanzig Minuten später erfolgte die Lieferung. Herkules, der den Tränen nahe war, nahm Witterung auf, er klatschte in die Hände. »Jetzt geht's los!«, sang Fitzroy und servierte auf der verschlissenen Sitzgruppe mit freier Sicht zum Fernseher. Er suchte das passende Programm zum Essen; die Nachrichten waren es nicht, auch nicht eine Dokumentation über neuerdings wieder gefährdete Altechsen auf den Galapagos oder das Porträt einer nicht mehr ganz jungen Schriftstellerin, die in Berlin lebte und eine Art Bestseller geschrieben hatte, in dem, wenn er das richtig verstand, viele Flüchtlinge vorkamen, aber auch von frühen Beschädigungen zu lesen war, die an ebendieser Schriftstellerin verübt wurden, was sie aber zäh weggesteckt hatte, sonst wäre sie ja nicht so alt geworden und hätte das Fernsehteam, das eher lustlos zu Werke ging, nicht in einer blass geblümten Ganzkörperhose empfangen können. Fitzroy rülpste. »Verzeihung, Herr Nachbar«, sagte er. »Ist mir so rausgerutscht.« Herkules rülpste ebenfalls. »Bei euch Kleinkindern ist alles erlaubt, was bei Erwachsenen als unvornehm gilt«, sagte Fitzroy. »Drängen wir aber deshalb alle zurück ins Kleinkindsein? Nein, drängen wir nicht. Geht ja auch gar nicht.« Er hatte zur scharfen Pizza zu viel sauren Wein getrunken, der ihm nun zu Kopf stieg, in dem es bereits glücklich glühte. »Schopenhauer, räumen Sie ab und entsorgen Sie den Müll«, rief er. »Aber müllgeschlechtsspezifisch streng getrennt, oder so.« Er war besoffen, da gab's kein Vertun, fühlte sich aber voll dienstfähig. Es sollte jedoch bitte nichts Ungewöhnliches, ihn Herausforderndes mehr passieren an diesem Abend, der noch lang werden konnte.

Als er Herkules später zum Schlafen ablegte, gab es Schwierigkeiten, die aber wohl zu den Ritualen gehörten, mit denen sich die allerjüngsten unter unseren Mitbürgerinnen und Mitbürgern zu wehren pflegen; sie quengeln, verfallen in Abwehrgeschrei, weil sie, wusste Fitzroy, ja noch gar nicht begreifen, wie segensreich, vor allem auch verlängerbar jedes Schläfchen sein kann. Vorlesen soll da helfen, hatte er mal gehört; er griff sich das erste beste Buch aus seinem Bücherregal, das zufällig von ihm, also ohnehin das beste war, schlug eine Seite auf, irgendwo weit hinten, wo man bald ans Ende kam, und las, mit belegter, ein wenig knödeliger Stimme: »Schopenhauers Altersweisheit klingt versöhnlich aus, und das ist gut so. Zwar können wir uns, je mehr es aufs Ende zugeht, nicht als wirklich getröstet betrachten, aber zuvor haben wir Gelegenheit genug bekommen, Gelassenheit einzuüben, heiteren Sinnes zu sein und uns über all jene zu freuen, die menschlich sind und uns, bei passender und unpassender Gelegenheit, mit ihrer Herzensgüte beschämen. Und wenn wir dann, im Rahmen unserer bescheidenen Möglichkeiten, selbst noch dazu beitragen, Gutes zu tun und das Leben nicht nur als ›ein Pensum zum Abarbeiten‹ anzusehen, wie es bei Schopenhauer nachzulesen ist – umso besser. Alles weitere wird sich finden: ›Die *Gegenwart zu genießen* und dies zum Zweck seines Lebens zu machen, ist die größte *Weisheit* (denn sie ist das allein Reale, alles andere ist imaginär), und es ist die *größte Torheit*, denn was im nächsten Augenblick nicht mehr ist, was so ganz verschwindet wie ein Traum, hat keinen Wert. Jedem Vorgang unseres Lebens gehört nur auf einen Augenblick das Ist, sodann für endlose Zeit nur das War. – Jeden Abend sind wir um einen Tag ärmer. – Wir würden vielleicht rasend werden, beim Anblick dieses Ablaufens unserer kurzen Zeitspanne; wenn nicht im tiefsten Grunde unseres Wesens ein heimliches Bewusstsein läge, daß uns der nie zu erschöpfende Brunnen der Ewigkeit gehört, um stets die Zeit und das Leben daraus zu erneuern.‹«

Während Fitzroy las, konnte man merken, dass Herkules mit dem Dargebotenen nicht einverstanden war. Vielleicht mochte er Schopenhauer nicht, vielleicht ging ihm auch die belegte Stimme des Vorlesers auf den Geist; auf jeden Fall kam Bewegung in den kleinen Mann, er bäumte sich auf, ballte die Fäustchen, strampelte, schrie, bis er ganz rot wurde im Gesicht. Fitzroy, der Kinderversteher, begriff, dass seinem Tun auf der Stelle Einhalt zu gebieten war, er brach ab. »Du hast ja recht«, sagte er. »Warum muss ich dir ausgerechnet aus diesem zugegeben noch immer guten Buch vorlesen, warum überhaupt vorlesen, was, wie man hört, sowieso nur noch etwas für aufgeklärte Nostalgiker ist. Wir machen's jetzt anders, ganz anders –.«

Sie schauten sich dann ebenjenen Film an, der für Kinder aller Altersstufen empfehlenswert ist: *Nebel des Grauens*, den Fitzroy schon immer für pädagogisch wertvoll gehalten hatte. Zugegeben, es gab jede Menge Zombies in dem Film, die aufgrund einer lange zurückliegenden, komplett missglückten Sozialisation rachsüchtig werden mussten, im Grunde aber nur angetreten waren, um zur Ruhe zu kommen. Dazu jede Menge Nebel, von tückischem, eigentlich aber tröstlichem Licht begleitet, das den Augen wohltat; der Schlaf konnte kommen. Er kam denn auch. Herkules schlief ein, er sah deutlich glücklicher aus als bei Schopenhauers Rede zur Gegenwart von Zeit und Leben. Fitzroy zeigte sich solidarisch, er schlief mit ein. Es gab einige rasselnde Geräusche in dieser Nacht und einen Traum: Fitzroy sah sich hochschrecken, er hatte an den plötzlichen Kindstod gedacht. In Panik wollte er Herkules hochwuchten, um zu sehen, ob er noch atmete. Der aber war bekanntlich ein schwerer Junge, ihn anzuheben erwies sich als schwierig. Es ging aber gut aus, Herkules lebte noch, und Fitzroy sank zurück aufs Bett, von dem er später nicht so recht zu sagen wusste, wo es sich befand und mit wem er es in Wahrheit geteilt hatte.

Nicht immer korrekt

Als er am nächsten oder übernächsten Morgen aufwachte, konnte er vor Kraft kaum laufen, weshalb er auch erstmal, vorsichtshalber, liegenblieb. Wieder ein sonniger Tag, zu dem ihm, der sich ja eigentlich von der Philosophie entfernte, um keinerlei Weisheitsattacken mehr zuzulassen, eine Stelle von Nietzsche einfiel, in der sich dieser über die Helle des Mittags verbreitete, die jegliche Wahrheit zu einem matt glänzenden Standbild macht, an dem man sich satt sehen kann, dabei aber auf seine Augen achten muss, denn die sind, damals wie heute, höchst sensibel und immer empfindlicher als man meint. Für einen Moment überlegte er, ob und wie er besagte Stelle noch auf die Reihe bekam, was aber verlorene Liebesmüh gewesen wäre; dazu war ihm auf seinem Lebensweg dann doch schon zu viel abhandengekommen. Zudem setzte, während die Lichtstrahlen im Raum nervöser wurden, Erinnerung ein; die Nacht mit Herkules, zuvor der Moment seltsamer Seligkeit, da Fitzroy glaubte, sich selbst als Kleinkind wiedergefunden zu haben, und ihn ans Herz gedrückt hatte; großflächige Pizzastücke, Wein, viel Nebel, Zombies, die sich, auch weil der Film zu Ende war, ins Unvermeidliche schickten; Franzi, ein Unfall mit wem und warum, schließlich jähe Angst in der Nacht, als er Herkules den Schweren hochhob, um zu überprüfen, ob der noch lebte. Hatte Fitzroy nicht danach sogar, in Anlehnung an einen nicht mehr ganz taufrischen Hit aus dem Dunstkreis der Volksmusik, voller Erleichterung gesungen: Lebt denn der dicke Herkules noch? Ja, er lebt noch, er lebt noch –, worauf der so Besungene einmal kurz und heftig aufweinte, um anschließend weiterzuschlafen. War das so?

Eher doch wohl nicht, denn es gab keinen Herkules, zumindest nicht in dieser staubhellen Wohnung. Alles still, auch keine Utensilien, die an ihn erinnerten, nicht mal Krümel auf der Sitzgarnitur, die in der Helle des Mittags weniger abgewetzt wirkte als sonst. Alles leer und lieblos; konnte man das so sagen? Für einen Moment spürte Fitzroy einen Schmerz, der schneidender war als die normale Traurigkeit, die ihm, dem zum Einfaltspinsel umgeschulten Philosophen a. D., zuletzt immer mal wieder feuchte Augen geschenkt hatte. Keiner mehr da. War es schon so weit, dass er der gewöhnlichen Wahrnehmung, gerade auch der, die sich auf ihn selbst bezog, nicht mehr trauen konnte? Er atmete tief durch, ächzte, hatte dabei einen weiteren vergleichsweise dämlichen Gedanken, der sich wiederum als Frage formulieren ließ: Warum erlöst mich denn keiner? Da lachte jemand, Herkules, kein Zweifel, er hatte sich versteckt, wo auch immer, und lachte ihn aus. Recht hatte er, der Kleine.

Fitzroy verließ die Wohnung. Es kam, wie es kommen musste, er wurde geblendet, ging aber dagegen an. Unten am Main, der für diese Jahreszeit, von der er spontan nicht zu sagen wusste, wo genau sie sich einordnen ließ, gängige Betrieb. Penner mit und ohne Plastiktüten, Fahrradfahrer, auch die gefürchteten, weil längst nach Waschbärenart sich vermehrenden, also nicht mehr einzufangenden E-Biker, dazu Fußgänger von der Resterampe, schließlich Sitzenbleiber. Genau, Sitzenbleiber, sie blieben einfach sitzen, auch auf seiner Bank, auf der zwei ältere Schwergewichte mit Korpulenzschäden hockten, ein Paar, beide schweigend, beide mit jenem trüben, spähenden Blick, den sein ehemaliger Einflüsterer, wie hieß der doch gleich, als charakteristisch für die Physiognomie alter Leute benannt hatte.

Da irrte er nicht, der Schopenhauer, so hieß er wohl, irrte nicht, wie er überhaupt ein bemerkenswerter Rechthaber gewesen war, dem keiner an die Karre fahren konnte. Schiefes Bild, Fitzroy, so wie er überhaupt gerade schief hing oder schief stand, vor den beiden älteren Schwergewichten. Die Frau konnte aber sprechen. »Is was?«, fragte sie.

»Ich bin vom Kampfmittelräumdienst«, sagte Fitzroy. Warum ihm das gerade so und nicht anders eingefallen war, wusste er nicht; kein Mensch weiß schließlich, warum man ihm ständig etwas, gerne aber auch gar nichts, durch den Kopf gehen lässt. Wer ist dafür verantwortlich? – Der Mensch selbst, der sich so viel einbildet, kann es nicht sein. »Kann es nicht sein«, wiederholte Fitzroy, diesmal durchaus vernehmbar. Dabei hatte er wohl einen leicht abartigen Gesichtsausdruck, denn das beleibte, aber nicht beliebte Ehepaar, es konnte sich nur um ein solches handeln, hielt es nun für besser, die Bank vorsorglich zu räumen, bevor das von jener Organisation, für die er seit kurzem tätig war, ganz offiziell in Angriff genommen wurde. Zweifellos war es ein Ausdruck von Lebensklugheit, nicht gegen den Kampfmittelräumdienst anstinken zu wollen.

Fitzroy ließ sich auf die Bank fallen, machte sich breit, wollten keinen haben, der sich neben ihn hockte und womöglich gleich ein Gespräch anfing. Nein, wollte er nicht. Wenn er sich allerdings selbst, neutral gestimmt und in halbwegs friedlicher Absicht, hätte sehen können, wäre ihm aufgefallen, dass er nach Art alter Heimbewohner die Lippen bewegte, er mahlte vor sich hin, mümmelte, vielleicht auch das; und ein weiteres Mal hätte er konstatieren müssen: Ich wirke nicht günstig auf mich. Ausblenden. Zum Beispiel, indem man die Augen schloss, die ihm ja ohnehin Sorgen machten, ohne dass er deswegen andauernd darüber nachgedacht hätte. Bringt ja nichts, sagte er. Diesmal war er zu hören, er hörte sich selbst, was irgendwie barsch klang, auf keinen Fall glücksmüde. »Darf ich mich zu Ihnen setzen?«, sprach ihn jemand an. Keine Frau, also nicht Franzi, kein Kind, also nicht Herkules, sondern ein Mann. Unangenehm, allein die Stimme, und ihm fiel, noch bevor er, unter Protest, die Augen aufmachte, der komische Sitznachbar aus dem Flieger ein, Doktor Soundso, bekennender Adorno-Sympathisant und Wichtigtuer. Er schaute zur Seite, das war der Mann, kein Zweifel. Obwohl. Er hatte ihn älter in Erinnerung, drahtiger, straffer; hatte er ihn überhaupt in Erinnerung? Eher nicht. Der Mann, der jetzt unaufgefordert neben ihm saß, war jünger, hatte eine Sonnenbrille auf und war nach Art der Banker gekleidet, ein Berufsstand, um den sich manche inzwischen Sorgen machen. »Bitte«, sagte Fitzroy, »nehmen Sie Platz. Schade, dass ich schon gehen muss.«

Er ging dann zurück in die Schöne Aussicht, fand seine Wohnung, obwohl ihm die Augen tränten. O mir tun die Augen weh, wenn ich diesen Fitzroy seh', hätte er singen können. Tat er aber nicht. Stattdessen hielt er, mit ebendiesen Augen, die keinem mehr böse sein konnten, Ausschau nach Franzi. Und Herkules. Sie waren aber nicht auffindbar. Als hätte es sie nie gegeben, dachte Fitzroy. Vielleicht hat es ja auch mich nicht gegeben, was sich nur noch nicht bis zu mir rumgesprochen hat. In seiner Wohnung, in der es inzwischen deutlich schattiger war, trank er kommentar- und grußlos einige Gläser von seinem Hauswein, einem Weißburgunder trocken in praktischer Literflasche, der sich *Prestige Edition Ariela* nannte und tatsächlich an Bord der gleichnamigen Kreuzfahrtschiffe ausgeschenkt wurde. An Bord hatte ihm der Wein so vorzüglich gemundet, dass er sich bei einem Barkeeper, der, wie kurz vor Mitternacht zu erfahren war, aus Moldau stammte und über Thomas Manns Spieltheorie promoviert hatte, nach der Bezugsquelle erkundigte. Zurückgekehrt an Land, wo er sich leider nur noch unvorteilhaft zu bewegen wusste, so dass er sich einer spontanen, beliebig verlängerbaren Trinkkur unterzog, hatte er gleich mal 36 Flaschen von diesem Wein geordert; natürlich waren die Flaschen inzwischen fast alle geleert, aber er konnte ja bald für Nachschub sorgen. Fitzroy trank also ein paar Gläser Wein, obwohl der Abend noch nicht graute und er ja an sich ein disziplinierter Spättrinker war. Heute aber. Heute aber war alles anders, er war so allein wie selten zuvor. Mit trüben Gedanken schlief er ein. Traumlos die Nacht, aber dann. Wachte er wieder auf, schaute sich um, erkannte, ohne größere Reibungsverluste, den Ort wieder, an dem er sich befand. Es rumorte in ihm, fand er. Keine Unpässlichkeit des Magens oder der beigeordneten Organe, nein, es rumorte in ihm vor Tatkraft und angestautem Ideenreichtum, der rausmusste, einfach nur raus. Wenig später, nach einem Frühstück, das eher karg ausfiel, setzte er sich hin und schrieb alles Wissenswerte zu jenem neuen Buch auf, das er zu schreiben gedachte, endlich, jetzt oder nie, es gab ja so viele Leser, die darauf warteten und von Tag zu Tag unruhiger wurden, weil er noch nicht geliefert hatte.

Was er dann aufschrieb, war in etwa dieses:

DAS WAREN NOCH ZEITEN
Eine kleine Vergangenheitsverklärung

Natürlich wissen wir, dass es problematisch ist, wenn man sich zu sehr in der Vergangenheit einrichtet und von dort einen Zuspruch abruft, der sich als nicht wirklichkeitstauglich erweist. Die dazu passende Diagnose hat, wie Sie und ich wissen, der Philosoph Schopenhauer geliefert: »Was gewesen ist, das ist nicht mehr; ist ebensowenig wie das, was nie gewesen ist. Aber alles, was ist, ist im nächsten Augenblick schon gewesen. Daher hat vor der bedeutendsten Vergangenheit die unbedeutendste Gegenwart die Wirklichkeit voraus; wodurch sie zu jener sich verhält wie etwas zu nichts (...).« Oder, noch pointierter: »In der Vergangenheit hat kein Mensch gelebt, und in der Zukunft wird nie einer leben, sondern die Gegenwart allein ist die Form alles Lebens.«

Wer wollte Schopenhauer da widersprechen: Unsere Alltagserfahrung und auch unser wackeres Bemühen, einem Leben zu entsprechen, das in jeder selbstgemachten Zeiteinheit seine Anforderungen stellt, geben ihm recht. Dennoch möchte ich mit meinem Buch (ca. 200 S.) einen Gegenentwurf wagen und zeigen, dass es sehr wohl nützlich sein kann, wenn man sich Auszeiten gönnt, die von privat betriebener Vergangenheitspflege gekennzeichnet sind. Wir behaupten, dass es uns gut tut, wenn wir, jeder für sich und im Gedenken an alle, jene »versunknen schönen Tage« aufrufen, von denen, beispielsweise, ein großer Unscheinbarer der deutschen Literatur, der Freiherr von Eichendorff, so gerne sprach. Die damit verbundenen Erinnerungen sind kleine Inseln im Meer des Vergessens; wer sich auf ihnen absetzen und, zu gegebener Zeit, wieder abholen lässt, wird mit einem etwas anderen Wirklichkeitsempfinden bedacht, das der gewohnten Hektik Ruhe entgegensetzt und ein Glück aufschimmern lässt, dem wir, für kostbare Augenblicke, wehmütig nachhängen dürfen, ehe das Realitätsprinzip wieder greift und bedient werden will.

Das waren noch Zeiten *erzählt Vergangenheitsgeschichten, die sich nachträglich beglänzen lassen: Das muss nicht immer ganz ernst gemeint sein, erweist sich aber, so die eigentliche These unseres Buches, als preiswertes Wohlfühlprogramm für die Seele, das keiner Zusatzausbildung oder nachgereichten historischen Studien bedarf, um wirksam zu werden. Am Ende nämlich bleiben uns ohnehin nur ein paar handverlesene Erinnerungen, die unbezahlbar sind. Und vor dem Ende? Da kann man und darf man Glück haben; womöglich fallen sie ja zusammen: versunkne schöne Tage und ihre ehemaligen Gedanken, Einsichten, Träume*

– und die ruhige Gewissheit, auch als ein Anderer noch bei sich selbst zu sein.

Wir berichten, nicht immer korrekt, von Zeiten, als die Politiker noch Politiker waren und Aufbruchstimmungen gepflegt wurden, die vorwiegend an sich selbst interessiert waren; – von einer (zumindest aus der beschränkten Sicht des Verfassers) wunderbar anmutenden Epoche des Geistes (Deutscher Idealismus), in der das Ich sich neu entdeckte, um dann, ein halbes Jahrhundert später, doch wieder die üblichen Verlustmeldungen abgeben zu müssen; – von Verklärungs- und Wehmutskünstlern der Poesie (Eichendorff, Rilke u. a.). Der Verfasser ist zudem so frei, einige persönliche Begebenheiten mit einfließen zu lassen, die nur im angenehmen Licht nachgereichter Verklärung positiv erscheinen, in Wahrheit aber wohl eher Fehlschläge gewesen sind.

Leseprobe:

»Man kann sich das heute wohl nicht mehr so recht vorstellen: dass es, damals, tatsächlich ein Leben gab ohne Hektik, ohne Computer, Radio, Fernsehen und Telefon, ein Leben ohne nervös flimmernde Bildschirme und manipulierte Daseinsvorsorge, ein Leben – in Ruhe. Die Menschen redeten noch miteinander; sie redeten sogar unermüdlich: über Gott und die Welt, über Liebe und Leid, über all das Großartige und Bedenkliche zwischen Himmel und Erde. Die Zeit, in der dieses geschah, brachte vor allem die Philosophie zu ihren vorläufig vorletzten Blütenträumen; sie machte, von eigenen Gnaden, noch einmal Furore, weil sie das Allerselbstverständlichste, das Ich nämlich, neu entdeckte: Ihm wurden nun so unendlich viele Möglichkeiten zugeschrieben, dass man aus Anmaßung und Staunen, aber eben auch aus den Gesprächen gar nicht mehr herauskam. Beeindruckende Debatten waren zu führen, an denen sich nicht nur, wie eh und je, Dichter und

Denker beteiligten, sondern auch Praktiker des damaligen Wirtschaftslebens wie etwa der Düsseldorfer Handelsherr Friedrich Heinrich Jacobi, der in der zweiten Hälfte des 18. Jahrhunderts, auch als Philosoph und Schriftsteller, ein bekannter Mann in deutschen Landen war. Jacobi kann als Modellfall für eine Gesprächskultur gelten, die heute, mehr oder weniger, der Verdrängung anheimgefallen ist. (…) Jacobis Landsitz Pempelfort bei Düsseldorf, ein großzügig gestaltetes Anwesen, wurde zu einer Art Privatakademie, in der illustre Gäste aus ganz Europa zu Gast waren. Von der Atmosphäre, die dort herrschte, schwärmte sogar Goethe; im Jahr 1792, nach einem mehrwöchigen Aufenthalt bei den Jacobis, schrieb er: ›Ein freistehendes, geräumiges Haus, in der Nachbarschaft von weitläufigen wohlgehaltenen Gärten, im Sommer ein Paradies, auch im Winter höchst erfreulich (…), ohne Prunk ausgestattet, eine würdige Szene jeder geistreichen Unterhaltung (…). Ein großes Speisezimmer, zahlreicher Familie und nie fehlenden Gästen geräumig, heiter und bequem, lud an eine lange Tafel, wo es nicht an wünschenswerten Speisen fehlte. Hier fand man sich zusammen, der Hauswirt immer munter und aufregend, die Schwestern wohltuend, die Tochter wohlgebildet, tüchtig, treuherzig und liebenswürdig (…). Es gab Abende, wo man nicht aus dem Lachen kam (…).‹

Jacobi verstand es, seinem Leben die wesentlichen Vertrautheitsmomente zu belassen. Als es, nach Phasen der Bewegtheit, auch der äußeren Rückschläge, im Alter zur Ruhe kam, griff er auf seine Erinnerungen zurück; sie gaben ihm Halt und Besinnung in spröder gewordener Zeit. Die Dichterin Bettine von Arnim, die den alten Jacobi besuchte, berichtete in einem Brief an Goethe: ›Jacobi ist zart wie eine Psyche (…). Mitteilung ist sein höchster Genuß; er appelliert in allem an seine Frühlingszeit. Jede frisch aufgeblühte Rose erinnert ihn lebhaft an jene, die ihm zum Genuß einst blühten, und indem er sanft durch die Haine wandelt, erzählt er, wie einst Freunde Arm in Arm sich mit ihm umschlangen in köstlichen Gesprächen, die spät in die laue Sommernacht währten, und da weiß er noch von jedem Baum in Pempelfort, von der Laube am Wasser, auf dem die Schwäne kreisten, von welcher Seite der Mond hereinstrahlte auf reinlichen Kies, wo die Bachstelzen spazierten: Das alles spricht aus ihm hervor wie der Ton einer einsamen Flöte; sie deutet an: der Geist ist noch hier; in ihren friedlichen Melodien aber spricht sich die Sehnsucht zum Unendlichen aus. Seine höchst edle Gestalt ist zerbrechlich; es ist, als ob die Hülle leicht zusammensinken könne, um den Geist in die Freiheit zu entlassen.‹«

Fitzroy fand eigentlich gut, was er da aufs elektronische Papier geworfen hatte; seine Begeisterung hielt indes nicht lange an. Als er sein Exposé nebst Leseprobe per Email an den Verlag nach München schickte, befiel ihn vorauseilende Resignation. Er war müde und wurde gleich darauf noch müder. Eine Ablehnung wäre willkommen, dachte er. Ich bin genügsam wie eine Bergziege und will das Meiste nicht mehr. Am wenigstens aber will ich ein weiteres Buch schreiben, das kein Schwein braucht.

Was keiner mehr will

Sehr geehrter Herr Fitzroy!

Unser Missfallen haben wir Ihnen zuletzt oft genug zum Ausdruck gebracht. Kam eine Reaktion von Ihnen? Nein. Sie scheinen Ihr restliches, ohnehin überschaubares Lebens- und Pflichtenprogramm nur noch aussitzen zu wollen. Man sieht Sie des Öfteren am Main, wo Sie sich auf einer Bank, die ansonsten nur von Nichtsesshaften benutzt wird, sesshaft gemacht haben; die Haltung, die Sie dabei einnehmen, wird als ausgesprochen ungünstig beschrieben: zusammengesunken, manchmal, wenn Sie möglicherweise der Halbschlaf im Griff hält, mit leichten Schaukelbewegungen nach links und nach rechts; man sagt zudem, dass Sie öfters vor sich hin murmeln oder, noch alberner, nur die Lippen bewegen, als müsse noch so viel gesagt werden, was besser ungesagt bliebe.

Wenn Sie in den letzten Wochen etwas geschrieben haben, war es eher wirr; einen Verweis auf unseren Philosophen haben wir schon länger nicht mehr gefunden. Stattdessen meinten Sie Nietzsche zitieren zu müssen, diesen maßlos überschätzten Reflexionsautodidakten, der schon zu Lebzeiten damit begonnen hat, einen Lieferservice für Bedarfswahrheiten aller Art einzurichten, die fast alle aus zweiter und dritter Hand bezogen sind und oft nicht mal umetikettiert wurden, bevor sie in den Handel gelangten.

Fitzroy, so geht das nicht! Verstehen Sie diesen Zuruf als letzte Aufforderung zur Besinnung. (Unsere Sorge hat übrigens, ob Sie's glauben oder nicht, weniger mit dem philosophischen Pflichtenprogramm zu tun, das wir bedienen, sondern ist menschlicher Einfühlung geschuldet, ja sogar dem großen Mitleidsgedanken, der fest und zentral im Kernfeld der Schopenhauer'schen Philosophie ruht und dort, unauffällig und verlässlich, ihre Vitalfunktionen in Gang hält.)

Also: Gehen Sie in sich, werden Sie anders. Noch ist es dafür nicht zu spät, obwohl –. Aber lassen wir das.

Mit freundlichen Grüßen: Dr. Ansgar Flitz

Medienbeauftragter der Internationalen Schopenhauer Gesellschaft

P. S.: Verstehen Sie den o. a. Termin als letzten Vorschlag zur Güte; danach wird nichts mehr kommen.

Mein lieber Flitz, – ich fürchte, ich kann ein weiteres Mal nicht helfen, weder Ihnen noch der Sch.-Gesellschaft oder gar mir. Alles bröckelt ab, einerseits, was man als unruhestiftend begreifen könnte, wenn man wollte (will ich aber nicht); andererseits kommt mir mein Leben so vor, wie es Schopenhauer ausdrücklich nicht beschrieben hat, nämlich »als ein Traum, als ein Schweben« – oder so ähnlich; mir kommen auch meine bescheidenen Bildungs- u. Zitatvorräte abhanden (obiges stammt aber wohl, glaub' ich, von meinem Freund Eichendorff). Wo war ich stehengeblieben? Ach so, ja, das wird nichts mehr mit uns. Den allerletzten Gesprächstermin können Sie mir gern übermitteln, Sie können es aber auch lassen.

Denn: Ich werde nicht kommen können. Was zu klären ist, lässt sich auch so klären, ich bin schon jetzt mit allem einverstanden. – Am Mainufer bin ich inzwischen gern – und war doch so viele Jahrhunderte zuvor, aus welchen Gründen auch immer, nicht gerne am Main. Auf der Bank, die Sie erwähnten, saß ich einige Male mit einer

Frau, die mir gefiel vielleicht auch noch gefällt; sie ist noch nicht alt – und hat doch schon einen Enkel, über den man sich nicht täuschen sollte. Er wirkt kompakt, woraus sich voreiligerweise schließen ließe, dass ihm, nach dem bereits eingeleiteten Prozess des Heranwachsens, eine Karriere z. B. als Rausschmeißer o. ä. bevorsteht, was aber, wie gesagt, gar nicht sein muss, denn: War Ihr Hausheiliger Schopenhauer – den ich bei dieser Gelegenheit zu grüßen bitte (ich war nie gegen ihn!) – nicht auch, figürlich gesehen, ein ausgesprochen kompaktes Kerlchen, möglicherweise so breit wie hoch – und was ist aus ihm geworden? Genau.

In diesem Sinne, mein gutester Flitz: Seien Sie froh, dass Sie, und das schon so lange, eine bewohnbare Heimat haben. Mir scheint das nicht mehr vergönnt zu sein; macht aber nix – ich bin, um den Titel eines meiner Uraltlieblingssongs zu nennen, ein *melancholy man*, der »als ein Traum, als ein Schweben« (s. o.) vor der Geschäftsaufgabe steht, sitzt oder liegt; eine Umschulung kommt nicht mehr in Frage.

Beste Grüße an die gesamte Gesellschaft, für die Sie sich seit 1860, als der Meister, gegen seinen Willen, abberufen wurde, so gekonnt ins Zeug legen: Ihr Fitzroy

Lieber!

Du hast zuletzt oft damit kokettiert, dass Du nicht günstig auf Dich wirkst. Ich muss Dir zustimmen: Auf mich wirkst Du auch nicht mehr günstig! Du rutscht ab ins Tal der Tränen, bist dabei, das Wenige zu verspielen, das Dir geblieben ist. – Gehöre ich noch dazu? Ehrlich gesagt: ich weiß es nicht. Was mir an Dir auf den Sack geht, ich muss es leider so deutlich und undamenhaft sagen, ist dieses Lahmarschige, das Du pflegst. Alles lässt Du auf Dich zukommen, Du hörst nur noch in Dich hinein, ob Dir nicht vielleicht doch noch etwas aus dem allgemeinen Traum- und Schweberepertoire eingespielt wird, das man, eben weil es längst billig und überall greifbar geworden ist, nur noch in Empfang nehmen muss, ohne zu antworten oder gar in eine eigene Denkanstrengung zu verfallen, die Du Dir früher, wenngleich unter Protest, immerhin noch zugemutet hast. Nichts mehr davon ist übrig geblieben. Wenn Du jetzt Deine Bestände abträgst, muss es den wenigen, die noch etwas an Dir finden, wie Hohn vorkommen.

Im Übrigen solltest Du, wenn's denn noch geht, auf Dein Äußeres achten. Mann, siehst Du scheiße aus. Fehlt nur noch, dass Du für den Rest Deiner Jahre in einer einzigen versifften Jogginghose rumläufst. Wie viele Jahre werden es noch sein?

Und die merkwürdige Frau, in die Du Dich verguckt zu haben glaubst; wie lange hast Du sie jetzt schon nicht mehr gesehen? Ob das nicht auch seine Gründe hat? Ich werde, wie gesagt, schon bald leibhaftig auf Dich zukommen; dann musst Du Dich entscheiden. (Wenn Du dann noch lebst; kleiner Scherz ...)

Mit grußlosem Gruß

Deine Ellie –, die, wenn sie ausschließlich damit beschäftigt wäre, Dein Tun und Lassen (vor allem: Dein Lassen) zu beäugen, nur noch in irrem Tempo vor sich hin altern würde. Worauf Du einen lassen kannst. – Aber ich habe erfreulicherweise noch anderes zu tun.

Lieber Herr Fitzroy!

Zuletzt schrieb ich Ihnen, u.a. auch um Sie zu meiner Beerdigung einzuladen. Sie versprachen zu kommen. Gilt das noch? Ich frage, weil es nicht mehr lange geht mit mir. Zwar fühl' ich mich z.Zt. merkwürdig munter, aber das ist das bekannte Täuschungsmanöver, mit dem sich der Tod, trotz bestehenden Hausverbots, Zutritt erschleicht; ich weiß das, weil ich, denk' ich manchmal, schon öfters gestorben bin. Mein Grab ist mir auch schon gezeigt worden; nicht schlecht - von oben sieht es hell aus, fast gemütlich, man soll sich aber nicht täuschen: Wenn man denn endgültig abgelegt worden ist, wird es dunkel und kühl sein, ja saukalt, und Fluchtmöglichkeiten der herkömmlichen Art gibt es wohl auch nicht mehr. Egal; was sein muss, muss sein. Was ich aber schon weiß bzw. in die Wege geleitet habe, ist das Abschiedslied, das meine Jungs vom gefürchteten Männergesangverein *Halbe Lunge WAF* anstimmen werden: *Als ich fortging* heißt es, ist ein alter Erfolgstitel aus der untergegangenen DDR, die von mir aus nicht hätte untergehen müssen, und wurde von einer Gruppe mit dem vertrauenerweckenden Namen Karussell gesungen. Ich habe den Song zufällig gehört, als Titelmusik einer Folge des *Polizeirufs* von 1989, ich weiß nicht, ob Sie diese Krimireihe kennen, die in besagter DDR in etwa das war, was hierzulande als *Tatort* angeboten wird. Auf jeden Fall ging mir die Melodie unglaublich zu Herzen; da war alle speziell für mich angesparte Wehmut drin, die in den letzten Jahrzehnten nicht mehr raus durfte. Eine wunderbar stille Trauer mit Wohlfühleffekt überkam mich; langer Rede kurzer Sinn: So wollte und will ich sterben, und wenn ich unten in der Grube liege und dieses Lied höre, das, hab' ich mir mittlerweile sagen lassen, auch schon bei unseren Brüdern und Schwestern im Osten ein beliebtes Beerdigungsstück war, werde ich getröstet abgehen, wobei der Trost keinen Urheber braucht und keinen Adressaten –, es ist dann einfach nur zu Ende, einmal noch wird einem wunderbar warm ums Herz, das war's.

Bis bald, lieber Fitzroy –: Ihr alter Carlos, der sich auf einmal gar nicht mehr so seines Lebens müde fühlt …

Muss ich mir etwa Sorgen machen und meine Pläne doch noch mal überdenken?

P. S.: *Als ich fortging, war die Straße steil, kehr wieder um (...) Als ich fortging, war der Asphalt heiß, kehr wieder um (...) Nichts ist unendlich, so sieh das doch ein. Ich weiß, du willst unendlich sein, schwach und klein (...)* Und – bitte um Beifall für meine späte gesellschaftspolitische Aufgeklärtheit –: Die Schlusszeile von *Als ich fortging* lautet *Nichts ist von Dauer, was keiner mehr will* und wurde im Nachhinein als prophetischer Hinweis auf den Kollaps der DDR gewertet; kann man so sehen, muss man aber nicht. Die alten Zeiten bringt uns sowieso keiner mehr zurück.

Sehr geehrter Herr Fitzroy, – ich danke für die Zusendung des Leseexposés zu Ihrem Projekt *Das waren noch Zeiten*, mit dem wir uns beschäftigt haben. Leider ohne überschießende Freude – ich darf das frank und frei vorwegnehmen. Der Sinn Ihres Unternehmens will sich uns nicht erschließen: Warum die Vergangenheit feiern, wenn wir mit der Gegenwart, die durchgestanden werden will, genug zu tun haben und es, aller Voraussicht nach, auch noch die Zukunft gibt, die bereits manches ausheckt, von dem wir eine Ahnung haben, aber noch nichts wissen. Das ist doch spannender, als in abgelegten Glanztaten herumzupokeln, an die sich, spätestens wenn die nächste Jugend das Ruder übernimmt, ohnehin keiner mehr erinnert. Dass Sie Ihre Vergangenheitsverklärung mit Ironie und sparsam eingestreutem Witz aufzumöbeln versuchen, ist löblich, rettet die Sache aber auch nicht mehr.

Ich bitte um Nachsicht, wenn ich so offen mit Ihnen spreche. Sie waren, auf Ihre Art, ein verdienter Autor, der nun aber vielleicht daran denken sollte, Ruhe zu geben --

zumal ich, um das Maß meiner Unfreundlichkeit vollzumachen, auch noch zu verkünden habe, dass wir Ihren *Schopenhauer* vom Markt nehmen müssen; die Verkäufe waren erst schlecht, dann miserabel und sind inzwischen gänzlich auf Resterampenniveau. Tut mir leid; ich hätte gern Erfreulicheres zu vermelden gehabt.

Beste Grüße

Dr. Mercario Stahlknecht, Verlagsleitung

Sehr geehrter Herr Stahlknecht, – ich danke für Ihre launige Email, die ich gefasst, wenn nicht sogar: mit Erleichterung zur Kenntnis genommen habe. Natürlich haben Sie nichts, aber auch gar nichts begriffen, womit sie aber in guter Gesellschaft sind. Ihrer ein wenig verklausulierten Empfehlung, in den Ruhestand zu wechseln, werde ich folgen, wenn »die Stimmen, die da kommen sollen« (Rilke) mir keine andere Wahl lassen. (Das kann noch dauern; vielleicht geht's aber auch ruckzuck.)

Eine Frage hab' ich noch: Der Name Stahlknecht ist mir in anderem, ebenfalls nicht sehr erfreulichem Zusammenhang auffällig geworden: Kennen Sie eine Frau Dr. Melanie Stahlknecht??

Das ist meine Tante.

Macht nichts. Sie müssen sich nicht entschuldigen. Seine bucklige Verwandtschaft kann sich keiner aussuchen.

So nicht

Erst die Nacht und dann der Tag. Oder umgekehrt, egal. Auf jeden Fall wurde er durchgeschüttelt, dass ihm Hören und Sehen verging. Noch mehr als sonst. Woran lag's? Das ließ sich nicht sagen. Passt aber, denn es weiß ja ohnehin keiner, warum einem gerade dieses und jenes zu Kopf steigt, und nicht etwas anderes. Also doch wohl zuerst die Nacht, die sich ganz unauffällig gab; zunächst. Abends hatte er wenig gegessen, dafür, Ausgleich muss sein, etwas mehr getrunken. Sodbrennen, längst zum anhänglichen Begleiter geworden, setzte ihm zu; er warf sich eine Tablette ein. Dabei fiel ihm ein, dass er vor ewiglanger Zeit, als er tatsächlich mit dem Gedanken spielte, Schriftsteller zu werden (lachen Sie nicht), eine Geschichte skizziert hatte, die von Dr. Soth handelte, dem wenig beliebten Erfinder des gleichnamigen Brennens. Er fand die Geschichte witzig, war mit dieser Einschätzung aber allein; zwei Verlage antworteten ihm, in, freundlich gesagt, sehr unfreundlichem Tonfall; dagegen war der Ablehnungsbescheid des lachhaften Dr. Stahlknecht ein Muster an Liebenswürdigkeit. Damals nahm sich Fitzroy die Dinge noch zu Herzen, fiel ihm ein, wie überhaupt dieser Tag, der zur Nacht wurde, jede Menge Einfälle, oder sollte er sagen: Einflüsterungen bereithielt, die allesamt von einer Erinnerung betrieben wurden, an die er zuvor nicht mehr herangekommen war. Nun aber. Nun aber kam in besagter Nacht, als er mit schwerem Wanst im Bett lag und den Whisky spürte, den er sich zur Verstärkung der gegen Dr. Soth gerichteten Tablette noch gegönnt hatte, ein Bilderreigen über ihn, der es in sich hatte. Zunächst schlief er wie ein Baby. Bewegungslos lag er da, meinte er, nur sein monumentales Seufzen und Ächzen war zu hören; eine zunehmende, nicht sehr charmant klingende Geräuschkulisse war zu hören, die ihn, kurioserweise, dazu brachte, zwei-, dreimal mit dem Fuß auszuschlagen, dem rechten Fuß, der linke fühlte sich blutleer, fast taub an. Dann fing es an; ein Film wurde für ihn eingespielt, ein Dokumentarfilm mit ergänzenden Spielszenen, der sich nur um eine Person drehte, einen gewissen Fitzroy, der sich so lange vor sich selbst versteckt hatte, dass man ihm nun eine späte Aufklärung zukommen ließ. Ungünstigerweise wurde ihm der Film in einer Art Zeitraffer vorgeführt; alles viel zu schnell, zudem hektisch geschnitten, und er, der Hauptdarsteller, der nicht wusste, wie ihm geschah, hatte keine Gerätschaften zur Verfügung, die es ihm erlaubt hätten, bestimmte Szenen anzuhalten und genauer zu begaffen. Eine Untertitelung wäre auch hilfreich gewesen, denn seine Erinnerung half ihm, wenn überhaupt, nur zeitversetzt auf die Sprünge. So stellte sich dieser Bilderbogen, der zu Aufklärungszwecken, aber mit schmalem Budget produziert worden war, als Panoptikum eines zunächst schwungvoll begonnenen, dann immer gemächlicher abschnurrenden Lebens dar. Angenehm war's trotzdem, der Autor des Films, eine im Verborgenen wirtschaftende Gestalt, die auf Honorare und Ehren keinen Wert legte, dafür aber aufs strengste namenlos bleiben wollte, meinte es gut mit ihm. Für einen Moment kam er sich wie einer jener Altersheiminsassen vor, denen man mit freundlichen Gedächtnisspielchen aus schrumpfendem Wissen aufhelfen wollte, auf dass sie wieder mitreden konnten und in lichten Momenten tatsächlich eine Ahnung davon hatten, wer sie gewesen waren oder gewesen sein könnten. Fitzroy durcheilte seine Kindheit, die, das war ihm ja inzwischen dank Herkules klargeworden, eine glückliche Kindheit war; er robbte, abgefedert von einem praktischen Bäuchlein, über den Boden, zog sich an einer Schrankwand hoch, die daraufhin, da sie nicht sachgerecht aufgestellt worden war, einzustürzen drohte, seine Eltern sahen es mit Entzücken, denn kurz darauf wechselte er problemlos in den aufrechten Gang, der anfangs nicht ganz unfallfrei verlief, er kollidierte mit Tischbeinen, verlor, auch wohl weil er falsches Schuhwerk anhatte, des Öfteren das Gleichgewicht, gab aber nicht auf, sondern rappelte sich immer wieder hoch. Gut so; im Leben, nicht nur im überschaubaren Kosmos der Kleinkinder, die sich alles erst noch aneignen müssen, kommt es auf Stehvermögen an.

Wenig später, so suggerierte ihm der Film, erlebte er seine zweite Wachstumsphase, besonders im Bereich eines dunkelblonden Haarschopfes, der noch mit keinerlei Ausfällen, etwa im Hinterkopfbereich, zu kämpfen hatte. Ansonsten aber verlegte sich der Wachstumsschub, bezogen auf all das, was unterhalb des Haupthaars war, mehr auf die Breite; an Höhe nahm er kaum zu, dafür wurde er zu einem kastenförmigen Kind, zu dem auch der Kopf passte, der viereckig wirkte. Begann da schon die schwach, sehr schwach erinnerte Phase, in der man ihn zu mobben begann? Im Film ließen sich auf die Schnelle keine Anzeichen dafür erkennen, im Gegenteil; das kompakte Kind mischte überall mit, unter Kumpanen war es geachtet und geschätzt, man sah es des Öfteren im Gespräch, in dem er den Ton angab, der allerdings nicht hörbar war; an dieser Stelle wurde der Film, dem ohnehin nur ein undefinierbar breiiger Sound unterlegt war, zum Stummfilm. Danach sah er sich, nun doch größer geworden, auf einmal in der Kirche. Was sollte das denn? Er war doch sowas von unfromm gewesen, von stämmigen Kindesbeinen an. Hatte er gedacht. Dachte er. Und doch eben in der Kirche, weit vorne sitzend, inmitten gestresster Kollegen gleichen Alters, allesamt in auffälliger Festtagskleidung, hinter ihnen eine versammelte Elternschaft, die sich zu frommem Mienenspiel anhielt. Fitzroy wurde konfirmiert. Er musste lachen. Lautlos; im Traum, auch wenn der als Film daherkommt, lacht man lautlos, das ist zweckmäßig. Was hatte er nicht schon alles über sich ergehen lassen müssen. Dann fiel ihm auf, dass er nicht ganz vorne saß, sondern eher in Reihe drei oder vier. Und Mädchen waren auch dabei, die sah er erst jetzt, und machten ihn unruhig. Besonders zwei Mädchen hatten es ihm damals wohl irgendwie angetan; die eine, blond und eher füllig als rank, saß schräg hinter ihm, die andere, mit fast rotem Haar, was aber auch an der schummrigen Kirchenbeleuchtung liegen mochte, fast im gleichen Winkel vor ihm. Zusammen nahmen sie ihn in die Zange, so schien es. Er kannte die beiden; sie waren in eine etwas längere Geschichte verwickelt, die sich nun, möglicherweise, zu lösen begann. Oder auch nicht. Auf jeden Fall kam er auf ihre Namen, sie fielen ihm nur gerade nicht ein. Kurz und knackig waren die Namen, man konnte sie sich merken, das schon. Warum aber er nicht, warum hatte er sich angewöhnt, auf Durchzug zu schalten; vor wem wollte er sich schützen? Der Film hielt auf einmal an; alles still, als sollte ihm die finale Besinnungspause gewährt werden. Als die Mädels irgendwie zudringlich werden wollten, so kam's ihm vor, die eine kraulte ihm von hinten den Nacken, die andere wurde von vorn übergriffig und machte sich in seiner Körpermitte zu schaffen, ein ganz abwegiges Gefühl, hatte man ein Einsehen mit ihm; der Film nahm wieder Fahrt auf, und ihm fiel tatsächlich ein, wer die beiden waren. Sie veränderten sich in aberwitzigem Tempo; aus Mädchen, die zwischendurch mal eben ein wenig Verruchtheit ausprobieren wollten, wurden Frauen, beide nicht unattraktiv, die eine etwas molliger, die andere so schlank, dass der Blick an ihr nicht länger hängenblieb als unbedingt nötig.

Ellie und Franzi. So hießen sie, kein Zweifel, aber das war natürlich Blödsinn. Fitzroy rieb sich im Traumschlaf die schon wieder tränenden Augen, er schluckte, strampelte sich frei, ihm war mächtig heiß geworden. Was ging mit ihm vor. Er hatte das Gefühl, dass er weder vor noch zurück konnte; ja, jemand hatte seine zuvor schon arg zweifelhafte Existenz übernommen und führte sie weiter. Was jeder Mensch mindestens dreimal im Leben denkt, dachte er jetzt ein viertes Mal: Wer bin ich überhaupt, dass man so mit mir umspringt, so planlos und eigentlich doch nur auf Zeitvertreib aus. Ellie und Franzi. Sie traten zurück, hatten ihn aber noch im Blick. Eine Drohung, die, wer weiß, wie lange noch, anhielt. Eben noch konfirmiert, in merkwürdiger, irgendwie auch überholter Zeremonie, machte er kurz darauf Abitur. Alle freuten sich, keine Mädels dabei, er war wohl auf ein reines Jungen-Gymnasium gegangen, sowas gab's damals noch, das sich, umgeben von einem gelichteten Park, in Warendorf befand. Klar doch, warum war er nicht früher darauf gekommen. Schönes Städtchen im Münsterland, Felder, Hecken, Wäldchen und dazwischen ein paar Schlösser, teils von Wassergräben eingerahmt, teils auch einfach nur so dastehend, so dass man freien Blick auf die gebeugten Spätadeligen hatte, die diese Schlösser, allesamt nicht groß, sondern eher wehmütig klein geraten, bewohnen mussten; solange es denn ging, weshalb sie auch besorgt aussahen und ein wenig traurig; passte aber alles prima in die Landschaft. Bald musste er ja wohl ohnehin zu einer Beerdigung nach Warendorf, ein Männerchor sang, und danach würde das Grab, in das man einen überwiegend munteren alten Herrn ablegte, geschlossen. Bis auf weiteres für immer. Vielleicht war er auch selbst dieser alte Herr, wer wusste das schon. Zur Munterkeit hatte sich ja auch der junge Fitzroy bekannt; der Film präsentierte ihn im Kreis von Kumpeln, die rote Abimützen auf den roten

Köpfen hatten, wodurch sie etwas landestypisch Verwegenes bekamen. Man trank Unmengen Bier, besoff sich im Stunden- und Tagestakt: einmal fiel er in eine dicke Glasscheibe, blutete, man brachte ihn ins Krankenhaus, wo ein einsamer Arzt, der gerade ein Nickerchen halten wollte, ihn missmutig empfing. Hauchen Sie mich mal an, sagte der Arzt, das konnte man im Film zweifelsfrei hören, und er folgte der eher barschen denn freundlichen Aufforderung, hauchte, was wie ein missglückter Furz klang; der Arzt trat einen Schritt zurück, wedelte mit der Hand. Sie haben mindestens achtkommavier Promille, sagte er, das ist gut, da brauchen wir nicht zu betäuben. Fitzroy wurde am Kopf genäht, zwei, drei Stiche, er spürte nichts, hatte aber weiterhin mächtigen Durst. Dafür juckte ihn jetzt, im Bett in der Schönen Aussicht, die Narbe, die ihm von damals geblieben war. Alles klärt sich auf, dachte er, man muss nur lange genug warten können. Damit war er zurückgekehrt in die Welt seiner Einfalt. Aber nicht lange. Kaum hatte man ihn genäht, drohte ihm neues Ungemach; der Film hielt es, nach einem weiteren Zeitsprung, für nötig, dass es eng wurde für ihn: Er sah mit an, wie er auf einer Bahre ins Krankenhaus gebracht wurde. Grün und gelb im Gesicht, eine ältere Dame begleitete ihn, das war, kaum zu glauben, seine Mutter. Ach, wie besorgt und liebevoll sie war, diese Mutter, deren Bild er so lange verfälscht hatte, dass er im Nachhinein und berechtigterweise wütend wurde über sich selbst. Ja, er schämte sich; eine sträflich dumme, ausschließlich auf sich selbst bezogene Existenz hatte er geführt. Schäm dich!, rief Fitzroy, aber es war zu spät. Nicht zu spät aber, damals, für ihn, denn seine Mutter war einer fahrlässigen Hausarztdiagnose entgegengetreten und hatte den Notversorger gerufen, der eine akute Blinddarmentzündung feststellte und seinen Fahrer anwies, das Blaulicht zu setzen. Im Krankenhaus drückte ihm ein Arzt auf eine bestimmte Stelle im Bauchraum, da schrie der Patient Fitzroy vor Schmerzen, und seine Mutter weinte. Jaja, der Blinddarm, sagte der Arzt, kein Mensch braucht ihn, aber wenn er durchbricht, ist Feierabend. Wir operieren in fünfzehn Minuten.

Auch das überlebte Fitzroy, er wurde zum harten Typ, was ihm äußerlich aber noch immer nicht anzusehen war. Durchs Studium, das er begann, schlurfte er als geselliger Leisetreter; er hatte, legten ihm einige Szenen des Films nahe, den er inzwischen beruhigend und besorgniserregend zugleich fand, etwas Weichliches an sich, ein junger Mann, geschaffen für Frühling und Sommer, zur Not auch noch Frühherbst, nicht aber für den Winter, der in Freiburg, da hatte er anscheinend studiert, schon mal heftiger ausfallen konnte. Dann gab's Schnee, der von den Schwarzwälder Höhen bis runter in die Stadt wehte und bei einem Weichei wie ihm für klamme Gedanken sorgte; er fröstelte vor sich hin. In dieser Jahreszeit gefiel ihm am Schwarzwald nur die Schwarzwälder Kirschtorte, von der er jederzeit so viel essen konnte, dass er keine Mühe hatte, sein Übergewicht zu halten. Trotzdem war er wohl, auf seine Art, auch fleißig. Damals, ach ja: damals, gab es für etwa zwei Jahre die Möglichkeit, ohne vorherigen Abschluss zu promovieren, man musste nur einen Dummen finden, der sich überreden ließ, als Doktorvater oder Doktormutter zu fungieren und eine der unwichtigen und meistens auch torturhaft langweiligen Dissertationen zu betreuen, die geschrieben und vorgelegt werden müssen, um an einen Titel zu kommen, der speziell in deutschen Landen, mehr noch aber im benachbarten Österreich eine gewisse Ehrfurcht hervorruft. Noch immer hervorruft; so viel hat sich da gar nicht verändert. Tatsächlich fand er jemanden, der sich bereit erklärte, seine Arbeit über die frühe Erkenntnistheorie J. G. Fichtes anzunehmen, die er anfangs geradezu putzmunter, dann jedoch in immer schleppenderem Tempo verfertigte. Zum einen lag das daran, dass er, wie schnell festzustellen war, kein Mann für längere, einigermaßen schlaue Abhandlungen war; er quälte sich über die Runden, was auch im Film zu sehen war, ja was man sogar riechen konnte: Er hockte in einer muffigen Bude, schrieb krauses Zeug und kam, für sich, zu dem Ergebnis, dass Fichte eigentlich ein Mann für die seelentherapeutische Betreuung gewesen war, aber keiner hatte ihn weggesperrt, und so schaffte er es, zu einem der führenden Köpfe des sogenannten Deutschen Idealismus aufzusteigen, den Fitzroy ansonsten aber sehr sympathisch fand. Eine Zeit, dachte er, die keine Ahnung hatte, eine Zeit, in der man das innere Gedankenkarussell, das sich im Menschen dreht, bis für ihn Feierabend ist, mit kühnem Bekennermut besteigt und dabei in Kauf nimmt, dass es im Kopf schleift und knirscht und man am Ende so schlau ist als wie zuvor. Fitzroy aber war, wie gesagt, keine Mann für längere schlaue Abhandlungen, was dann sogar seinem Doktorvater auffiel, der, eigentlich ein wohlgenährter Mensch mittleren Alters, über der Betreuung seiner Dissertation immer mehr verfiel. Besorgniserregend verfiel. An der Uni machte man sich schon Sorgen; der Mann hatte eine schraffierte Gesichtsfarbe, er zitterte, wenn Fitzroy in seine Sprechstunde kam und über Fichte räsonierte, den er immer weniger verstand. Er hielt sich an das bereits erwähnte Dichterzitat, das da lautet: Wer spricht von Siegen, überstehn ist alles. Von Eichendorff war es nicht, eher schon von –. Der Film hatte an dieser Stelle eine ohnehin etwas ärgerliche Kameraführung; minutenlang, so kam es ihm vor, wurde das kranke Gesicht des Herrn Professors gezeigt, dessen Blick flackerte, dazu unterm Tisch eine merkwürdige, psychisch bedingte Nervosität der Füße, die fortwährend aneinanderstießen, was ein schleifendes Geräusch ergab; wie konnte man sich nur so gehenlassen. Im Traum, der plötzlich hell und lodernd wurde, spürte Fitzroy die Angst, die er damals hatte; sie galt nicht der Gesundheit seines akademischen Betreuers, sondern dem Umstand, dass der schwächliche Mann womöglich nicht durchhielt. Und dann? Alles umsonst, für den Arsch sozusagen.

Er wurde dann aber doch promoviert. Ordnungsgemäß; merken Sie sich das bitte, Frau Dr. Stahlknecht, die Sie noch lange unpässlich bleiben mögen. Die Gesamtnote, die Fitzroy einfuhr, lag im Außenbereich des Bewertbaren; er promovierte *mit Ach und Krach*, konnte man sagen, eine Zensur, die es im universitären Bewertungssystem aber nicht gibt, so dass man ihm ein *Rite* verpasste, was in etwa einer Vierminus entspricht. Als er bestanden hatte, eine Art Gnadenakt, war die Erleichterung groß, vor allem beim Prüfungspersonal; man bat ihn zu gehen, und bitte gehen Sie gleich!, verabschiedete sich nicht mal; sehr unhöflich und irgendwie auch lauernd und nachtragend, diese Akademiker. Er selbst war nicht unhöflich, wünschte dem Professor, der sich gleich darauf in eine Gesundheitswiederherstellungsmaßnahme begab, die aber, wie man später erfuhr, nichts einbrachte außer neuen rätselhaften Krankheitsschüben, viel Erfolg, trat aus dunklen Saalverliesen hinaus ins Sonnenlicht; sehr schön, wenn auch ein wenig zu grell. Vielleicht hatte es damals schon angefangen mit seinem Augentränen. Auch und gerade im Traum hatte er den feuchten Blick; ein unbefangener Beobachter hätte meinen können, dass er in aller Stille vor sich hin weinte. Und gab es nicht auch eine etwas alberne Geschichte, die davon berichtete, wie es sogar einer wie Fitzroy geschafft hatte, promoviert zu werden, womit er sich in die Schar der von Schopenhauer so genannten *Kopfverderber* einreihte, die, gerade weil sie sich für unverzichtbar halten müssen, immer mehr werden. Ein unbekannter Autor, der ihm bekannt vorkam, hatte diese Geschichte geschrieben.

Der Film über das unbekannte Leben des Fitzroy wurde an dieser Stelle angehalten; warum, wusste er nicht. Gab's nichts mehr von ihm zu berichten, oder war er schon gestorben und hatte es bislang nur noch nicht gemerkt. Da traf es sich gut, dass er sowieso zum Klo musste. Als er das Licht im Bad anmachte, kam der Schock: Er sah einen Fremden. Nun gut, das kommt vor, aber dieser Fremde, den er im Spiegel schon öfter gesehen hatte, so dass sich fast von einem unterkühlten Vertrauensverhältnis sprechen ließ, war über Nacht unglaublich alt geworden. Ein Anblick zum Fürchten. Wie oft hatte er gedacht, ich wirke nicht günstig auf mich; aber doch bitte nicht so. Der Anblick kam einer Vernichtung gleich; den da wollte man nicht sehen, nie mehr. Am schlimmsten waren gar nicht mal die unzähligen Falten, die man ihm präsentierte – geschenkt! –, sondern der trübe, spähende Blick, den Schopenhauer – hatte er das nicht vor kurzem schon zitiert? – als untrügliches Kennzeichen böser alter Männer und Frauen bestimmt hatte. Eigentlich schon erloschen, dieser Blick, der sich zudem verengte und ihn, den unwiderruflich alten Sack in einen Tunnel führte, aus dem er nicht mehr rauskam. So eng wurde sein Sichtfeld, dass er mächtig Druck auf die Schläfen bekam; er versuchte noch, durch Schielen und nervöses Blinzeln etwas Weite in den Blick zurückzubekommen; ging aber nicht, im Gegenteil, seine Welt wurde noch kleiner in dieser Nacht, er sah nur das Nötigste und das auch nicht mehr richtig. Die Hoffnung stirbt zuletzt, dachte er noch, als er wieder im Bett lag; das war der Standardspruch aller Abstiegskandidaten. Er zog sich die Decke über den Kopf, rollte sich ein wie ein Spätheimkehrer.

Also doch erst die Nacht und dann der Tag. Am nächsten Morgen, der schon ein Mittag war, sonnig zwar noch immer, aber mit unmerklich ziehenden Feinstaubwölkchen am Himmel, war er, mit brüchiger Hoffnung, ins Bad getappt; vielleicht war ja doch alles nur eine nächtliche Schimäre gewesen. War's aber nicht, leider. Der alte Mann, der ihn anschaute und dann gleich wieder den Blick senkte, war in der Nacht noch einmal locker vierzehn Jahre älter geworden; mindestens. Ich brauche eine Gehhilfe, dachte Fitzroy. Für den Kopf und für die Beine. Er war inzwischen aber auch ein Ergebener; wenn man ein Exempel statuieren wollte, das an ihm den rasanten Fortschritt von Alterungsprozessen vorführte, die bis vor kurzem noch im Untergründigen, also kaum merklich, verlaufen waren, dann hatte er das eben hinzunehmen. Punkt. Was wollte er machen? Er ging ins Freie, die Luft, nicht zu warm und schon gar nicht zu kalt, streichelte ihn, so kam's ihm vor. Als sollte von unbeteiligter Seite eine Wiedergutmachung betrieben werden, die anerkennenswert war, aber natürlich nur als Tageskarte ausgegeben wurde. Wer über Nacht alt geworden ist, hat alt zu bleiben. Wo kämen wir sonst hin! Genau, wo kommen wir hin; eine beliebte Frage, die auch deshalb so zählebig ist, weil sie kein Schwein beantworten kann. Fitzroy verschwendete darauf keinen Gedanken mehr. Er hatte sich als Philosoph betätigt, mit überschaubarem Erfolg, und war dabei Realist geblieben. Das hatte Vorteile und sparte die metaphysische Ebene aus. Und auf religiöse Abwege war er ohnehin nie geraten. Er saß dann noch mal am Main. Auf seiner Bank, allein; keine Ellie, keine Franzi, kein Herkules. Die Sonne war noch zu sehen, auch durch geschlossene Augen; feuchtschwüle Luft, Klimaerwärmung halt, das ging seinen Gang. Stimmen schwirrten um ihn her wie Winzvögel, er wurde berührt, das Meiste ging aber haarscharf an ihm vorbei.

Wolkmann

In einer Nacht, die ansonsten unauffällig blieb, wurde Fitzroy mit einer Einflüsterung bedacht. Gerda Gantenbein, die verstorbene Frau von Herrn Dr. Gantenbein, der sie für sich aber am Leben erhielt und einfach weiterbeschäftigte, sprach mit ihm. Warum das? Keine Ahnung. Gerda, die im Traum so überraschend über ihn kam, hatte eine angenehme, fast verführerische Stimme. »Fitzroy«, sagte sie, »ich könnte mir Sorgen um Sie machen. Will ich aber nicht, es geht ohnehin seinen Gang. Stattdessen kriegen Sie jetzt, unaufgefordert, zu hören, wie's mit uns weitergegangen ist. Kreuzfahrt! Erinnern Sie sich gefälligst, strengen Sie sich an. Teneriffa. Nach einem strapaziösen Ausflug zum Teide, den höchsten Berg Spaniens, kamen wir zurück aufs Schiff. Meinem Mann war schlecht, er hat sich dann früh in die Kabine zurückgezogen. Dort schlief er den Schlaf des Gerechten. Oder sollte ich sagen: den Schlaf des Erweckten? Am nächsten Morgen nämlich kam er als ein Veränderter zum Vorschein; nicht äußerlich, sondern, wie soll ich sagen, von seiner Gesinnung her. Aus dem Freund der Weltmeere wurde ein unnachgiebiger Verehrer der Berge, was dann, ich darf es vorwegnehmen, bis zu seinem Tod anhielt. Missmutig hockte er auf dem Balkon unserer Kabine, schaute aufs Wasser, das sich nur unwesentlich bewegte. Langweilig, rief er. Das Meer ist langweilig. Es simuliert nur Weite und Erhabenheit, hat sie aber eigentlich nicht zu bieten. Wie anders sind da doch die Berge, die sich vor den Horizont schieben und nicht, wie es das Meer vorgibt, mit ihm verschmelzen.

So und ähnlich räsonierte er vor sich hin, es ging mir, muss ich sagen, gehörig auf den Keks. Zumal mir die Sache ja auch deswegen abwegig vorkam, weil er eigentlich höhenängstlich war; zu Hause konnte er auf keiner Haushaltsleiter stehen, ohne dass er zu zittern anfing. Und so einer beförderte sich auf einmal zum großen Kletterer, vor dem sich sämtliche Berge der Welt in Acht nehmen mussten. Nein, nicht sämtliche: Die scharfzackigen Berge, die schon so aussahen, als könnte sich auch der Himmel an ihnen stoßen, gefielen ihm nicht, das gab er zu; er hatte die sanftgeschwungenen Kuppen lieber, die trotzdem beträchtliche Höhen erreichen können. Also am liebsten erloschene oder fast erloschene Vulkane wie etwa den Ararat in der Türkei, den Elbrus im Kaukasus, Mt. Rainier in den USA, den Kilimandscharo und andere mehr. Uwe legte sich eine Liste der Berge an, die er alle noch besteigen wollte. Dazu wurde er buchhalterisch tätig, druckte sich Bilder und Basisinformationen aus, so dass die Liste innerhalb kurzer Zeit zu einem Buch wurde, das er mir, die ich nur mühsam Haltung bewahrte, immer wieder zeigte. Theoretisch hast du sie ja alle schon bestiegen, sagte ich, bist über jede Gletscherspalte locker hinweggekommen. Das reicht doch eigentlich.

Da sah er mich an, erst ein wenig gereizt, dann traurig, und ich dachte mir: Lass ihn doch, ein Mann in seinem Alter kann schlimmere Hobbys haben. Tatsächlich blieb es nicht bei der Theorie. Es war ihm ernst. Ans Meer wollte er nicht mehr, nur noch auf die Berge. Umgekehrt wäre es leichter gewesen; für ihn, ich hatte da ja keine Probleme. Uwe fing klein an, im Schwarzwald, der an sich ein Mittelgebirge ist, in dem auch Rentner mit schleppendem Schritt zurechtkommen. Es gibt aber einen Berg, der, freistehend und weithin sichtbar, etwas beeindruckend Wuchtiges hat: der Belchen. Nur 1414 m hoch, hat er dennoch eine fast alpine Seite, eine Art Nord-, Süd- oder Ostwand, die sich steil und abweisend aus dem Münstertal hochzieht. Wobei man tatsächlich von ›ziehen‹ sprechen muss: der Anstieg zieht sich, Mann o Mann, ich kann Ihnen sagen. Manchmal wird der Weg, von dem aus man in diverse Abgründe blicken kann, so schmal, dass man sich wünscht, es mögen einem von oben bitte keine dicken Mitbürgerinnen und Mitbürger entgegenkommen. Wir schafften es dann aber, bei schwülen, also schweißtreibenden Temperaturen. Mein Mann dampfte wie ein Pferd, ich nicht; aus den bekannten Gründen. Oben auf dem Gipfel war viel los, jede Menge Wanderer, von denen die meisten aber mit der Seilbahn gekommen waren. Ich wollte schon wieder meckern, aber dann sah ich, dass Uwe glücklich war. Richtig glücklich. Er strahlte, genoss die Aussicht, störte sich auch nicht daran, dass ihm wieder Leute ins Bild kamen. Auf die Schnelle trank er dann zwei, drei Halbe Bier; zu schnell, wie sich herausstellte, denn auf einmal fing er an zu wackeln, und die Mitteilungen über seine Befindlichkeit waren akustisch nicht mehr so gut zu verstehen. So konnte ich ihn überreden, für den Rückweg die Seilbahn zu benutzen.

Es war dies, Herr Fitzroy, unser Einstieg in ein spätes Bergsteigerleben, das nun vorbei ist. Mit dem Belchen fing es an; danach kamen andere Gipfel. Uwe arbeitete sich hoch, kann man sagen. Ich möchte sie nicht mit weiteren Aufsteigergeschichten langweilen, nur erwähnen, dass wir auf den Ararat wollten, dort aber nicht hin sind, weil uns der bürokratische Aufwand, den man dafür hätte betreiben müssen, letztlich abschreckte, und die politische Lage war ohnehin nicht nach unserem Geschmack. Auch den Kilimandscharo nahmen wir aus dem Programm, nachdem Uwe im Fernsehen einen Bericht gesehen hatte, der zeigte, dass es rund um diesen Berg zugeht wie im Berufsverkehr am Biebelrieder Kreuz; Staus ohne Ende, dazu elenddünne

Luft, die durch das immense Touristenaufkommen rund um den Berg inzwischen gefährlich feinstaubbelastet ist. Behauptete zumindest der Autor des Filmes, der aber ziemlich klugscheißerisch klang und sich vielleicht nur wichtigmachen wollte; man kennt ja solche Leute, die die Welt, sofern es nicht ihre eigene ist, nur noch unter Schadstoffgesichtspunkten sehen. Also Kilimandscharo war nicht, auch nicht der Popocatepetl in Mexiko, der wieder zu spucken anfing, bevor wir konkrete Reisepläne schmieden konnten. Und der Fuji, Japans heiliger Berg, wurde uninteressant, weil Uwe einen Reisebericht gelesen hatte, in dem behauptet wurde, dass die entscheidenden Markierungen auf dem Weg zum Gipfel die unzähligen Fäkalien seien, die dort im Lauf der Zeit abgesetzt wurden. Ein Scheißhaufen, sagte mein Mann. Ich kletter' doch nicht auf einen Scheißhaufen.

Seine Liste arbeitete er ab, ohne zu arbeiten. Zwar gab er noch tapfere Bekundungen aus, dass sich an seiner Verehrung für die Berge nichts, aber auch gar nichts geändert habe. Aber das nahm ich ihm nicht mehr ab. Er war angeschlagen, das konnte man fühlen. Immerhin schafften wir noch seinen Lieblingsberg, den Damawand im Iran, an die 5700 Meter hoch. Zugegeben ein wahrhaft majestätischer Berg, absolut freistehend, von überall zu sehen, auch aus der meist eingedunsteten Hauptstadt Teheran. Wenn er denn geruhte, sich zu zeigen. Meist hielt er sich bedeckt, sehr zum Missvergnügen seiner Verehrer. Nachdem wir uns, was Pflicht ist, höhenakklimatisiert hatten, stiegen wir an einem sehr frühen Morgen auf. Unser Bergführer hatte versprochen, dass sich der Damawand den Tag freihalten würde, er habe da verlässliche Informationen und überdies den geschulten Blick. Es ließ sich auch alles gut an, für mich sowieso, und Uwe sah entspannt aus. Mach dir keine Sorgen, flüsterte er, ich kann vor Kraft kaum laufen. Alles wird gut. Wurde es aber nicht. Je höher wir kamen, desto mehr machten sich unangenehme Schwefeldämpfe bemerkbar, die aus allen möglichen Spalten und Ritzen drangen. Wer hier oben überleben, vor allem aber erst mal ankommen wollte, musste kein begnadeter Bergsteiger sein, sondern sich auf die Kunst des Hustens verstehen. Zum Giftgas kam Wolkenbrei hinzu; was für eine Suppe, die da um uns herumwaberte. Als wir auf dem Gipfel standen, war alles zu. Nichts von der vielfach gerühmten Sicht, die mir Uwe ein ums andere Mal und vorauseilend ausgemalt hatte; keine Hochebene, geschweige denn Teheran oder das Kaspische Meer. Mein Mann hatte Tränen in den Augen, was nicht an den Schwefeldämpfen lag.

Danach erlahmte seine Bergbegeisterung zusehends. Jeden Tag ein bisschen mehr, meine ich heute, da ich weiß, was passiert ist. Der ganze Mann verfiel mir; manchmal kam es so vor, als sei er alt geworden – eine Möglichkeit in seinem Leben, die er lange ausgeschlossen hatte. Obwohl ich lieber wieder zur See gefahren wäre, versuchte ich ihm Mut zu machen und im Umkreis der Berge zu halten. Ich wies ihn auf einen Berg hin, der mir gefiel: der Kasbek in Georgien. Ich hatte mal, eher zufällig, Fotos gesehen; beeindruckend, kein behäbig hingelagerter Vulkankegel, sondern eine lichtempfängliche, nicht ganz ebenmäßige Pyramide; auf jeden Fall kein Berg, der auf der Liste meines Mannes stand. Ich redete auf ihn ein, brachte mein spärliches, weil auf die Schnelle angelesenes Wissen ins Spiel. Schau ihn dir an, rief ich. Das ist nicht dein Berg, sondern unser Berg. Ich war tatsächlich fasziniert vom Kasbek; so etwas hatte ich zuvor noch nicht erlebt. Der Sage nach war Prometheus an den Berg gekettet, weil er den Göttern das Licht geklaut hatte, sagte ich, oder so ähnlich. Zur Strafe kam dann jeden Tag ein Adler vorbei und riss ihm die Leber aus dem Leib, die eigentlich nachwachsen wollte. Unangenehm, sehr unangenehm. Um deine Leber musst du dir aber keine Sorgen machen, es sei denn, du trinkst zuviel georgischen Wein, der sehr süffig sein soll. Und Georgien gilt ohnehin als schönes Reiseland. So plapperte ich vor mich hin und zauberte nach längerer Zeit mal wieder ein Lächeln auf sein Gesicht. Und weißt du was, sagte ich noch. Du musst auch gar nicht den Gipfel des Kasbek besteigen, die Mühe können wir uns sparen. Wir lassen uns 2170 m hoch fahren und setzen uns vor die berühmte, im 14. Jahrhundert erbaute Gergetier Dreifaltigkeitskirche, von der aus man angeblich einen traumhaften Blick auf den Berg hat. Wenn er sich zeigt, sagte Uwe. Vielleicht ist er ja auch so blickscheu wie sein Kollege Damawand. Auf jeden Fall verdient deine Frau ein Lob, weil sie so kompetent nachgeschlagen hat, sagte ich.

Wir flogen dann nach Georgien; wie gesagt: ein schönes Land, das sich meist frühlingshaft präsentierte. Die Berge, keineswegs scheu, standen in voller Pracht. Alles wird gut, wollte ich schon wieder sagen, ein inflationär gebrauchter Spruch, der, wie Sie mal erwähnten, speziell bei austrainierten Schopenhauerianern (nennt man die so?) den Brechreiz des besseren Wissens hervorruft. Alles wird gut, wiederholte ich, nun schon trotziger, denn es kamen Wolken, sogar viele Wolken. Als wir die Dreifaltigkeitskirche erreichten, die, glaub' ich, zum Weltkulturerbe gehört, fing es an zu regnen. Kein sonniges Georgien mehr; es sah aus wie in Bad Oldesloe im November. Nebel schlich um uns herum; mein Mann, der sich eben noch zu ambitionierter Fröhlichkeit angehalten hatte, fiel wieder in sich zusammen. Eine knappe halbe Stunde saßen wir auf der Aussichtsbank und hatten keine Aussicht. Jetzt greifen wir zum letzten oder vorletzten Mittel, sagte ich. Wir gehen in die Kirche und holen uns geistlichen Beistand. Dabei geht's nicht um das Leben an sich, da brauchen wir keinen Beistand mehr, sondern um das, was wir hier vorhaben. Was haben wir hier denn vor?, sagte Uwe. Klang er ein wenig gereizt? Natürlich klang er gereizt. So viel Aufwand hatte er betrieben, um auf seine Weise noch zum König der Berge zu werden, aber die Berge spielten nicht mit. Sie zierten sich, hatten genug von den aufdringlichen Blicken ihres spätberufenen Bewunderers.

Was soll ich sagen, Herr Fitzroy. Es wurde nicht besser auf 2170 m Höhe in Georgien. Wir saßen und warteten, der Nebel wurde zur zähen Suppe, manchmal hörte man auch sein höhnisches Lachen. Irgendwann hatten wir dann genug. Ich hab' die Schnauze voll, sagte Uwe, der ansonsten eher ein Mann akademischer Wortwahl war. Wir hauen ab. Zurück in die Ebenen dieser Welt. Oder aufs Meer, sagte ich. Bei der Rückfahrt meinte ich an einer Wegbiegung einen Berg zu sehen, der dem Kasbek sehr ähnlich sah. Ein prächtiger Anblick, für eine sehr flüchtige Zeiteinheit, und vielleicht auch nur Einbildung. Als wir wieder daheim waren, schmiss Uwe seine gesamten Bergunterlagen in die blaue Tonne. Auf die Schnelle, und wohl auch, weil er selbst merkte, dass es um ihn nicht mehr so ganz gut stand, hatte er sich noch ein allerletztes Weltanschauungsfragment zugelegt: Am schönsten sind die Berge von unten, sagte er. Und am allerschönsten die sanften Anhöhen der Mittelgebirge, die sich über jeden müden Blick freuen, der ihnen gilt.

Gestorben ist mein Mann also nicht im Hochgebirge, sondern auf halber Höhe. Genauer: auf einem Berg mit dem schönen Namen Wolkmann, oberhalb von Amorbach, einem kleinen Ort im Odenwald, der durch einen Prosatext von Theodor W. Adorno, von dem Sie, meine ich mich zu erinnern, nicht so viel halten, bekannt geworden ist. Dort saßen wir, natürlich wieder auf einer Bank (gestiftet von den Eheleuten Friesinger aus Mettmann; das hab' ich mir gemerkt); es gab freundliche, wenn auch nicht weitreichende Sichtverhältnisse, und ich hab' mich dann kurz selbständig gemacht und bin etwas abgestiegen. Uwe saß also oberhalb von mir, und als ich zu ihm hochschaute, wechselte das Licht; auf einmal sah er aus wie Sie auf der Bank im Botanischen Garten von Madeira, ehe Sie sich aus diesem Bild, das mir hängengeblieben ist, verabschiedeten und verschwanden. Verschwunden, zumindest nach irdischen Maßstäben, ist jetzt also auch mein Uwe, verabschiedet hat er sich nicht; musste er auch nicht, denn es war ihm ja klar, wohin es für ihn geht. Als ich ihn von der Bank abholen wollte, war er gestorben. Er sah friedlich aus, entspannt, jedenfalls nicht unglücklich. Sterben kann schön sein, meinen die, die noch nie gestorben sind. Über seinen Wolkmann, der ein deutscher Furz ist im Vergleich zum georgischen Kasbek, schrieb Adorno – (ich hab' natürlich wieder nachgeschlagen): ›Wolkmann: ein Berg, der Bild seines Namens ist, freundlich übriggebliebener Riese. Nun ruht er lange, breit gestreckt über dem Städtchen, das er von den Wolken grüßt.‹

Übrigens: Da wo wir jetzt sind, meint man es gut mit uns. Genaueres ist aber nicht herauszufinden, weil sich kein Verantwortlicher blicken lässt. Auf Dauer, die sich hier ins Unendliche dehnt, könnte das etwas langweilig werden. Hilft aber nichts, da müssen wir durch.«

Dann war es still. Gerda G. sagte nichts mehr, schade, sehr schade, und in Fitzroys Frankfurter Wohnung ächzten die Bücherregale. Nicht auf breiter Front, sondern nur im Alphabetsbereich A, zu dem auch der Kollege Adorno, der ihm in dieser seltsamen Nacht, vorübergehend, sympathisch wurde, einiges beigetragen hatte. Vielleicht war dem Kollegen ja massiv Unrecht getan worden, dachte Fitzroy, der in breiter Behaglichkeit im Bett lag, das auch zwei oder mehr Personen ausgehalten hätte. Dass er gleich darauf wieder einschlief, war der letzten Einflüsterung dieser Nacht zu verdanken: »Für Minuten ist man im Einmaleins von Zimmern, Kammern und Korridor zu Hause, wie es ein ganzes Leben lang die Lüge behauptet«, sagte ein rundlicher Herr unschätzbaren Alters. »Nicht anders wird einmal die Welt, unverändert fast, im stetigen Licht ihres Feiertags erscheinen, wenn sie nicht mehr unterm Gesetz der Arbeit steht, und dem Heimkehrenden die Pflicht leicht ist, wie das Spiel in den Ferien war.«

Eines Tages wird uns tatsächlich die Laterne ausgeblasen. Dann ist Schluß. Wirklich Schluß? Das Leben nach dem Tode ist eine hartnäckige, buchstäblich nicht totzukriegende Menschheitsidee, der wir, mögen wir uns auch noch so glaubensfern und ernüchtert geben, in dezenten Privatvisionen nachhängen. Einmal ins Leben befördert, mögen wir nicht mehr davon lassen, auch wenn es uns zwischenzeitlich sauer ankommen mag und oft mehr Belastung als Freude bedeutet. Da erscheint uns der Tod als natürlicher Feind. Wir mögen ihn nicht, auch wenn er gelegentlich als versteckter Wohltäter auftritt, der uns von schwerem Leiden befreit oder einen Ausweg weist, der vermutlich gar kein Ausweg ist. Schopenhauer sieht den Tod, dem keiner gern begegnet, freundlicher, als man zunächst vermuten würde. Zwar gibt er zu: »Für uns ist und bleibt der Tod ein *Negatives* – das Aufhören des Lebens«. Aber damit kann man es nicht bewenden lassen: »Er muß auch eine positive Seite haben, die jedoch uns verdeckt bleibt, weil unser Intellekt durchaus unfähig ist, sie zu fassen. Daher erkennen wir wohl, was wir durch den Tod verlieren, aber nicht, was wir durch ihn gewinnen.« Über den Gewinn, den uns der Tod, möglicherweise, beschert, lassen sich, unserem Intellekt sei Dank, nur Mutmaßungen anstellen. Die aber müssen geleistet werden: zu wuchtig, zu einschneidend erscheint uns das Ereignis Tod, als daß wir unsere Überlegungen davon fernhalten könnten. Auch wenn wir noch leben, kreisen unsere Gedanken um den Tod, von dem vor allem die eine, ebenso bedrückende wie unausweichliche Botschaft ausgeht: Irgendwann ist alles zu Ende, auch für uns selbst. Schopenhauer stellt dagegen eine tiefgreifende Ahnung, von der er annimmt, daß sie im Grunde Gewißheitscharakter beanspruchen kann: »Wie kann man nur beim Anblick des Todes eines Menschen vermeinen, hier werde ein Ding an sich selbst zu nichts? Daß vielmehr nur eine Erscheinung in der Zeit, dieser Form aller Erscheinungen, ihr Ende finde, ohne daß das Ding an sich selbst dadurch angefochten werde, ist eine unmittelbare, intuitive Erkenntnis jedes Menschen; daher man es zu allen Zeiten, in den verschiedensten Formen und Ausdrücken ... auszusprechen bemüht gewesen ist.« Die Wahrscheinlichkeit, daß es mit uns weitergeht, in welcher Existenzweise auch immer, ist für Schopenhauer größer als die Annahme des Gegenteils, dem er nicht viel abgewinnen kann: Er sträubt sich dagegen, daß die Einstellung unseres irdischen Geschäftsbetriebs das endgültige Aus bedeuten könnte, und weiß sich mit dieser Vermutung auf der Mehrheitsseite: »Jeder fühlt, daß er etwas anderes ist als ein von einem andern einst aus Nichts geschaffenes Wesen. Daraus entsteht ihm die Zuversicht, daß der Tod wohl seinem Leben, jedoch nicht seinem Dasein ein Ende machen kann. Der Mensch ist etwas anderes als ein belebtes Nichts – und das Tier auch. Wer da meint, sein Dasein sei auf sein jetziges Leben beschränkt, hält sich für ein belebtes Nichts: denn vor dreißig Jahren war er nichts und über dreißig Jahre ist er wieder nichts.« Vielleicht müssen wir, wenn wir über unser Lebensende hinauszudenken versuchen, unsere hiesigen, am handfesten Realitätsprinzip geschulten Vorstellungen über Bord werfen und uns daran erinnern, daß wir tagtäglich und mehr noch in der Nacht mit Wirklichkeiten bedacht werden, die unwirklich anmuten, aber trotzdem bleibende Wirkung hinterlassen können: »Wie in unsern Träumen Verstorbene als Lebende auftreten, ohne daß ihres Todes auch nur gedacht werde: so wird, nachdem unser jetziger Lebenstraum durch einen Tod geendigt, alsbald ein neuer anheben, der nichts weiß von jenem Leben und jenem Tode.«

Ohnehin weiß der an sich stramme Realist Schopenhauer die Träume mehr zu schätzen, als man vermuten würde. Träume durchziehen das Leben, und manchmal lassen sich Traum und Wirklichkeit kaum mehr voneinander unterscheiden. Das muß auch nicht sein, denn über allem liegt eine stille Vergänglichkeit, die ihre Stunde immer schon gekommen sieht, auch wenn wir uns, in wiederkehrenden Notwehrsituationen, der Gegenwart einhausen und Widerstand leisten gegen das unerbittliche Verfließen der Zeit. »Das Leben und die Träume sind Blätter eines und des nämlichen Buches. Das Lesen im Zusammenhang heißt wirkliches Leben. Wenn aber die jedesmalige Lesestunde (der Tag) zu Ende und die Erholungszeit gekommen ist, so blättern wir oft noch müßig und schlagen, ohne Ordnung und Zusammenhang, bald hier, bald dort ein Blatt auf: oft ist es ein schon gelesenes, oft ein noch unbekanntes, aber immer aus demselben Buch.« Bleibt man im Bild und sieht das Leben als Traum, kann man das, wie es sich Schopenhauer bei guter Laune erlaubt, als feinsinnige Inszenierung begreifen, deren Regisseur wir zwar nicht kennen, die uns aber, übersieht man denn alle aufgebotenen Winkelzüge und Doppelbödigkeiten, doch zu überzeugen vermag. Man kann allerdings auch eher schlechtgelaunt seine Wertung abgeben; dann kommt einem das dargebotene Stück wie eine dreiste, vollkommen uninspirierte Dauerwiederholung vor, an der nur Dilettanten mitwirken, die einem auf die Nerven gehen und ein geradezu klägliches Bild abgeben: »Es ist wirklich unglaublich, wie nichtssagend und bedeutungsleer, von innen empfunden, das Leben der allermeisten Menschen dahinfließt. Es ist ein mattes Sehnen und Quälen, ein träumerisches Taumeln durch die vier Lebensalter hindurch zum Tode, unter Begleitung einer Reihe trivialer Gedanken. Sie gleichen Uhrwerken, welche aufgezogen werden und gehen, ohne zu wissen warum; und jedesmal, daß ein Mensch gezeugt und geboren worden, ist die Uhr des Menschenlebens aufs neue aufgezogen, um jetzt ihr schon zahllose Male abgespieltes Leierstück abermals zu wiederholen, Satz vor Satz und Takt vor Takt, mit unbedeutenden Variationen.«

Das Leben ein Traum, manchmal auch ein Alptraum, aber es gibt ein Erwachen, in dem man sich jeweils erfinden und sortieren muß. Weiter geht es immer, ist Schopenhauers Überzeugung, man sollte das eben nur nicht allzu persönlich nehmen. Die Gewinn- und Verlustrechnung geht auf, allerdings nur in der Gesamtbilanz und weniger bei den unzähligen Einzelposten, hinter denen sich indivuelle Schicksale und Lebensläufe verbergen. In seiner wunderbaren Einzigartigkeit, aus der sich trotzdem immer wieder Ähnlichkeiten mit anderen lebenden Personen ablesen lassen, ist das Individuum nicht zu ersetzen; es ändert allerdings nichts am insgesamt eher nüchternen Geschäftsbetrieb, den Leben und Tod aufgezogen haben und der weitergehen muß, koste es was es wolle. Für den Einzelnen, der sich an die Werthaltigkeit der eigenen Person gewöhnt hat und ein Vertrauensverhältnis zu sich selbst pflegt, das er nicht missen möchte, ist das keine erhebende Aussicht; sie läßt sich jedoch auch als beruhigend, ja gar als tröstlich begreifen: »Wie durch den Eintritt der Nacht die Welt verschwindet, dabei jedoch keinen Augenblick zu sein aufhört; ebenso scheinbar vergeht Mensch und Tier durch den Tod, und ebenso ungestört besteht dabei ihr wahres Wesen fort. Nun denke man sich jenen Wechsel von Geburt und Tod in unendlich schnellen Vibrationen, und man hat die beharrliche Objektivation des Willens, die bleibenden Ideen der Wesen vor sich, fest stehend, wie der Regenbogen auf dem Wasserfall. Dies ist die zeitliche Unsterblichkeit.« Mag man selbst auch gestorben sein – die anderen machen für einen weiter, was im Sinne der Menschheit eine überaus ehrenwerte Perspektive ist, uns die Angst vor dem Tod aber nur bedingt nimmt, dazu hängt nun mal jeder zu sehr an seinem Leben. Dennoch: »Trotz Jahrtausenden des Todes und der Verwesung (ist) noch nichts verlorengegangen, kein Atom der Materie, noch weniger etwas von dem innern Wesen, welches als die Natur sich darstellt. Demnach können wir jeden Augenblick wohlgemut ausrufen: ›Trotz Zeit, Tod und Verwesung sind wir noch alle beisammen‹.«

Keiner geht uns verloren, auch die Leute nicht, die wir noch nie leiden konnten; ein zusätzlicher Grund dafür, daß wir, allen Selbstberuhigungsmaßnahmen zum Trotz, letztlich nicht allzu erwartungsfroh ins Jenseits vorausschauen, in das wir dereinst, jeder zu seiner Zeit, befördert werden. Wir halten uns insgesamt lieber ans Leben, da meinen wir zu wissen, was wir haben. Der Tod kommt uns wie ein unheimlicher Türsteher vor, der Einlass in ein Etablissement gewährt, in das man gar nicht hinein will. Es hat keinen guten Ruf, ist finster, und wer drinnen die Geschäfte führt, wissen wir nicht. Das alles darf uns jedoch nicht schrecken, wiederholt Schopenhauer, der daran erinnert, daß es mit einer Errungenschaft unseres Menschseins, dem Bewußtsein nämlich, auf das wir nach gängiger Meinung stolz zu sein haben, noch nie so ganz weit her war. Schon zu Lebzeiten sind ihm entscheidende Dinge vorenthalten worden; warum sollte es sich da angesichts des Todes auf einmal als unentbehrlich erweisen. Allerdings ist auch das eine Sache des Blickwinkels: »Das Leben kann … angesehn werden als ein Traum und der Tod als das Erwachen. Dann aber gehört die Persönlichkeit, das Individuum, dem träumenden und nicht dem wachen Bewußtsein an; weshalb denn jenem der Tod sich als Vernichtung darstellt. Jedenfalls jedoch ist er, von diesem Gesichtspunkt aus, nicht zu betrachten als der Übergang zu einem uns ganz neuen und fremden Zustande, vielmehr nur als der Rücktritt zu dem uns ursprünglich eigenen, als von welchem das Leben nur eine kurze Episode war.«

Eine kühne Annahme, daß der Tod uns aus allen Träumen reißt und einen Auftritt an anderer Stelle ermöglicht, der womöglich wiederum ein ganzes Leben lang dauert und mit Zugaben belohnt wird, die irgendwann über unsere Kräfte gehen. Beweisbar ist diese Annahme nicht, wie eben auch ihr Gegenteil nicht beweisbar ist; dafür sollten wir dankbar sein, denn wir könnten auf Dauer nicht in innerer Ausgeglichenheit leben, wenn uns auf einmal sämtliche metaphysischen Geheimnisse gelöst würden und wir Gott als »furchtbare Majestät« (Kant) in Realpräsenz erblickten, der, nach seiner letztgültigen und unwiderruflichen Offenbarung, noch mehr und noch ausschließlicher als zuvor bedient werden will. Auch und gerade was die letzten Dinge angeht, erweist sich das Bewußtsein als ein arg limitierter Begleiter, den wir uns im übrigen nicht selbst herangezogen haben, sondern irgendwann einmal, in grauer Vorzeit, zugewiesen bekamen, weil sich abzuzeichnen schien, daß komplexere Lebensverhältnisse nach einer komplexeren Denk- und Reaktionsapparatur verlangten, als sie der Mensch zuvor mit sich herumtrug. Der Intellekt jedenfalls, der uns durchs Leben begleitet, darf sich seiner Sache nicht sicher sein; so plötzlich, wie er eingestellt wurde, kann er als abhängig Beschäftigter auch wieder entlassen werden: »Denn im Tode geht allerdings das Bewußtsein unter; hingegen keineswegs das, was bis dahin dasselbe hervorgebracht hatte. Das Bewußtsein nämlich beruht zunächst auf dem Intellekt; dieser aber auf einem physiologischen Prozeß. Denn er ist augenscheinlich die Funktion des Gehirns und daher bedingt durch das Zusammenwirken des Nerven- und Gefäßsystems; näher, durch das vom Herzen aus ernährte, belehrte und fortwährend erschütterte Gehirn, durch dessen künstlichen und geheimnisvollen Bau, welchen die Anatomie beschreibt, aber die Physiologie nicht versteht, das Phänomen der objektiven Welt und das Getriebe unserer Gedanken zustande kommt …«

Viel Sand ist im Getriebe unserer Gedanken, wir wissen es: ein Grund mehr dafür, sich nicht aufzuregen, wenn das eigene Bewußtseinsmaschinchen eines Tages endgültig vom Netz genommen wird. Wir verlieren wenig, gewinnen aber womöglich etwas hinzu, das wir noch gar nicht einzuschätzen wissen: »In diesem Urzustande nun ist, ohne Zweifel, ein solcher Notbehelf wie das zerebrale, höchst mittelbare und ebendeshalb bloße Erscheinungen liefernde Erkennen, durchaus überflüssig; daher wir es eben verlieren. Sein Wegfallen ist eins mit dem Aufhören der Erscheinungswelt für uns, deren bloßes Medium es war und zu nichts anderm dienen kann. Würde in diesem unserm Urzustande die Beibehaltung jenes animalen Bewußtseins uns sogar angeboten, so würden wir es von uns weisen wie der geheilte Lahme die Krücken.«

Auch der Philosoph, der sich kluge Gedanken über Gott und die Welt und den Tod macht, ist nur ein Normalsterblicher. Als solcher weiß er, daß man nicht studiert haben muß, um unser irdisches Dasein, das einen Anfang und ein Ende hat, in einer schlichten Einsicht zusammenfassen kann: »Ein zu jeder Zeit und für jeden faßlicher Trost ist: ›Der Tod ist so natürlich wie das Leben; und dann wollen wir weitersehn.« Keine Angst also vor dem Tod, und noch weniger vor dem Leben: In seiner Sterbephilosophie ist der versierte Pessimist Schopenhauer erstaunlich optimistisch. Mag unser Weiterleben nach dem Tode, wenn es denn überhaupt stattfindet, auch im Dunkel liegen, so muß man deshalb für den Fall der Fälle nicht automatisch schwarz sehen. Wer beizeiten daran glaubt, daß es für uns mehr geben muß als ein einmaliges Gastspiel auf Erden, macht sich selbst Mut und bringt Licht ins Dunkel: »Wir schaudern vor dem Tode vielleicht hauptsächlich, weil er dasteht als die Finsternis, aus der wir einst hervorgetreten und in die wir nun zurück sollen. Aber ich glaube, daß, wenn der Tod unsere Augen schließt, wir in einem Licht stehn, von welchem unser Sonnenlicht nur der Schatten ist.« Die Aussichten also sind gar nicht schlecht, man muß nur daran glauben, was sich auch durch eine Vielzahl stummer Zeugen bestätigen ließe, die aber wohl lieber nicht mehr befragt werden wollen: »Klopfte man an die Gräber und fragte die Toten, so sie wieder aufstehn wollten; sie würden mit den Köpfen schütteln.«

Nur eine Frage

Fitzroy war traurig. Und wie. In der Nacht hatte er schlecht geschlafen. Die Gantenbeins, kaum mehr zu erkennen, waren ein letztes Mal bei ihm gewesen. Sie wollten ihm kondolieren, dabei war das doch seine Aufgabe. Der späte Bergsteiger Uwe G. hatte noch seine Gebirgstreter an, die er nicht mehr brauchte. Spätestens auf dem Wolkmann, jenem kaum wahrnehmbaren Höhenzug über Adornos Städtchen im Odenwald, waren sie schon entbehrlich geworden. Aber lohnte es noch, die Schuhe zu wechseln? Es lohnte nicht. Mein Leben lohnt sich auch nicht mehr, dachte Fitzroy im Halbschlaf; man hat es beschlagnahmt. Abpfiff, murmelte er. Wir sind schon in der Nachspielzeit. Später, war es gegen Morgen oder Abend, lag er wie ein dicker Käfer auf dem Rücken, er kam nicht mehr hoch. Man hätte ihm jetzt, wo es nichts mehr zu tun gab, wenigstens den Rest seines Films einspielen können. Tat man aber nicht. Vielleicht weil sich seine Erinnerung, einmal angestoßen und mit Wahrheiten bedacht, die womöglich keine Wahrheiten waren, endgültig geöffnet hatte. Was ihm noch fehlte, wusste er jetzt.

Zum Beispiel, wie er es, entgegen aller Einreden, sogar noch zum Professor geschafft hatte. Das war allerdings, musste er zugeben, nicht einer weiteren akademischen Glanzleistung seinerseits zu verdanken, sondern resultierte aus einem Sonderangebot. In Österreich gab es ein kleines, aber feines Versandunternehmen namens Hobel & Hobel, das auch akademische Titel im Angebot hatten; allesamt von verlässlicher Herkunft und insgesamt so billig, dass er zugreifen musste. Er überwies eine überschaubare Summe

Geldes in die Steiermark, wo die Fa. Hobel & Hobel, irgendwo zwischen Berg und Tal, ihren Sitz hatte; anschließend bekam er eine seriös wirkende Urkunde zugeschickt, die ihm bescheinigte, dass er zum Professor geworden war. So leicht ging das, damals, Frau Dr. Stahlknecht. Übrigens: Hobel & Hobel, das sei noch am Rande erwähnt, gibt's nicht mehr; schade, schade. Fitzroy wachte auf, aber nicht richtig. Er ging ins Bad, deutete einen knappen Gruß in Richtung Spiegel an, wo sich der alte Mann zeigte, der nun schon länger ein Kandidat für die Pflegschaft war. Vermutlich hatte man das dafür erforderliche Verfahren schon eingeleitet. Fitzroy, auf dem Weg ins Tageslicht, grinste; er hatte nichts dagegen, wenn ein Betreuer für ihn eingesetzt wurde, der sich an ihm bereicherte. Was gab es bei ihm schon zu holen. Als er noch einmal unten am Main herumschlich, seine Bank nicht fand, dann aber doch, gähnte er einige Male so heftig, dass er eine Maulsperre bekam. Also weiterhin schweigen; er saß, hörte die Stimmen, darunter auch Kinder auf dem Weg in den Stimmbruch und alte Leute, die meinten, sie müssten noch von sich hören lassen. Er war jetzt sehr matt; das konnte immer so weitergehen, aber bitte ohne ihn.

Als er zurück in der Wohnung war, kam dieser Anruf. Ganz unvermittelt, wieso das, ihn wollte doch keiner mehr sprechen; es war ja bekannt, dass er eigentlich nichts mehr zu sagen hatte. Er wusste gar nicht, dass sein Telefon einen so albernen Klingelton hatte, der Refrain eines Kinderliedes, das keiner mehr sang. Eine Frauenstimme meldete sich, eine Frau Christensen oder Christiansen, sie klang fern und verführerisch. Und norddeutsch, Fitzroy meinte sachtes Wellenrauschen im Hintergrund zu hören und die Ausläufer einer steifen Brise. Frau Christensen oder Christiansen gratulierte ihm; sie freue sich, dass man ihm zum Deichschreiber von Friedrichskoog ernannt habe. Eine weise Entscheidung, da habe die Jury ganze Arbeit geleistet. Wollen Sie mich verarschen, wollte Fitzroy sagen, aber er brachte nichts Gescheites heraus; er war wohl auch schon des halbwegs vernünftigen Sprechens entwöhnt. Stattdessen bedankte er sich, er wisse allerdings, ehrlich gesagt, nicht so recht, wofür. Sie machen mir Spaß, rief die norddeutsche Dame da, und ihre eben noch verführerische Stimme klang nicht mehr ganz so verführerisch. Sie haben doch an der Ausschreibung zum Deichschreiber teilgenommen, und die Jury hat ihren Text *Ungelogen* aus insgesamt 55 Einsendungen ausgewählt. Ungelogen?, fragte Fitzroy, fing sich aber und bat darum, ihm den Text noch einmal zuzuschicken. Für meine Unterlagen, verstehen Sie. Nein, sagte Frau Christiansen, so hieß sie, nicht Christensen. Aber ich schicke Ihnen den Text, wenn's denn sein soll, wir haben ja Ihre Email-Adresse. Und teilen Sie uns möglichst bald mit, wann Sie kommen wollen. Wohin, fragte Fitzroy. Nach Friedrichskoog, sagte Frau Christiansen. Sie hörte sich jetzt etwas gestresst an. Wenig später erhielt Fitzroy einen Text, der angeblich von ihm stammte.

»Jeder Ort hat seine ungelösten Kriminalfälle«, las Fitzroy. *»Und das ist gut so, denn der Mensch braucht Geheimnisse, in der Metaphysik ebenso wie in der Kriminalstatistik oder in der Liebe, die heutzutage allerdings nicht mehr ganz so fein und rätselhaft anmutet wie zu ihren Glanzzeiten, da man sie wie ein Geschenk entgegennahm, von dem man, mit ein bisschen Glück, lebenslang etwas hatte. Wie gesagt, das gilt für alle Orte, die unansehnlichen wie Leverkusen-Mitte oder Pforzheim-West ebenso wie für die ansehnlichen, die dem Auge wohltun und das Herz aufgehen lassen, wie beispielsweise das Hochtal von Saig im Schwarzwald oder der kleine Fischerhafen Lohme auf Rügen. Auch Friedrichskoog an der Nordsee, das mit der etwas zu klein geratenen Werbezeile* meer küst land *auf sich aufmerksam*

macht, hat seine Geheimnisse; es sind allerdings vergleichsweise wenige, was bevorzugt daran liegen könnte, dass die Gegend dort insgesamt sehr weit und offen ist, und das Meer eine Stimmung vorgibt, in der sich jeder zweite Alarm als Fehlalarm erweist und man zur Ruhe kommt, auch wenn man vorher schon ruhig gewesen ist.

Ein ungelöster Kriminalfall, der sich in diesem gesegneten Landstrich zutrug, hatte, wenn man so will, mit Philosophie und Literatur zu tun. Sie erinnern sich vielleicht noch an den Landschreiber von Friedrichskoog – (nicht zu verwechseln mit dem sog. Deichschreiber, der erst später berufen wurde). Der Landschreiber war ein Amt, das der Förderung bekannter und weniger bekannter Autoren diente, allerdings nur ein einziges Mal besetzt werden konnte, weil der Geldgeber des Preises, ein Baron von Uexküll, im Grunde seines Wesens arg zugeknöpft war und eigentlich, wie ihm etwas zu spät einfiel, gar kein Geld geben wollte, so dass es letztlich bei dem ersten und einzigen Preisträger blieb, einem philosophierenden Literaten namens Oswald G. Baader, der, obwohl es sich bei ihm um einen entfernten Nachfahren des Philosophen Franz von Baader (1765–1841) handelte, bis heute keine bleibenden Spuren in der Geistesgeschichte hinterlassen hat. Insgesamt ein halbes Jahr brachte Oswald G. Baader in Friedrichskoog zu, eine eher ereignislose Zeit, in der aber doch etwas passierte, wie wir inzwischen wissen.

Baader befand sich damals auf dem Gut des Barons von Uexküll und wartete auf wärmere Tage; er fröstelte, war aber noch guten Mutes, zumal er es sich zur Maxime gemacht hatte, in (fast) allen Lebenslagen Haltung zu bewahren und nicht vorschnell zu resignieren. Außerdem hielt er sich an eine Devise seines Kollegen Schopenhauer, die da besagt, dass man ›am Wetter nicht verzweifeln‹ dürfe, ›solange noch ein blauer Fleck am Himmel ist‹. Dennoch hätte er zugeben müssen, dass er gerne, sehr gerne woanders gewesen wäre, im heimischen Bayern etwa, in München, wo die Sonne schien und der Spaziergang im Freien eine einschmeichelnde Angelegenheit war, beileibe kein Abenteuer der naturgroben Art oder gar eine Exkursion ohne Wiederkehr. Die Nase des Philosophen, als hervorragendes Organ besonders den Stürmen ausgesetzt, hatte sich bereits rot eingefärbt; zudem tropfte sie dezent, während ihr Besitzer, in einen langen Mantel gehüllt und mit einer derben Russenkappe auf dem Kopf, seinen kleinen Gang fortsetzte, der ihn bislang kaum mehr als zweihundert Schritte vom Hauptgebäude des Uexküll'schen Gutes hinweggeführt hatte. Er sah den Himmel über sich, ein Schlachtfeld, unerhört weit, über das die vom Wind versammelten Wolken zogen; nach Norden zu, dort wo es heller wurde, stieß das Land weit ins Meer vor, ein möglicherweise verführerischer Ort, wie der Philosoph dachte, dem es schon in den Sinn gekommen war, einen einzigen langen und tollkühnen Marsch dorthin zu wagen, aber dann hatte er sich doch über seinen eigenen, zuletzt sehr ungewohnten Mut lustig gemacht: Wie sollte er jenen fernen Vereinigungspunkt erreichen, wenn es ihn hier schon so mächtig schauderte, im Bannkreis des Guts, über dem nun eine kleine Rauchfahne stand, Wärme und Behaglichkeit verheißend, denn dort, im Kamin seines Wohnhauses, ließ der Hausherr heizen, ungeachtet der Jahreszeiten, die hier ohnehin allesamt unwirtlich blieben.

Der gute Uexküll. Ein freundlicher, ein guter Mensch war er zweifelsohne, wenn auch ein wenig geizig, wie es Menschen oft sind, die zu viel der irdischen Güter beiseitegeschafft haben; er litt, mit anderen Worten, keinerlei Not, konnte sich Luxus, wie er in diesen schweren Zeiten noch möglich war, leisten, aber er hielt seine Besitztümer beisammen – kleingläubig und gelegentlich an einen eingebildeten Verfolgten gemahnend, der nur noch leibhaftige Verfolger sieht. Seinen Geiz, den er, wohlwollend betrachtet, eher wie eine Schrulle betrieb, ließ er, dies muss zu seiner Ehrenrettung gesagt werden, nie und nimmer an seinen Gästen aus, die er pfleglich, ja zuvorkommend und liebenswürdig behandelte, so dass es ihnen, vom Frühstück angefangen bis hin zum späten

Schlummertrunk, in der Regel an nichts fehlte. Uexkülls Geiz bekamen andere, ihm ferner Stehende, zu spüren, im besonderen Bettler, die der Baron ganz und gar nicht ausstehen konnte. ›Ich gebe nichts‹, pflegte er zu sagen, wenn ihm ein Bettler in die Quere kam. ›Ich gebe nichts, denn ich bin ein gerecht denkender Mensch!‹ Auf die Frage Baaders, was das wohl für eine merkwürdige Denkungsart wäre, die ihre Gerechtigkeit eher im Geiz denn in der Freigiebigkeit sähe, hatte der Baron geantwortet: ›Das verstehen Sie ganz falsch, mein Lieber. Sie mögen sich für barmherzig halten, wenn Sie einem arbeitsscheuen Bettler etwas zustecken; ich jedoch denke, dass Sie dabei nur dumm sind, verzeihen Sie wohl – dumm, da Sie dazu beitragen, einem sozialen Übel, und das ist die Bettlerei nun mal, Fortdauer zu verleihen. Wären hingegen alle so hartherzig wie ich, was ich indes nur gerecht nenne, dann gäbe es schon bald keine Bettler mehr, da die Mitglieder dieses Berufsstandes wegen anhaltender Erfolglosigkeit nach einer anderen, einer wirklichen Beschäftigung Ausschau halten müssten.‹

Der Philosoph lächelte; er dachte daran, wie er noch versucht hatte, den Baron mit einer wohl ausgedachten Rede über die Vorzüge christlicher Nächstenliebe in Kenntnis zu setzen – vergeblich. ›Lieben Sie, wen Sie wollen‹, sagte Uexküll, ›lieben Sie die Alten, Armen und Schwachen, lieben Sie Kinder, die Kunst und das Schöne, lieben Sie das Göttliche und das Gute, lieben Sie Ihre Frau, wenn Sie eine haben – nur die Bettler müssen Sie nicht lieben, denn die sind mühsam wandelnde Abbilder eines einträglich schlechten Gewissens!‹ Baader machte kehrt, er war weit genug gegangen, fand er, um zurückkehren zu dürfen ins vorgewärmte Haus. Sein mutiger Entschluss wurde bestärkt durch den Umstand, dass mittlerweile noch kolossalere Wolken am Himmel aufgezogen waren, sackartige schwärzliche Gebilde, die sich schon bald mit sintflutartigem Regen oder gar dem allerersten Schnee des Jahres entladen würden.

Als der Philosoph auf den Haupteingang des Wohngebäudes zuging, hörte er auf einmal eine Stimme. ›Mein Herr, nur eine Frage!‹ Ein zerlumpter Mann unschätzbaren Alters stand neben ihm; unerfindlich, woher er gekommen sein mochte. ›Wie gesagt nur eine Frage, der Herr‹, sagte der Mann, der wie ein Bettler aussah, dem schon bessere Tage beschieden waren. ›Sie sind doch der bekannte Philosoph Franz von Baader, aus Bayern stammend?‹ ›Nein‹, sagte Baader. ›Aber so ganz falsch liegen Sie nicht. Franz von Baader war ein entfernter Verwandter von mir, lange tot. Ich selbst heiße Oswald G. Baader, der Adelstitel ist mir abhandengekommen, was ich indes nicht als Verlust empfinde.‹ ›Ihr entfernter Verwandter‹, sagte der Mann, ›hat einst ein bedeutendes Werk geschrieben mit dem eingängigen Titel Über das dermalige Missverhältnis der Vermögenslosen oder Proletairs zu den Vermögen besitzenden Klassen der Sozietät in betreff ihres Auskommens, sowohl in materieller als intellektueller Hinsicht, aus dem Standpunkte des Rechts betrachtet.‹ *›Sie erstaunen mich!‹, sagte Baader. ›Vielleicht könnten Sie Ihr Erstaunen durch eine mich anerkennende milde Gabe unter Beweis stellen!?‹, sagte der Mann. ›Ich habe selbst nicht viel‹, erwiderte der Philosoph. ›Aber ein Freund, der Besitzer dieses Anwesens, wird sich Ihnen gegenüber möglicherweise erkenntlich zeigen. Kommen Sie.‹ Baader nahm den Mann mit ins Haus, wo alsbald Uexküll auf der Bildfläche erschien. ›Ein Bettler!‹, rief der Hausherr voller Entsetzen. ›Ich gebe nichts. Raus!‹ ›Sie sind sehr liebenswürdig‹, sagte der Mann. ›Möge es Ihnen ergehen wie Abraham, Isaak und Jakob!‹ ›Das ist ja ganz etwas Neues‹, sagte Uexküll. ›Ein elender Schnorrer – und höflich dazu! Er segnet mich sogar.‹*

›Wer spricht hier von Segen‹, sagte der Bettler. ›Ihr scheint die Bibel nicht zu kennen, elender Geizhals. Was ich Ihnen wünsche, ist, dass Sie umherirren wie Abraham, blind werden wie Isaak und hinken wie der unselige Jakob! Ich empfehle mich,

meine Herren!‹ Einen Tag später ist er dann verschwunden. Für immer und nicht ganz freiwillig. Ungelogen.«

»Das ist nicht von mir«, rief Fitzroy, nachdem er gelesen hatte. »Ich hab' damit nichts zu tun. Klären Sie endlich die Zuständigkeiten und suchen Sie nach dem Urheber.«

Nach Landessitte

Dem Mann kann geholfen werden.

Der Sommer ist zu Ende. Viele Wolken am Himmel. Die mal ferne, mal nahe See zum Strich geworden, vier Schiffe im Dunst. Ich bin auch in diesem Jahr, das sich darauf vorbereitet, abgehakt zu werden, tapfer gewesen. So viel Eigenlob muss sein. Vor dem Café am Deich sitze ich, bin der Einzige, den man sich dort noch draußen hält. In dünnem Jäckchen und altmodisch mit Papier und Stift hantierend vervollständige ich die Aufzeichnungen meines Jahres, das auch Dein Jahr ist, Fitzroy. Feine Nässe in der Herbstwinterluft, der Wind ist ein Stricher. Toni, der Wirt, der, schräg hinter der Deichbiegung, noch eine umsatzschwache Weinstube betreibt, möchte seinen Laden zumachen; für immer. Und dann? Dann ist eine Ruh', sagt er, der Schlaf läutet den Tod ein.

Ein schiefes Bild, sage ich. Du musst es ja wissen, sagt er. Als erfolglosester Schriftsteller aller Zeiten. Trotzdem lässt er mich, wie gesagt, noch draußen sitzen. Alle Tische sonst hochgestellt oder abgedeckt für den Winter, der hier oben immer etwas Zerknirschtes hat. Die Temperaturen lassen einen frösteln, sind aber eigentlich, dem angeblich weltweiten Trend folgend, poplig. Mal geht's ein paar Grad unter Null, dann hüpfen sie wieder, schluckaufartig, nach oben. Wenn man mal richtig frieren will, muss das von innen her kommen. So wie bei mir. Mann, wie ich frieren kann. Vor dem Café also, der Einzelgänger im dünnen Jäckchen. Toni hat einen dampfenden Pott Rum mit Tee vor mir abgestellt, dazu löffel' ich, passt schon, sein Walnusseis, von dem mir immer leicht schlecht wird, was man, angeblich, an einer Verfärbung meines Gesichts merkt; die zu breite Nase wird zum bleich angedrückten Zinken, alles andere bekommt eine Art Ölfarbe übergezogen. Leicht schlecht, nicht richtig schlecht, das wollen wir nicht. Toni, dem nicht daran gelegen ist, dass einer seiner besten Kunden abtransportiert wird, bringt mir dann vorsorglich immer einen dreifachen Billigwhisky, den er aus unbekannter Quelle bezieht. Schmeckt scheußlich, hat aber was Magenaufreißerisches, das auch die Gedärme mit einbezieht. Ich muss dann, verzeihen Sie, nachhaltig furzen, wofür es eben auch zweckmäßig ist, dass ich draußen sitze. Der Wind verteilt dann alles im Ort.

Hierher wirst Du kommen, Fitzroy, ob Du willst oder nicht, zumal Du ja, ohne etwas dafür zu können, Deichschreiber geworden bist, also nun als Respektsperson giltst, der man späte Ambitionen unterstellt. Ich habe für eine Heimholung gesorgt, die Ehrung und Landverschickung zugleich ist. Du wirst Dich hier wohlfühlen, Alter, es bleibt Dir gar nichts anderes übrig. Wer hier lebt und stirbt, muss genügsam sein und ein Faible für unspektakuläre Landschaften haben. Es kommt darauf an, einen Blick aufzusetzen, der einverständig ist. Diesen Blick hast Du, Fitzroy, ich habe ihn an Dich weitergegeben. Womit wir der Lösung einer Frage näherkommen, die Dich zuletzt irritiert, aber nicht wirklich bewegt hat. Irgendjemand, so kam's Dir vor, machte sich in Deinem Leben zu schaffen. Du hast es für Dich registriert, es war ärgerlich, hat Dich aber nicht wirklich beunruhigt, da es zu der Weltsicht passt, der Du Dich verpflichtet glaubtest. Obwohl Du mit Schopenhauer eigentlich schon gebrochen hattest, nachdem Dein Büchlein versehentlich in die zweite Auflage kam. (Womit es, das sei an dieser Stelle erwähnt, immer noch deutlich erfolgreicher war als meine gesammelten Schriften. Der erfolgloseste Schriftsteller aller Zeiten bin ich allerdings nur hier oben, »an der Nordseeküste / am plattdeutschen Strand«; den Status hab' ich mir hart erarbeitet, er ist also nicht verhandelbar.) Es wird Dir hier gefallen. Man empfängt Dich, soweit das nach Landessitte möglich ist, mit offenen Armen, weist Dir ein lauschiges Häuschen hinterm Deich zu, in dem die Heizung funktioniert und Du zwar nicht das flache Meer sehen kannst, da ja, wie gesagt, der Deich davor ist, dafür aber abends und auch nachts, wenn Du, vielleicht weil es Dir im Übergang schwerfällt, richtig lange zu schlafen, was hier oben aber zu den leichtesten Übungen gehört, mit hochstehendem Resthaupthaar auf einem Bänkchen hinterm Haus sitzt, Besuch von einem dicken Igel bekommst, der einen späten Imbiss zu sich nimmt, ohne an einer weiteren Kontaktaufnahme interessiert zu sein. Auch sonst kann es Dir hier nur gut gehen, Du musst nur bereit sein dafür. Dem Deichschreiber, zu dem Du avanciert bist, wird viel, wenn nicht gar alles nachgesehen. (Falls Du Dich übrigens noch fragst, wer für den eigenwilligen Text verantwortlich ist, den man, warum auch immer, für auszeichnungswürdig hielt: Er stammt von mir, d. h. nicht ganz, ich hab' ihn mir von Willi »Sir« Wunderlich ausgeliehen, einem ortsansässigen Autor, der im gleichen Haus oder besser gesagt: Heim wohnt, in dem auch ich untergebracht bin, worüber bei Gelegenheit vielleicht noch zu reden sein wird. Die Sache war im Grunde ganz einfach: Willi, der nicht mehr viel von dem mitbekommt, was für gewöhnlich Realität genannt wird, im früheren Leben aber ein nicht unbegabter Autor war, der sogar manch kleineren oder mittleren Literaturpreis umgehängt bekam, stellte eine Prosaminiatur zur Verfügung, wofür er nicht mal seine Einwilligung geben musste, denn die hatte ich vorab schon erteilt; ich schrieb ein bisschen um, reichte den Text unter Deinem Namen und umrankt von ein paar biographischen Daten zum Autor, der mir bekannt ist, ein – und siehe da, die Begeisterung war groß. Na ja, groß, man konnte sich, nach einigem Hin und Her auf Dich einigen. – Übrigens: Autoren, für die es, wie bereits angedeutet, hier oben ein durchaus vorzeigbares Heim gibt, das, in etwas verwinkelter Anlehnung an einen Aufbewahrungsort des Dichterphilosophen Nietzsche, der in seinem letzten Lebensjahrzehnt angeblich nicht mehr ganz dicht gewesen ist, Villa Fritz genannt und vom ABW [Autoren-Betreuungs-Werk] betrieben wird, sind eine mal harmlose, mal schwerwiegend verwirrungsgefährdete Gruppe, in der viel durcheinandergebracht und vergessen wird, was sich auch durch versierte Selbstüberschätzung, die man gern bis ins hohe Alter hinein pflegt, nicht mehr ausgleichen lässt; ich kenn' mich da aus und führe eine Privatstatistik.)

Nach dem Urheber des Dir zugemuteten Ganzen musst Du also nicht mehr suchen, Professor Doktor Fitzroy. Er sitzt vor Dir, liefert gerade ein schriftliches Schuldeingeständnis ab. Erinnerst Du Dich an Deinen Freund Stubenrauch, den erfolgreichen und allseits beliebten Bordschreiber, der auf unserem Schiff einige bemerkenswerte Lesungen abgeliefert hat? Das zarte Wohlbefinden, das Dir anfänglich zukam, und Dein stetig nachlassendes Befinden sind mir zu verdanken; tut mir leid. Da mutet es nur folgerichtig an, dass auch mein eigenes Befinden, befördert zudem durch eine ungünstige ärztliche Diagnose, ebenfalls nachlässt, und zwar zügig. Ich bin zu einem alten Mann geworden; der morgendliche Blick in den Spiegel verrät nichts Gutes, Du kennst das von Dir. Unsere gemeinsame Geschichte, die eigentlich keine gemeinsame, sondern nur ein einseitige Geschichte ist, kommt an ihr Ende, und ich bin Dir, obwohl ich weiß, dass Dir inzwischen alles am Arsch vorbeigeht, eine Art Aufklärung schuldig, die ich, eben weil wir beide müde, von mir aus auch: glücksmüde geworden sind, nicht zu ausführlich halten möchte.

Die Sache ist die: Eigentlich nämlich kennen wir uns gar nicht. Wir sind uns zwei-, dreimal auf der Kreuzfahrt begegnet. Ich war als sogenannter Bordschreiber eine komische Figur; Du ein Passagier unter mehr als zweitausend anderen Passagieren, der auffiel, weil er übers Wasser ging und dabei fast schon provozierend zufrieden aussah. Auf Deinem langen Marsch hast Du gern mit Dir selbst geredet, in gedämpfter Kabinenlautstärke, so fiel's nicht weiter auf. Ich aber blieb an Dir hängen; Du hast meine ansonsten eher dürftige Phantasie neu angeregt. Nicht auf Dauer, sondern auf Zeit, die sich nun ihrem Ende zuneigt. Lass es mich so sagen: Du hast mir in einer Weise zu denken gegeben, die nicht ganz folgenlos blieb. Ich habe Dich, wenn man so will, und ich wollte es wohl so, zu meinem Geschöpf gemacht. Du bist, ohne dass man Dich gefragt hätte, zur literarischen Figur geworden – ich konnte nicht anders, es war eine letzte Anstrengung, denn ansonsten habe ich nicht mehr viel zu bieten.

An Bord hast Du mich ein paarmal gegrüßt; das war's. Einmal bist Du, wohl eher versehentlich, in eine meiner Lesungen geraten, da wolltest Du nach einer Minute wieder raus; ging aber nicht, denn ich hatte, kleiner Widerstandsakt meinerseits, dafür gesorgt, dass der Eingang verschlossen blieb. Dein Gesicht dabei, auf dem ohnehin abzulesen ist, dass Du bei Bedarf auch arrogant sein kannst, werd' ich nicht vergessen; pikiert, ungnädig, mühsam beherrscht, schließlich blieb Dir nichts anderes übrig, als dem Beispiel der fünf anderen Zuhörer zu folgen und einzuschlafen. Immerhin hast Du nicht geschnarcht, sondern nur besserwisserisch vor Dich hin gesäuselt. Danke dafür. An diesem Abend war Conny auch da, sonst nie. Ich hab' sie, wie fast alle Frauen meines Lebens, aus sicherer Distanz erst bewundert und dann geliebt; vermutlich hat sie's gemerkt, aber die gefährlich steigerbare Zuneigung von einem wie mir war ihr lästig – so dass es darauf hinauslief, dass Sie mich nicht mal mit dem Arsch angeguckt hat. Auch Conny hab' ich also nur nach meinem Bilde geformt, sie hat es überlebt, auch wenn ihre Galerie, wie ich gehört habe, geschlossen wurde. Was aus ihr geworden ist, weiß ich nicht; was aus Dir wird, Fitzroy, weiß ich sehr wohl. (Erwähnen darf ich auch noch die beiden anderen Frauen, die mir etwas bedeuteten: Ellie und Franzi. Das früheste Bild von ihnen, das ich noch für mich habe, ist, vor allem dank fehlendem Geschick und Unternehmungsgeist meinerseits, nie aktualisiert worden; so sitzt Franzi, als wir alle noch unglaublich jung waren, in einer deutschen Kirche schräg hinter mir und Ellie schräg vor mir. Oder umgekehrt. Du hast das zu sehen bekommen. Beide schauen mich an und sind scharf auf mich; dabei haben wir's bewenden lassen.)

Immerhin habe ich mitbekommen, dass es dem leibhaftigen Fitzroy an Bord prima gefallen hat: Du bist, übers Wasser gehend, zur Ruhe gekommen und warst doch vorher schon ruhig. Schopenhauer ist Dir dabei abhandengekommen; gut so. Der sanfte Abgang, den ich für Dich vorgesehen habe, wird Dir gefallen, da bin ich mir sicher. Du wirst am Wasser sitzen, und die alten Träume kehren zurück. Das ist dann so wohltuend, dass es irgendwann tatsächlich nichts mehr zu sagen gibt. Auch für mich nicht; vorher muss ich aber noch mal zum Arzt.

Lob der Stille

Der Ort, der eigentlich aus zwei Orten besteht, ist unscheinbar, muss aber, da die Konkurrenz nicht schläft, etwas von sich hermachen. Das gilt für die gesamte Touristikbranche und kommt auch in der Literatur vor, der die Leichtigkeit, wurde neulich in einer Talkshow von einem belesenen Zausel behauptet, abhandengekommen ist. Der Ort, um den es geht, heißt Friedrichskoog, liegt im Norden, genauer: in Dithmarschen, was ein Landstrich ist, den schmuck zu nennen nicht mal den Einheimischen einfallen würde. Der eine Ortsteil hat sich ein paar Kilometer ins Land zurückversetzen lassen, man kann ihn Friedrichskoog Dorf nennen, was aber nichts zur Sache tut, weil der andere Ortsteil, der Friedrichskoog Spitze heißt, ohnehin mehr Aufmerksamkeit beansprucht, da er fast direkt am Meer liegt, das hier, ich muss das, zum Missvergnügen der wenigen Freunde, die ich hier noch habe, so sagen, arg gezähmt, ja platt daherkommt, woran nicht nur Ebbe und Flut schuld sind, die so lange schon an der deutschen Nordseeküste für geregelten Betrieb sorgen, dass darüber Buch geführt wird und Kalender angelegt werden. Ich habe Friedrichskoog meist grau gesehen, auch wenn es herrlich sonnige Tage gegeben hat, an denen der Himmel aufreißt und ein unwiderstehliches Blau zeigt, unter dem keine schlechte Laune, geschweige denn eine so herunterziehende Philosophie, wie sie z. B. der Philosoph Schopenhauer vertritt, geduldet werden kann. Ach, welche Weitläufigkeit ist dann im zureichenden Licht zu bewundern, *lauter helle Dinge*; man schaut und genießt, ja wird sogar übermütig und grüßt andere Touristen, die das nicht unbedingt erwarten, aber insgesamt nicht unhöflich sind und brav zurückgrüßen. Ich bin, wenn ich mich recht erinnere, seinerzeit auch als Tourist gekommen, ein Versehen mit Folgen, das nun, allem Anschein nach, nicht mehr zu korrigieren ist. Muss auch nicht sein, denn ich fühle mich, im Rahmen meiner Möglichkeiten, durchaus wohl; es geht seinen Gang hier oben, mit mir, aber auch, was wichtiger ist, ohne mich. Sollten Sie mal nach Friedrichskoog kommen, könnte ja sein, entweder ebenfalls aus Versehen oder weil tatsächlich eine Absicht dahintersteckt, ist es nicht ausgeschlossen, dass Sie mich sehen: Ich bin meistens auf einem Fahrrad mit angeschweißtem Fahrradkorb unterwegs, ohne Helm, da ich Helme nicht mag, sie sehen lächerlich aus, besonders am noch lebenden Objekt. Da die meisten Mitbürgerinnen und Mitbürger inzwischen aber der einschlägigen Propaganda folgen und Helme tragen, ist ein einzelner Fahrradfahrer, der ungeschützten Verkehr hat, auffälliger; die Möglichkeit, mich zu sehen, besteht also durchaus. Ich empfehle aber, sich nach lohnenderen Objekten umzuschauen.

Was ich Ihnen über den Ort gesagt habe, mag ein wenig ungelenk wirken; man kommt hier, gerade als Poet, der ich, glauben Sie's oder glauben Sie's nicht, einmal war, aus der Übung, weil die Beschreibungskünste, falls man selbige überhaupt je mobilisieren konnte, erst schwächeln und irgendwann dann ganz ausfallen; die Worte schmiegen sich der Landschaft ein, verstecken sich zwischen Watt und Wiesen. Ein unaufwendiges Verstummen ist angesagt, das aber seine Vorteile hat. Also gebe ich Ihnen, für alle Fälle und falls Sie tatsächlich kommen wollen, lieber noch eine Beschreibung mit auf den Weg, die aus der hiesigen Touristenbetreuungsstelle stammt; sie liest sich besser, vor allem hoffnungsfroher, als das, was mir noch dazu einfällt.

Friedrichskoog Nordsee – meer küst land: Home

Ganz hoch oben im Norden.

Weit weg vom Lärm der Stadt und geschäftiger Hektik gibt es ein Stückchen Erde, wo das Meer das grüne Land küsst. Hier im Nordseeheilbad Friedrichskoog genießen Sie Ihren Nordsee-Urlaub mit Ruhe und Erholung. Ein wahres Paradies für Urlaub mit Familie und Kindern.

Was wie ein Wunschtraum klingt, ist wirklich wahr.

In Schleswig-Holstein, dem Land zwischen Nordsee und Ostsee, liegen Friedrichskoog und Marne auf einer schönen Halbinsel in der Nordsee und direkt am Nationalpark Schleswig-Holsteinisches Wattenmeer, dem größten seiner Art in Mitteleuropa.

Hier, wo man bis ans Ende der Welt blicken kann.

Wo sich Himmel, Land und Meer sanft berühren und selbst der Horizont keine Grenzen setzt, gewinnt auch der Mensch das Gefühl von innerer Freiheit zurück. Und mal ehrlich, was kann Ihnen Besseres im Urlaub passieren?

Das könnte für Fitzroy geschrieben worden sein, der inzwischen in Friedrichskoog ist und, wie vermutet, freundlich willkommen geheißen wurde. Man wollte, dem neuen Deichschreiber zu Ehren, sogar eine Blaskapelle (kleine Besetzung) aufmarschieren lassen, fand das aber dann doch übertrieben und beließ es bei einigen warmen Worten. Fitzroy schaute verlegen, auch ungläubig; ein Irrtum, dachte er wohl immer noch. Er gewöhnte sich dann aber ein, sein Häuschen hinterm Deich gefiel ihm, auch weil es, einmal beheizt, kaum noch Wärme abgab. In seinem hohen Alter friere er leicht, ließ er verlauten, und die Kulturchefin des Ortes, die höflich sein wollte, fragte nach: In ihrem Alter? Sie sind doch noch –. Genau, sagte Fitzroy, ich bin doch noch –. Viel mehr sagte er dann nicht mehr, er wurde zum bedachten Schweiger, was mich nicht überraschte, denn ich hatte das ja in die Wege geleitet. Im Dorf löste seine Maulfaulheit zunächst Irritationen aus, die sich aber legten, denn in Dithmarschen, zu dem Friedrichskoog gehört, hält man sich gerne bedeckt. Man redet nicht mehr als unbedingt nötig, da passt Fitzroy ins Bild. Solange es ging und er nicht über Gebühr fror, war er mit dem Fahrrad unterwegs. Ohne Helm, versteht sich. Zwei-, dreimal schaute er in der Villa Fritz vorbei; die dort stationierten Autoren gingen ihm aber auf den Sack, obwohl er nichts dergleichen verlauten ließ, er war ja zum Schweiger geworden. Mich nahm er nicht wahr. Als wären wir noch auf dem Schiff, dachte ich. Übers Wasser gehen konnte er nicht mehr, allenfalls ins Wasser, was er bei abziehender Ebbe auch einmal tat. Anschließend floh er und nahm im Haus hinterm Deich ein heißes Bad.

So verging die Zeit. Fitzroy war angekommen, er wollte nicht mehr weg, konnte es auch gar nicht, denn ich hatte eine Sperrzone für ihn eingerichtet. Mir selbst ging es nicht besser, im Gegenteil. Ich darf erwähnen, dass die bei mir festgestellte Krankheit als Hauptsymptom den sog. Tunnelblick hat (auch Röhrengesichtsfeld genannt, was sich verrätselter anhört, die Sache aber nicht besser macht). Es geht dabei um »eine konzentrische Einengung des Gesichtsfeldes auf einen zentralen Rest«. Was noch zu sehen ist, wird weniger, es rückt zudem in eine imaginäre Mitte, die schließlich alles besetzt hält. Heilung sei nicht möglich, wurde mir gesagt; da müssen Sie durch. Eher untypisch für die Krankheit ist der Tränenfluss, der mir zu schaffen macht und der mich so nervte, dass ich ihn, zumindest vorübergehend, auch Fitzroy zukommen ließ, der davon aber, seitdem er Frankfurt verlassen hat, nichts mehr wissen will. Er ist jetzt trocken.

An einem der letzten schönen Tage habe ich Fitzroy ganz vorn auf den Trischendamm gesetzt, der vor Friedrichskoog Spitze zweikommazwei Kilometer ins Meer ragt. Der

Damm wurde, soweit ich weiß, von den Nazis gebaut und sollte zur Insel Trischen führen. Dann aber ging den Herren das Geld aus, zumal sie ja auch noch Krieg führen mussten, und so ist der Damm, ähnlich wie ich, ein Unvollendeter geblieben, der aber eine feine Sicht bietet, auch auf die umstrittene Ölplattform Mittelplate, die in sieben Kilometer Entfernung im Wattenmeer steht und nicht umfällt. Besser man ignoriert sie, schaut nach Trischen oder einfach nur aufs Wasser, das Weite andeutet, aber noch kein Meer ist. Dort also, am Ende des Damms, hat sich Fitzroy, der nun, anders als ich, zum späten Vollendeten wird, einen Ausguck errichtet. Das kann ich sehen mit meinem Tunnelblick, denn Fitzroy ist der »zentrale Rest«, von dem ich, bis es bei mir zappenduster wird, nicht lassen möchte. Er schaut also, der Fitzroy, döst, manchmal lächelt er auch in privater Versonnenheit. Anfangs habe ich noch eine Tafel neben seinem Klappstuhl platziert, auf der stand: Fragen Sie Fitzroy! Ab und zu sind auch Leute, meist ältere Herrschaften, gekommen, die ihn wohl um Rat fragen wollten. Er hat ihnen dann, auf einem zweiten Klappstuhl dicht neben seinem, Platz angeboten, legte dabei aber den Finger auf die Lippen, um ein für alle Mal deutlich zu machen, dass die Zeit des Redens vorbei sei und es nur noch um das Lob der Stille geht. Den zweiten Stuhl habe ich wieder entfernen lassen, es ist besser so. Einmal noch hat er Besuch bekommen, zwei Damen, nicht mehr ganz jung, aber irgendwie noch attraktiv, machten ihm die Aufwartung. Er drehte sich um, zeigte sich nicht überrascht, lächelte auch nicht. Erst als ein kräftiger junger Mann von hinten nachrückte und die beiden Damen, die ich kenne, aber nicht so, dass sich daraus noch etwas machen ließe, zur Seite drängte, fing Fitzroy an zu strahlen. Der junge Mann, womöglich ein Türsteher am Anfang seiner großen Karriere, beugte sich zu ihm herab und umarmte ihn. Ein unverhofftes Wiedersehen, das beiden Herren anscheinend sehr gefiel.

Man hat mir jetzt eine OP in Aussicht gestellt, die soll angeblich helfen. Vielleicht wird man davon auch nur schneller blind. Auf jeden Fall muss ich mich entscheiden. Fitzroy lasse ich erst mal allein, ihm kann hier nicht mehr viel passieren. Im Gegenteil, es geht ihm so gut, dass er die *hellen Dinge*, von denen andere, wenn überhaupt, nur an den erwähnten, eher seltenen Sonnen- und Himmelstagen Notiz nehmen, ganzjährig für sich hat. Ganz vorne am Damm sitzt er, schaut auf ruhige See, bis er ein großes Schiff ausmacht, das kaum vorankommt. Muss es auch nicht; der einzige Mann nämlich, der an Bord zu erkennen ist, sorgt selbst für Bewegung – er geht übers Wasser.

Ungelogen.

»Die Welt ist eben die *Hölle*, und die Menschen sind einerseits die gequälten Seelen und andererseits die Teufel darin. Da werde ich wohl wieder vernehmen müssen, meine Philosophie sei trostlos – eben nur weil ich nach der Wahrheit rede, die Leute aber hören wollen, Gott der Herr habe alles wohlgemacht. Geht in die Kirche und laßt die Philosophen in Ruhe! Wenigstens verlangt nicht, daß sie ihre Lehre eurer Abrichtung gemäß einrichten sollen: das tun die Lumpen, die Philosophaster; bei denen könnt ihr euch Lehren nach Belieben bestellen.«

»Ein solcher Mensch, der nach vielen bitteren Kämpfen … seine eigene Natur endlich ganz überwunden hat, ist nur noch als erkennendes Wesen, als ungetrübter Spiegel der Welt übrig. – Er blickt nun ruhig und lächelnd zurück auf die Gaukelbilder dieser Welt, die einst auch sein Gemüt zu bewegen und zu peinigen vermochten, die aber jetzt so gleichgültig vor ihm stehn wie die Schachfiguren nach geendigtem Spiel oder wie am Morgen die abgeworfenen Maskenkleider, deren Gestalten uns in der Faschingsnacht neckten und beunruhigten.«

»Sie haben das Ding an sich nicht zu suchen in Wolkenkuckucksheim – sondern in den Dingen dieser Welt, – also im Tisch, daran Sie schreiben, im Stuhl unter Ihrem Wertesten.«

(** Zitate aus: Fitzroy, Unveröffentlichtl. Nachlaß / lose Blätter mit Schopenhauerzitaten. Mit freundlicher Genehmigung der Conny & Gerry Stubenrauch Foundation, Friedrichskoog)